HEYNE BÜCHER

SCIENCE FICTION

Herausgegeben
von Wolfgang Jeschke

Von Jack Vance erschienen in der Reihe
HEYNE SCIENCE FICTION:

Start ins Unendliche · 06/3111
Jäger im Weltall · 06/3139
Die Mordmaschine · 06/3141
Der Dämonenprinz · 06/3143
Emphyrio · 06/3261
Der Mann ohne Gesicht · 06/3448
Der Kampf um Durdane · 06/3463
Die Asutra · 06/3480
Trullion: Alastor 2262 · 06/3563
Marune: Alastor 933 · 06/3580
Der graue Prinz · 06/3652
Showboot-Welt · 06/3724
Maske: Thaery · 06/3742
Wyst: Alastor 1716 · 06/3816
Die sterbliche Erde · 06/3977
Das Gesicht · 06/4013
Das Buch der Träume · 06/4014
Die Welten des Magnus Ridolph · 06/4053
Staub ferner Sonnen · 06/4202
Verlorene Monde · 06/4384

Außerdem erschien:

»Die letzte Festung«
in: Science Fiction Jahresband 1981,
hrsg. von Wolfgang Jeschke
06/3790

JACK VANCE

VERLORENE MONDE

Fantasy Erzählungen

Deutsche Erstveröffentlichung

WILHELM HEYNE VERLAG
MÜNCHEN

HEYNE SCIENCE FICTION & FANTASY
Band 06/4384

Titel der amerikanischen Originalausgabe
LOST MOONS
Deutsche Übersetzungen von Reinhard Heinz
und Birgit Reß-Bohusch
Das Umschlagbild schuf Hans-Peter Fischer

Redaktion: Friedel Wahren

Printed in Germany 1986
Umschlaggestaltung: Atelier Ingrid Schütz, München
Satz: Schaber, Wels
Druck und Bindung: Elsnerdruck, Berlin

ISBN 3-453-31386-0

Der Weltersinner

I

Durch das offene Fenster drang der Lärm der Stadt – das Brausen des Luftverkehrs, das Gerassel der Rolltreppe an der Rampe darunter, das dumpfe Gebrumm aus den unteren Geschossen. Cardale saß beim Fenster und studierte ein Foto; der kurze Text darunter besagte:

FLÜCHTIG!
Isabel May – Alter 21; Größe 165 cm, vollschlank.
Haarfarbe: schwarz (könnte gefärbt sein);
Augen: blau;
Besondere Kennzeichen fehlen.

Cardale richtete seinen Blick auf die Fotografie und betrachtete das hübsche Gesicht mit den ungemein zornigen Augen. Auf der Brust stand die Aufschrift: *94E-627*. Cardale las weiter.

Zu drei Jahren im Frauenlager von Nevada verurteilt, hat Isabel May im ersten Halbjahr schon 22 Monate Haftverlängerung angesammelt. Vorsicht bei ihrer Ergreifung!

Das Gesicht, so überlegte Cardale, wirkte trotzig, rücksichtslos, aufgebracht, aber keineswegs brutal oder dumm. Es war vielmehr intelligent und empfindsam, also durchaus kein Verbrechergesicht, dachte Cardale.

Er drückte auf einen Knopf. Der Bildschirm leuchtete auf. »Mondobservatorium«, sagte Cardale.

Der Bildschirm zeigte einen kargen Büroraum, hinter dessen Fenster eine Mondlandschaft lag. Ein Mann in rosarotem Kittel blickte in den Bildschirm. »Hallo, Cardale.«

»Was Neues von der May?«

»Wir haben sie an der Strippe. War 'ne Mordsarbeit, aber das wird Sie wenig interessieren. Eins noch: Bitte halten Sie in Zukunft den Sektor von Lastschiffen frei, wenn wir einen Flüchtling aufspüren sollen. Wir mußten sechs falsche Spuren ausräumen.«

»Aber Sie haben die May aufgespürt?«

»Richtig.«

»Behalten Sie sie im Auge. Ich schick' jemanden, der übernimmt.« Cardale schaltete den Bildschirm ab.

Er überlegte kurz und bannte dann seine Sekretärin auf den Bildschirm. »Verbinden Sie mich mit Detering vom Zentralen Nachrichtendienst.«

Farben flimmerten über den Schirm und vereinigten sich zum rötlichen Gesicht von Detering.

»Cardale, wenn Sie was brauchen ...«

»Ich brauche 'ne gemischte Truppe aus Männern und Frauen in 'nem schnellen Schiff, um eine Flüchtige einzufangen. Sie heißt Isabel May. Sie ist widerspenstig, aufsässig, unverbesserlich – aber ich will sie lebendig und unverletzt.«

»Darf ich ausreden? Wenn Sie was von uns brauchen, Cardale, dann haben Sie Pech. Es ist außer mir niemand da.«

»Dann kommen Sie selber!«

»Um ein wildes Weib zu fangen, das mir die Haare ausreißt und das Gesicht zerkratzt? Nein danke ... Moment mal, da fällt mir ein, draußen steht ein Mann. Disziplinarverfahren. Kann ihn entweder vors Militärgericht stellen oder zu Ihnen schicken.«

»Was hat er ausgefressen?«

»Widersetzlichkeit. Überheblichkeit. Befehlsverweigerung. Ist ein Einzelgänger. Er tut, was er will, und schert sich nicht um Vorschriften.«

»Wie steht's mit Resultaten?«

»Er bekommt Resultate – auf seine Art.«

»Er ist vielleicht der Mann, der Isabel May zurückbringen kann. Wie heißt er?«

»Lanarck. Er ist Captain, aber macht von seinem Titel keinen Gebrauch.«

»Ein, wie's scheint, recht eigensinniger Bursche ... Nun, schicken Sie ihn rüber!«

Lanarck war augenblicklich zur Stelle. Die Sekretärin führte ihn in Cardales Büro.

»Setzen Sie sich, bitte. Ich heiße Cardale. Sie sind Lanarck, richtig?«

»Ganz richtig.«

Cardale musterte seinen Besucher mit unverblümter Neugier. Lanarcks Äußeres entsprach seinem Ruf nicht. Er war weder groß noch bullig und gab sich bescheiden. Seine Züge, in die die rauhen Wogen des Alls tiefe Furchen gegraben hatten, waren ebenmäßig und wurden von den kalten, direkten Augen und der kühn geschwungenen Nase beherrscht. Seine Stimme war angenehm.

»Major Detering hat mich Ihrem Befehl unterstellt, Sir.«

»Er hat Sie bestens empfohlen«, antwortete Cardale. »Ich habe einen heiklen Job. Sehen Sie sich das mal an.« Er reichte ihm das Foto von Isabel May. Nachdem Lanarck es betrachtet hatte, gab er es kommentarlos zurück.

»Die Frau wurde vor einem halben Jahr wegen eines tätlichen Angriffs mit einer tödlichen Waffe verurteilt. Vorgestern ist sie in den Weltraum entwischt – was an sich nichts Besonderes ist. Allerdings hat sie Informationen bei sich, die zur Sicherung der Weltwirtschaft von höchster Bedeutung sind und zurückgeholt werden müssen. Sie mögen meine Äußerungen für übertrieben halten, aber es ist so, glauben Sie mir.«

Lanarck entgegnete geduldig: »Mr. Cardale, ich kann, wie ich finde, meine Arbeit am besten tun, wenn ich mit Fakten ausgerüstet bin. Nennen Sie mir Einzelheiten zu dem Fall. Wenn Sie meinen, die Sache sei zu tiefsinnig für mich, dann trete ich vom Auftrag zurück und lasse einen geeigneteren Mann zum Zug kommen.«

Cardale erwiderte mürrisch: »Der Vater des Mädchens ist ein hochrangiger Mathematiker im Finanzministerium. Unter seiner Federführung wurde ein verwickeltes Sicherheitssystem zur Geldtransferierung entwickelt. Als Vorsichtsmaßnahme wurde ein Sperrprogramm eingerichtet, das mit einer Kennung aus verschiedenen Wörtern abzustellen ist. Ein Krimineller nun könnte zum Telefon gehen, das Finanzministerium anrufen, die Kennung nennen und allein mit seiner Stimme die Überweisung einer Milliarde Dollar auf sein persönliches Konto tätigen. Oder hundert Milliarden.«

»Warum löscht man das Sperrprogramm nicht und richtet ein neues ein?«

»Das hat der raffinierte Arthur May zu verhindern gewußt. Das Sperrprogramm ist im Computer versteckt; es ist nicht auffindbar und nicht zugänglich, damit niemand den Computer anweisen kann, die Sperre herauszugeben. Die Sperre läßt sich nur aufheben, wenn man zuerst die Kennung nennt und dann entsprechende Befehle eingibt.«

»Erzählen Sie weiter!«

»Arthur May kannte die Kennung. Er erklärte sich einverstanden, dem Finanzminister sein Wissen zu übermitteln und sich dann einem hypnotischen Prozeß zu unterziehen, der das Wissen in seinem Verstand auslöschen würde. Dann kam es zu einem kleinlichen Streit in bezug auf Mays Entlohnung. Nach meinem Dafürhalten war er durchaus im Recht.«

»Ich kenn' das«, meinte Lanarck. »Hatte selber schon genug Ärger mit den Geizkragen. Der einzige gute Schatzmeister ist ein toter.«

»Jedenfalls kam es zu unglaublichen Auseinandersetzungen; es gab eine Reihe von Schlichtungsvorschlägen, Gutachten, Intrigen, Gegenvorschlägen, Gegenintrigen und Beschlüssen, in deren Verlauf Arthur May einen schweren Nervenzusammenbruch erlitt und das Sperrprogramm vergaß. Freilich hatte er etwas dergleichen vorausgeahnt und bei seiner Tochter, Isabel May, eine Niederschrift hinterlegt. Als die Behörde ihren Vater abholen wollte, verrammelte sie die Türen; sie beging Gewalttaten und wurde schließlich in ein Straflager gesteckt, aus dem sie ausbrach. Ganz gleich, wer nun im Recht ist, sie muß mehr oder weniger sanft gefangen und – mit dem Sperrprogramm – zurückgebracht werden. Sicherlich ist Ihnen klar, was auf dem Spiel steht.«

»Eine verzwickte Angelegenheit«, meinte Lanarck. »Aber ich mach' mich auf die Suche und bringe sie mit ein bißchen Glück zurück.«

Sechs Stunden später kam Lanarck auf dem Mondobservatorium an. Die Landeblende glitt auseinander; das Schiff schwebte hinein.

In der Kuppel entsicherte Lanarck die Luke und stieg aus. Der Chefastronom trat herbei. Ihm folgten die Mechaniker, von denen einer ein Instrument trug, das er am Rumpf von Lanarcks Raumschiff befestigte.

»Das ist eine Detektorzelle«, erklärte der Astronom. »Sie hat das Schiff, das Sie suchen, angepeilt. Solange die Anzeige im neutralen Bereich steht, sind Sie auf der richtigen Spur.«

»Und wohin ist sie schätzungsweise unterwegs?«

Der Astronom zuckte die Achsel. »Ihr Ziel liegt nicht in unserem Planetensystem. Sie ist längst am Fomalhaut vorbei und fliegt immer weiter hinaus.«

Lanarck schwieg. Isabel May drang in gefährliches Gebiet vor. In ein, zwei Tagen käme sie mit dem Clantlalan-System in Berührung, wo die Raumpatrouillen dieses finsteren, feindseligen Reiches alle anfliegenden Raumschiffe ohne Warnung zerstörten. Dahinter eröffnete sich eine Region schwarzer Sterne, von schwer zu klassifizierenden Leuten bewohnt, die nicht viel besser als Piraten waren. Im Anschluß daran lagen unerforschte und damit gefährliche Gebiete.

Die Mechaniker waren fertig. Lanarck kletterte wieder an Bord. Die Startblende glitt auseinander; er steuerte sein Schiff über die Startbahn und flog ins All hinaus.

Es folgte eine lange Woche; er überwand große Entfernungen. Das Imperium der Erde – nur mehr ein winziger Sternenhaufen – hatte er weit hinter sich gelassen. Das seitlich gelegene Clantlalan-System wurde immer heller. Als er es passierte, wurde er von seiner Sphäre angezogen. Er warf die Notgeneratoren an und fegte das Kriegsschiff vor sich weg. Eines Tages, so nahm Lanarck sich vor, würde er sich zwischen den Patrouillen hindurchschleichen und den Hauptplaneten bei den zwei roten Sonnen ansteuern, um sein so sorgsam gehütetes Geheimnis zu lüften. Jetzt konzentrierte er sich allerdings darauf, die Detektoranzeige in der Skalenmitte zu halten; Tag für Tag wurden die aufgefangenen Signale seiner Beute stärker.

Sie durchflogen den dunklen, von Banditen beherrschten Sternengürtel und gelangten in unbekanntes Gebiet, über das man nur wußte, was betrunkene Überläufer aus dem Clantlalan-System vom Stapel ließen: Dort gebe es Planeten mit gewaltigen Ruinen, dort kreise ein Asteroid, der mit tausend Schiffswracks übersät sei. Aber es kursierten noch viel unglaublichere Gerüchte. So ziehe angeblich ein Drache durch diese Region, der mit seinen Zähnen Löcher in Raumschiffe reiße; so hause einsam auf einem öden Planeten ein gottähnliches Wesen, das sich damit vergnüge, Welten zu erschaffen.

Die Signale der Detektorzelle wurden jetzt so stark, daß Lanarck die Geschwindigkeit drosselte, um nicht über seine Beute hinauszuschießen und das Signal zu verlieren. Isabel May schwenkte jetzt zu den Sternensystemen hinaus, die wie Glühwürmchen vorüberhuschten, als suchte sie einen Orientierungspunkt. Die Signale in der Detektorzelle wurden immer stärker.

Vor ihnen wurde ein gelber Stern heller. Lanarck wußte, daß Isabel May in nächster Nähe war. Er folgte ihr in das System dieses gelben Sterns und blieb auf ihrer Spur zu einem einzelnen Planeten. Bald erschien die Wölbung des Planeten in seinem Gesichtsfeld, woraufhin das Signal verlöschte.

Die hohe, klare Atmosphäre bremste Lanarcks Raumschiff ab. Darunter fand er eine graubraune sonnige Landschaft. Im Teleskop wirkte die Oberfläche einheitlich flach und steinig. Staubwolken ließen auf heftige Winde schließen.

Es war nicht schwer, Isabel Mays Schiff zu finden. Im Blickfeld seines Teleskops lag ein kubisches weißes Gebilde: das einzige Orientierungszeichen zwischen den Horizonten. Neben dem Gebäude stand das silbrige Raumschiff von Isabel May. Nicht ohne Furcht vor einem Schuß aus ihrem Nadelstrahler setzte er zur Landung an. Die Luke ihres Raumschiffs war geöffnet, aber von ihr selbst war nichts zu sehen, als er seinen Panzerkiel nahebei aufsetzte.

Die Luft war, wie sich zeigte, atembar. Er schnallte sich seinen Nadelstrahler um und trat auf den felsigen Boden. Heißer Wind schlug ihm entgegen, zerrte an ihm, trieb ihm Tränen in die Augen. Steinchen, die der Sturm über den Boden fegte, prasselten ihm gegen die Beine. Das Licht der Sonne brannte auf seine Schultern.

Lanarck inspizierte das Terrain, aber er entdeckte keine Lebenszeichen – weder im weißen Gebäude noch im Raumschiff – von Isabel May. Die dürre sonnige Ebene erstreckte sich, so weit das Auge reichte. Lanarck kehrte sich dem einsamen weißen Gebäude zu. Dort drinnen mußte sie sein. Hier also fand die Jagd, die ihn durch die Galaxis geführt hatte, ihr Ende.

II

Lanarck schritt um das Gebäude herum. An der Leeseite fand er einen niedrigen Türbogen. Aus dem Innern roch es nach Leben – tierisch-reptilienhaft. Er näherte sich, den Nadelstrahler schußbereit, dem Eingang.

»Isabel May!« rief er und lauschte. Der Wind heulte um die Ecke des Baumwerks; Steinchen wirbelten über die endlose, brütend heiße Öde. Sonst hörte er nichts.

Eine sonore Stimme drang in seinen Verstand.

»Sie ist nicht mehr hier, die du suchst.«

Lanarck blieb wie angewurzelt stehen.

»Tritt ruhig ein, Erdenmensch. Wir sind doch keine Feinde.«

Dunkel lag der Eingang vor ihm. Schritt für Schritt trat er ein. Nach dem gleißenden Sonnenlicht war der düstere Raum stockfinster wie eine mondlose Nacht. Lanarck blinzelte.

Allmählich nahm alles um ihn herum Gestalt an. Zwei Riesenaugen spähten durchs Dunkel; dahinter ragte eine kuppelförmige Masse auf. Gedanken schossen ihm durch den Kopf. »Warum bist du so ungebärdig? Dies ist kein Ort der Gewalt.«

Lanarck wurde verlegen. Auf der Erde wurde Telepathie nicht oft praktiziert. Dieses Geschöpf teilte sich ihm mit stummer Stimme mit, während er keine Ahnung hatte, wie er sich verständlich machen sollte. Er ließ es auf einen Versuch ankommen.

»Wo ist Isabel May?«

»An einem Ort, der dir nicht zugänglich ist.«

»Wie ist sie da hingekommen? Ihr Raumschiff steht draußen, und sie ist erst vor 'ner halben Stunde gelandet.«

»Ich habe sie hingebracht.«

Mit schußbereitem Nadelstrahler suchte Lanarck das Gebäude ab. Die Frau war nirgendwo zu sehen. Von banger Sorge erfaßt, rannte er plötzlich zum Ausgang und schaute hinaus. Die beiden Raumschiffe standen da, wie er sie zurückgelassen hatte. Er steckte den Nadelstrahler ins Halfter und kehrte zum Koloß zurück, der sich zu amüsieren schien.

»Nun – wer bist du, und wo ist Isabel May?«

»Ich bin Laoome«, kam die Antwort. »Laoome, das einstmalige Drittel von Narfilhet – Laoome, der Weltersinner, das letzte Stadium des fünften Universums ... Was die Frau betrifft, so habe ich sie auf ihren eigenen Wunsch hin in eine freundliche, aber unzugängliche Welt aus meiner Werkstatt geschickt.«

Lanarck machte ein verdutztes Gesicht.

»Sieh!« sagte Laoome.

Die Luft vor Lanarcks Augen begann zu flimmern. Ein dunkler Spuk erschien. In Armeslänge vor sich sah Lanarck eine durchscheinende Kugel, eine Miniaturwelt, die vor seinen Augen anschwoll wie ein Luftballon. Ihre Horizonte verschwanden hinter den Rändern des Ausschnitts. Kontinente und Meere, von Wolkentürmen verhangen, bildeten sich aus. Polare Eiskappen glitzerten stahlblau im Licht einer unsichtbaren Sonne. Dennoch schien die Welt nicht weiter als eine Armeslänge entfernt. Eine Ebene tauchte auf, von schwarzen Granitfelsen umrahmt. Die Farbe der Ebene, ein rötliches Ocker, rührte, wie er bald erkannte, vom Laubwerk rostbrauner Wälder her. Die Vergrößerung kam zum Stillstand.

Der Weltersinner sprach: »Was du vor dir siehst, ist wirklich und greifbar wie du selbst. Ich habe es aus meinem Denken erschaffen. Es existiert, bis ich es auf die gleiche Weise auslösche. Greif hin, berühr es!«

Das tat Lanarck. Das Gebilde schwebte in Armeslänge vor ihm; der rote Wald zerbrach unter seinen Fingerspitzen wie dürres Moos.

»Du hast ein Dorf zerstört«, bemerkte Laoome, der in atemberaubender Geschwindigkeit die Welt abermals vergrößerte, bis Lanarck sie aus einer Perspektive sah, als befände er sich dreißig Meter über dem Boden. Er erkannte die Verheerung, die seine Berührung soeben angerichtet hatte. Die Bäume, die viel größer waren, als er zunächst angenommen hatte, und Stämme von gut zehn Meter Durchmesser aufwiesen, waren wie Streichhölzer geknickt. Er sah eingestürzte primitive Hütten, aus denen gequälte Stimmen klangen, die schwach an Lanarcks Ohren drangen. Zermalmte Menschen lagen umher. Andere zerrten verzweifelt an den Trümmern.

Lanarck machte große Augen. »Da gibt's Leben. Menschen!«

»Ohne Leben ist eine Welt reizlos, ein bloßer Felsklumpen. Menschen wie dich verwende ich oft. Sie haben ein ausgeprägtes Gefühlsleben, beachtliche Initiative und ein großes Anpassungsvermögen für die verschiedenen Umgebungen, in die ich sie versetze.«

Lanarck betrachtete seine Fingerspitzen und dann das zerstörte Dorf. »Sind sie wirklich lebendig?«

»Gewiß. Und du würdest feststellen, könntest du mit einem davon reden, daß sie ein Geschichtsbewußtsein, ein völkisches Erbe und eine ihrer Umwelt vorzüglich angepaßte Kultur besitzen.«

»Aber wie kann einer eine Welt in allen Einzelheiten erschaffen? Die Blätter jedes Baumes, die Gesichtszüge jedes Menschen ...«

»Das wäre mühsam«, pflichtete Laoome ihm bei. »Ich mache mir nur eine allgemeine Vorstellung, bestimme die grundlegenden hypostatischen Gleichungen. Die Einzelheiten entwickeln sich von selbst.«

»Du hast zugelassen, daß ich Hunderte dieser – Menschen vernichtet habe.«

Wunderliche Fühler ergründeten seinen Verstand. Lanarck entging Laoomes Belustigung nicht.

»Ist dir das zuwider? Im nächsten Moment werde ich die ganze Welt auflösen ... Aber wenn du willst, kann ich das Unglück rückgängig machen. Sieh!«

Sofort war der Wald wieder unversehrt, war das Dorf in der schützenden, friedvollen Lichtung wieder ganz.

Lanarck wurde gewahr, daß der Rapport zwischen ihm und dem Weltersinner eigenartig verkrampft wurde. Er blickte sich um und sah, daß die großen Augen funkelten und der gewaltige schwarze Leib zuckte und bebte. Laoomes erdachte Welt wandelte sich. Lanarck beugte sich gebannt vor. Die stattlichen roten Bäume waren zu grauen kahlen Stämmen geschrumpft, die nun ins Schwanken gerieten. Schon stürzten die ersten um, fielen in sich zusammen wie Aschensäulen.

Über den Boden rollten schwarze Schleimkugeln und setzten mit grausiger Zielstrebigkeit den Dorfbewohnern nach, die verschreckt in alle Richtungen flohen.

Vom Himmel regnete es glitzernde Körner. Während die

Menschen in diesem Hagel umkamen, schienen die schwarzen Schleimgebilde nur Verletzungen davonzutragen. Blind sausten sie umher und vergruben sich verzweifelt in der schwankenden Erde, um den Schloßen zu entgehen. Jäher, als sie entstanden war, war die Welt wieder verschwunden. Lanarck riß seinen Blick von der Stelle los, an der sie geschwebt hatte, und sah sich um. Laoome war wieder der alte.

»Fürchte dich nicht.« Ruhige Gedanken erreichten ihn. »Der Wahn ist vorüber. Er überkommt mich nur selten. Ich kann mir diese Anfälle nicht erklären. Vielleicht entlädt mein Verstand den Druck der Konzentration, des exakten Denkens, durch reflexartige Spasmen. Jedenfalls war's ein leichter Anfall. Die Welt, auf die ich mich konzentriere, wird in der Regel völlig zerstört.«

Mit einemmal hörte die stumme Verständigung auf. Sekunden verstrichen. Dann flossen die Gedanken aufs neue.

»Ich will dir einen anderen Planeten zeigen – einen der interessantesten, die ich je ersonnen habe. Seit fast einer Million Erdenjahre entwickelt er sich in meinem Verstand.«

Die Luft vor Lanarcks Augen flimmerte. Aus dem Nichts erschien ein neuer Planet. Wie zuvor dehnte er sich aus, bis die Züge der Landschaft aus erdnaher Perspektive erkennbar wurden. Um die Welt, die keine zwei Kilometer Durchmesser hatte, spannte sich am Äquator ein Wüstengürtel. An einem Pol schimmerte ein See, am anderen stand ein Dschungel mit üppiger Vegetation.

Aus diesem Dschungel kroch, wie Lanarck nun bemerkte, eine pseudomenschliche Gestalt, die Karikatur eines Mannes mit schmalem kinnlosen Gesicht und glänzenden aufgeweckten Perlenaugen. Die Beine waren unnatürlich lang, die Schultern und Arme verkümmert. Der Halbmensch schlich zum Rand der Wüste, hielt kurz inne, blickte vorsichtig in beide Richtungen und rannte dann mit mächtigen Sätzen über den Sand zum jenseitigen Seeufer.

Er war kaum in der Mitte angelangt, als ein grausiges

Brüllen vernehmbar wurde. Am nahen Horizont türmte sich ein drachenähnliches Ungetüm auf. Mit atemberaubender Geschwindigkeit setzte es dem fliehenden Halbmenschen hinterher, der seinen Vorsprung knapp halten und sich auf die andere Seite retten konnte. Als der Drache den Wüstenrand erreichte, blieb er stehen und brüllte so schauerlich, daß es Lanarck kalt über den Rücken lief. Der Halbmensch trabte nun gemächlich zum Seeufer, legte sich flach auf den Boden und trank mit tiefen Zügen.

»Ein Experiment zur Evolution«, erläuterte Laoome. »Vor einer Million Jahren waren diese Geschöpfe Menschen wie du. Diese Welt ist von eigenartiger Beschaffenheit. An einem Ende findet sich Nahrung, am anderen Wasser. Um zu überleben, müssen die ›Menschen‹ mehr oder weniger täglich die Wüste überqueren. Der Drache wird mittels aktinischer Grenzen daran gehindert, die Wüste zu verlassen. Folglich sind die Menschen sicher, falls sie die Wüste zu überqueren vermögen.

Nun hast du gesehen, wie vorzüglich sie sich ihrer Umwelt angepaßt haben. Die Frauen, die es mit der Aufzucht der Nachkommenschaft schwerer haben, sind zum Ausgleich für dieses Handikap besonders flink geworden. Früher oder später freilich überkommt sie das Alter, das sie langsamer macht, bis sie schließlich erwischt und verschlungen werden.

Eine wunderliche Religion und eine Reihe von Tabus haben sich entwickelt. Ich werde als Gott des Lebens angebetet, und Shillal, wie sie den Drachen nennen, ist ihr Gott des Todes. Er spielt natürlich die wichtigste Rolle in ihrem Leben und prägt ihr ganzes Denken. Sie sind den elementaren Dingen verhaftet, diese Leutchen. Nahrung, Wasser und Tod sind zu einem Begriff verwachsen.

Sie können keine Waffen aus Metall gegen Shillal bauen, denn dazu fehlt auf ihrer Welt das Rohmaterial. Vor hunderttausend Jahren konstruierte einmal einer ihrer Häuptlinge eine Riesenschleuder, um Shillal mit angespitzten Stämmen zu beschießen. Unglücklicherweise zerrissen die

Fasern des Spannseils, so daß der Häuptling vom Rückprall getötet wurde. Dies wurde von den Priestern als Zeichen gedeutet und …

Sieh nur! Shillal erwischt eine müde alte Frau mit vollgesoffenem Bauch, die gerade in den Dschungel zurückkehren will!«

Lanarck bemerkte, daß das Ungetüm mächtig schluckte.

»Infolgedessen«, fuhr Laoome fort, »entwickelte sich ein Tabu, und es wurden nie wieder Waffen gebaut.«

»Warum nur hast du diesen Leuten ein so langes qualvolles Dasein bereitet?« wollte Lanarck wissen.

Es folgte ein unübersetzbares geistiges Achselzucken. »Ich meine es durchaus nur gut mit ihnen«, erklärte er. »Sie verehren mich als Gott. Sie bringen ihre Kranken und Versehrten auf einen bestimmten Hügel, der ihnen heilig ist, wo ich sie heile, wenn mir danach ist. Und was ihr Dasein betrifft, so genießen sie ihre kurze Lebensspanne genauso wie du.«

»Dennoch bist du als Urheber solcher Welten verantwortlich für das Glück der Bewohner. Wenn du es wirklich gut meinst, warum solltest du dann Leid und Schrecken dulden?«

Wieder antwortete Laoome mit seinem geistigen Achselzucken. »Ich verwende sozusagen unser eigenes Universum als Modell. Vielleicht gibt es einen zweiten Laoome, der sich Welten ausdenkt, in denen wir selbst leben. Wenn der Mensch an einer Krankheit stirbt, leben die Bakterien. Der Drache lebt, indem er Menschen frißt. Wenn der Mensch ißt, sterben Pflanzen und Tiere.«

Lanarck schwieg; er war darauf bedacht, seine Gedanken nicht an die Oberfläche seines Bewußtseins steigen zu lassen.

»Ich schätze, Isabel May ist auf keinem dieser beiden Planeten.«

»Richtig.«

»Ich bitte dich, mir zu ermöglichen, mit ihr in Verbindung zu treten.«

»Aber ich habe sie eigens auf eine Welt geschickt, um sie vor derlei Belästigungen zu schützen.«

»Ich glaube, es wäre für sie nur von Vorteil, mich anzuhören.«

»Meinetwegen«, erwiderte Laoome. »Ich will dir gerechterweise die gleiche Chance wie ihr einräumen. Geh auf diese Welt! Vergiß jedoch nicht, daß du das gleiche Risiko wie sie zu tragen hast. Wenn du auf Markavvel umkommst, bist du ebenso mausetot, als wärst du auf der Erde gestorben. Ich kann nicht Schicksal spielen und euer Leben beeinflussen.«

Es entstand eine Pause in Laoomes Gedanken, ausgefüllt von wirren Ideen, die in so rascher Folge auf Lanarck einstürmten, daß er sie nicht zu erfassen vermochte. Schließlich richteten sich Laoomes Augen wieder auf ihn. Lanarck spürte, wie Wissen in seinen Verstand strömte, wobei ihn ein leichter Schwindel befiel.

Während Laoome ihn stumm betrachtete, kam Lanarck zur Einsicht, daß Laoomes wuchtiger kuppelförmiger schwarzer Körper denkbar schlecht dem Leben auf diesem Planeten angepaßt war.

»Du hast recht«, gestand Laoome. »Ich stamme aus einem Jenseits, das dir fremd ist, verbannt vom dunklen Planeten Narfilhet, in dessen unergründlichen schwarzen Wassern ich geschwommen bin. Lang ist's her, aber dennoch kann ich nicht zurück.« Laoome versank von neuem in tiefe Sammlung.

Lanarck trat aufgeregt von einem Bein aufs andere. Draußen pfiff der Wind ums Gebäude. Laoome blieb stumm, während er wohl von den dunklen Meeren der alten Welt träumte. Lanarck bestürmte ihn mit ungeduldigen Gedanken.

»Wie komme ich zum Markavvel? Und wie komme ich zurück?«

Laoome erwachte aus seiner Versenkung. Seine Augen fixierten einen Punkt neben Lanarck. Die Öffnung, die in seine Traumwelten führte, tat sich ein drittes Mal auf. Aus dem Nichts erschien ein kleines Raumschiff. Lanarck kniff gespannt die Augen zusammen.

»Das ist 'ne 45-G – mein Schiff!« rief er.

»Nein, nicht das deine. Eins wie deins. Deins steht noch draußen.« Das Gefährt näherte sich allmählich bis auf Reichweite.

»Steig ein!« sagte Laoome. »Isabel May ist gegenwärtig in der Stadt, die am Scheitel des dreieckigen Kontinents liegt.«

»Aber wie komme ich zurück?«

»Steure dein Schiff, wenn du Markavvel verläßt, zum hellsten sichtbaren Stern. So durchbrichst du die mentalen Dimensionen in unser Universum.«

Lanarck griff in das imaginäre Universum hinein und zog das imaginäre Raumschiff dicht an die Öffnung. Als er die Luke aufwuchtete und behutsam einstieg, erreichten ihn Laoomes Abschiedsgedanken.

»Solltest du in Gefahr geraten, so kann ich nicht in den natürlichen Lauf der Ereignisse eingreifen. Andrerseits werde ich dir nicht absichtlich Gefahren in den Weg legen. Wenn das geschieht, so einzig aufgrund zwangsläufiger Umstände.«

III

Lanarck befürchtete, das Schiff würde sich unter seinen Füßen in Luft auflösen, als er die Luke hinter sich schloß. Aber das Schiff war durchaus stabil. Er blickte zurück. Der Spalt ins eigene Universum war verschwunden, ein strahlendblauer Stern an seine Stelle getreten. Er befand sich im All. Unter ihm schimmerte als Scheibe der Markavvel, der anderen Planeten, die er schon angeflogen hatte, ziemlich ähnlich war. Er drosselte den Antrieb und zog die Nase herunter. Das Schiff hielt auf den Markavvel zu.

Es schien eine angenehme Welt zu sein. Eine heiße weiße Sonne strahlte auf sie herab; blaue Ozeane bedeckten einen

Großteil der Oberfläche. Zwischen den verstreuten Landmassen entdeckte er einen dreieckigen Kontinent, der nicht groß war. Er bestand aus grünbewaldeten Bergen und einer Ebene im Landesinneren: eine erdähnliche Landschaft also, die nicht wie die meisten anderen Planeten befremdend anmutete.

In seinem Teleskop erspähte Lanarck die sich wirr ausdehnende weiße Stadt an einer Flußmündung. Er tauchte in die obere Atmosphäre ein, bremste und fing dreißig Meilen vor der Küste seinen Sturzflug ab. Die strahlendblauen Wellen kaum berührend, segelte er zur Stadt hin.

Nach wenigen Meilen ragten links von ihm die Basaltklippen einer Insel auf. In seiner Blickrichtung erschien auf dem Kamm einer Welle ein treibender schwarzer Gegenstand, der bald wieder in der Dünung verschwand: ein wackliges Floß mit einem blonden Mädchen darauf, das sich verzweifelt der Meereswesen zu erwehren versuchte, die auf die Planken klettern wollten.

Lanarck setzte das Schiff neben dem Floß auf dem Wasser auf. Die Brandung schleuderte das Floß hinauf und herum; es kippte und begrub das Mädchen unter sich.

Lanarck glitt durch die Luke und hechtete in das klare grüne Wasser. Er bemerkte unterentwickelte Menschengestalten, die in wirren Schwärmen zum Meeresgrund tauchten. An die Oberfläche paddelnd, schwamm er zum Floß, tauchte unter, packte das leblose Mädchen und zog es an die Luft.

Zum Atemschöpfen klammerte er sich kurz am Floß fest und hielt den Kopf des Mädchens über Wasser. Er ahnte, daß die Geschöpfe bald von neuem auftauchten. Dunkle Gestalten tummelten sich im Schatten, den das Floß warf, und eine klamme langfingrige Hand legte sich um seinen Knöchel. Er stieß zu und hatte das Gefühl, mit dem Fuß in ein Gesicht zu treten. Immer mehr dunkle Gestalten schwärmten herauf. Lanarck schätzte die Entfernung zum Raumschiff. Gute zehn Meter. Zu weit. Er kletterte auf das Floß und zerrte das Mädchen herauf. Er beugte sich über den Rand und wartete mit erhobenem Ruder, daß ein erstes Seewesen an der Oberfläche erschiene, um ihm den Schädel einzuschlagen. Sie kreisten jedoch in sechs Metern Tiefe unter dem Floß.

Das Blatt des Paddels war abgebrochen. Lanarck konnte das schwerfällige Gefährt damit nicht bewegen. Der Wind hatte das Raumschiff mittlerweile weiter abgetrieben. Dennoch kämpfte Lanarck eine Viertelstunde mit dem zerbrochenen Paddel; die Entfernung wurde immer größer. Er ließ das Paddel ärgerlich fallen und kehrte sich dem Mädchen zu, das im Schneidersitz auf den Planken saß und ihn nachdenklich musterte. Ohne ersichtlichen Anlaß mußte Lanarck mit einemmal an Laoome in seiner düsteren Behausung auf seiner stürmischen Welt denken. All das, überlegte er, als er von den klaren Mädchenaugen und dem sonnigen Meer zu den Bergen des vorausliegenden Kontinents blickte, war eine Idee in Laoomes Verstand.

Er schaute wieder zu dem Mädchen hinüber. Das strohblonde Haar ringelte sich in feinen Löckchen um das Gesicht, was sehr reizvoll aussah, wie Lanarck sich sagte. Nachdem es seinen Blick flüchtig erwidert hatte, erhob es sich graziös.

Als es zu ihm sprach, wunderte sich Lanarck, daß er seine Worte verstand. Als ihm einfiel, wie Laoome seinen Verstand bearbeitet, verändert und mit neuen Konzepten versetzt hatte, wunderte er sich nicht mehr.

»Danke für die Hilfe«, sagte die Frau. »Aber nun sitzen wir beide in der Patsche.«

Lanarck erwiderte nichts. Er kniete nieder und begann sich die Stiefel auszuziehen.

»Was hast du vor?«

»Schwimmen«, antwortete er. Die neue Sprache schien ihm eine Selbstverständlichkeit.

»Die Seewesen hätten dich schon nach ein paar Metern hinuntergezogen.« Sie deutete ins Wasser, wo es von kreisenden dunklen Gestalten nur so wimmelte. Lanarck wußte, daß sie recht hatte.

»Du bist auch von der Erde?« fragte sie ihn mit neugierigem Blick.

»Ja. Wer bist du, und was weißt du über die Erde?«

»Ich bin Jiro aus der Stadt da drüben, die Gahadion heißt. Die Erde ist die Heimat von Isabel May, die in einem Schiff wie dem deinen gekommen ist.«

»Es ist noch keine Stunde her, seit Isabel May angekommen ist! Wie kannst du sie kennen?«

»Noch keine Stunde?« wiederholte die Frau. »Sie ist schon seit drei Monaten hier«, fügte sie mit einem etwas bitteren Unterton hinzu.

Lanarck folgerte, daß Laoome in seinen Welten die Zeit ebenso willkürlich wie den Raum kontrollierte. »Wie kommst du auf dieses Floß?«

Sie deutete mit abschätziger Miene auf die Insel. »Die Priester haben mich geholt. Sie leben auf der Insel und holen Leute vom Festland. Mir ist gestern abend die Flucht gelungen.«

Lanarck blickte von der Insel zur Stadt auf dem Festland. »Warum läßt die gahadionische Obrigkeit die Priester gewähren?«

Ihre Lippen spitzten sich zu einem O. »Die Priester sind dem allmächtigen Laoome geweiht und somit unantastbar.«

Lanarck fragte sich, was für ein Evolutionsexperiment Laoome hier wohl veranstaltete.

»Von den Verschleppten kehren nur wenige aufs Festland zurück«, fuhr sie fort. »Wer ausbrechen kann und zugleich den Seewesen entkommt, flieht meist in die Wildnis. Wer nach Gahadion zurückkehrt, wird von Fanatikern verfolgt und manchmal wieder von den Priestern verschleppt.«

Lanarck schwieg. Schließlich betraf es ihn wenig, wie es diesen Leuten erging. Sie waren Phantasiegeschöpfe, die eine Phantasiewelt bewohnten. Wenn er Jiro so anblickte, fiel es ihm freilich schwer, diese Trennung tatsächlich zu vollziehen.

»Und Isabel May ist in Gahadion?«

Jiro verzog den Mund. »Nein. Sie wohnt auf der Insel. Sie ist die Dreimal Erleuchtete, die Hohepriesterin.«

Lanarck war verblüfft. »Warum hat man sie zur Hohepriestern gemacht?«

»Einen Monat nach ihrer Ankunft versuchte der Hierarch, der Kenntnis von der Frau erlangte, deren Haar gleich deinem schwarz wie die Nacht war, sie als Sklavin auf Drefteli, die Heilige Insel, zu schaffen. Sie tötete ihn mit ihrer Waffe. Da Laoome sie daraufhin nicht mit seinen Feuern verzehrte, lag auf der Hand, daß er ihr Tun billigte, so daß sie an der Stelle des zerrissenen Hierarchen Hohepriesterin wurde.«

Diese Philosophie, so überlegte Lanarck, würde auf Erden, wo die Götter diskreter in die menschlichen Geschicke eingriffen, als naiv gelten.

»Bist du ein Freund von Isabel May – oder ihr Liebhaber?« fragte Jiro behutsam.

»Wohl kaum.«

»Was willst du dann von ihr?«

»Ich bin gekommen, um sie auf die Erde zurückzubringen.« Er blickte skeptisch über die immer breiter werdende Kluft zwischen dem Floß und seinem Raumschiff. »Das war zumindest meine Absicht.«

»Du wirst sie bald zu sehen bekommen«, erklärte Jiro und deutete auf eine schlanke schwarze Galeere, die von der Insel näherkam. »Die Geweihten. Ich bin wieder Sklavin.«

»Noch nicht«, entgegnete Lanarck und tastete nach seinem Nadelstrahler im Halfter.

Die Galeere hielt, von zwanzig langen Rudern bewegt, auf sie zu. Auf dem Achterdeck stand eine junge Dame mit wehendem schwarzen Haar. Als ihre Züge sichtbar wurden, erkannte Lanarck das Gesicht auf Cardales Foto, das nun heiter und zuversichtlich wirkte.

Isabel May, die von den stummen Gestalten auf dem Floß zum Raumschiff blickte, das sich in einer Viertelmeile Abstand auf den Wellen wiegte, schien zu lachen. Die Galeere mit ihrer Besatzung aus großen blondschopfigen Männern drehte bei.

»Aha, der irdische Geheimdienst stattet mir einen Besuch ab.« Sie redete englisch. »Wie Sie mich gefunden haben, ist mir ein Rätsel.« Sie betrachtete neugierig sein ernstes Gesicht. »Wie haben Sie's geschafft?«

»Ich bin Ihrer Spur gefolgt und habe dann Laoome die Situation erklärt.«

»Und wie ist die Situation?«

»Ich möchte einen Kompromiß erreichen, der allen gefällt.«

»Ich tue, was ich will. Ob das anderen gefällt, ist mir gleichgültig.«

»Verständlich.«

Sie musterten sich gegenseitig. Plötzlich fragte Isabel May: »Wie heißen Sie?«

»Lanarck.«

»Nur Lanarck? Kein Rang? Kein Vorname?«

»Lanarck reicht.«

»Wie Sie wollen. Was soll ich nun mit Ihnen tun? Ich bin nicht nachtragend und will Ihre Karriere nicht hemmen. Aber ich müßte ein Don Quichote sein, würde ich Sie zu ihrem Raumschiff übersetzen. Mir geht's gut hier, und ich habe nicht die geringste Absicht, mein Eigentum an Sie auszuliefern.«

Lanarck griff nach seinem Nadelstrahler.

Sie sah ihm ohne jede Regung zu. »Ein nasser Nadelstrahler funktioniert nicht gut.«

»Meiner ist 'ne Ausnahme.« Lanarck fegte die Galionsfigur vom Bug.

Isabel Mays Gesichtsausdruck wandelte sich jäh. »Wie ich sehe, bin ich im Unrecht. Wie haben Sie das denn angestellt?«

»Ist 'ne Sonderanfertigung«, erwiderte Lanarck. »Nun muß ich Sie bitten, mich zu meinem Raumschiff zu bringen.«

Isabel May starrte ihn an. In ihren blauen Augen bemerkte Lanarck etwas Vertrautes. Wo hatte er solche Augen mit so einem Ausdruck schon einmal gesehen? Auf Fan, dem Freudenplaneten? In den Zauberhainen von Hycithil? Bei der Razzia in den Sklavenhütten von Starlen? In Tran, der Makropolis der Erde?

Sie wandte sich um und raunte ihrem Bootsmann etwas zu, einem sonnengebräunten Riesen, dessen blondes Haar ein Kupferband zusammenhielt. Nach einer Verbeugung entfernte er sich.

»Also gut«, sagte Isabel May. »Kommen Sie an Bord.«

Jiro und Lanarck kletterten über das beschnitzte Dollbord. Weißen Schaum aufwühlend, machte die Galeere nun Fahrt.

Isabel May richtete den Blick auf Jiro, die auf dem Deck saß und tieftraurig zur Insel Drefteli schaute. »Sie schließen schnell Freundschaft«, meinte Isabel zu Lanarck. »Sie ist sehr hübsch. Was haben Sie für Pläne mit ihr?«

»Sie ist eine entlaufene Sklavin. Ich habe keine Pläne. Diese Welt gehört Laoome; er macht die Pläne. Ich bin nur daran interessiert, Sie herauszuholen. Wenn Sie nicht zur Erde zurückwollen, dann geben Sie mir das Dokument heraus, das Sie mitgebracht haben, und bleiben Sie meinetwegen hier, so lange Sie wollen.«

»Bedaure. Das Dokument bleibt hier. Bitte, ich hab's nicht bei mir, also versuchen Sie nicht, mich zu durchsuchen.«

»Das klingt recht endgültig«, entgegnete Lanarck. »Wissen Sie, was in dem Dokument steht?«

»Mehr oder weniger. Ist quasi ein Blankoscheck auf das Vermögen der Welt.«

»Eine gute Umschreibung. Wenn ich diese ganze traurige Angelegenheit richtig verstehe, sind Sie ungehalten wegen der Behandlung, die Ihrem Vater zuteil geworden ist.«

»Gelinde gesagt – ja.«

»Würde Geld helfen, Ihren Schmerz zu lindern?«

»Ich will kein Geld. Ich will Rache. Ich will Gesichter in den Dreck treten; ich will den Leuten die Hölle heiß machen.«

»Dennoch sollten Sie Geld nicht abschlagen. Es ist schön, reich zu sein. Sie haben Ihr Leben noch vor sich. Und ich glaube kaum, daß Sie es hier verbringen möchten – hier im Kopf von Laoome.«

»Richtig.«

»Also nennen Sie 'ne Zahl.«

»Ich kann Kummer und Ärger nicht in Dollar messen.«

»Warum nicht? Eine Million? Zehn Millionen? Hundert Millionen?«

»Halt. Weiter kann ich nicht zählen.«

»Das wäre die Zahl.«

»Was nützt mir schon Geld? Sie stecken mich wieder nach Nevada.«

»Nein. Dafür verbürge ich mich persönlich.«

»Zwecklos. Ich kenne Sie nicht einmal.«

»Das wird sich auf der Rückfahrt zur Erde schon ändern.«

Isabel May meinte: »Lanarck, Sie sind ein Überredungskünstler. Offengestanden habe ich Heimweh.« Sie kehrte sich ab und schaute übers Meer aus. Lanarck beobachtete sie. Sie war unbestreitbar attraktiv; es fiel ihm schwer, den Blick von ihr zu nehmen. Als er sich aber neben Jiro auf der Bank niederließ, spürte er eine andere, stärkere Empfindung. Das Gefühl störte ihn; er versuchte, es wegzuschieben.

IV

Vor ihnen trieb schaukelnd das Raumschiff in den Wellen. Die Galeere glitt mit großer Geschwindigkeit durchs Wasser, und die Ruderer zügelten beim Näherkommen das Tempo nicht. Lanarck kniff die Augen zusammen, sprang auf die Beine und brüllte. Schon rammte die Galeere das Raumschiff und drückte es unter den eisenbeschlagenen Kiel. Wasser flutete in die offene Luke; das Raumschiff ging zitternd unter, sank als dunkler Schatten in die grüne Tiefe.

»So ein Pech!« rief Isabel. »Andererseits sind wir nun gleichgestellt. Sie haben einen Nadelstrahler, ich habe ein Raumschiff.«

Lanarck setzte sich stumm. Nach einer Weile sagte er: »Wo ist denn Ihr Nadelstrahler?«

»In die Luft geflogen, als ich ihn an den Schiffsgeneratoren aufladen wollte.«

»Und wo ist Ihr Schiff?«

Isabel lachte darüber. »Erwarten Sie etwa, daß ich Ihnen das sage?«

»Warum nicht? Ich würde Sie nicht hier sitzenlassen.«

»Trotzdem werd' ich's Ihnen nicht sagen.«

Lanarck wandte sich an Jiro. »Wo ist das Raumschiff von Isabel May?«

Isabel sagte in herrischem Ton: »Als Hohepriesterin des allmächtigen Laoome befehle ich dir zu schweigen!«

Jiro blickte unschlüssig von ihr zu ihm. »Es steht auf dem Platz des Malachittempels in Gahadion«, verriet sie schließlich.

Isabel schwieg. »Laoome spielt uns Streiche«, erklärte sie dann. »Jido hat sich in Sie verliebt, und Sie sind offenbar nicht uninteressiert an ihr.«

»Laoome wird sich nicht einmischen«, entgegnete Lanarck.

Isabel lachte verbittert. »Das hat er mir auch versichert ... Aber siehe da! Ich bin Hohepriesterin. Darüber hinaus hat er mir zugesagt, daß ich auf Markavvel vor weiteren Belästigungen sicher wäre. Trotzdem sind Sie hier!«

»Es liegt mir fern, Sie zu belästigen«, erwiderte Lanarck barsch. »Warum beschließen wir nicht einfach unsere Feindschaft?«

»Ich lege keinen Wert auf eine Freundschaft mit Ihnen. Und als Feind stellen Sie kein ernstes Problem dar. Jetzt!« rief Isabel, als der kräftige Bootsmann hinzutrat.

Der Bootsmann warf sich plötzlich auf Lanarck. Lanarck wirbelte herum, duckte sich und stemmte den Angreifer hoch. Der blondhaarige Bootsmann landete auf allen vieren im Kielraum, wo er betäubt liegen blieb.

Eine weiche Hand streifte über Lanarcks Oberschenkel. Er strich sich das glatte schwarze Haar aus der Stirn und sah zurück. Isabel May grinste ihm ins Gesicht. Sein Nadelstrahler baumelte an ihren Fingern.

Jiro erhob sich von der Bank. Ehe Isabel sich versah, hatte Jiro ihr die Hand ins Gesicht geschlagen und mit der anderen den Nadelstrahler entrissen. Sie richtete die Waffe auf Isabel.

»Setzen!« befahl Jiro.

Isabel weinte vor Zorn, als sie auf die Bank niedersackte.

Jiro ging, den Nadelstrahler vor sich haltend, auf die Ruderer zu. Sie strahlte vor Freude.

Lanarck rührte sich nicht.

»Ich übernehme das Kommando«, sagte Jiro. »Du – Isabel, sag deinen Männern, sie sollen nach Gahadion rudern!«

Widerspenstig erteilte Isabel den Befehl dazu. Die schlanke schwarze Galeere wendete den Bug in Richtung Stadt.

»Das mag zwar ein Sakrileg sein«, meinte Jiro, »aber nach der Flucht von Drefteli sitze ich sowieso schon in der Patsche.«

»Was hast du jetzt vor, da du das Sagen hast?« wollte Lanarck wissen, der sich langsam näherte.

»Zuerst probier' ich diese Waffen bei jedem aus, der meint, sie mir abnehmen zu müssen.« Lanarck wich zurück. »Dann ... Aber das wirst du schon sehen.«

Die weißen Mauern von Gahadion über dem Wasser rückten rasch näher.

Isabel saß trotzig auf der Bank. Lanarck hatte keine andere Wahl, als den Dingen ihren Lauf zu lassen. Er setzte sich und beobachtete Jiro aus den Augenwinkeln. Sie stand hoch aufgerichtet hinter der Bank von Isabel und blickte mit ihren klaren Augen über die wogende, strahlende See. Der Wind blies ihr Haar zurück und drückte ihre Tunika gegen ihren schlanken Körper. Ein tiefer, trauriger Seufzer kam über Lanarcks Lippen. Sie würde sich in nichts auflösen, sobald Laoome an seiner Welt Markavvel kein Gefallen mehr fände. Sie war weniger als ein Schatten, weniger als eine Illusion, weniger als ein Traum. Lanarck schaute hinüber zu Isabel, der Erdenfrau, die seinen Blick trotzig begegnete. Sie war freilich echt.

Sie fuhren in die Flußmündung ein und hielten auf die weißen Kaimauern von Gahadion zu. Lanarck erhob sich. Er blickte in die Stadt hinüber. Nachdem er die Menschen im Hafen in ihren weißen, blauen und roten Tuniken eine Weile betrachtet hatte, wandte er sich an Jiro. »Nun muß ich meine Waffe wieder an mich nehmen.«

»Bleib mir vom Leib, oder ich ...« Lanarck zog ihr die Waffe aus der schwachen Hand. Isabel verfolgte das nicht ohne Schadenfreude.

Ein dumpfes Dröhnen wie das Pochen eines riesigen Herzens ertönte am Himmel. Lanarck hob den Kopf und lauschte. Am Horizont bemerkte er eine seltsame Wolke, die an ein Band aus glänzendem Metall erinnerte und im Takt mit dem himmlischen Pochen anschwoll. Mit unglaublicher Geschwindigkeit streckte sie sich in die Länge, bis sie den Horizont in allen Richtungen bedeckte. Das Pochen wuchs zu gewaltigem Donner an. Die Luft wurde dick und bedrohlich schwer. Ein schrecklicher Gedanke schoß Lanarck durch den Kopf. Er drehte sich um und schrie auf die erschrockenen Ruderer ein, die ihre Riemen untätig herunterhängen ließen.

»Schnell – anlegen!«

Sie zogen mit aller Kraft an den Riemen, aber die Galeere wurde nicht schneller. Das Flußwasser schien ölig, klebrig und zähflüssig geworden zu sein. Langsam kämpfte sich die Galeere zum Kai. Lanarck ließ die entsetzte Isabel auf der einen und Jiro auf der anderen Seite von sich nicht aus den Augen.

»Was ist das?« flüsterte Isabel. Lanarck beobachtete den Himmel. Das helle metallische Wolkenband teilte sich zitternd in ein zweites, das wallend über ihnen am Himmel aufzog.

»Ich hoffe, ich irre mich«, meinte Lanarck, »aber ich befürchte, daß Laoome den Verstand verliert. Da – unsre Schatten!« Er kehrte sich der Sonne zu, die zuckte wie ein sterbendes Insekt. Seine schlimmsten Ängste wurden Wirklichkeit.

»Das kann doch nicht sein!« rief Isabel. »Was wird geschehen?«

»Nichts Gutes.«

Die Galeere legte schwankend an. Lanarck half Isabel und Jiro beim Aussteigen und sprang dann selbst an Land.

Scharen von großen blondhaarigen Menschen hasteten aufgeregt durch die Straße.

»Zum Raumschiff!« Lanarck mußte schreien, um in diesem Tumult gehört zu werden. Entsetzen lähmte seinen Verstand: Was würde mit Jiro passieren?

Er schob den Gedanken weit von sich. Isabel zerrte an ihm. »Kommen Sie, schnell!«

Er packte Jiro bei der Hand und lief hinter Isabel zum Tempel am Ende der Straße.

Die Luft wurde drückend; es regnete warme rote Kügelchen: kleine scharlachrote Quallen, die wie Nesseln auf der bloßen Haut brannten. Die Stimmen schlugen zu hysterischem Gekreische um. Das rote Plasma verschmolz zu einem rosaroten Schleim, der den Boden bald knöcheltief bedeckte.

Isabel glitt aus und stürzte der Länge nach in den tückischen Brei. Mit Hilfe von Lanarck rappelte sie sich wieder auf die Füße.

Sie rannten weiter zum Tempel. Lanarck stützte die beiden Mädchen und beobachtete besorgt die Gebäude am Straßenrand.

Der Regen hörte auf, aber schon stand in allen Straßen die schleimige Brühe.

Der Himmel bekam eine neue Farbe – aber welch eine Farbe! Sie gehörte in kein Spektrum. Nur ein wahnsinniger Gott konnte eine solche Farbe ersinnen.

Der rote Schleim gerann und zerfiel wie Quecksilber; im nächsten Augenblick verklumpten die Kügelchen, und es entstanden daraus unzählige hellblaue Zwerglein, kaum daumengroß. Sie rannten, hüpften und tollten hin und her.

Ein wogender blauer Teppich aus winzigen starrmienigen Homunculi lag in den Straßen. Die Däumlinge klammerten sich an Lanarcks Kleider, flitzten ihm wie Mäuse über die Beine hinauf. So gequält sie auch wimmerten, er zertrampelte sie einfach unter den Sohlen.

Die Sonne, die krampfhaft zuckte, kam allmählich zur Ruhe, verlor ihren Glanz und bekam abgeflachte Pole und Furchen. Die Menge verstummte scheu, als die Sonne dann mit einemmal in eine weiße Staubwolke zerfiel, lang wie fünf Sonnen, breit wie eine. Sie schlängelte sich durch den seltsam gefärbten Himmel von Markavvel heran.

Wie von Sinnen stürzten die Gahadioner durch die weiten Straßen. Lanarck und die beiden Frauen wären fast zertrampelt worden, als sie sich über eine Querstraße vorwärtskämpften.

Auf einem kleinen Platz fanden sie an einem Marmorbrunnen Zuflucht. Lanarck hatte Distanz gewonnen: eine traumwandlerische zu dieser alptraumhaften Szenerie.

Ein blaues Menschlein kletterte ihm ins Haar. Es sang mit kleiner heller Baritonstimme. Lanarck setzte es auf den Boden. Allmählich konnte er wieder klar denken. Das war kein Alptraum; das war echt, wie immer man diese Welt auch deuten mochte! Nur keine Zeit verlieren! Der Menschenstrom versiegte; der Weg war ziemlich frei. »Weiter!« Er zerrte an den beiden Mädchen, die die Hagelwolke am Himmel beobachtet hatten.

Als sie losstürzten, vollzog sich die Metamorphose, die er erwartet und gefürchtet hatte. Die Materie von Gahadion und ganz Markavvel wandelte sich in unnatürliche Substanzen um. Die weißen Marmorbauten zerbröckelten zu Asche, sackten unter dem eigenen Gewicht zusammen. Der Malachittempel mit seiner hohen Kuppel auf grünen Säulen schwankte und zerfiel zu einem teigigen Haufen. Lanarck feuerte die keuchenden Frauen zu größerem Tempo an.

Die Gahadioner rannten nicht weiter; sie hatten kein Ziel mehr. Sie blieben stehen und blickten starr vor Schreck zum

Himmel, den der glitzernde Hagel bedeckte. Jemand schrie: »Laoome, Laoome!« Andere stimmten ein: »Laoome, Laoome!«

Laoome gab, auch wenn er sie hören mochte, kein Zeichen.

Lanarck behielt die Leute besorgt im Auge, befürchtete er doch, daß auch sie als Traumgeschöpfe eine grausige Wandlung befiele, die Jiro ebenfalls hinwegraffen würde. Was hätte es für einen Sinn, sie überhaupt zum Raumschiff mitzunehmen? Sie könnte außerhalb Laoomes Denken gar nicht existieren ... Aber wie könnte er sie einfach zurücklassen?

In den Boden kam Bewegung. Schwarze Pyramiden schossen aus der Erde auf, wuchsen mächtig in die Höhe und ragten bald als schwarze Pfeile in den Himmel.

Lanarck entdeckte das Raumschiff, das noch ganz und unversehrt war, weil es vielleicht aus dauerhafterem Denkstoff als Markavvel selbst bestand. Unter seinen Füßen bebte die Erde, als zerfiele der Kern des Planeten. Noch hundert Meter bis zum Raumschiff! »Schneller!« schnaubte er den Mädchen zu.

Während ihrer ganzen wilden Flucht hatte er den Untergang der Stadt verfolgt. Wie ein eisiger Windhauch fuhr ihm der Gedanke durch den Kopf, daß nun das Ende bevorstand. Auch die Gahadioner wußten darum. Verdutzt taumelten sie umher, betrachteten ihre Hände, betasteten ihr Gesicht.

Zu spät! Lanarck hatte tatsächlich geglaubt, Jiro könne ihre Identität bewahren, wären sie erst draußen im All, weg von Markavvel. Aber es war schon spät! Die Körper der Gahadioner wurden brandig. Sie umklammerten ihr schrumpfendes Gesicht, schlotterten am ganzen Leib und stürzten, weil die welkenden Beine sie nicht mehr zu tragen vermochten.

Entsetzt spürte Lanarck, wie eine der Hände, die er hielt, hart und runzlig wurde. Als die Beine des Mädchens erlahmten, brach es zusammen. Lanarck blieb stehen, drehte sich um und betrachtete betrübt das Häuflein, das einmal Jiro gewesen war.

Der Boden unter ihm schwankte. Sterbende Gahadioner wälzten sich auf der Straße. Am seltsamen Himmel zog der Hagel heran. Schwarze Säulen schossen in die Höhe. Doch um alles das kümmerte sich Lanarck nicht. Vor ihm stand Jiro – eine keuchende, vor Erschöpfung taumelnde Jiro, aber eine unversehrte Jiro! Auf dem Marmorpflaster war das verkümmerte Traumgeschöpf gestorben, das er für Isabel May gehalten hatte. Indem er Jiro bei der Hand nahm, drehte er sich um und eilte zum Raumschiff.

Nachdem er die Luke aufgeworfen hatte, schob er Jiro hinein. Als er die Außenhülle berührte, merkte er, daß auch mit dem Raumschiff eine Wandlung vor sich ging. Das kalte Metall hatte ein zuckendes Eigenleben entwickelt. Lanarck verrammelte die Luke und riß ungeachtet der Bruchgefahr für die kalten Schubröhren den Antriebshebel zurück.

Mit einem Ruck hob das Raumschiff ab, raste im Slalom durch den Wald aus glänzend schwarzen Säulen, die nun aberhundert Kilometer aufragten, und flog einen halsbrecherischen Tausend-Kilometer-Bogen, um dem großen Hagel auszuweichen, der jeden Augenblick losbrechen mußte. Als das Schiff ins All vorstieß, sah Lanarck hinter sich den Hagel schon eine halbe Hemisphäre ausfüllen, schon an den hohen schwarzen Säulen rütteln.

Lanarck hielt mit Höchstgeschwindigkeit auf den Leitstern zu, der mit seinem hellen bläulichen Schein den einzigen Orientierungspunkt am Himmel darstellte. Alles andere stürzte in wirbelndem Strom durchs schwarze All: Staubkörner im Tintenfaß.

Mit einem flüchtigen Blick auf Jiro sagte Lanarck: »Als ich schon meinte, nun könne mich wirklich nichts mehr überraschen, starb Isabel May, während du, Jiro die Gahadionerin, lebst.«

»Ich bin Isabel May. Das hast du längst gewußt.«

»Ich wußte es, ja, denn eine andere Möglichkeit gab's nicht.« Er legte die Hände gegen den Schiffsrumpf. Das Metall war nicht mehr unpersönlich kalt, sondern fühlte sich warm und lebendig an. »Tja, wenn wir aus diesem Chaos rauskommen, so ist das ein Wunder.«

Die Wandlung vollzog sich rasch. Es schrumpften die Schalter und Hebel; die Luken wurden milchig trüb wie Knorpel. Antrieb und Armaturen wurden gewundene Organe; die Wände waren rosiges, feuchtes, pulsierendes Fleisch. Von draußen drang ein Laut herein, der wie Flügelschlag klang; um ihre Füße strömte ein dunkler Saft. Lanarck – kreidebleich – schüttelte den Kopf. Isabel drückte sich an ihn.

»Wir sind in einem – Bauch!«

Isabel gab keine Antwort.

Ein Knall wie von einem Sektkorken; trübes Licht. Lanarck hatte das Raumschiff richtig gesteuert; es war ins normale Universum durchgestoßen und hatte sich damit selbst zerstört.

Die zwei Erdenmenschen fanden sich auf dem Boden von Laoomes Behausung wieder. Zunächst konnten sie ihre Niederkunft nicht fassen; sie hielten die sichere Landung lediglich für einen weiteren Szenenwechsel.

Lanarck erlangte das Gleichgewicht wieder. Er half Isabel auf die Beine; gemeinsam betrachteten sie Laoome, der mitten in seinem Krampfanfall steckte. Zuckungen liefen ihm über die schwarze Haut, die großen Augen waren leer und glasig.

»Hauen wir ab!« flüsterte Isabel.

Lanarck nahm sie wortlos beim Arm; sie traten in die gleißende, stürmische Wüste hinaus. Dort standen nach wie vor die beiden Raumschiffe. Lanarck führte Isabel zu dem seinen, öffnete die Luke und winkte sie hinein. »Ich geh' noch mal kurz zurück.«

Lanarck blockierte den Antriebshebel. »Nur um vor neuen Überraschungen gefeit zu sein.«

Isabel erwiderte nichts.

Nachdem er zum Raumschiff, das Isabel May hergebracht hatte, hinübergegangen war, blockierte er dessen Antrieb ebenfalls. Dann begab er sich in das weiße Betongebäude.

Isabel lauschte, aber der heulende Wind erstickte alle anderen Geräusche. Hatte sie soeben nicht einen Nadelstrahler gehört? Sie war sich nicht sicher.

Lanarck verließ das Gebäude. Er kletterte an Bord und verschloß die Luke. Schweigend warteten sie, bis die Schubröhren aufgewärmt waren; schweigend legte er den Antriebshebel um, woraufhin das Schiff abhob.

Erst als sie weit draußen im All waren, brachen sie das Schweigen.

Lanarck sah Isabel an. »Woher hast du von Laoome gewußt?«

»Von meinem Vater. Hat Laoome vor zwanzig Jahren einen kleinen Gefallen getan – eine lästige Eidechse getötet oder dergleichen.«

»Und deshalb hat Laoome dich vor mir verborgen, indem er eine Traum-Isabel geschaffen hat?«

»Richtig. Er ließ mich wissen, daß du mich suchen kommst. Er richtete es so ein, daß du einer falschen Isabel May begegnen würdest, so daß ich mir ohne dein Wissen ein Bild von dir machen könnte.«

»Warum hast du so wenig Ähnlichkeit mit der Fotografie?«

»Ich war wütend; ich ließ mich praktisch heulend und zähneklappernd ablichten. Ich hoffe doch sehr, daß ich so nicht aussehe.«

»Was ist mit dem Haar?«

»Es ist gebleicht.«

»Hat die andere Isabel gewußt, wer du bist?«

»Ich glaube nicht. Nein, bestimmt nicht. Laoome hat sie mit meinem Gemüt und Gedächtnis ausgestattet. Sie war sozusagen ich.«

Lanarck nickte. Davon also hatte die Vertrautheit hergerührt. Dann meinte er nachdenklich: »Sie war ein guter Beobachter. Sie redete von großer Sympathie zwischen dir und mir. Ob sie damit recht hatte?«

»Hatte sie?«

»Darauf werden wir später zurückkommen ... Nun noch eins: die Dokumente mit der Kennung.«

Isabel lachte. »Es gibt keine Dokumente.«

»Keine Dokumente?«

»Nein. Willst du mich durchsuchen?«

»Wo sind die Dokumente?«

»Dokument – im Singular. Ein Zettelchen. Hab' ihn zerrissen.«

»Und was stand auf dem Zettel?«

»Die Kennung. Ich bin der einzige lebende Mensch, der sie weiß. Meinst du nicht auch, daß man ein solches Geheimnis für sich behält?«

Lanarck überlegte kurz. »Ich würd's trotzdem gern wissen. So ein Wissen ist immer nützlich.«

»Wo sind die hundert Millionen Dollar, die du mir versprochen hast?«

»Sie warten auf der Erde auf dich. Sobald du dort bist, kannst du dich mit Hilfe der Kennung bedienen.«

Isabel lachte. »Du denkst sehr praktisch. Was ist denn mit Laoome gewesen?«

»Laoome lebt nicht mehr.«

»Wie kommt's?«

»Ich habe ihn getötet. Seine Traumgestalten, waren die echt? Mir kamen sie echt vor, und sie selbst hielten sich auch für echt. Ist man verantwortlich für das, was in einem Alptraum passiert? Ich weiß es nicht. Jedenfalls gehorchte ich meinen Instinkten – oder meinem Gewissen, wie immer man es nennen mag – und brachte ihn um.«

Isabel May ergriff seine Hand. »Meine Instinkte sagen mir, daß ich dir vertrauen kann. Die Kennung besteht aus einem Verspaar:

Tom, der Musikantensohn,
stahl ein Schwein und lief davon.

V

Lanarck meldete sich bei Cardale zurück. »Ich freue mich, Ihnen mitteilen zu können, daß die Affäre einen glücklichen Ausgang gefunden hat.«

Cardale musterte ihn skeptisch. »Was genau soll das heißen?«

»Die Kennung ist sichergestellt.«

»Tatsächlich? Wo sichergestellt?«

»Ich hielt es für besser, die Kennung erst nach Rücksprache mit Ihnen herzubringen.«

»Ihre Vorsicht ist wohl doch ein klein wenig übertrieben. Was ist mit Isabel May? Ist sie in polizeilichem Gewahrsam?«

»Um die Kennung zu bekommen, mußte ich ihr breite, aber durchaus vertretbare Zugeständnisse machen – so einen vollständigen Strafverlaß, Einstellung aller Verfahren gegen sie, eine offizielle Entschuldigung und Wiedergutmachungszahlungen für die irrtümliche Haft und andere allgemeine Schadenszufügungen. Sie verlangt eine amtliche Urkunde, in der diese Zugeständnisse anerkannt werden. Wenn Sie die Urkunde vorbereiten könnten, würde ich sie überbringen und damit die ganze Angelegenheit endgültig aus der Welt schaffen.«

Cardale erwiderte kühl: »Wer hat Sie berechtigt, derart weitreichende Zugeständnisse auszuhandeln?«

Lanarck entgegnete gelassen: »Wollen Sie die Kennung haben?«

»Selbstverständlich.«

»Dann tun Sie, was ich sage.«

»Sie sind ja noch viel arroganter, als Detering Sie beschrieben hat.«

»Die Resultate sprechen für sich, Sir.«

»Wie kann ich sichergehen, daß sie von der Kennung keinen Gebrauch macht?«

»Soviel ich weiß, können Sie sie jetzt abrufen und ändern.«

»Wie weiß ich, daß sie sie nicht schon ausgenützt hat – bis zum Gehtnichtmehr?«

»Ich sprach doch von Ausgleichszahlungen. Die Summe wurde bereits angewiesen.«

Cardale fuhr sich mit den Fingern durchs Haar. »Wie hoch ist der Schaden?«

»Der Betrag ist an sich belanglos. Selbst wenn Isabel May unverschämt hohe Forderungen gestellt hätte, könnten sie den Schaden, der ihr zugefügt worden ist, nur zum Teil aufwiegen.«

»... sagen Sie.« Cardale wußte nicht, ob er aufbrausen, drohen oder die Hände ringen sollte. Schließlich lehnte er sich in seinen Bürosessel zurück. »Die Urkunde ist bis morgen fertig, dann können Sie die Kennung bringen.«

»In Ordnung, Mr. Cardale.«

»Ich würde – unter der Hand, wenn Sie wollen – gern erfahren, wieviel sie zum Ausgleich genommen hat.«

»Wir haben hundertundeins Millionen siebenhundertzweiundsechzig Dollar auf verschiedene persönliche Konten überwiesen.«

Cardale machte große Kinderaugen. »Ich dachte, sie wollte auf unverschämt hohe Forderungen verzichten, sagten Sie!«

»Eine hohe Summe fiel uns ebensoleicht wie eine niedrige.«

»Sicherlich sogar noch leichter. Eine allerdings seltsame Zahl. Warum die siebenhundertzweiundsechzig Dollar?«

»Das, Sir, ist ein Betrag, der mir zusteht, den der Schatzmeister mir aber nicht gutschreiben will. Es handelt sich hierbei um Spesen von einem früheren Fall: Schmiergelder, Schnaps und die Dienste einer Prostituierten, falls Sie's genau wissen wollen.«

»Und wozu die Million extra?«

»Dabei handelt es sich um einen Eventualfond zu meiner Verfügung, damit ich in Zukunft vor so was Ruhe habe. Darüber hinaus handelt sich es sich um ein bescheidenes Schmerzensgeld für den Ärger mit dem Schatzmeister.«

Damit war Lanarck aufgestanden. »Also bis morgen um die gleiche Zeit, Sir.«

»Bis morgen, Lanarck.«

Traumschloß

Schon bei der ersten Begegnung mit Douane Angker von Marlais & Angker, einer Klasse-III-Baufirma, empfand Farrero eine Abneigung gegen ihn; daß dieses Gefühl auf Gegenseitigkeit beruhte, verrieten ihm Angkers spöttisch hochgezogene Mundwinkel. Angker, ein kleiner robuster Typ, war ein harter schmieriger Bursche und glich nicht nur äußerlich einem Zigarrenstummel, der zuletzt am bittersten schmeckt.

Farrero lernte den anderen Teilhaber der Firma, Leon Marlais, weder bei dieser Gelegenheit noch während seiner späteren Anstellung kennen. Wenn er ihm auf der Straße begegnet wäre, hätte er ihn nicht erkannt – denn Marlais wollte nicht erkannt werden. Sein übersteigertes Einzelgängertum war mit einem normalen Bedürfnis nach Ruhe und Abgeschiedenheit nicht mehr zu vergleichen.

Angker pflegte eine solche Zurückgezogenheit nicht. Die Tür zu seinem Büro stand den ganzen Tag offen. Das technische Personal im anschließenden Konstruktionsbüro konnte ihn den ganzen Tag werkeln und schuften sehen, sein Gebrüll, wenn er über den Bildschirm Weisungen erteilte und zum Nachdruck mit der Faust auf den Tisch klopfte.

Farrero mied dieses Büro und erschien nur, wenn er neue Aufträge erhielt. Er war überzeugt, daß man mit seiner Arbeit zufrieden war. Denn andernfalls hätte Angker ihn längst in hohem Bogen rausgeschmissen. Als er jedoch eines Tages an Angkers Bürotür klopfte, wußte er, daß er sich Ärger einhandeln würde.

»Herein!« rief Angker, ohne von seinem Schreibtisch aufzusehen. Farrero, der schwerhörig war, stellte sein Hörgerät lauter und spazierte hinein.

»Guten Morgen«, grüßte er.

Angker blickte nur flüchtig auf.

Farrero legte zwei Mikrofilme auf den Schreibtisch. »Fertig. Westgeller hat sie schon gesehen. Er ist einverstanden.«

»Westgeller? Der kann sich das leisten.« Angker steckte die Filmstreifen in den Schlitz auf seinem Schreibtisch.

»Die Kreditabteilung schätzt ihn sehr«, erklärte Farrero. Von dort, wo er stand, sah Angkers gesenktes, perspektivisch verkürztes Gesicht wie eine rohe Maske aus. »Er stellte Hartglas her«, informierte Farrero, »wie es für touristische U-Boote verwendet wird. Daneben ist er am Mond-Bergbau beteiligt.«

Der Bildschirm an der Rückwand flimmerte auf und gab das holografische Bild eines stattlichen Hauses vor einem finsteren Tannenwald wieder. Es war ein altmodisches Haus mit hohen Giebeln und vielen Schornsteinen, offenbar dunkelrot mit weißgrauen Verzierungen; die Solarzellen auf dem Dach schimmerten in satten Kupfertönen. Die mächtigen Tannen dahinter reichten fast unmittelbar ans Haus heran; schattige Schneisen gewährten tiefen Einblick in den endlosen Wald. Der sanft gewellte Rasen vor dem Haus war von bunten Blumenbeeten eingefaßt. Es handelte sich eindeutig um ein Haus der Klasse III.

»Tja«, brummte Angker, »gute Arbeit, Farrero. Wo liegt das Anwesen?«

»Fünfundsiebzig Kilometer von Minusinsk am Yenisei.« Farrero ließ sich in einen Sessel fallen und überkreuzte die Beine. »Vierundfünfzigster Breitengrad.«

»Dann ist er ja Stunden dorthin unterwegs«, meinte Angker wenig begeistert.

»Er sagt, es gefällt ihm dort. Winter – Schnee – Einsamkeit. Unberührte Wälder und Natur, Wölfe, Bauern und so weiter. Er hat ein Prachtgrundstück von über einem Quadratkilometer auf Lebenszeit.«

Angker lehnte sich in seinen Stuhl zurück. »Wie sehen die Zahlen aus?«

Farrero lehnte den Kopf ins Polster zurück. »Wir haben Kosten von hunderttausend, plus fünftausend Reserve und fünfzehn Prozent Gewinn, macht insgesamt etwa hunderteinundzwanzigtausend. Das ist unser Angebot.«

Angker fixierte Farrero mit zusammengekniffenen Augen

und setzte sich auf. Er drückte auf einen Knopf. Ein Ausschnitt des ersten Stocks erschien auf dem Bildschirm. Er drückte noch einmal. Der zweite Stock. Noch einmal. Detailzeichnungen vom Grundriß. Er verzog die Nase, spitzte den Mund und sah auf.

»Wie kommen Sie auf diese Zahl?« Er deutete mit einem Stift zum Bildschirm. »Ich schätze, daß Sie fünfzig- bis sechzigtausend zu niedrig liegen. Das ist ein großes Haus mit aufwendiger Ausstattung.«

»Da bin ich anderer Meinung«, entgegnete Farrero höflich.

»Wovon gehen Sie bei Ihrer Schätzung aus?« erkundigte sich Angker ebenso höflich.

Farrero verschränkte die Hände um das Knie. »Diese Zahl hat einen philosophischen Hintergrund. Unsere moderne Zivilisation – und das war übrigens auch früher so – hat den Nachteil, daß der Durchschnittsmensch nie alle begehrten Erzeugnisse bekommen und alle Träume verwirklichen kann. Den tatkräftigen Typ A spornt dieser Mangel an, mehr Geld zu verdienen. Der unfähige B-Typ jedoch resigniert, wird unzufrieden und unproduktiv. Es gibt weit mehr B-Typen als A-Typen; deshalb ist es, langfristig gesehen, nur unser aller Vorteil, wenn wir ›Träume‹ zu einem erschwinglichen Preis verkaufen.«

»Ich bin ein Typ X«, erklärte Angker. »Für mich ist das barer Unsinn. Erklären Sie mir, wie ich meine Träume erfüllen und gleichzeitig fünfzehntausend Profit machen kann, wenn ich ein Haus sechzigtausend Dollar unter den Kosten verkaufe?«

»Gern. Wir verwenden neue Methoden. Ich habe das System gründlich geprüft. Es funktioniert.«

»Wie?«

Farrero machte eine Pause. »Ich persönlich bin ein A-Typ. Ich will fünf Prozent Anteil an allen Häusern, die mit meinen Materialen gebaut werden.«

»Fahren Sie fort.«

»Unterschreiben Sie bitte zuerst diese Erklärung.«

Angker sah sie sich kaum an. »Klar doch.« Er kritzelte seinen Namen unter das Schriftstück.

»Prima«, meinte Farrero. »Ausgezeichnet. Dann lasse ich mit dem Bauen anfangen.« Damit stand er auf.

»Nicht so schnell. Wie soll das alles funktionieren?«

Farrero erklärte: »Nun, zuerst einmal ist in Nordsibirien Land recht billig. Wir rammen Carbolon-Pfähle in den gefrorenen Boden; ich habe eigens dafür eine Maschine entwickelt. Wir errichten also Carbolon-Pfähle, ziehen daran die Stromkabel und Versorgungsleitungen hoch und bedekken sie mit einer Schlammschicht, der ein Härter zugesetzt ist. Nähere Angaben zum Bindemittel kann ich derzeit noch nicht machen. Der Schlamm wird sofort mit Ziegeln oder anderen Steinen verblendet. Das ist der erste Arbeitstag. Dann – und das ist eine Neuerung von mir – werden die Innenwände um die bereits eingesetzten Türen, Fenster und offenen Kamine errichtet, während man diese sonst nachträglich einbaut. Das spart uns drei Tage. Am dritten Tag wird das Dach aufgesetzt. Es handelt sich natürlich um ein Fertigdach. Nun wird installiert, isoliert und die Außenhaut aufgesprüht. Am vierten Tag wird die Umgebung gestaltet; eine eigene Mannschaft ist damit ein paar Tage beschäftigt. Dann zieht Westgeller ein.«

»Wenn alles klappt.«

»Es kann nichts schiefgehen. Das einzige Handikap wäre ungünstige Witterung.«

Angker beugte sich mit einemmal vor und deutete mit seinem Stift auf Farrero. »Sie hätten Westgeller erst nach einer Rücksprache mit uns eine Summe nennen dürfen.«

»Dafür werde ich doch bezahlt«, erwiderte Farrero, der diesen Vorwurf geahnt hatte. »Planen, kalkulieren, verkaufen.«

»Irrtum. Sie werden bezahlt fürs Arbeiten und dafür, die Interessen der Firma zu vertreten. Angenommen, Ihre Methode funktioniert. Sie haben uns viel Geld gekostet, denn wir haben Ihre Theorien finanziert. Ich habe eigene Theorien, die ich finanzieren will, und da ich die Firma leite, habe ich die erste Wahl.«

»Ganz recht«, meinte Farrero höflich. »Aber trotzdem ist diese Anschauung kurzsichtig. Wenn die Menschheit als Ganzes profitiert, profitieren wir alle. Ich bin Mitglied der Liga der Hoffnung, und das ist unser erster Grundsatz.«

»Und Sie halten es für klug, diesen Grundsatz mit meinem Geld zu finanzieren?«

Farrero überlegte kurz. »Darauf könnte ich zwei Antworten geben – ja und nein. Ja deshalb, weil Sie mehr Geld haben, als Sie ausgeben können. Aber ich antworte mit Nein. Mein Auftrag ist eindeutig: Ich soll die Preise so festsetzen, daß die Firma fünfzehn Prozent Gewinn macht, und genau das habe ich getan.«

Wenn Angker ungehalten wurde, funkelten seine rehbraunen Augen rötlich. Als er nun die Hände auf die Tischkante stützte und Farrero ihm tief in die Augen schaute, sah er mit einem Schaudern diesen roten Funken in ihnen glimmen.

»Fünfzehn Prozent«, erklärte Angker, »das ist in etwa die Arbeitsgrundlage. Sie sollen jedoch Ihren Verstand gebrauchen. Wir garantieren unseren Kunden Qualität, sonst nichts. Wenn ihnen unser Preis angemessen erscheint, fein. Wenn nicht, so gibt es neununddreißig andere zugelassene Firmen für die Klasse III.«

»Sie vergessen«, bemerkte Farrero, »daß diese Einsparung durch *meine* Ideen möglich ist. Ich habe mir das einfallen lassen.«

»Während Ihrer Arbeitszeit.«

Farrero errötete. »Ich habe ein Modell mit Firmenmaterial – und zum Schutz der Firma – gebaut, um zu sehen, ob das Ganze ein Reinfall wäre. Die Methode an sich hatte ich schon im Institut entwickelt. Jedenfalls läuft das Patent auf meinen Namen.«

»Nun«, äußerte Angker mürrisch. »Sie werden nicht daran vorbeikommen, es Marlais & Angker zu überschreiben.«

Farrero steckte die Hände in die Taschen. »Das kann doch nicht Ihr Ernst sein.«

»Farrero, wie alt sind Sie?«

»Achtundzwanzig.«

»Sie haben vier Jahre am Institut für Klasse III studiert, stimmt's?«

»Stimmt.«

»Die vier Jahre wären umsonst, wenn Sie bei keinem Klasse-III-Bauunternehmer einen Job kriegen könnten.«

»In welchem Zusammenhang darf ich das sehen?« fragte Farrero. »Was haben die anderen Firmen der Innung damit zu tun?«

»Es betrifft sie in zweierlei Hinsicht. Falls Marlais & Angker plötzlich die Preise senkt, so bringen wir die ganze Branche durcheinander. Es spielt keine Rolle, wieviel wir verdienen, solange wir uns ans Preisgefüge halten.«

»Äußerst kurzsichtig.«

»Zum zweiten: Angenommen, Sie arbeiten nicht mehr für Marlais & Angker. Sie würden sich natürlich bei einem anderen Innungsbetrieb bewerben. Warum? Weil nur Innungsmitglieder weltweit Klasse-III-Bauten erstellen dürfen. Wenn Sie sich bewerben würden, würde man mich anrufen und fragen: Was ist das für einer, dieser Farrero?

Ich würde antworten: Ein kleiner Philosoph. Gehört zur Liga der Anständigkeit ...«

»Liga der Hoffnung.«

»... und reicht, sieht er irgendwo Sparmöglichkeiten, diesen Vorteil an die Kundschaft weiter, ohne seinen Arbeitgeber zu befragen. Ein herzensguter Kerl also, der einem aber ganz schöne Kopfschmerzen machen kann! Nach diesem Gespräch würden die neununddreißig anderen Ihre Bewerbung in den Papierkorb schmeißen. Und das ist der zweite Grund, warum Sie betroffen sind.«

»Verstehe.«

»So, nun zurück zu Ihrem Verfahren. Sie haben es eindeutig entwickelt, während Sie in einem Arbeitsverhältnis zu uns standen, womit es uns zusteht. Es gibt an die tausend diesbezügliche Präzedenzfälle.«

»Ich habe diese Methode und Dutzende mehr ausgearbeitet, als ich noch am Technischen Institut war.«

»Wo sind die Beweise?«

»Im Patentamt.«

»Wie alt sind die Patente?«

Farrero winkte mit der Hand ab. »Das spielt keine Rolle. Ich gehe von der Grundidee aus, die Kosten für ein Klasse-III-Heim auf das Preisniveau der Klasse II zu drücken, was sich natürlich nicht patentieren läßt.«

»Und auch nicht vernünftig ist. Wenn jemand Klasse II-Preise zahlen will, so soll er ein Klasse-II-Haus kaufen – von unserer Tochtergesellschaft XAB.«

Farrero streckte die Hand aus. »Ist Ihnen das Gemeinwohl kein Anliegen? Wollen Sie Geld einschieben, ohne dafür eine Leistung zu erbringen? Das ist die Moral eines Taschendiebs!«

Angker drückte auf einen Knopf auf dem Schreibtisch. »Dave? Ernest Farrero kommt gleich an Ihrem Büro vorbei, wenn er das Haus verläßt. Halten Sie seinen Gehaltsscheck bereit. Er ist fristlos entlassen.«

»In Ordnung, Sir.«

Farrero entgegnete erregt: »Das ist dumm und gemein von Ihnen! Wenn Sie nicht in der Lage sind, abstrakte Ideen durchzudiskutieren, ohne in so primitive Taktiken zu verfallen, dann sind Sie arm dran und verdienen es, Geld zu verlieren! Dafür werde ich persönlich sorgen.«

»Wirklich? Sie werden in der ganzen Innung keine Stelle mehr kriegen, dessen dürfen Sie sicher sein.«

»Eine leere Drohung. Ich habe vor, selbst ins Geschäft einzusteigen.«

»Sie haben dabei eine winzige Kleinigkeit vergessen: die Zulassung. Die haben Sie nicht, und die werden Sie nicht bekommen. Es werden keine mehr erteilt. Ohne Zulassung dürfen Sie nicht mal eine Hundehütte bauen oder verkaufen – auf der Erde nicht, auf dem Mond nicht und auf dem Mars nicht.«

Farrero schüttelte lächelnd den Kopf. »Das klingt sehr

endgültig und entmutigend, falls Sie recht hätten, was nicht immer der Fall ist, wie Ihre Haltung zur Liga der Hoffnung beweist.«

»Bei Ihren dreckigen Lavendelsocken, das ist endgültig und entmutigend! Gehen Sie ans Institut zurück und werden Sie erwachsen!«

»Ihre Beleidigungen und Drohungen sind kindisch, Mr. Angker. Ich erlaube mir nun eine Prognose, die Sie als Gegendrohung betrachten dürfen, wenn Sie wollen. Sie haben gerade eine meiner Neuerungen gehört. Ich habe noch mehr davon in Reserve. Bevor ich fertig bin, werden Sie soviel Geld verloren haben, daß Sie wünschten, Sie hätten mich zu Ihrem Partner gemacht. Merken Sie sich das, Mr. Angker.«

Farrero stellte sein Hörgerät leise und verließ das Büro.

Angker betätigte einen anderen Knopf. Es meldete sich eine sanfte Stimme: »Ja?«

»Haben Sie das letzte Gespräch mitgehört?«

»Nein«, antwortete Marlais.

»Ich spiel's Ihnen noch mal ab – ist recht interessant.« Er spulte den Recorder zurück und stellte auf Wiedergabe.

»Was meinen Sie?« fragte Angker den unsichtbaren Marlais.

»Nun«, erwiderte die sanfte Stimme, »Sie hätten wohl etwas feinfühliger mit ihm umgehen können ...« Er begann zu flüstern. »Es wird nicht einfach sein, die Patentansprüche durchzuboxen. Aber so ist's vielleicht am besten. Die Wirtschaft ist angeschlagen. Wir alle verdienen Geld. Nicht auszudenken, wohin eine Verunsicherung uns führen würde. Wir sollten wohl eine Besprechung innerhalb der Innung abhalten und unsere Karten auf den Tisch legen. Ich glaube, alle werden sich verpflichten, Farrero nicht einzustellen und sein Verfahren nicht zu verwenden.«

Angker gab einen skeptischen Laut von sich. »Das sagte ich auch, aber ich bin mir gar nicht so sicher.«

Marlais entgegnete beschwichtigend: »Die Innung hat

vierzig Betriebe. Die Chance, daß Farrero an eine davon herantritt, ist eins zu neununddreißig. Folglich wird sich jeder, schon um sich zu schützen, der Vereinbarung anschließen.«

»Also gut, ich werde die Versammlung auf die Beine stellen.«

Am nächsten Tag bat Angker seine Sekretärin: »Geben Sie mir Westgeller.«

»Ja, Sir ... es kommt gerade ein Gespräch für Sie rein, Mr. Angker. So ein Zufall, es ist Mr. Westgeller persönlich.«

»Stellen Sie ihn durch.«

Laurin Westgellers Gesicht erschien auf Angkers Bildschirm – dick, freundlich, mit zwinkernden blauen Augen. »Mr. Angker«, begann Westgeller, »ich hab's mir anders überlegt und ziehe meinen Auftrag zurück. Sie dürfen mir über das, was bis jetzt an Arbeit für Sie angefallen ist, eine Rechnung schicken.«

Angker stierte auf den Bildschirm. »Was ist denn los? Zu teuer?«

»Nein«, erwiderte Westgeller. »Der Preis spielt keine Rolle. Ich will sogar noch mehr ausgeben – vielleicht 'ne Million.«

Angker sperrte den Mund auf. »Wer – ich meine, soll ich einen Berater vorbeischicken?«

»Nein«, entgegnete Laurin Westgeller, »ich habe den Auftrag schon vergeben: an Ihren ehemaligen Angestellten, Mr. Farrero. Er ist nun selber im Geschäft, wie Sie vermutlich wissen.«

Angker machte große Augen. »Farrero? Er hat gar keine Zulassung! Sobald er einen Pfahl in den Boden treibt, macht er sich strafbar.«

Westgeller nickte. »Das hat er mir auch gesagt. Trotzdem vielen Dank für Ihren Rat. Guten Tag.« Der Bildschirm flimmerte, das Bild zerfloß in rötlichen Tönen; die blanke Mattscheibe blieb übrig.

Angker übermittelte Marlais die Neuigkeit.

»Wir können erst eingreifen, wenn Farrero mit der Vertragserfüllung beginnt«, erklärte Marlais. »Sobald er etwas Illegales tut, erstatten wir Anzeige.«

»Er hat etwas im Kasten. So verrückt ist er auch wieder nicht.«

»Niemand, der einen Millionenvertrag landet, ist verrückt«, erwiderte die sanfte Stimme. »Wir können vorerst nur abwarten. Sie könnten einen Detektiv auf ihn ansetzen.«

»Das ist bereits veranlaßt.«

Zwei Stunden später summte Angkers Fernseher.

»Ja?« brummte Angker.

»Ein Mr. Lescovic, Sir.«

»Stellen Sie ihn durch.«

Das Gesicht des Detektivs erschien.

»Nun?«

»Farrero ist uns entwischt.«

»Wie konnte das passieren?«

»Er ging von der Transportgewerkschaft in ein öffentliches WC. Ich wartete am Eingang und beobachtete meinen Detektor. Das Signal war positiv. Als er nach zehn Minuten noch nicht zurückgekommen war, wurde ich stutzig und ging nachsehen. Seine Kleidung mit dem Sender hing am Haken. Farrero war längst verschwunden.«

»Finden Sie ihn!«

»Es arbeiten jetzt vier Leute an dem Fall, Sir.«

»Melden Sie sich, sobald sie etwas wissen.«

Ein halbes Jahr später summte Angkers Sprechanlage. Angker blickte nur kurz von seinem Modell einer Karibikinsel auf. »Ja?«

»Mr. Lescovic spricht.«

»Stellen Sie ihn durch.«

Das Gesicht des Detektivs erschien auf dem Bildschirm. »Farrero ist wieder in der Stadt.«

»Seit wann?«

»Nun, offenbar erst seit ein paar Tagen.«

»Haben Sie feststellen können, wo er gewesen ist?«

»Wir haben keine Ahnung.«

»Was tut er gerade?«

»Er besucht Franklin Kerry von der Armaturenfabrik Kerry. Ist schon seit zwei Stunden dort.«

»Kerry! Er ist Kunde von uns! Zumindest hat er sich ein Angebot von uns eingeholt ... Sonst noch etwas über Farrero?«

»Er hat 'ne Menge Geld – wohnt im Gloriana.«

Angker sagte: »Einen Moment, bitte.« Er betätigte einen Schalter und meldete die Sache Marlais.

Marlais reagierte mit Zurückhaltung. »Wir haben nichts gegen ihn in der Hand. Wir müssen abwarten und sehen, wie's weitergeht.«

Angker schaltete Lescovic wieder auf den Bildschirm. »Behalten Sie ihn im Auge. Melden Sie alles, was er tut. Finden Sie heraus, was er bei Kerry will!«

»In Ordnung, Mr. Angker.« Der Bildschirm wurde dunkel.

Angker stapfte in das Büro von Marlais. »Mann, er hat's schon wieder geschafft!«

Marlais hatte im Halbdunkel gesessen und hinaus in die vieltürmige Stadt geschaut. Nun drehte er bedächtig den Kopf.

»Ich nehme an, Sie sprechen von Farrero.«

Angker ging aufgeregt hin und her. »Diesmal Glochmeinder. Im letzten Monat war's Crane. Davor Haggarty. Dabei pickt er sich nur die Rosinen heraus ...«

»Was hat Glochmeinder gesagt?«

»Das gleiche wie Kerry und Crane und Haggarty und Desplains und Churchward und Klenko und Westgeller. Er habe den Vertrag mit Farrero gemacht, mehr wolle er nicht verraten.«

Marlais stand auf, rieb sich das Kinn. »Gibt 'ne undichte Stelle hier im Betrieb. Ein Leck irgendwo.«

Angker spitzte den Mund. »Ich habe versucht, das Loch zu finden.« Er ballte langsam die Hände zur Faust.

Marlais drehte sich wieder dem Fenster zu. »Nichts Neues vom Detektiv?«

»Seinen letzten Bericht haben Sie bekommen. Farrero macht auf der ganzen Welt Einkäufe – bestellt Baumaterial und Gartenartikel. Er tut nichts, aber auch nichts, was illegal wäre.«

»Schlauer Bursche«, meinte Marlais nachdenklich, während er mit dem schweren braunen Spinell spielte, den er als Briefbeschwerer benutzte.

»Er hat seine Drohung erfüllt«, flammte Angker auf. »Er hat uns Millionen gekostet.«

Marlais lächelte schwach. »Das kann man sagen.«

Es herrschte eine Weile Schweigen. Angker schritt polternd auf und ab. Marlais schaute zum Fenster hinaus.

»Nun«, meinte Marlais, »wir müssen was unternehmen.«

Farrero fand als Büro eine Zwei-Zimmer-Suite in einem Wolkenkratzer westlich vom Amargosa Park; im Hintergrund ragte der Turm der Nationen zum Himmel auf. Er fand auch eine Sekretärin: Miß Flora Gustafsson, die behauptete, skandinavische Vorfahren zu haben, wovon ihre strohblonden Haare und ihre Augen kündeten, die blau wie ein Fjord waren. Sie war nicht viel größer als ein Kätzchen, aber alles an ihr paßte zusammen; darüber hinaus konnte sie gut mit Detektiven umgehen.

Der Bildschirm summte. Flora griff hinüber und schaltete den Anrufer ins Bild. »Oh, guten Tag, Mr. Westgeller!« Mr. Westgellers rundes rötliches Gesicht füllte den Bildschirm aus. »Ich verbinde Sie mit Mr. Farrero.«

»Danke«, antwortete Westgeller. Flora musterte den Mann auf dem Bildschirm und läutete Farrero an.

»Hallo, Mr. Westgeller!« grüßte Farrero. »Was kann ich für Sie tun?«

»John Etcheverry, ein alter Freund von mir, möchte bauen. Ich schicke ihn mal bei Ihnen vorbei.«

»Aha, prima, Mr. Westgeller. Ich werde versuchen, ihn unterzubringen, obwohl wir furchtbar viel zu tun haben.«

»Guten Tag, Mr. Farrero.« Damit hatte Westgeller sich ausgeblendet. Farrero saß vor dem Bildschirm und fuhr sich lächelnd übers Kinn. Dann ging er ins Vorzimmer hinaus und küßte Flora.

John Etcheverry war um die Sechzig, groß, mager und bleich wie roher Hefeteig. Er hatte einen dicken birnenförmigen Kopf, auf dem das spärliche weiße Haar in fettigen Locken abstand. Seine Augen saßen tief und schienen nie zu blinzeln. Er hatte große Ohren mit langen blassen Läppchen und eine lange blasse Nase, deren Flügel beim Sprechen bebten.

»Nehmen Sie doch Platz«, bat Farrero. »Sie wollen also bauen?«

»Ja. Darf ich rauchen?«

»Nein!«

Etcheverry blickte Farrero verdutzt an und zuckte kleinlaut mit der Achsel.

»Was haben Sie sich denn vorgestellt? Darf ich Sie übrigens darauf hinweisen, daß ich nicht billig bin? Ich baue, aber es kostet 'ne Stange Geld.«

Etcheverry gestikulierte mit der Hand. »Ich will einen Landsitz, absolute Ruhe und Abgeschiedenheit. Ich bin bereit, dafür zu zahlen.«

Farrero klopfte ein paarmal mit seinem Stift auf den Tisch, legte ihn dann aus der Hand und musterte Etcheverry stumm.

Etcheverry fuhr fort: »Westgeller sagt, Sie hätten den Auftrag zu seiner vollsten Zufriedenheit ausgeführt. Mehr will er nicht sagen.«

Farrero nickte: »Das steht im Vertrag. Ich mußte Zeit gewinnen, um mich zu schützen, insbesondere vor meiner Ex-Firma Marlais & Angker, diesem Gaunerpack.«

»Wie bitte? Ich habe gehört, das ist 'ne sehr seriöse Firma.«

»Im Gegenteil. Angker ist ein ausgesprochener Trottel mit der Moral eines Fuchses. Marlais ist so häßlich, daß er sich schämt, unter die Leute zu gehen. Die beiden trauen einander nicht über den Weg und streiten wie die Irren. Ihre Firma steht kurz vor dem Bankrott. Sie arbeiten schlampig, nehmen es mit den Garantien nicht genau und frisieren ihre Rechnungen auf.«

»Hm«, meinte Etcheverry, »das sind schwerwiegende Vorwürfe.«

»Es ist nur die Spitze des Eisbergs.« Farrero drehte an seinem Hörgerät. »Sprechen Sie lauter, Mr. Etcheverry. Sie reden so leise, ich verstehe kaum.«

»Nun, zurück zu dem, weshalb ich hier bin. Ich möchte gern ein Beispiel Ihrer Arbeit sehen. Oder ist das Ganze so geheim, daß ...«

Farrero fiel ihm ins Wort. »Ich brauche nicht mehr Versteck zu spielen. Im Moment geht's eher darum, wie ich mich vor neuen Aufträgen schützen kann. Die Baufirmen der Klasse III werden mehr oder weniger arbeitslos sein, bis ich meine elfhundertzweiunddreißig Anwesen verkauft habe.«

»Seltsam! Wie kommen Sie auf diese Zahl?«

»Das spielt jetzt keine Rolle. Es dürfte Ihnen nicht schwerfallen zu verstehen, warum die Geheimhaltung erforderlich ist. Marlais und Angker sind die Schlimmsten. Sie schrecken nicht einmal davor zurück, Detektive auf mich zu hetzen. Sie sind zu jeder Gemeinheit imstande. Sie haben ... Flora! Geben Sie mir Westgeller im Geschäft.«

Etcheverry kratzte sich nervös an der Nase.

Nach einer Weile erschien Floras Gesicht auf dem Bildschirm. »Westgeller ist heute nicht im Geschäft.«

Farrero wandte sich wieder an Etcheverry. »Eine Gewohnheit, die aus der Anfangszeit übriggeblieben ist. Ständiges Aufpassen, dauernde Vorsicht. War damals nötig. Jetzt kann ich's endlich lockerer nehmen.«

Etcheverry studierte die Spitzen seiner Schuhe. »Darf ich, ehe wir weitersprechen, Ihre Bauzulassung sehen?«

»Ich habe keine.«

»Dann bauen Sie schwarz?«

»Selbstverständlich nicht.«

Etcheverry warf trotzig die Lippen auf. »Das müssen Sie mir erklären.«

Farrero blickte versonnen zum Fenster hinaus. »Aber gern. Wieviel Zeit haben Sie?«

»Sie meinen ...?«

»Jetzt.«

»Nun, es stehen keine wichtigen Termine an.«

»Wenn Sie den Rest des Tages Zeit haben, kann ich's Ihnen nicht nur erklären, sondern auch vorführen.«

»Einverstanden.« Etcheverry stand auf. »Ich muß zugeben, daß Sie mich neugierig gemacht haben.«

Farrero rief ein Taxi. »Flugplatz«, wies er den Chauffeur an.

Am Flugplatz führte Farrero Etcheverry zu einem kleinen Raumschiff. »Steigen Sie ein.« Er folgte der gebückten Gestalt in die Kabine.

Etcheverry ließ sich schwungvoll auf seinem gepolsterten Sitzplatz nieder. »Wenn Sie schon keine Bauzulassung haben, so sind Sie hoffentlich im Besitz einer Fluglizenz.«

»Ja. Sehen Sie nach, wenn Sie wollen. Sie liegt unter dem Lüftungsschlitz.«

»Ich glaube Ihnen.«

Sie hoben vom versengten Flugfeld ab und stiegen hundert, zweihundert Kilometer hoch, bis die Erde unter ihnen verschwamm. Tausend, fünftausend, zehntausend Kilometer – zwanzigtausend, dreißigtausend Kilometer. Farrero beobachtete den Radarschirm. »Hier müßt's irgendwo sein.« Er schwenkte in eine Kurve und flog in eine andere Richtung. Nach einer Minute verkündete er: »Nun können Sie's sehen, links unten.«

Etcheverry streckte seinen dünnen Hals und bemerkte einen kleinen unregelmäßigen Asteroiden von etwa eineinhalb Kilometer Durchmesser. Farrero hielt darauf zu und setzte das Raumschiff auf einem weißen Sandstreifen auf.

Etcheverry packte Farrero beim Arm. »Sind Sie verrückt? Lassen Sie die Luke zu. Wir sind mitten im All!«

Farrero schüttelte den Kopf. »Hier ist Luft, 1010 mb, 20 Prozent Sauerstoff. Sehen Sie aufs Barometer.«

Etcheverry überzeugte sich mit einem Blick und verfolgte, wie Farrero die Luke öffnete und sich hinausschwang. Etcheverry folgte ihm. »Aber ... hier gibt's ja Schwerkraft.«

Farrero bestieg einen kleinen Hügel und winkte Etcheverry. »Kommen Sie rauf!«

Etcheverry kletterte langsam auf die Anhöhe.

»Das ist das Anwesen von Westgeller«, erklärte Farrero. »Seine private Welt. Sehen Sie, da steht sein Haus.«

Westgellers Haus befand sich in einer ebenen smaragdgrünen Wiese. Ein See schimmerte im Sonnenschein; ein weißer Kranich stakte durch die Binsen. Bäume umschlossen die Wiese, und Etcheverry hörte in der Ferne Vögel singen.

Das lange einstöckige Haus war aus Holz gezimmert. In den Blumenkästen unter den vielen Fenstern blühten üppige Geranien. Sonnenschirme standen wie Riesenblumen am Swimming-pool.

Farrero lief über die Wiese. »Westgeller ist daheim. Ich seh' sein Raumschiff. Wollen Sie ihn besuchen? Möchten Sie ein bißchen mit Ihrem alten Freund plaudern, hm, Mr. Etcheverry?«

Etcheverry fixierte ihn aus den Augenwinkeln. Dann sagte er bedächtig: »Vielleicht wär's besser ...«

Farrero lachte. »Sparen Sie sich die Ausreden! Sie taugen nichts. Sie wissen wohl nicht, daß ich von den Lippen lesen kann. Ich war in meinen ersten zehn Lebensjahren taub. Als Sie Westgeller auf meinen Bildschirm schalteten, hörte ich seine Stimme sagen: ›Ich schicke Ihnen meinen guten alten Freund Etcheverry vorbei.‹ Seine Lippen sagten jedoch: ›Ich ziehe meinen Auftrag zurück, Mr. Angker.‹ So wußte ich sofort, daß etwas faul war, gewaltig faul, Mr. Marlais.«

Der schmächtige Mann warf Farrero einen flüchtigen Seitenblick zu. Da ihm keine andere Wahl blieb, räumte er ein: »Ja, ich bin Marlais. Eine tolle Sache, die Sie da aufziehen.«

»Ich verdiene viel Geld«, erklärte Farrero.

Marlais schaute sich in der Miniaturwelt um. »Und Sie geben viel aus.« Er stampfte mit dem Fuß auf den Boden. »Sie haben mich geschlagen. Wie kriegen Sie das mit der Schwerkraft hin? Warum fliegt die ganze Luft nicht davon. Mir scheint, ich habe – nun ja, in etwa mein normales Gewicht.«

»Sie sind ein bißchen leichter. Die Schwerkraft ist hier drei Prozent geringer als auf der Erde.«

»Aber ...«, und Marlais blickte von Horizont zu Horizont, rechnete im Kopf. »Ein Kilometer Durchmesser im Gegensatz zu zwölftausend der Erde, und trotzdem ist die Schwerkraft nahezu gleich. Wie kommt das?«

»Aus dem einen Grund«, erläuterte Farrero, »daß Sie dem Zentrum der Schwerkraft näher sind – um fast sechstausend Kilometer.«

Marlais bückte sich, pflückte einen Grashalm und untersuchte ihn neugierig.

»Alles neu«, bemerkte Farrero. »Die Bäume wurden unter nicht geringem Aufwand von Lindvist, einem dänischen Ökologen, und mir hergeschafft. Er hat berechnet, wie viele Bienen ich brauche, um die Blüten zu bestäuben, wie viele Würmer im Boden, wie viele Bäume zur Sauerstoffversorgung der Luft.«

Marlais nickte. »Ein faszinierendes Konzept.«

»Es wird in zwanzig Jahren kein Millionär mehr auf der Erde wohnen«, meinte Farrero. »Ich werde allen Privatplaneten verkauft haben. Manche werden riesige Dinger wollen. Ich kann sie liefern.«

»Wo haben Sie den hier übrigens her?«

»Aus dem Weltall draußen.«

Marlais nickte intelligent. »Da wird Marlais & Angker wohl auch die seinigen herbekommen.«

Farrero kehrte ihm langsam das Gesicht zu. Marlais erwiderte seinen Blick freundlich.

»So – Sie wollen also einsteigen?«

»Selbstverständlich. Warum auch nicht?«

»Sie meinen«, fuhr Farrero nachdenklich fort, »Sie könnten aus meinen Ideen Kapital schlagen. Sie haben das erforderliche Gerät und die Techniker, um schnell absahnen zu können. Vielleicht haben Sie sogar im Sinn, ein Gesetz durchzukriegen, das jeden, der keine Baugewerbezulassung hat, aus dem Geschäft verdrängt.

Wollen Sie eine weitere Arbeit von mir besichtigen? Hier sind wir bei Westgeller. Ich zeige Ihnen das Heim von Desplains.«

Sie stiegen ins Raumschiff ein. Farrero verrammelte die Luke und jagte Saft in die Düsen. Die kleine Welt von Westgeller verschwand unter ihnen.

Eine halbe Stunde später trafen sie auf der Welt von Desplains ein. »Eines Tages«, meinte Farrero, »wird der Weltraum um die Erde herum mit diesen Dingern vollgepflanstert sein. Es werden Gesetze erforderlich werden, die regeln, wie groß die Umlaufbahn jeweils sein darf und welche Mindestabstände zueinander einzuhalten sind.« Er betätigte die Steuerung; das Raumschiff schwebte über den Himmel von Desplains und landete auf einem Felsen.

Marlais schob die Luke auf und stellte seine dünnen Beine auf den Boden. »Puh!« entfuhr es ihm. »Desplains will wohl Orchideen züchten, so feucht ist's hier.«

Farrero knöpfte lächelnd seine Jacke auf. »Er ist noch nicht eingezogen. Wir haben ein kleines Problem mit der Atmosphäre. Er wünscht sich Wolken, und wir experimentieren noch mit der Luftfeuchtigkeit.« Er schaute nach oben. »Es ist nicht schwer, einen grauen bedeckten Himmel zu erzeugen – aber Desplains wünscht sich große Haufenwolken. Also versuchen wir's. Ich persönlich meine, daß das Gesamtvolumen an Luft dafür zu gering ist.«

Auch Marlais blickte zum Himmel, wo als helle große Sichel die Erde schwebte. Er leckte sich die blutleeren runzligen Lippen.

Farrero lachte. »Da kommt man sich winzig vor, was?« Er

schaute über die kleine Welt zum eigentümlich nahen Horizont – kaum einen Steinwurf entfernt, wie's schien – und wieder zurück zum Streifen Himmel, den die Erde als Sichel neben dem zunehmenden Mond beherrschte. »Hier draußen ist's besonders hübsch, bombastisch, prächtig – wie immer man es nennen will.«

Marlais setzte sich schwungvoll auf einen Felsen. »Ein exotischer Ort, muß ich sagen.«

»Desplains ist ein exotischer Mann«, erklärte Farrero. »Aber er hat das Geld dafür. Es ist mir egal, ob er die Felsen mit Kaninchenfell gepolstert haben will.« Er ließ sich neben Marlais nieder und deutete auf eine Baumgruppe. »Das ist sein Wassergarten. Die Flora stammt aus Afrika und Mato Grosso. Die Fauna ist bunt zusammengewürfelt. Unter anderem ist ein sehr seltener tasmanischer Ibis darunter. Eine schöne und durchaus urtümliche Landschaft – verbundene Teiche mit überhängenden Bäumen. Das Moos ist noch nicht angewachsen, und es fehlt daher der typische Geruch, aber das wird sich bald ändern. Dahinter liegt ein Dschungel – nun, sagen wir lieber Sumpf – mit vielen Flußarmen. Wenn die Blumen zu blühen anfangen, wird's hier recht nett sein.«

»Individuelle Welten für jeden Geschmack«, murmelte Marlais.

»Sie sagen es«, meinte Farrero. »Unsere größte Welt – mit zirka fünfzehn Kilometer Durchmesser – haben wir an einen kanadischen Jachtbauer verkauft.«

»Fred Ableman«, bemerkte Marlais trocken. »Er hat vor etwa zwei Monaten seinen Vertrag mit uns aufgelöst.«

»Ich wollte sie für die Liga der Hoffnung als Hauptquartier reservieren, aber sie wollten den Preis nicht zahlen. Solche Leute gehen immer am vorsichtigsten mit ihrem Geld um.«

»Als Sie bei Marlais & Angker arbeiteten, vertraten Sie, wenn ich mich nicht irre, eine ganz bestimmte Philosophie.«

»Das stimmt. Doch die neuen Umstände gebieten eine

andere Philosophie. Mit fremdem Geld geht man am großzügigsten um. Die öffentliche Verwaltung ist mit Staatsgeldern sehr ausgabefreudig; ihre Großzügigkeit kennt keine Grenzen. Doch wie dem auch sei, Fred Ableman wünscht sich eine Welt mit viel Meer und Wind zum Segeln. Hie und da will er Inseln mit Strand, Korallenriff, hübschen Fischen.«

»Und Kokospalmen, nehme ich an.«

»Richtig – aber ohne Haie. Wir werden sie erst in eineinhalb Jahren fertiggestellt haben. Der unhandliche Brocken läßt sich nur schwer in eine Laufbahn manövrieren. Und wir benötigen unheimlich viel Wasser.«

»Woher nehmen Sie das Wasser? Sie können es nicht von der Erde holen.«

Farrero schüttelte den Kopf. »Wir gewinnen es vom Hipparchus-Eis. Jedesmal wenn es sich dem Mond annähert, schießen wir ein paar große Schollen herüber. Langsam, aber sicher bekommen wir so unser Wasser zusammen. Es kostet Unsummen, aber Ableman hat's ja. Wie könnte er sein Geld auch besser anlegen?«

Marlais spitzte den Mund. »Sie bekommen wohl viele seltsame Wünsche?«

»Es gibt da einen gewissen Klenko, der in der Modebranche tätig ist. Von ihm stammen diese Drehdinger, die die Frauen vor ein, zwei Jahren auf dem Kopf zu tragen pflegten. Seltsamer Mensch, seltsame Welt. Die Luft ist voller zehn Meter großer Glaskugeln, die frei umherfliegen. Überall, hoch und tief, Glaskugeln – in Türkis, Blau, Rot, Violett, Grün. Ganz schön gefährlich, dort mit 'nem Raumschiff zu landen. Er hat fluoreszierende Wälder – Aktivatoren im Saft. Wenn er Ultraviolett hinzufügt, schimmern die Blätter silbrig, hellgrün, orange. Wir haben ihm einen großen Pavillon über einem Seeufer gebaut. Im See schwimmen leuchtende Fische.«

»Er liebt offenbar das Nachtleben.«

»Er wünscht sich nur Nacht. Seine Welt wird keine Drehung um die eigene Achse bekommen, sobald sie in die

Umlaufbahn gebracht ist. Er will eigenartige Feste veranstalten.«

»Wer seine eigene Welt besitzt, macht wohl auch die Gesetze dafür.«

»Genau das ist Klenkos Überlegung.«

»Meinetwegen. Aber wie kriegen Sie das mit der Schwerkraft hin? Künstliche Schwerkraft gibt's noch nicht.«

Farrero nickte. »Stimmt.«

»Nun, was immer Sie für eine Methode verwenden, sie wird wohl auch für Marlais & Angker funktionieren.«

»Im Prinzip schon«, erwiderte Farrero. »Nur ist für Marlais & Angker der Zug schon abgefahren. Ich will Ihre Firma nicht unbedingt in den Bankrott treiben; das könnte ich wohl auch gar nicht. Es wird immer ein paar vorsichtige, konservative Bauherren geben, die sich auf der Erde Klasse-III-Projekte hinstellen lassen. Aber ich werde eine ganze Weile den Rahm abschöpfen.«

Marlais schüttelte den Kopf; seine Augen funkelten. »Sie haben mich noch nicht ganz verstanden, mein Freund. Wir haben nicht vor, dieser Entwicklung zuzusehen. Wir haben die Verbindungen, die Ausrüstung und das Personal. Wir können die Asteroiden billiger als Sie herbringen und in jedem Fall günstiger anbieten. Wir nehmen notfalls sogar Verluste hin. Wie immer Sie das mit der Schwerkraft bewerkstelligen, unsere Ingenieure werden Wege finden, die Methode nachzuvollziehen.«

»Mein lieber Mr. Marlais«, sagte Farrero, »meinen Sie, ich ließe ein Hintertürchen offen, durch das Sie und die anderen Banditen sich einschleichen könnten? Haben Sie schon einmal vom Weltallnutzungsgesetz gehört?«

»Sicher. Es regelt die Gewinnung von Bodenschätzen auf Asteroiden.«

»Ich habe vorschriftsmäßig elfhundertzweiunddreißig Asteroiden auf meinen Namen angemeldet – Asteroiden einer ganz besonderen Art. Der kleine schwarze Kiesel bei Ihrem rechten Fuß, der glänzende, der aussieht wie ein Feuerstein – heben Sie ihn auf.«

Marlais bückte sich, ergriff ihn, strengte sich mächtig an. Dann sperrte er verdutzt den Mund auf und zog noch einmal daran, bis schließlich seine alten sehnigen Arme zitterten, die Finger knackten. Er blickte zu Farrero auf. »Er klebt fest!«

»Wiegt schätzungsweise einige Tonnen«, erläuterte Farrero. »Stellare Masse, unter gewaltigem Druck im Kern eines Sterns kristallisiert. Ein wenig davon entwickelt ungeheure Schwerkraft. Auf die eine oder andere Weise kamen elfhundertzweiunddreißig Brocken davon in eine Umlaufbahn um die Sonne – nicht weit von der Erde weg. Sie sind klein und dunkel und nicht groß genug, um erkennbare Störungen zu verursachen. Wenn man aber den Fuß darauf setzt, ist man dem Zentrum der Schwerkraft so nahe, daß man das gleiche Gewicht wie auf der Erde hat. Jeden dieser Brocken habe ich mir überschreiben lassen. Manche davon muß ich zusammenklumpen, andere mit einer dicken Schicht aus gewöhnlichem Material bedecken, um die Schwerkraft zu verkleinern. Sie wissen ja, die Schwerkraft verringert sich im Quadrat der Entfernung zum Massezentrum.«

Farrero öffnete die Luke seines Raumschiffs und winkte Marlais hinein. »Ich weiß, wo Sie die schweren Massen, die Sie brauchen, finden können.«

Marlais stieg wortlos an Bord. Er sah Farrero mit blitzenden Augen an. »Wo?«

Farrero verschloß die Eingangsluke und legte den Antriebshebel um. Schon verschwand die Welt von Desplains unter ihnen.

»Wenn ich Sie wäre, würde ich's zuerst im Alpha Centauri probieren. Es ist erwiesen, daß dort allerlei Trümmer herumfliegen. Wenn Sie Glück haben, sind sie nicht glühend heiß.«

»Sie scherzen«, meinte Marlais. »Fahren wir zur Erde zurück. Ich habe Angker viel zu erzählen. Ich nehme nicht an, daß Sie wieder bei uns arbeiten möchten – gegen eine Gehaltserhöhung?«

»Nein.«

»Dachte ich mir.«

Zehn Minuten später zog Marlais sein Scheckheft heraus und schrieb. Dann überreichte er Farrero einen Scheck. »Eine halbe Million Anzahlung für 'ne Welt von Ihnen, so eine wie Westgeller in etwa. Ich wäre ein Idiot, wenn ich mich mit weniger begnügen würde.«

Die Töpfer von Firsk

Die gelbe Schale auf Thomms Schreibtisch war etwa einen Fuß hoch. In einem schlichten, klaren Profil wölbte sich das Gefäß vom Sockel bis zum oberen Rand, der etwa dreißig Zentimeter Durchmesser hatte. Die Wände waren dünn, aber nicht fragil; eine hervorragende Töpferarbeit.

Zu der erlesenen Form kam die herrliche Glasur – ein prachtvolles, durchscheinendes Gelb, leuchtend wie die Sonne an einem heißen Spätnachmittag. Es war der Hauch von Sommerblumen – ein Gelb wie transparentes Gold, gesponnenes Licht; strahlend aber zart, herb wie Limonen und süß wie Quitten, einschmeichelnd wie Sonnenstrahlen.

Keselsky hatte die Schale verstohlen betrachtet, während er die Unterredung mit Thomm, dem Personalchef für Planetarische Angelegenheiten, führte. Nun konnte er nicht anders; er mußte sich vorbeugen und sie genauer untersuchen. Mit ehrlichem Staunen sagte er: »Das ist das herrlichste Stück, das ich je gesehen habe.«

Thomm, ein Mann in mittleren Jahren mit einem gesträubten grauen Schnurrbart und scharfen, aber freundlichen Augen, lehnte sich in seinem Sessel zurück. »Sie ist eine Erinnerung. Ich erhielt sie vor vielen Jahren, als ich in Ihrem Alter war.« Er warf einen Blick auf die Schreibtischuhr. »Essenszeit.«

Keselsky sah auf und griff hastig nach seiner Tasche. »Entschuldigen Sie, ich hatte keine Ahnung ...«

Thomm hob die Hand. »Nicht so hastig. Wir können ja gemeinsam speisen.«

Keselsky gebrauchte ein paar verlegene Ausflüchte, aber Thomm gab nicht nach.

»Bleiben Sie doch sitzen.« Eine Speisekarte erschien auf dem Bildschirm. »Da – bestellen Sie.«

Ohne sich weiter drängen zu lassen, traf Keselsky seine Wahl, und Thomm gab die Bestellung auf. Eine Wandklappe öffnete sich, und ein Tisch mit ihrem Menü rollte ins Zimmer.

Während des Essens glitten Keselskys Blicke immer wieder über die Schale, und beim Kaffee reichte Thomm sie ihm endlich. Keselsky strich über die glatten Wände und betrachtete lange die Glasur.

»Wo auf Erden haben Sie dieses wundervolle Stück entdeckt?« Er untersuchte den Boden und runzelte die Stirn, als er die Markierungen sah.

»Nicht auf der Erde«, entgegnete Thomm. »Auf dem Planeten Firsk.« Er lehnte sich zurück. »Die Schale hat ihre Geschichte.« Erwartungsvoll sah er sein Gegenüber an.

Keselsky versicherte eilig, daß er nichts lieber hörte als Erzählungen über die Ferne. Thomm lächelte schwach. Schließlich war es Keselskys erste Stelle.

»Wie ich bereits sagte, war ich etwa in Ihrem Alter«, begann Thomm. »Vielleicht ein, zwei Jahre älter, aber ich hatte auch schon neunzehn Monate auf dem Kanalplaneten zugebracht. Als ich nach Firsk versetzt wurde, war ich sehr glücklich, denn der Kanalplanet ist, wie Sie vielleicht wissen, eine öde Welt. Nichts außer Eis, Frostflöhen und den langweiligsten Bewohnern der ganzen Galaxis ...«

Thomm war verzaubert von Firsk. Es bot alles, was ihm auf dem Kanalplaneten gefehlt hatte: Wärme, Sanftheit und eine Bevölkerung mit einer uralten Kultur. Firsk war keineswegs ein großer Planet, obwohl sich seine Schwerkraft etwa der von Terra gleichsetzen ließ. Die Landfläche war winzig – ein einziger schmaler Kontinent am Äquator.

Das Amt für Planetarische Angelegenheiten befand sich in Penolpan, einer reizvollen alten Stadt in der Nähe der Südsee. Immer hörte man irgendwo helle Musik; der Wind trug Weihrauch und den Duft von tausend Blüten herbei. Die niedrigen Häuser aus Ried, Pergament und dunklem Holz lagen verstreut da, halb verdeckt von Bäumen und Weinranken. Kanäle mit grünlichem Wasser durchzogen die Stadt, überspannt von blumenbewachsenen Holzbrükken. Zierliche, buntbemalte Boote schaukelten auf den Wellen.

Die Bewohner von Penolpan, die goldhäutigen Mi-Tuun, waren ein freundliches Volk, das sich ganz den angenehmen Seiten des Lebens hingab; sinnlich, aber nicht ausschweifend, entspannt und fröhlich, vollzog sich ihr Alltag nach genau bestimmten Riten. Sie fischten in der Südsee, bauten Getreide und Obst an und stellten kunsthandwerkliche Gegenstände aus Holz, Harz und Papier her. Metalle gab es kaum auf Firsk, und so wurden viele Werkzeuge und andere Dinge aus Ton hergestellt. Die Mi-Tuun verstanden sich so gut auf die Fabrikation, daß ihnen die Metalle nicht fehlten.

Thomm liebte seine Arbeit in Penolpan. Der einzige Wermutstropfen war George Covill, sein Vorgesetzter. Covill war ein kleiner, dicklicher Mann mit vorquellenden blauen Augen, Tränensäcken und spärlichem hellen Haar. Wenn er sich ärgerte – und das war oft der Fall –, legte er den Kopf schief und starrte fünf Sekunden lang vor sich hin. Dann, falls die Kränkung zu groß war, bekam er einen Zornesausbruch; falls nicht, trollte er sich wortlos.

In Penolpan hatte Covill eher technische als soziologische Probleme zu bewältigen, und auch deren gab es nicht viele, da das Planetarische Amt die Anweisung hatte, ausgeglichene Kulturen möglichst in Ruhe zu lassen. Er importierte Quarzfibern, um die Wurzelfasern zu ersetzen, aus denen die Mi-Tuun ihre Netze webten; er errichtete eine kleine Raffinerie, in welcher der Fischtran, den sie in ihren Lampen verbrannten, zu einer dünneren, reineren Flüssigkeit umgewandelt wurde. Das Lackpapier der einheimischen Häuser sog Feuchtigkeit auf und bekam nach ein paar Monaten Sprünge. Covill brachte einen Kunststofflack ins Land, der das Papier für immer haltbar machte. Abgesehen von diesen kleineren Verbesserungen tat Covill wenig. Man vertrat die Politik, daß die Lebensbedingungen eines Volkes innerhalb seiner eigenen Kultur angehoben werden sollten. Terranische Methoden, Ideen und Philosophien wurden behutsam eingeführt, und nur dann, wenn die Eingeborenen von selbst Interesse zeigten.

Nach kurzer Zeit bekam Thomm jedoch zu spüren, daß Covill die Politik seiner Vorgesetzten kaum beachtete. Einige seiner Taten wirkten engstirnig und willkürlich. Er baute an Penolpans Hauptkanal ein Bürohaus im terranischen Stil, dessen Beton- und Glasflächen hart von den sanften Grün- und Brauntönen der einheimischen Bauten abstachen. Er führte strenge Besucherzeiten ein, und immer wieder mußte Thomm stammelnd eine im vollen Prunk erschienene Delegation abweisen, weil Covill halbnackt in einem Korbstuhl lümmelte, die Zigarre in einer und ein Glas Bier in der anderen Hand.

Thomm mußte sich um die Schädlingskontrolle kümmern, eine Pflicht, die Covill für unter seiner Würde hielt. Bei einem seiner Rundgänge hörte Thomm zum erstenmal von den Töpfern auf Firsk.

Beladen mit Insektensprühmitteln und Rattengiftpatronen war er in die ärmsten Außenbezirke von Penolpan vorgedrungen, wo die Bäume endeten und eine trockene Ebene sich bis zu den Kukmank-Bergen erstreckte. In diesem relativ trostlosen Bezirk stieß er auf einen langen, offenen Schuppen, in dem Keramikgegenstände verkauft wurden. Auf Regalen und Tischen standen Steingutwaren jeder Beschreibung, von einfachen Töpfen zum Fischpökeln bis zu winzigen Vasen, die dünn wie Papier und klar wie Milch waren. Es gab große und kleine Teller, Schalen jeder Größe und Form, Kannen, Terrinen, Korbflaschen und Krüge.

Thomm staunte vor allem über die Farben. Ein selten dunkles Rubinrot, das Grün des Flusses, ein Türkisblau, zehnmal reiner als der Himmel. Er sah schillernde Purpurtöne, Braun mit hellen Adern, Rosa, Violett, Grau, ein gesprenkeltes Rostrot, das Blau von Kupfer und Kobalt und dazwischen glasartige Streifen und Flecken. Manche Glasuren zeigten die Struktur des Eiskristalls, andere enthielten winzige Metallflitter.

Thomm war entzückt von diesem Fund. Hier bot sich dem Auge vollkommene Schönheit von Form, Material und Farbe. Die klaren Strukturen mit der natürlichen Spannkraft des Tons, die vielfältigen Glasschmelzen, die kühnen Schwünge der Vasen, die glatten Innenflächen der Schalen und Teller – das alles weckte Begeisterung in Thomm. Und doch – etwas an dem Verkaufsstand war rätselhaft. Er warf einen Blick auf die Regale. Etwas schien zu fehlen. Und dann wußte er es. Er sah nirgends in dem bunten Gewirr die Farbe Gelb. Er entdeckte ein kremiges Weiß, das Gold des Bernsteins, den hellen Glanz von Stroh – aber nirgends ein volles, kräftiges Gelb.

Vielleicht vermieden die Töpfer diese Farbe aus Aberglaube, vielleicht bedeutete sie auch etwas Besonderes wie Königtum, Tod oder Krankheit. Diese Gedankengänge brachten ihn auf die nächste Frage: Wer waren die Töpfer? Nirgends in Penolpan gab es Brennöfen, in denen man Gefäße wie diese herstellen konnte.

Er trat auf die Verkäuferin zu, ein eben erblühtes Mädchen von erlesener Schönheit. Sie trug den *Pareu* der Mi-Tuun, eine geblümte Schärpe um die Taille, und Schilfsandalen. Ihre Haut schimmerte wie die Bernsteinschalen im Hintergrund; sie war zierlich, ruhig und freundlich.

»Das ist alles sehr schön«, sagte Thomm. »Was würde beispielsweise das hier kosten?« Er deutete auf eine hohe, bauchige Flasche. Die zartgrünen Wände waren von schmalen Silberstreifen durchzogen.

Der Preis, den sie nannte, erschien ihm trotz der Erlesenheit der Ware sehr hoch. Als das Mädchen seine Überraschung bemerkte, sagte sie: »Es sind unsere Vorfahren, und wir würden sie kränken, wenn wir sie so billig wie Holz oder Glas verkauften.«

Thomm zog die Augenbrauen hoch, aber er schwieg, weil er an eine rituelle Personifizierung dachte.

»Wo werden diese Dinge hergestellt?« fragte er. »In Penolpan?«

Das Mädchen zögerte, und Thomm spürte eine leichte

Zurückhaltung. Sie drehte sich um und sah zu den Kukmank-Bergen hinüber. »Dort im Gebirge sind die Öfen«, sagte sie. »Unsere Ahnen gehen hin, und die Töpfe werden nach einiger Zeit gebracht. Mehr weiß ich nicht.«

Thomm fragte vorsichtig: »Sprechen Sie nicht gern darüber?«

Sie zuckte mit den Schultern. »Weshalb? Es ist nur so, daß wir Mi-Tuun die Töpfer fürchten. Der Gedanke an sie deprimiert uns.«

»Aber weshalb ist das so?«

Sie schnitt ein Gesicht. »Niemand weiß, was hinter dem ersten Berg liegt. Manchmal sehen wir das Leuchten der Öfen, und manchmal, wenn wir keine Toten für die Töpfer haben, holen sie die Lebenden.«

Thomm überlegte, daß in diesem Fall das Planetarische Amt einschreiten konnte, sogar mit Unterstützung der Armee.

»Wer sind diese Töpfer?«

»Da!« sagte sie und deutete in eine bestimmte Richtung. »Das ist ein Töpfer.«

Er sah ihrem ausgestreckten Finger nach und bemerkte einen Reiter auf der Ebene draußen. Er war größer und kräftiger als die Mi-Tuun. Thomm konnte ihn nicht deutlich sehen, da er sich in einen langen grauen Burnus gehüllt hatte, aber er schien eine helle Haut und rötlichbraunes Haar zu haben. Ihm fielen die vollbepackten Satteltaschen des Reittiers auf. »Was führt er mit sich?«

»Fische, Papier, Tuch, Öl – Dinge, die er für seine Töpferwaren eingehandelt hat.«

Thomm hob seine Ausrüstung wieder auf. »Ich glaube, ich werde den Töpfern in Kürze einen Besuch abstatten.«

»Nein …«, sagte das Mädchen.

»Weshalb nicht?«

»Es ist sehr gefährlich. Sie sind wild, hinterhältig …«

Thomm lächelte. »Ich werde mich in acht nehmen.«

Covill lag ausgestreckt auf einem Korbsofa und döste vor sich hin. Als er Thomm sah, setzte er sich.

»Wo zum Teufel waren Sie nur? Ich sagte Ihnen doch, daß Sie den Kostenvoranschlag für das Kraftwerk bis heute fertigmachen sollten.«

»Er liegt auf Ihrem Schreibtisch«, erwiderte Thomm höflich. »Wenn Sie schon im Büro waren, können Sie ihn gar nicht übersehen haben.«

Covill betrachtete ihn wütend, doch zum erstenmal wußte er nicht so recht, was er sagen sollte. Mit einem Knurren streckte er sich wieder aus. Im allgemeinen verübelte Thomm seinem Vorgesetzten die Grobheit nicht. Er wußte, daß sie eigentlich gegen das Amt selbst gerichtet war. Covill hatte das Gefühl, daß ihm ein wichtigerer Posten als dieser hier zustand.

Thomm setzte sich und schenkte sich ein Glas von Covills Bier ein. »Wissen Sie etwas von den Töpfereien in den Bergen?«

Covill murrte: »Eine Art Banditenstamm.« Er streckte den Arm aus und zog die Bierflasche heran.

»Ich habe mich heute in einem Verkaufsstand umgesehen«, sagte Thomm. »Die Verkäuferin nannte die Waren ›Vorfahren‹. Das klang reichlich seltsam.«

»Je länger man auf diesen Planeten herumgeschoben wird, desto seltsamere Dinge sieht man«, stellte Covill fest. »Mich kann nichts mehr überraschen – außer eine Versetzung ins Hauptbüro.« Er stieß ein verbittertes Knurren aus und nahm einen tiefen Zug von seinem Bier. Dann fuhr er weniger mürrisch fort: »Ich habe allerlei von diesen Töpfern gehört, aber nichts Bestimmtes, und bisher hatte ich keine Zeit, mich um sie zu kümmern. Es scheint sich um irgendwelche Bestattungszeremonien zu handeln. Sie bringen die Toten weg und begraben sie gegen Lohn oder Tauschwaren.«

»Das Mädchen sagte, daß sie Lebende holen, wenn sie keine Toten bekommen können.«

»Was? Wie war das?« Covills harte blaue Augen glitzerten

in seinem geröteten Gesicht. Thomm wiederholte seine Feststellung.

Covill kratzte sich am Kinn und kam mühsam auf die Beine. »Schön, fliegen wir hinaus, verdammt nochmal, und sehen wir uns diese Töpfer einmal an. Ich wollte ohnehin einmal ins Freie.«

Thomm holte den Helikopter aus dem Hangar, landete vor dem Büro, und Covill kletterte umständlich ins Innere. Covills plötzliche Energie war Thomm ein Rätsel, ganz besonders, weil sein Vorgesetzter eine Abscheu vor dem Fliegen empfand.

Die Rotoren dröhnten, und der Helikopter stieg langsam auf. Penolpan wurde zu einem Schachbrett aus braunen Dächern und grünem Laub. Dreißig Meilen entfernt, jenseits einer trockenen Sandebene, erhoben sich die Kukmank-Berge – kahle Flanken und Spitzen aus grauem Fels. Es erschien aussichtslos, in diesem Steingewirr eine Siedlung zu entdecken.

Covill, der nach unten starrte, murmelte etwas in dieser Richtung; Thomm jedoch deutete auf eine Rauchwolke. »Töpfer brauchen Brennöfen. Brennöfen brauchen Hitze ...«

Als sie sich dem Rauch näherten, sahen sie, daß er nicht aus einem Ziegelofen drang, sondern aus Spalten eines Bergkegels.

»Vulkan«, sagte Covill schadenfroh. »Versuchen wir es noch einmal mit der Kette dort drüben. Wenn wir nichts finden, kehren wir um.«

Thomm hatte aufmerksam in die Tiefe gestarrt. »Ich glaube, wir haben sie bereits gefunden. Wenn Sie genau hinsehen, können Sie Häuser erkennen.«

Er senkte die Maschine, und die Steinbauten wurden deutlicher.

»Sollen wir landen?« fragte Thomm zweifelnd. »Es heißt, daß sie rauhe Manieren haben.«

»Natürlich landen wir«, entgegnete Covill unwirsch. »Wir sind die offiziellen Vertreter des Systems.«

Thomm überlegte, daß das einem Bergstamm vielleicht ziemlich gleichgültig war; dennoch setzte er den Helikopter auf einem ebenen Platz mitten im Dorf auf.

Wenn die Maschine die Töpfer nicht erschreckt hatte, so war sie zumindest eine Vorwarnung gewesen. Ein paar Minuten lang konnten die beiden Männer nicht das geringste Lebenszeichen erkennen. Die Steinhütten standen leer und öde da wie Höhlen.

Covill trat ins Freie, und Thomm folgte ihm, nachdem er sich vergewissert hatte, daß seine Gammapistole geladen war. Covill blieb neben dem Helikopter stehen und musterte die Häuser. »Bettler«, meinte er abschätzig. »Hm – wir bleiben besser hier, bis sich jemand rührt.«

Mit diesem Plan war Thomm voll und ganz einverstanden, und so warteten sie im Schatten der Maschine. Es mußte das Dorf der Töpfer sein. Überall lagen Scherben – leuchtende, glasierte Stückchen, die wie Edelsteine schimmerten. Ein Stück weiter unten am Hang lag ein Berg Rohporzellan, das offenbar später verarbeitet werden sollte. Dahinter befand sich ein langgestreckter, gekachelter Schuppen. Thomm suchte vergeblich nach einem Brennofen. Ein Spalt in der Flanke des Berges fiel ihm auf, ein Spalt, zu dem ein breiter Pfad führte. Er glaubte, des Rätsels Lösung gefunden zu haben – doch im gleichen Moment tauchten drei Männer auf, groß und aufrecht in grauen Burnusgewändern. Die Kapuzen waren zurückgeschlagen. Irgendwie erinnerten sie an die Mönche des Mittelalters, nur daß sie statt einer Tonsur ihr rötliches Haar zu einem hohen Schopf zusammengefaßt hatten.

Der Anführer kam mit entschlossenen Schritten näher, und Thomm versteifte sich. Er war auf alles gefaßt. Nicht so Covill; er sah sich verächtlich um, ein Herr unter Leibeigenen.

Drei Meter vor ihnen blieb der Anführer stehen. Er war größer als Thomm. Seine Nase wies einen scharfen Knick auf, und die harten, intelligenten Augen erinnerten an graue Kieselsteine. Er wartete eine Zeitlang, aber Covill musterte ihn nur schweigend. Schließlich sagte der Töpfer höflich:

»Was führt Fremde in das Dorf der Töpfer?«

»Ich bin Covill, der offizielle Vertreter vom Amt für Planetarische Angelegenheiten in Penolpan. Es handelt sich um einen Routinebesuch.«

»Wir beklagen uns nicht«, erwiderte der Mann.

»Ich bekam Berichte, daß ihr Töpfer Angehörige der Mi-Tuun entführt habt«, sagte Covill. »Stimmt das?«

»Entführt?« wiederholte der Anführer. »Was ist das?«

Covill erklärte es ihm. Der Mann rieb sich das Kinn und starrte Covill an.

»Es besteht eine alte Abmachung«, sagte er endlich. »Die Töpfer erhalten die Toten des Landes. Und wenn gelegentlich die Not groß ist, beschleunigen wir den Lauf der Natur um einige Jahre. Doch was macht das? Die Seele lebt für immer in dem Gefäß, das sie verschönt.«

Covill holte seine Pfeife hervor, und Thomm hielt den Atem an. Wenn er die Pfeife stopfte, so war das ein schlechtes Zeichen. Das endete meist mit einem seiner eiskalten Blicke oder gar einem Zornesausbruch. Im Moment beherrschte sich Covill aber noch.

»Was machen Sie eigentlich mit den Leichen?«

Der Anführer zog überrascht die Augenbrauen hoch. »Ist das nicht offenkundig? Nein? Aber Sie sind ja auch kein Töpfer. Für unsere Glasuren brauchen wir Blei, Sand, Ton, Alkali, Spat und Kalk. Wir besitzen alles bis auf den Kalk, und den gewinnen wir aus den Knochen der Toten.«

Covill zündete sich die Pfeife an und rauchte. Thomm atmete auf. Für den Augenblick war die Gefahr gebannt.

»Ich verstehe«, sagte Covill. »Nun, wir möchten nichts gegen lokale Gebräuche unternehmen, solange der Friede gewahrt bleibt. Sie müssen allerdings einsahen, daß wir die Entführungen verbieten. Die Toten – das geht nur Sie und die Verwandten der Verstorbenen etwas an. Aber Menschenleben sind wichtiger als Tonschalen. Wenn Sie Kalk brauchen, kann ich Ihnen ganze Tonnen davon besorgen.

Irgendwo auf dem Planeten existieren sicher Kalksteinbekken. Wenn Thomm hier erst einmal den Boden untersucht hat, steht euch mehr Kalk zur Verfügung, als ihr verarbeiten könnt.«

Der Anführer schüttelte mit einem leichten Lächeln den Kopf. »Der Kalkstein im Boden ist ein schlechter Ersatz für den frischen, lebenden Kalk von Knochen. Es sind noch gewisse andere Salze da, die als Flußmittel dienen. Außerdem lebt der Geist des Verstorbenen in den Knochen und verleiht den Glasuren ein inneres Feuer, das man auf andere Weise nicht erreichen kann.«

Covill rauchte und rauchte. Er musterte den Anführer mit seinen harten blauen Augen. »Es ist mir gleichgültig, was Sie verwenden«, sagte er, »solange es keine Entführungen und Morde gibt. Wenn Sie Kalk brauchen, werde ich Ihnen bei der Suche helfen; dazu sind wir da – um Ihrem Volk zu helfen und Ihren Lebensstandard zu heben. Aber wir sind auch dazu da, um die Mi-Tuun vor Überfällen zu schützen. Ich kann beides – eines so gut wie das andere.«

Die Mundwinkel des Anführers zuckten. Thomm fing die heftige Antwort ab, indem er selbst eine Frage stellte. »Sagen Sie, wo befinden Sich Ihre Brennöfen?«

Der Mann warf ihm einen kühlen Blick zu. »Unsere Werke werden durch den Großen Brand erhitzt, der einmal im Monat erfolgt. Wir stapeln die Gefäße in Höhlen, und dann, am zweiundzwanzigsten Tag, erhebt sich die Flamme. Einen ganzen Tag lang lodert sie wild und hell, und zwei Wochen später können wir dann die Höhlen wieder betreten, um die fertigen Kunstwerke zu holen.«

»Das klingt interessant«, sagte Covill. »Ich würde mich gern näher umsehen. Wo befindet sich die Töpferei? Dort drüben im Schuppen?«

Die Miene des Anführers blieb reglos. »Kein Mensch darf den Schuppen betreten, wenn er kein Töpfer ist«, sagte er langsam. »Und selbst dann erhält er erst die Erlaubnis, wenn er bewiesen hat, daß er meisterlich mit Ton umgehen kann.«

»Wie macht man das?« fragte Covill leichthin.

»Im Alter von vierzehn verlassen die jungen Männer ihr Heim mit einem Hammer, einem Mörser und einem Pfund Knochenkalk. Sie müssen Lehm finden, Blei, Sand und Spat. Sie müssen Eisen für die Brauntöne, Malachit für die Grüntöne und Kobalterde für die Blautöne sammeln. Dann zerstampfen sie in ihrem Mörser die Glasurmasse, formen und verzieren eine Kachel und bringen sie in die Höhle des Großen Brandes. Wenn die Kachel gut geraten ist, ohne Sprünge und mit einer gleichmäßigen Glasur, dann dürfen sie die Töpferei betreten und sich in die Geheimnisse des Handwerks einweisen lassen.«

Covill nahm die Pfeife aus dem Mund und fragte spöttisch: »Und wenn die Kachel mißglückt ist?«

»Wir brauchen keine schlechten Töpfer«, erklärte der Anführer. »Und Knochenkalk ist immer knapp.«

Thomm hatte die Scherben in der Umgebung gemustert. »Weshalb benutzt ihr keine gelben Glasuren?«

Der Fremde breitete die Arme aus. »Gelb? Wir können es nicht herstellen. Kein Töpfer hat dieses Geheimnis bisher ergründet. Eisen ergibt einen dunklen Ockerton, Silber ein Graugelb, und Antimon verbrennt in der Hitze des Großen Brandes. Das reine, leuchtende Gelb, die Farbe der Sonne – oh, das ist ein Traum.«

Covill setzte eine gleichgültige Miene auf. »Schön, wir fliegen zurück, nachdem Sie es nicht wagen, uns die Werkstätten zu zeigen. Denken Sie daran, technische Hilfe können Sie von uns erhalten. Vielleicht findet sich sogar etwas zur Herstellung eures kostbaren Gelb ...«

»Unmöglich«, unterbrach ihn der Anführer. »Haben nicht wir, die größten Töpfer des Universums, seit Jahrtausenden danach gesucht?«

»... aber es werden keine Menschen mehr umgebracht. Notfalls findet die ganze Töpferei ein Ende.«

Die Augen des Fremden blitzten auf. »Ihre Worte klingen unfreundlich.«

»Wenn Sie glauben, das schaffen wir nicht, dann haben

Sie sich getäuscht«, fuhr Covill fort. »Ich lasse eine Bombe über eurem Vulkan abwerfen, die den ganzen Berg eindrückt. Das System schützt alle, und das bedeutet, daß es auch die Mi-Tuun vor einem Töpferstamm schützt, der ihnen an die Knochen will.«

Thomm zupfte ihn nervös am Ärmel. »Zurück in den Helikopter«, flüsterte er. »Sie werden aggressiv. Noch ein paar Minuten, und sie greifen uns an.«

Covill drehte dem Anführer den Rücken zu und kletterte absichtlich sorglos in die Maschine. Thomm folgte ihm mit gemischten Gefühlen. Er spürte, daß Covills Worte den Anführer gereizt hatten, und er wollte alles andere als einen Kampf.

Hastig schaltete er den Motor ein; die Rotorblätter durchschnitten die Luft, und die Maschine stieg auf. Die kleine Gruppe der graugekleideten Töpfer wurde immer kleiner.

Covill lehnte sich befriedigt zurück. »Es gibt nur eine Methode, mit diesen Leuten fertig zu werden. Man muß ihnen zeigen, wer der Herr ist. Erst dann wird man respektiert. Sobald man ein wenig unsicher wird, merken sie es, und dann ist man erledigt.«

Thomm schwieg. Vielleicht erzielte Covill mit seinen Methoden sofortige Erfolge, aber auf lange Sicht hin wirkten sie engstirnig, intolerant und hart. Er an Covills Stelle hätte versucht, guten Ersatz für den Knochenkalk herbeizuschaffen und den Töpfern technische Hilfe zu leisten. Allerdings schienen sie wirklich Meister ihres Fachs zu sein. Nur gelbe Glasuren hatten sie noch nicht entdeckt. An diesem Abend legte er einen Film aus der Bibliothek in sein Lesegerät. Er handelte von der Töpferkunst, und Thomm versuchte, sich möglichst viele Einzelheiten einzuprägen.

Covills Lieblingsprojekt – eine kleine, atombetriebene Energieanlage, die Penolpan mit elektrischem Licht versorgen sollte – beschäftigte ihn während der nächsten Tage. Allerdings arbeitete er nur widerwillig. Die gelben Laternen, deren weiches Licht in den Kanälen schimmerte, dazu der

Duft von tausend Nachtblüten aus den umliegenden Gärten – das alles machte Penolpan zu einem Zauberland. Elektrizität, Motoren, Leuchtstoffröhren und Wasserpumpen konnten den Reiz nur auslöschen. Aber Covill beharrte darauf, daß die Welt von einer allmählichen Eingliederung in den gewaltigen Industriekomplex des Systems nur profitieren würde.

Zweimal kam Thomm an dem Verkaufsstand vorbei, und jedesmal trat er ein. Die Waren faszinierten ihn ebenso wie das Mädchen, das sie verkaufte. Sie besaß Schönheit, Grazie und Charme und erinnerte ihn in ihrer Zierlichkeit an die Gärten Penolpans. Sie hörte genau zu, wenn Thomm ihr von den anderen Planeten erzählte, und der einsame junge Mann freute sich immer mehr auf diese Besuche.

Eine Zeitlang spannte Covill ihn stark ein. Die Berichte an das Hauptbüro waren fällig, und Thomm mußte sie erledigen, während Covill in seinem Korbsessel dahindöste oder mit seinem schwarzroten Spezialboot durch die Kanäle von Penolpan fuhr.

Endlich, an einem Spätnachmittag, warf Thomm die Papiere zur Seite und machte im Schatten der großen Kaotangbäume einen Spaziergang. Er überquerte den Marktplatz, wo die Budenbesitzer emsig Geschäfte abschlossen, bog in einen Weg entlang dem Rasenufer eines Kanals ein und erreichte nach einiger Zeit den Basar.

Aber er suchte vergeblich nach dem Mädchen. Ein schmaler Mann in dunkler Jacke stand schweigend da und wartete, während Thomm die Regale absuchte. Schließlich wandte sich der junge Mann an den Fremden. »Wo ist Suthen?«

Der Mann zögerte, und Thomm wurde ungeduldig. »Nun, wo ist sie? Krank? Oder arbeitet sie nicht mehr hier?«

»Sie ist fortgegangen.«

»Wohin?«

»Zu ihren Vorfahren.«

Thomm versteifte sich. »Was?«

Der Mann senkte den Kopf.

»Ist sie tot?«

»Ja, sie ist tot.«

»Aber – wie ist das möglich? Vor wenigen Tagen war sie noch völlig gesund.«

Der Eingeborene zögerte wieder. »Es gibt viele Arten des Todes, Terraner.«

Thomm wurde wütend: »Sagen Sie mir, was ihr zugestoßen ist.«

Die Heftigkeit des jungen Mannes erschreckte den Eingeborenen, und er stammelte: »Die Töpfer haben sie zu den Bergen gerufen; sie ging, aber bald wird sie ewig im Glanz einer Schale leben ...«

»Einen Moment«, unterbrach ihn Thomm. »Die Töpfer holten sie also ... lebend?«

»Ja – lebend.«

»Nahmen sie noch andere mit?«

»Drei.«

»Alle lebend?«

»Alle lebend.«

Thomm legte den Weg zum Büro im Laufschritt zurück.

Covill befand sich zufällig im Büro und überprüfte Thomms Arbeit. Thomm stieß hervor: »Die Töpfer haben wieder einen Überfall gewagt. Sie holten sich gestern vier Mi-Tuum.«

Covill schob das Kinn vor und fluchte. Thomm verstand recht gut, daß sich sein Ärger nicht gegen die Entführungen selbst richtete, sondern gegen die Tatsache, daß die Töpfer es gewagt hatten, seine Befehle zu mißachten. Covill war persönlich beleidigt worden; nun würde er handeln.

»Holen Sie den Helikopter heraus«, sagte Covill knapp. »Bringen Sie ihn vor das Büro.«

Als Thomm den Helikopter absetzte, wartete Covill bereits mit einer der drei Atombomben, die sich im Arsenal des Amtes befanden – ein länglicher Zylinder, der an einem Fallschirm befestigt war. Covill klemmte ihn an die Tragevorrichtung des Helikopters und trat zurück. »Fliegen Sie über den verdammten Vulkan«, sagte er hart. »Werfen Sie die Bombe genau über der Kuppe ab. Ich werde diesen heimtückischen Teufeln eine Lektion erteilen, die sie bestimmt nicht so rasch vergessen. Das nächstemal muß ihr Dorf dran glauben.«

Thomm, der Covills Abscheu vor dem Fliegen kannte, war von dem Auftrag nicht weiter überrascht. Wortlos startete er und flog über Penolpan hinweg zu den Kukmank-Bergen hinüber.

Sein Zorn ließ nach. Die Töpfer waren sich nicht im klaren darüber, daß sie etwas Böses taten. Sie handelten nach alter Tradition. Covills Befehl erschien ihm unklug – starrsinnig, rachsüchtig, überhastet. Angenommen, die Mi-Tuun lebten noch? War es dann nicht besser, Verhandlungen über ihre Freilassung zu führen? Anstatt über den Vulkan zu fliegen, landete er die Maschine in dem grauen Dorf. Er schnallte die Waffe um und trat hinaus auf den öden Steinplatz.

Diesmal mußte er nicht lange warten. Der Häuptling kam mit wehendem Burnus näher, ein hartes Lächeln auf den Lippen.

»Ah – da ist der anmaßende Fremdling wieder. Gut. Wir brauchen Knochenkalk, und du wirst uns dazu verhelfen. Bereite deine Seele auf den Großen Brand vor, dann ist dein nächstes Leben ewiger Glanz in einer vollkommenen Glasur.«

Thomm empfand Angst, aber auch eine Art verzweifelte Kühnheit. Er legte die Hand auf die Pistole. »Ich kann eine Menge von euch Töpfern töten, und Sie werden der erste sein«, sagte er mit einer Stimme, die ihm selbst fremd erschien. »Ich bin gekommen, um die vier Mi-Tuun zu holen, die von Penolpan entführt wurden. Diese Überfälle müssen ein Ende nehmen. Sie scheinen nicht zu verstehen, daß wir Sie im Ernst bestrafen können.«

Der Anführer verschränkte die Hände auf dem Rücken. Offenbar hatte die Rede keinen Eindruck auf ihn gemacht. »Ihr fliegt wie die Vögel, aber Vögel können auch nicht mehr, als uns aus der Höhe zu beschmutzen.«

Thomm holte seine Gammapistole aus dem Gürtel und

richtete sie auf einen Felsblock, der eine Viertelmeile entfernt war. »Beobachten Sie den Felsen genau.« Und er zerstäubte den Granitbrocken mit einer Detonationskugel.

Der Anführer trat mit hochgezogenen Augenbrauen einen Schritt zurück. »Ihr besitzt also mehr Macht, als ich glaubte. Aber –« Er deutete auf die Männer, die Thomm in einem dichten Ring umgaben – »wir können dich töten, bevor du viel Schaden anrichtest. Wir Töpfer fürchten den Tod nicht. Für uns bedeutet er ewige Meditation in einer schönen Form.«

»Hören Sie mir zu«, sagte Thomm ernst. »Ich kam nicht her, um Sie zu bedrohen, sondern um mit Ihnen zu verhandeln. Mein Chef Covill gab mir den Befehl, den Berg zu zerstören und eure Höhlen einstürzen zu lassen – und es fällt mir nicht schwer, das zu tun.«

Die Töpfer unterhielten sich flüsternd.

»Ihr könnt sicher sein, daß euch großes Leid zustößt, wenn ihr mich tötet. Aber wie gesagt, ich kam gegen den Befehl meines Vorgesetzten her, um mit euch zu verhandeln.«

»Welcher Handel könnte uns interessieren«, meinte der Anführer verächtlich. »Wir leben nur für unsere Kunst.« Er machte eine Handbewegung, und bevor Thomm sich rühren konnte, hatten ihn zwei stämmige Männer umklammert und entrissen ihm die Waffe.

»Ich kann euch das Geheimnis der reinen Gelbtöne verraten«, rief Thomm verzweifelt. »Ich kenne ein königlich leuchtendes Gelb, das auch der Hitze eures Brennofens widersteht.«

»Leere Worte«, sagte der Anführer. Dann fügte er spöttisch hinzu: »Und was willst du für dein Geheimnis?«

»Die Rückkehr der vier entführten Mi-Tuun nach Penolpan und Ihr Versprechen, daß Sie nie wieder einen Überfall durchführen werden.«

Der Anführer hörte ruhig zu und überlegte eine Weile. »Wie sollten wir dann unsere Kunst fortführen?« Er sprach geduldig, als müßte er einem Kind die Realitäten des Lebens schildern. »Knochenkalk ist eines unserer wichtigsten Materialien.«

»Wie Covill bereits sagte, könnt ihr jede Menge Kalk mit jeder gewünschten Eigenschaft bekommen. Auf der Erde kennen wir das Töpferhandwerk seit Jahrtausenden; wir haben sehr viel Erfahrung gesammelt.«

Der Anführer warf den Kopf zurück. »Das ist offensichtlich die Unwahrheit. Da –« Er stieß mit dem Fuß gegen Thomms Gammapistole – »dieses Ding ist aus einem stumpfen, undurchsichtigen Metall hergestellt. Ein Volk, das Ton und durchscheinendes Glas kennt, würde niemals so häßliche Stoffe verwenden.«

»Vielleicht wäre es klug, einen Versuch zu wagen«, meinte Thomm. »Werden Sie den Handel eingehen, wenn ich Ihnen den gelben Glanz zeige?«

Der Anführer betrachtete Thomm eine ganze Minute. Dann sagte er unwirsch: »Welche Art von Gelb kannst du hervorbringen?«

Thomm erwiderte achselzuckend: »Ich bin kein Töpfer, und ich kann es nicht genau vorhersagen; aber mit der Formel, die ich kenne, läßt sich jedes Gelb vom zarten Glanz der Sonne bis zum leuchtenden Orange herstellen.«

Der Anführer machte ein Zeichen. »Laßt ihn frei. Er soll seine Worte beweisen.«

Thomm rieb sich die Muskeln. Die Töpfer hatten ihn mit Eisenfäusten festgehalten. Er hob seine Waffe vom Boden auf und steckte sie unter den verächtlichen Blicken des Anführers in den Gürtel.

»Unser Handel lautet also folgendermaßen«, sagte Thomm. »Ich zeige Ihnen, wie Sie gelbe Glasuren herstellen, und verspreche Ihnen jede gewünschte Menge Kalk. Sie übergeben mir dafür die Mi-Tuun und entführen nie wieder Männer oder Frauen aus Penolpan.«

»Der Handel hängt von der gelben Glasur ab«, entgegnete der Töpfer. »Unreine Gelbtöne können wir selbst jederzeit herstellen. Wenn dein Gelb klar und leuchtend aus dem Feuer kommt, nehme ich die Bedingungen an. Wenn nicht, erklären wir Töpfer dich zu einem Scharlatan, und dein Geist wird für immer in einem niedrigen Gebrauchsgegenstand gefesselt.«

Thomm trat an den Helikopter, holte die Atombombe aus dem Haltegestell und entfernte den Fallschirm. Er lud sich den Zylinder auf die Schulter und sagte: »Bringt mich zu eurer Töpferei. Ich werde sehen, was sich tun läßt.«

Wortlos führte ihn der Töpfer über den Hang zu dem langgestreckten Schuppen. Sie traten durch einen gewölbten Eingang. Rechts befanden sich Tröge mit Lehm, und eine ganze Sammlung von Töpferscheiben lehnte an der Wand. In der Mitte des Raumes stand ein Regal mit trocknenden Gefäßen aller Art. Links entdeckte Thomm Zuber, weitere Regale und Tische. Weiter weg hörte man ein gleichförmiges Knirschen – offensichtlich eine Art Zerkleinerungsmühle. Der Anführer brachte Thomm nach links, vorbei an den Glasiertischen zum Ende des Schuppens. Hier waren die Regale mit allerlei Töpfen, Wannen und Säkken beladen, die fremdartige Schriftzeichen trugen. Eine Tür führte in einen Nebenraum, und hier entdeckte Thomm die Mi-Tuun, die niedergeschlagen und teilnahmslos auf Bänken saßen. Das Mädchen Su-then sah auf, erkannte ihn und starrte ihn verblüfft an. Sie sprang auf, blieb aber zögernd im Eingang stehen, als sie die finstere Miene des Anführers bemerkte.

Thomm rief ihr zu: »Wenn ich Glück habe, bist du bald frei.« Er wandte sich an die Töpfer. »Welche Sorten von Säure besitzen Sie?«

Der Mann deutete auf eine Reihe von bauchigen Flaschen. »Salzsäure, Essigsäure, Flußspatsäure, Salpetersäure und Schwefelsäure.«

Thomm nickte. Er legte die Bombe auf einen Tisch, öffnete die Scharniere und holte einen der Urankerne heraus. Mit seinem Taschenmesser löste er ein paar Splitter ab und verteilte sie in fünf Schalen. Dann goß er etwas von jeder Säure hinein. Gasblasen stiegen von dem Metall auf.

Der Töpfer sah ihm mit verschränkten Armen zu. »Was versuchst du da?«

Thomm trat zurück und beobachtete die rauchenden Schalen. »Ich möchte ein Uransalz ausfällen. Besorgen Sie mir Soda und Lauge.«

Schließlich setzte sich in einer der Schalen ein gelbes Pulver ab; er reinigte es triumphierend und schwemmte es auf.

»Und jetzt klare Glasur«, befahl er dem Töpfer.

Er goß die Flüssigkeit in sechs Tablette und mischte das gelbe Salz in verschiedenen Mengen dazu. Müde und mit hängenden Schultern trat er zurück und deutete auf die Tablette. »Da haben Sie Ihre Glasur. Sie können sie versuchen.«

Der Anführer gab einen Befehl, und ein anderer Töpfer kam mit einer Anzahl von Kacheln herbei. Der Anführer nahm die Kacheln, numerierte sie und tauchte sie der Reihe nach in die Glasuren.

Der Mann, den er herbeigerufen hatte, schob sie in einen kleinen Ziegelofen und verschloß die Tür. Dann entzündete er ein starkes Feuer.

»Nun kannst du dir zwanzig Stunden überlegen, ob der Brand Leben oder Tod bringen wird«, sagte der Anführer. »Bleibe gleich bei deinen Freunden und leiste ihnen Gesellschaft. Fliehen kannst du nicht, denn wir bewachen euch gut.« Er drehte sich abrupt um und verließ den Schuppen.

Thomm ging in den Nebenraum, wo Su-then ihm in die Arme fiel.

Die Stunden zogen sich dahin. Flammen leckten um den Ofen und erhitzten die Ziegel – rot, gelb, gelblichweiß. Dann sank das Feuer allmählich in sich zusammen. Die Kacheln mußten erkalten, aber die Farben hinter der verschlossenen Ofentür standen bereits fest. Thomm unterdrückte den Impuls, die Tür zu öffnen. Die Dunkelheit brach herein; hin und wieder fielen ihm die Augen zu. Su-thens Kopf ruhte auf seiner Schulter.

Schwere Schritte weckten ihn; er trat an den Eingang. Der Anführer öffnete die Tür des Brennofens. Thomm ging zu ihm. Der Anführer holte die erste Probe heraus. Ein senfgelber Klecks war auf der Kachel zu sehen, häßlich und mit einem Stich ins Braune. Thomm schluckte. Der Töpfer lächelte hart. Er holte die nächste Probe. Rotbraune Bläschen zeigten sich auf der Kachelfläche. Wieder lächelte der Töpfer und griff nach der nächsten Kachel. Schmutziggrau.

Jetzt grinste der Anführer häßlich. »Fremdling, deine Glasuren sind schlechter als die ersten Versuche unserer Kinder.«

Wieder griff er ins Innere des Ofens. Ein leuchtendes Gelb, das den ganzen Raum erhellte.

Der Anführer keuchte, die anderen Töpfer beugten sich vor, und Thomm flüsterte schwach: »Gelb ...«

Als Thomm endlich ins Büro zurückkehrte, war Covill außer sich vor Wut. »Wo zum Teufel haben Sie nur gesteckt? Ich gab Ihnen einen Auftrag, der normalerweise zwei Stunden dauert, und Sie brauchen zwei Tage dazu.«

»Ich brachte die vier Mi-Tuun zurück«, erklärte Thomm. »Außerdem schloß ich einen Vertrag mit den Töpfern. Sie werden nie wieder Menschen entführen.«

Covills Mund stand offen. »Was haben Sie getan?«

Thomm wiederholte seinen Bericht.

»Sie haben meine Befehle mißachtet?«

»Nein«, entgegnete Thomm. »Ich glaubte nur, eine günstigere Lösung zu wissen, und daß sie günstiger war, hat sich bestätigt.«

Covills Augen waren kalte blaue Feuer. »Thomm, Sie sind hier erledigt, Sie haben im Planetarischen Dienst nichts mehr zu suchen. Wenn man sich nicht darauf verlassen kann, daß ein Mann die Befehle seines Vorgesetzten ausführt, dann hat er wenig Wert für uns. Packen Sie Ihre Sachen, und fliegen Sie mit dem nächsten Schiff ab.«

»Wie Sie wollen«, sagte Thomm und wandte sich ab.

»Bis vier Uhr stehen Sie noch im Dienst«, erklärte Covill kühl. »Und bis dahin gelten meine Befehle. Bringen Sie den Helikopter in den Hangar und verschließen Sie die Bombe wieder im Arsenal.«

»Die Bombe habe ich nicht mehr«, entgegnete Thomm. »Ich gab das Uran den Töpfern. Das war eine der Bedingungen unseres Vertrages.«

»Was?« brüllte Covill mit vorquellenden Augen. »Was?«

»Sie haben gehört, was ich sagte. Und wenn Sie glauben, daß sie sich besser dazu geeignet hätte, die Verdienstmöglichkeit dieser Männer zu vernichten, dann müssen Sie verrückt sein.«

»Thomm, Sie klettern in den Helikopter, fliegen in die Berge und holen das Uran zurück. Kommen Sie nur hierher, wenn Sie es wieder haben. Sie verfluchter Idiot, mit dem Uran könnten die Töpfer ganz Penolpan vom Planeten wischen.«

»Wenn Sie das Uran wollen, holen Sie es sich selbst«, erklärte Thomm. »Ich bin entlassen.«

Covill fluchte heiser.

Thomm sagte: »An Ihrer Stelle würde ich die Sache auf sich beruhen lassen. Ich halte es für gefährlich, das Uran zurückzufordern.«

Covill drehte sich um, schnallte einen Gurt mit zwei Gammapistolen um und verließ das Haus; Thomm hörte, wie der Rotor des Helikopters zu surren begann.

»Ein mutiger Mann«, murmelte Thomm vor sich hin. »Aber ein Schwachkopf.«

Drei Wochen später kündigte Su-then aufgeregt Besucher an. Als Thomm aufsah, erkannte er zu seinem Erstaunen den Anführer der Töpfer mit zwei Begleitern. Die Männer wirkten in ihren langen grauen Gewändern sehr ernst.

Thomm begrüßte sie höflich und bot ihnen Plätze an, aber sie blieben stehen.

»Ich kam in die Stadt«, sagte der Anführer, »um zu fragen, ob unser Kontrakt noch Gültigkeit hat.«

»Ja, soweit es mich betrifft«, entgegnete Thomm.

»Ein Wahnsinniger kam ins Dorf der Töpfer«, sagte der Anführer. »Er erklärte, daß du nicht das Recht besäßest, Verträge abzuschließen. Und er wollte uns das Schwermetall wegnehmen, das dem Glas die Farbe des Sonnenuntergangs gibt.«

»Es kam zu Streit«, erklärte der Töpfer ruhig. »Er tötete sechs gute Leute. Aber das ist ohne Bedeutung. Ich möchte nur wissen, ob unser Vertrag noch gilt.«

»Ja«, sagte Thomm. »Er gilt durch mein Wort und das Wort meines großen Vorgesetzten auf der Erde. Ich sprach mit ihm, und er fand den Vertrag richtig.«

Der Töpfer nickte. »In diesem Falle bringe ich dir ein Geschenk.« Er winkte, und einer der Männer stellte eine große Schale auf Thomms Schreibtisch, eine Schale mit einem herrlichen gelben Schimmer.

»Der Verrückte kann sich glücklich schätzen«, sagte der Anführer. »Seine Seele wohnt in dem schönsten Glas, das je aus dem Großen Brand kam.«

Thomm zog die Augenbrauen hoch. »Das heißt, das Covills Knochen ...«

»Die feurige Seele des Verrückten hat einem bereits hellen Glanz zusätzliche Kraft verliehen«, meinte der Töpfer. »Er lebt für immer in dem zauberhaften Leuchten ...«

Originaltitel: »The Potters of Firsk«

(aus »Astounding«, Mai 1950)
Aus dem Amerikanischen übersetzt von Birgit Reß-Bohusch

Treffen Sie Miß Universum!

I

Hardeman Clydell wandte sich an seinen flotten jungen Assistenten Tony LeGrand. »Eine an sich tolle, wenn auch ein bißchen verrückte Idee«, sagte er. »Aber – lohnt sich der Aufwand? Immerhin haben wir schon einiges zu bieten.«

»Das ist eine gute Frage«, meinte LeGrand. Er blickte hinunter auf das, was sie schon zu bieten hatten: die Kalifornische Ausstellung zur Dreihundertjahrfeier, eine Betonschale von dreieinhalb Kilometer Durchmesser mit weißen Türmen, rostbraunen Terrassen, smaragdgrünen Gärten, saphirblauen Teichen und vier Prunkstraßen: nach Norden, Osten, Süden und Westen; eine prachtvolle, sündhaft teure Anlage von insgesamt 8,1367 Quadratkilometer mitten in der Mohave-Wüste.

Ein fünfzehnhundert Meter hoher Mast, der vom Konklave des Universums aufragte, trug eine riesige Schirmkonstruktion aus Magnesium, die die stechende Wüstensonne abhielt. Auf halber Höhe des Masts befanden sich auf einer Plattform die Verwaltungsräume mit einem Panoramadeck, auf dem Hardeman Clydell, der Generaldirektor der Ausstellung, und Tony LeGrand nun standen.

»Ich glaube«, sagte LeGrand mit einem ablehnenden Blick auf die Zigarre, die Clydell ihm angeboten hatte, »daß man alles noch besser machen kann. Die Kalifornische Ausstellung zur Dreihundertjahrfeier ist da keine Ausnahme.«

Hardeman Clydell lächelte verständnisvoll. »Angenommen, die vielen hübschen Frauen gibt es ...«

»Woran ich nicht zweifle.«

»... wie sollen wir Sie aber Ihrer Meinung nach herlocken durch das weite All, die vielen Lichtjahre?«

LeGrand, ein großer, unbekümmerter, gutaussehender Bursche, betrachtete sich als einen Experten der weiblichen Psyche. »Alle schönen Frauen sind in erster Linie eitel.«

»Nicht nur die schönen.«

LeGrand nickte. »Ganz recht. Wir bieten also ein luxuriöses Arrangement mit kostenloser Überfahrt und einen wertvollen Preis für die Siegerin. Damit dürfte es nicht schwer sein, Teilnehmerinnen zu gewinnen.«

Clydell zog an seiner Zigarre. Er hatte gut gegessen; die Vorbereitungen zur Ausstellung liefen planmäßig über die Bühne; er war in Plauderlaune.

»Gar nicht dumm«, meinte Clydell. »Aber ...« Er zuckte mit der Achsel. »Es geht nicht nur um die Frage weiblicher Schönheit. Es kommen noch weiterreichende Aspekte ins Spiel.«

»Da gebe ich Ihnen vollkommen recht.«

»Viele Außerirdische verabscheuen das Reisen. Wir leben wohl in einer kleinkarierten Welt. Und was setzen wir als Preis aus? Das ist ein Problem!«

LeGrand nickte nachdenklich. »Es muß spektakulär sein.« Er hatte normalerweise keine Mühe, Clydells Standpunkt zu verändern und sein Kontra in ein Pro umzumodellieren.

»Nicht nur spektakulär«, wandte Clydell ein, »sondern auch machbar. Wir bieten eine Jacht. Eine Dame aus Deserta Delicta gewinnt. Sie kennt aus ihrer Heimat nur Schlammlöcher. Was will sie mit 'ner Jacht?«

»Darüber müssen wir uns Gedanken machen.«

Clydell fuhr fort: »Nehmen wir eine Dame von Conexxa. Wenn wir ihr Schmuck geben, lacht sie uns aus. Sie wirft mit faustgroßen Diamanten nach einem streunenden Hund.«

»Ein Rolls Royce Aeronaut vielleicht ...«

»Wieder der gleiche Fall. Veidranus fliegen auf Schmetterlingen. Stellen Sie sich eine Veidrana vor, die im Auronaut durch ihr dichtes Ranken- und Laubwerk saust!«

LeGrand zog leicht an seiner Zigarre. »Eine knifflige Frage. Was für einen Preis schlagen Sie vor?«

»Etwas Allgemeines«, antwortete Clydell. »Die Siegerin bekommt freie Wahl. Sie soll sagen, was sie will.«

»Angenommen, sie verlangt die Stadt Los Angeles?« entgegnete LeGrand lachend.

»Es muß im Rahmen bleiben. Setzen wir eine Grenze von hunderttausend Dollar.«

»Mann, ein prima Vorschlag!« Tony legte die Zigarre ab. »Natürlich gibt es Probleme ...«

Das war ein taktischer Zug. Hardeman Clydells Lieblingsspruch lautete: Jedes Problem hat eine Lösung. Wer das Wort ›Problem‹ benutzte, traf Clydells schwachen Punkt.

»Tja«, bemerkte Clydell, »jedes Problem hat eine Lösung.«

Tony ging in die zweite Phase seines Plans über; die ganze Sache war so ausgefallen, daß er nicht alles auf einmal anschneiden wollte.

»Wir sind natürlich ziemlich eingeschränkt«, sagte er. »Es gibt nur ein halbes Dutzend Welten mit humanoidem Leben. Ein paar davon fallen unter die Kategorie D und C – sind also eigentlich überhaupt nicht menschenähnlich. Und wir wollen uns selbstverständlich nicht mit Zweitklassigem abgeben.« Er klatschte mit der Faust in die Hand. »Ich hab's! Hören Sie sich das an, Hardeman, ist 'ne Wucht.«

»Ich höre«, erwiderte Hardeman gelassen.

»Öffnen wir den Wettbewerb für alle! Kommt eine, kommen alle! Jeder Planet soll eine Schönheit schicken!«

Clydell sah ihn erstaunt an. »Was meinen Sie damit? Jeder Planet im Sonnensystem?«

»Nein!« rief LeGrand begeistert. »Jeder Planet mit einer intelligenten Zivilisation. Die ganze Galaxis soll sich beteiligen!«

Clydell belächelte den wunderlichen Einfall seines Assistenten.

»Also. Wir holen ein Mädchen von Millamede und von Johnsonian, eins von Pentacynth und vielleicht noch ein, zwei Jangrill vom Blauen Stern, wenn wir welche finden. Dermaßen gräßlich, daß nicht mal die eigenen Männer ihnen ins Gesicht schauen wollen. Und die stellen wir gegen – sagen wir – Althea Daybro oder Mercedes O'Donnell auf.«

Clydell spuckte über das Geländer und räusperte sich laut. »Ein makabres Spektakel, muß ich sagen. Aber was hat das mit einem Schönheitswettbewerb zu tun?«

LeGrand nickte nachdenklich. »Das ist ein Problem, das noch zu klären ist. Ein Problem ...«

»Ich kann mich nicht dafür begeistern. Es wäre unter unserer Würde.«

»Sie haben recht«, pflichtete Tony LeGrand ihm bei. »Es darf nicht in eine Farce ausarten. Da es sich nicht um einen gewöhnlichen Schönheitswettbewerb handelt, geht's um mehr. Es ist ein Experiment der zwischenweltlichen Beziehung. Wenn wir nun sehr bedeutende Männer als Juroren hätten – Sie, zum Beispiel, den Generalsekretär, Mathias Bradisnek, Herve Christom. Und dazu ein paar von anderen Welten. Den Premier des Großen Bären. Den Präfekt von Veidranu – wie heißt er gleich wieder? Und den Großmarschall von Baten Kaitos ...«

Clydell zog an seiner Zigarre. »Eine solche Jury würde ein unparteiisches Ergebnis garantieren ... Aber wie soll ich in Gottes Namen ein hübsches Erdending mit einem Mädchen von Sadal Suud vergleichen? Oder mit so 'nem Drachenweib von den Plejaden? Das ist der Haken an der Sache.«

»Ein großes Problem. Ein großes Problem ...«

»Nun«, meinte Clydell, »jedes Problem hat eine Lösung. Das ist ein Axiom.«

Tony antwortete nachdenklich: »Angenommen, wir würden jede Kandidatin nach ihrem eigenen Maßstab – den Idealen ihrer Rasse – beurteilen? Auf diese Weise wird der Wettbewerb ganz und gar fair.«

Clydell nahm einen tiefen Zug von der Zigarre. »Schon möglich, schon möglich.«

»Wir erkundigen uns, was die Ideale einer jeden Rasse sind. Wir beschaffen uns spezifische Angaben. Wer dem Ideal am nächsten kommt, ist Siegerin. Miß Universum.«

Hardeman Clydell räusperte sich noch einmal. »Das ist alles sehr gut, Tony ... Aber Sie vergessen einen sehr wichtigen Aspekt. Die Finanzen.«

»Schade.«

»Was ist schade?«

»Daß uns durch unser Amt aus ethischen Gründen die Hände gebunden sind.«

Clydell sah ihn verwundert an und setzte schon zu einer Frage an, als Tony rasch erläuterte:

»Es ist ausgeschlossen, daß wir dieses gewaltige Spektakel selber aufziehen können, ohne gegen die Statuten zu verstoßen.«

Clydell machte ein gespanntes Gesicht. »Sie meinen, es könnte Gewinn abwerfen?«

Tony LeGrand grinste. »Wer hat schon einen Arenasaurus vom Mars gesehen? Geschweige denn einen Pentacynth oder Helmkopf von Sagittarius? Und wir lassen die Schönheitsköniginnen des gesamten Universums hier antreten!«

»Richtig«, sagte Clydell. »Ganz richtig.«

»Es wird die Sensation der ganzen Ausstellung sein.«

Clydell warf seine Zigarre über das Geländer. »Ich lass' es mir durch den Kopf gehen.«

Was – wie Tony LeGrand wußte – einer Zustimmung gleichkam.

II

Hardeman Clydell hatte aus Gründen, die er selbst am besten wußte, nie geheiratet. Er war wohlbeleibt, hatte ein rosiges dralles Gesicht, feines weißes Haar und graue Koteletten. Als steinreicher Mann konnte er es sich leisten, gegen ein symbolisches Jahresgehalt von einem Dollar das Amt des Generaldirektors zu bekleiden. Er war ein leidenschaftlicher Sportsmann, besaß ein eigenes Raumschiff und kochte gern; die Zutaten für seine Gerichte ließ er aus fernen Welten einfliegen. Seine Zigarren wurden auf Bestellung aus einem speziellen dunklen Tabak der Andamanen gerollt, über Holzfeuer gedörrt und mit Arrak vergütet und reiften in Eichenlaub.

Er hatte Tony LeGrand auf dem Strand von Tannu Tuva kennengelernt und dabei eine Zigarre angeboten. Tony habe noch nie eine bessere geraucht, hatte er versichert. Das hatte Clydell gezeigt, daß er hier einen Mann vor sich hatte, auf dessen Urteil unbedingt Verlaß sei. Er stellte Tony als persönlichen Assistenten ein, der Schwierigkeiten ausbügeln sollte.

Tony hatte sich unabkömmlich gemacht. Clydell stellte fest, daß ihm die besten Ideen oft beim Gespräch mit Tony einfielen. Der galaktische Schönheitswettbewerb war dafür ein Beispiel. Aus dem Keim einer Idee – wer hatte sie zuerst geäußert, er oder Tony? – hatte Clydell ein Ereignis entwickelt, über das man noch in Jahren sprechen würde!

Da der Plan im groben stand, lag es nun an Tony, die mühsamen Details zu erarbeiten. Wenn Tony auf Probleme stieß, mit denen er nicht fertig wurde, konsultierte er Clydell. Im großen und ganzen verstand er aber sein Handwerk.

Nachdem die lange Liste sämtlicher bekannter Welten mit intelligenten oder pseudointelligenten Rassen durchgesprochen worden war, einigten sich Tony und Clydell auf insgesamt dreiunddreißig davon. Dabei gingen sie von folgenden Kriterien aus:

1. Hat die Rasse eine Sozialordnung?
   (Rassen ohne Sozialgefüge, in denen bitterer Konkurrenzkampf oder Anarchie herrschten, könnten den Sinn des Wettbewerbs nicht begreifen und so die Zusammenarbeit verweigern oder gar

Schwierigkeiten machen, falls ihnen der Sieg nicht zuerkannt würde.)

2. Ist ausreichende Verständigung möglich? Gibt es Dolmetscher?
(Die inneren Flagellaten der Merak-Stämme teilten sich hellseherisch mit. Die Gongs von Fomalhaut verständigten sich mittels komplexer Gerüche, die in speichelgetränkte Haarbüschel eingeschlossen waren. Die fliegenden Karboiden von Cepheus 9621 kommunizierten auf eine völlig unverständliche Weise. Keine dieser Rassen kam in Frage.)
3. Sind die Lebensbedingungen der Rasse auf der Erde ohne weiteres herzustellen?
(Die Pavos D'Oro, Wesen von wilder Schönheit, lebten bei einer Temperatur von 2000°K. Die komplexen Moleküle der Sabik Betans explodierten bei einem Druck unter 30000 Erdatmosphären. Die Chastainischen Grauen hatten einen halb flüssigen, halb gasförmigen Helium-Blutkreislauf, der nur bei zirka 0°K funktionsfähig war.)
4. Verfügt die Rasse über einigermaßen ausgeprägte weibliche Geschlechtsmerkmale?
(Unter den Lebensformen des Universums existierten die unterschiedlichsten Vermehrungsarten. Die Riesenwürmer von Mauvaise teilten sich in zweihundert Segmente, von denen jedes zu einem neuen Organismus reifte. Bei den Grus Gammans waren nicht zwei, sondern fünf verschiedene Geschlechter am Zeugungsakt beteiligt. Die humanoiden Churo von Gondwana waren eingeschlechtlich.)
5. Ist die Rasse brutal, wild oder bösartig? Kann sie Gewohnheiten oder Instinkte im Zaum halten, die für die Besucher der Ausstellung anstößig wirken oder gefährlich werden könnten?

Nachdem die Lebensformen, die die Welten der Galaxis bevölkerten, unter diesen fünf Gesichtspunkten betrachtet worden waren, kamen nur dreiunddreißig in die engere Wahl, wovon acht humanoide Rassen der Klassen A bis D waren. (Mit Klasse A wurden echte Menschen und enge

Verwandte bezeichnet; was in der Klasse D keine Aufnahme mehr fand, das war eigentlich gar nicht mehr menschenähnlich.)

Hardeman Clydell überflog Tonys Ergebnisse und wies auf gelegentliche Fehler hin oder fügte andere Rassen ein, die aus dem einen oder anderen Grund geeignet schienen. Tony brachte seine Einwände gegen die Entscheidungen von Clydell vor.

»Die Soteranier – wunderhübsch! Habe Bilder gesehen! Große schillernde Flügel!«

»Ihre Versorgung würde heikle Probleme aufwerfen«, erklärte Clydell. »Sie atmen Fluor ... Nicht anders verhält es sich mit diesen Porzellaninsekten, die in einem Vakuum leben.«

Tony zuckte mit der Achsel. »Okay. Aber hier ...« Er deutete auf einen der Zusätze, die Clydell eingefügt hatte. »... Mel. Kann damit nichts anfangen. Hab' noch nie davon gehört.«

Clydell nickte selbstgefällig. »Interessante Rasse. Habe einen Artikel darüber gelesen. Starr gegliedert; die Männer machen die ganze Arbeit, die Frauen hocken daheim und putzen sich. Wäre eine echte Bereicherung.«

»Wie sehen sie aus?«

Clydell zwickte die Zigarrenspitze ab. Tony tat so, als sei er beschäftigt, während Clydell ihm die Zigarrenkiste hinhielt. »Hier, Tony, rauchen Sie eine! Sie wissen sie zu schätzen; würd' sie nicht an jemand anders vergeuden.«

»Danke, Hardeman. Was ist nun mit Mel?«

»Offengestanden habe ich das meiste wieder vergessen. Sie leben in riesigen Städten, sind angeblich übertrieben gastfreundlich und ungemein höflich. Genau das, was wir brauchen. Leute von Format.«

»Meinetwegen«, erwiderte Tony. »Mel ist dabei.«

Die endgültige Liste umfaßte einunddreißig Rassen. Nun machte Tony sich daran, die spezifischen Daten einzuholen. Er schickte verschlüsselte Funkbotschaften zu den Erdrepräsentanten auf den jeweiligen Planeten, legte sein Anliegen dar und bat um absolut exakte Angaben über die örtlichen Schönheitsideale.

Nachdem die Informationen eingegangen und ausgewertet waren, bereitete Tony Einladungen vor, die von Hardeman Clydell unterzeichnet und auf die Planeten versandt wurden. Der Wert des Preises wurde auf eine Million Dollar erhöht, um zum einen möglichst viele Bewerberinnen zu gewinnen und zum anderen in den Medien der ganzen Welt mehr Aufsehen zu erregen.

Dreiundzwanzig der ursprünglich einunddreißig Welten sagten ihre Teilnahme zu.

»Stellen Sie sich vor«, jubelte Hardeman Clydell, »dreiundzwanzig Welten trauen sich zu, mit den schönsten Frauen der Galaxis mitzuhalten!«

Und Tony Le Grand schlachtete das Ereignis pressemäßig aus.

»Die Schönheiten des Universums! Treffen Sie auf der Kalifornischen Ausstellung zur Dreihundertjahrfeier Miß Universum!«

III

Die Kalifornische Ausstellung zur Dreihundertjahrfeier öffente am ersten Tag pünktlich um 8 Uhr die Tore. In den ersten vierundzwanzig Stunden strömte mehr als eine Million Männer, Frauen und Kinder durch die Drehkreuze an den vier Prunkstraßen und aus den U-Bahnhöfen. Am zweiten Tag belief sich die Besucherzahl auf beinahe 900000; am dritten zählte man 800000. Nach der ersten Woche ließ der Andrang nach; die Besucherzahlen pendelten sich auf 500000 täglich ein.

Der Transgalaktische Schönheitswettbewerb war für den Monat Februar angesetzt, wo mit einem saisonal bedingten Besucherrückgang zu rechnen war.

Dreiundzwanzig gläserne Container mit einer Länge von sechzehn, einer Breite von neun und einer Höhe von sechs

Metern waren unter der gemeinsamen Leitung der Astrophysikalischen Gesellschaft von Amerika und dem Internationalen Biologischen Forschungsinstitut konstruiert worden. In jedem Container wurden für die Teilnehmerin jeweils das gleiche chemische Milieu und die gleichen Druck-, Temperatur-, Schwerkraft- und Strahlungsverhältnisse wie in der Heimat hergestellt.

Zumeist waren nur geringe Änderungen erforderlich: hier ein paar Prozent mehr Schwefeldioxid, da die Entfernung der Luftfeuchtigkeit, dort eine Temperaturanpassung.

In jedem Vivarium war die Landschaft des Ursprungsplaneten nachgebildet. Container Nr. 21 enthielt einen Quecksilbersee mit Karborundumklippen. Der Boden von Container Nr. 6 war mit braunen Algen überzogen. Ein Teppich aus leberbraunen Spiratophoren zog sich über die Rückwand; ein länglicher Iglu aus dürrem Moos ragte in der Mitte auf.

Der Container Nr. 17 war mit braunen bauschigen Fasern ausgekleidet, die an übergroße Schwämme erinnerten. Riesige Toilettenartikel hingen an den Haken. Das war das Vivarium, in dem sich Miß Mel den neugierigen Erdenbürgern zur Schau stellen würde.

Der Container Nr. 20 barg einen roten, gelben, blauen und grünen Dschungel von Veidranu. Container Nr. 15 stellte eine Marswüste mit einer Kristallkuppel im Hintergrund dar. Container Nr. 9 war als eine Straße in Montparnasse gestaltet: Platanen, ein Straßencafé, Kioske voller Titelblätter. Es handelte sich um das Behältnis für Miß Erde, Sancha Garay aus Paris.

Mitte Januar kamen die ersten Teilnehmerinnen auf dem Weltraumflughafen von Los Angeles an. Hardeman Clydell, der zur Jury gehörte, wollte die außerirdischen Schönheiten nicht vor dem eigentlichen Wettbewerb zu Gesicht bekommen. Deshalb übernahm Tony LeGrand die offizielle Begrüßung in seinem Namen.

Im Ausstellungsbüro erstattete er Clydell jeweils Bericht.

»Unter den Humanoiden sind ein paar hübsche Puppen dabei. Die übrigen mögen theoretisch auch schön sein – aber nicht nach meinem Geschmack.«

Clydell betrachtete neugierig eine Schramme in Tonys Gesicht. »Hatten Sie 'ne Schlägerei?«

»Das war Ihre freundliche Miß Mel. Hat mir die Wange getätschelt.«

»Oh«, meinte Clydell, »ein Riesenweib, nicht wahr?«

»Groß und plump, diese Miß Mel. Und wie sie duftet! Sie ist 'ne Mischung aus Elefant, Drache, Gorilla und Löwe. Und so lieb! Sie hat mich schon zu einem Besuch bei sich eingeladen. Ich kann bleiben, solange ich will.«

»Keine Frivolitäten über das Gefühlsleben der Damen, bitte!« warnte Clydell mit erhobenem Zeigefinger und einem Grinsen im Gesicht.

»Ich hätte nichts gegen Frivolitäten mit Miß Veidranu oder Miß Alschain ...« Er überreichte Clydell ein Päckchen blaugebundener Broschüren.

»Was soll ich damit?« fragte Clydell.

»Lesen. Enthält Informationen, die Sie als Juror brauchen werden: eine kurze Vorstellung jeder Teilnehmerin, eine Beschreibung ihres Heimatplaneten und vor allem die Schönheitsideale, anhand derer sie zu beurteilen sind.«

»Nun gut«, erwiderte Clydell. »Mal sehen, was wir da haben.« Er griff in seinen Klimaschrank, holte eine Zigarrenkiste heraus und schob sie über den Tisch zu Tony hinüber.

»Nicht jetzt, Chef. Ich komme gerade vom Mittagessen.«

»Da schmecken sie am besten!«

Tony wählte behutsam eine Zigarre aus.

»Und nun«, fuhr Clydell fort, »zur Sache.« Er überflog einen Briefbogen, der auf die oberste Broschüre geheftet war.

»Das ist die Teilnehmerliste«, erklärte Tony. »Wir lassen sie drucken und verteilen sie ans Publikum.«

Clydell las die Aufstellung.

»DER ERSTE TRANSGALAKTISCHE SCHÖNHEITSWETTBEWERB.
GESUCHT: MISS UNIVERSUM!
PREIS FÜR DIE SIEGERIN: IHR HERZENSWUNSCH.

Der Wettbewerb beginnt am 1. Februar. Die Teilnehmerinnen werden nach den Schönheitsidealen ihrer Heimatwelt beurteilt.

DIE JURY:

1. *Mr. Skde Shproske, Botschafter von Gamma Grus*
2. *Mr. 92-14-63-55, Handelsvertreter von Aspidiske (Iota Argus)*
3. *Mr. A-O-INH, Student von Persigian (Leo 4A563)*
4. *Mr. SSEET-TREET, Handelsvertreter von Kaus Australis (Eta Sagittarius)*
5. *Der Ehrenwerte Hardeman Clydell von der Erde*

DIE TEILNEHMERINNEN:

1. Miß Conexxa ...«

Tony LeGrand unterbrach den lesenden Hardeman Clydell. »Sie werden sehen, daß ich zu jeder Teilnehmerin ein paar Anmerkungen gemacht habe. Sie sind nur zu Ihrer Information – ins offizielle Programm werden sie nicht aufgenommen.«

Clydell nickte, zog genüßlich an seiner Zigarre und las weiter.

1. Miß Conexxa (Beta Trianguli). Humanoid Typ A. Groß, schlank. Rotes Haar mit glänzenden Spitzen, kupferbraune Haut, schwarze Lippen und Ohren. Schienbeine mit glänzendem schwarzen Fell (wie Cowboy-Chaps). Eine wilde Schönheit. Wiegt 68 kg.

2. Miß Alschain (Beta Aquilae). Humanoid Typ B. Klein, wie eine großäugige Elfe. Augenbrauen wie grüne Federbüschel. Dünnes, seidiges, strohblondes Haar. Insektenfresser. Wiegt 36 kg.

3. Miß Chromosphoro (Centauri 9518). Oberkörper wie ein großer rötlicher Fisch. Achtzehn Beine; die Knie in Augenhöhe. Wiegt 68 kg.

4. Miß Shaula (Lambda Scorpii). Kelchglasförmig. Grau-braun gesprenkelt. Glänzend. Hundert kleine Saugfüße. Auge in der Mitte wie ein Periskop. Wiegt 91 kg.

5. Miß TIX (Tau Draconis). Humanoid D. 270 cm groß, spindeldürr. Großer Kopf, kein Kinn. Facettenaugen. Grauschwarze Farbe. Saugnäpfe an den Fingerspitzen (insgesamt 16 Finger). Wiegt 41 kg.

6. Miß Aries 44R951. Ein großer dürrer Schachtelhalm, mit hundert Quallen verfilzt. Wiegt 18 kg.

7. Miß Vindemiatrix (Eta Virginis). Transparenter Aal mit Rückenwirbeln und vier Händen um den Mund. Gehirn in der langen Wirbelsäule, phosphoresziert sichtbar beim Denken. Wiegt 27 kg.

8. Miß Archernar (Alpha Eridani). Gürteltier mit Wespenkopf. Grüne Schuppen. Äußerst telepathisch. Aufpassen, was man in ihrer Nähe denkt. Wiegt 68 kg.

9. Miß Erde. Sancha Garay aus Paris. Muß ich sie beschreiben? Humanoid A. Wiegt 52 kg.

10. Miß Theta Piscium. 40 Seesterne, auf einem 210 cm langen Bambusrohr aufgereiht. Bewegt sich rollend, aufrecht gehend oder hüpfend. Wiegt 13 kg.

11. Miß Arneb (Alpha Leporis). Eine Kugel aus blauem Gallert. Innen sind sieben gelb leuchtende Kügelchen, die um drei rote Lichtbälle schweben. Gewicht: ?

12. Miß Jheripur (Omega Crucis). Humanoid C. 120 cm hoch, 90 cm breit, buttergelb. Keine Behaarung. Wiegt 113 kg. Eine ordentliche Portion.

13. Miß Delta Corvi. Der Name paßt. Sieht aus wie eine Krähe. Groß, ohne Schnabel, schwarze Haut. Kein Gefieder bis auf einen Kamm auf dem Nacken. Wiegt 90 kg.

14. Miß Alphard (Alpha Draconis). Wie ein Hummer aus Metall, ohne Scheren und Fühler. Kriechend. Angeblich flink; recht heikel. Nicht zum Scherzen. Gewicht: ? Vielleicht 220 kg. Vielleicht mehr.

15. Miß Mars. Lorraine Jorgensen von der Polarkolonie. Blond, große blaue Augen. Sehr hübsch. Wiegt 56 kg.

16. Miß Claverops. Humanoid C. Amphibisch, schlüpfrig wie eine Robbe. Grünlichbraun. Hände und Füße wie beim Frosch. Wiegt 81 kg.

17. Miß Mel. Ein Monstrum. 540 cm groß. Austernfarbe. Sechs große Arme. Gibt ständig Laute von sich, die wie schallendes Gelächter klingen. Kopf wie ein Gorilla, Oberkörper wie Termitenkönigin. Ich traue mich nicht, ihr Gewicht zu schätzen. Aufgepaßt. Sie tätschelt gern. Ich habe schon lauter blaue Flecken von ihren Liebesbezeigungen. Riecht nach Schlachthaus. Sie will anscheinend etwas, bin noch nicht dahintergekommen, was.

18. Miß Sadal Suud (Beta Aquarii!). Alraune. Leib wie eine grünweiße Karotte. Rotes Kraut sprießt aus dem Kopf. ›Sadal Suud‹ bedeutet ›Glücklichster der Glücklichen‹. Wird sie gewinnen? Wiegt 68 kg.

19. Miß Persigian (Auriga 225-G). Strahlendblaue Echse. Hübsche Farbe. Brennt angeblich wie eine Nessel bei Berührung. Wiegt 45 kg.

20. Miß Veidranu (Psi Hercules). Humanoid B. Zartes Ding. Mit Puder bestäubt. Hat rosaroten, grünen, blauen Film als Haar, hängt über den Rücken. Nette Figur. Hübsch. Wiegt 45 kg.

21. Miß Gomeisa (Beta Canis minor). Ein Drei-Meter-Ponton mit Eisensegel. Lebt in einem Quecksilbermeer. Elektrisch geladen. Vorsicht! Nicht berühren! Gewicht: ? Schwer.

22. Miß Procyon (Alpha Canis minor). Zwölf Meter Hanftau.

23. Miß Grglash (Eta Cassiopeiae). Humanoid D. Menschenähnliche Gestalt täuscht. Körperchemie auf Silikonbasis. Der Schädel ist ein Ofen, Flammen züngeln aus Löchern in der Kopfhaut. Wirken wie wunderschönes rötliches Haar. Sie ist heiß. Nicht anfassen! Wiegt 81 kg.

Hardeman legte die Liste aus der Hand. »Gute Arbeit. Jede Teilnehmerin knapp beschrieben.« Er griff wahllos eine blaue Broschüre aus dem Bündel heraus. »Miß Aries 44B951.« Er verglich mit der Liste. »›Ein großer dürrer Schachtelhalm, mit hundert Quallen verfilzt.‹ Was haben wir hier ...? ›Sie lebt auf seichten Gewässern, die mit Algen überzogen sind. Die Männer bauen am Ufer Iglus aus Moos.‹ Mmmmmh ... ›Vollführen komplizierte Tänze auf heiligen Seen ...‹ Mmmmmh ... Hier steht's ja – die Spezifikation.«

»Sie werden sehen, die Angaben sind sehr exakt«, erläuterte Tony. »Millimetergenau.«

»Lesen sich wie technische Daten«, meinte Clydell. »›Durchmesser vom Agrix zur Therulta ...‹« Er blickte zu Tony auf. »Was um alles in der Welt ist ein Agrix? Und eine Therulta? Sollte ich das wissen?«

»Die Begriffe werden im Anhang erklärt. Dort finden Sie auch eine physiologische Bildtafel. Agrix und Therulta sind, wenn ich mich recht erinnere, die Schlußkinken von einem Veruli. Veruli bedeutet natürlich Halm.«

»Verstehe«, murmelte Clydell. »Also. ›Durchmesser vom Agrix zur Therulta: 42,571 cm. Von Clavon zu Gadel ...‹ Ich vermute, diese Begriffe sind ebenfalls erklärt?«

»Selbstverständlich.«

Clydell zog an seiner Zigarre. »›38,092 cm. Ganglionische Orgoten ...‹«

»Das sind die Quallengebilde.«

»›... sollten 43 vorhanden sein.‹ Was bedeuten die vielen Zahlen?« Er zeigte darauf.

Tony ging um den Schreibtisch herum und warf einen Blick in die Broschüre. »Ach die! Das sind die Angaben zur Härte, Viskosität, Temperatur und Farbe der Orgoten – die übrigens keinerlei Gerüche absondern sollten.«

»Dann muß ich diese Orgaten also riechen – alle dreiundvierzig davon?«

»Ich meine schon – um zu 'ner fairen Entscheidung zu gelangen.«

Hardeman Clydell machte nicht gerade ein erfreutes Gesicht. »Ich hab' nichts dagegen, Taillen und Busen zu messen; daß ich aber die Maße eines Agrix und den Geruch von Orgoten beurteilen soll – für so was Blödsinniges habe ich keine Zeit.« Nachdenklich betrachtete er Tony LeGrand, der sich rasch bückte und eine andere Broschüre aus dem Stapel zog.

»So, das ist Miß Veidranu. Ich habe sie gesehen. Hübsche Biene. Du meine Güte, was Sie an ihr alles zu messen haben!«

Aber Hardeman Clydell ließ sich nicht aufheitern. »Tony, ich vertraue auf Ihr Urteil; meins könnte nicht besser sein.«

»Oh, das würde ich nicht sagen.«

»Doch«, versicherte Clydell nachdrücklich. »Mein Name erscheint auf der Liste der Jury – aber Sie werden die Teilnehmerinnen beurteilen.«

»Aber Hardeman – das kann ich nicht!«

»Und ob Sie das können«, meinte Clydell gutmütig-derb. »Sie sind mit den Damen vertraut. Sie haben sich mit ihrer Physiognomie befaßt.«

»Ja, aber ...«

»Sie beurteilen sie, treffen eine gerechte Entscheidung. Ich seh' sie mir an und werde dann zu gegebener Zeit in der Jury meinen Mann stehen.«

Tony verzog das Gesicht. »Es ist nur wegen dieser Miß Mel. Wenn sie doch ihre Pranken von mir lassen würde. Offengestanden, Chef ...« Er blickte auf seine Zigarre, klopfte behutsam die Asche ab, sah auf; Clydell musterte ihn gelangweilt.

»In Ordnung«, meinte Tony kleinlaut. »Für so was werde ich schließlich bezahlt.«

Hardeman Clydell nickte. »Genau.«

IV

Tony besuchte das Hotel Mira Vista in Los Angeles, wo Miß Zzpii Koyae vom vierzehnten Planeten des Adlers eine Suite bewohnte. Miß Koyae war ein reizendes Geschöpf – für den Geschmack jeder Welt. Ganze 150 cm klein, wirkte sie wie eine Rauchwolke, süß und keß wie ein Kätzchen in hohem Gras. Ihre Haut war blaßgrün, ihr seidiges Haar fahl wie Mondschein. Sie trug knallrote Slipper, ein Negligé aus Gaze und einen grünen Chrysanthemenring im Ohr.

Wie eine Märchenfee sah sie aus. Mit munterem Geplauder begrüßte sie Tony. Als sie erfuhr, daß Tony als Preisrichter fungierte, wurde sie noch redseliger. Sie ergriff Tony an beiden Händen und drückte ihre Freude über seinen Besuch aus.

»Und nach dem Wettbewerb mußt du mich besuchen kommen. Auf Plais im Adler, wie ihr's nennt. Ach, es ist ein herrlicher Planet! Du wirst mein Gast sein und mit mir in meinem Häuschen am Fluß Chthis wohnen. Natürlich werde ich gewinnen. Ich werde mir eine Million Meter schwarze Seide kaufen. Dann wirst du sehen, was Dankbarkeit für unsereins bedeutet!«

Tony lachte. »Du bist ein süßer kleiner Fratz!« Er legte die Arme um ihre Schultern, die bebten wie eine Vogelbrust. Er küßte sie auf die Nasenspitze und hätte weitergemacht, wenn sie ihn nicht abgewehrt hätte. »Nein, nein, mein Tony! Nach dem Wettbewerb!«

Miß Sancha Garay bewohnte ein Apartment im Desert Inn an den Hängen des Mount Whitney. Als es läutete, trat ein Mädchen an die Sprechanlage. Es erkannte das Gesicht an der Rezeption und gab Miß Garay Bescheid. »Es ist der junge Mann von der Ausstellungsgesellschaft. Derjenige, der die vielen Informationen haben wollte.«

»*Peste!*« sagte Sancha. »Wie dumm. Muß ich ihn reinlassen?« Sie trat zornig mit dem Fuß gegen ein Kissen. »Also gut. Lassen Sie ihn für zwei Minuten herein. Keine Sekunde länger. Seien Sie streng. Keine Ausreden.«

Tony kam ins Zimmer. »Hallo, Miß Garay!« Er sah sich um. »Hoffe, hier läßt es sich wohlfühlen.«

»Ja. Sehr.« Sancha blickte finster aus dem Fenster ins Death Valley, kniete sich auf, kehrte Tony den Rücken zu und stützte das Kinn in die Hände.

»Man hat's nicht leicht«, sagte Tony. »Als wenn ich nicht schon genug Arbeit hätte. Jetzt bin ich auch noch Juror beim Schönheitswettbewerb.«

Blitzschnell hatte sich Sancha Garay umgedreht und war auf die Beine gesprungen. Ihr hübsches Gesicht strahlte. »Tony! Das ist ja großartig! Wo wir doch so gute Freunde sind!«

»Prima, nicht?« sagte Tony.

»Ach«, meinte Sancha, »du bist so nett, Tony. Toll, daß du mich einfach so besuchen kommst. Du bist so nett. Gib mir ein Küßchen ...«

Das Mädchen trat ins Zimmer. »Entschuldigen Sie, Miß Garay. Die Schneiderin ist da, hat nicht viel Zeit. Sie sollen sofort kommen.«

»Schade«, sagte Tony. »Nun ja, dann muß ich jetzt wohl gehen.«

»Grand diable du sacre feu!« flüsterte Sancha Garay unvernehmbar.

»Sie sind so stark«, bemerkte Ftadesut Consici von Veidranu mit heiserer Säuselstimme. »Auf meinem Planeten sind die Männer schlapp. Nach dem Wettbewerb will ich auf der Erde bleiben, wo die Männer stark sind! Das Geld – vielleicht willst du mir helfen, es auszugeben, mh, Tony?«

»Mit Vergnügen«, antwortete Tony. »Ach was bist du weich und zart ...« Er legte die Hände auf ihre Arme und streichelte die Haut, die elfenbeinfarben schimmerte, zog sie langsam an sich. Sie wich zurück.

»Nein, nein! Jetzt noch keine Liebe. Du möchtest doch

nicht, daß mir der Glanz von der Haut abgeht. Ich muß schön sein. Nachher – du wirst schon sehen!«

»Nachher«, brummte Tony. »Immer nachher!«

»Tony!« seufzte die Schönheit von Veidranu, die in ihrer Heimat auf Schmetterlingen durch die Sümpfe flog. »Du machst so ein schmollendes Gesicht. Aber doch nicht etwa meinetwegen?«

Tony seufzte. »Nein, ganz und gar nicht. Ich muß zu diesem verflixten Mel-Monstrum und klären, wie wir die Dame zur Ausstellung schaffen. Sie ist so schwer, daß wir gleich zwei Luftfrachter brauchen werden ...«

Er blieb vor dem Vivarium stehen, in dem Miß Magdalipe von Mel residierte. Der Dolmetscher, ein kleinwüchsiger Beamter von Breiduscan, dünn wie eine Weidengerte, humanoid, mit zirpender Stimme, bemerkte ihn.

»Aha, Mr. LeGrand, endlich sind Sie da! Miß Magdalipe ist gespannt; sie wartet schon die ganze Zeit.«

»Einen Augenblick!« knurrte Tony. Endlich fand er Verwendung für Hardeman Clydells Zigarren; der Rauch überdeckte die Mel-Atmosphäre.

Der Dolmetscher führte ihn ins Vivarium. Magdalipe lag mit ihrem mächtigen Thorax auf dem Boden vor der Tür. Als sie die schrille Stimme des Dolmetschers hörte, drehte sie sich um und begann beim Anblick von Tony erfreut zu brüllen. Sie tätschelte ihn unsanft. Tonys Rippen knackten; seine Füße baumelten in der Luft. Das riesige Maul bellte ihm aus nächster Nähe ins Ohr.

Der Dolmetscher hinter Tony übersetzte: »Miß Magdalipe freut sich über Ihren Besuch. Sie mag Sie. Sie sagt, wenn sie den Wettbewerb gewinnt, lädt sie Sie in ihren Palast auf Mel ein. Sie sagt, Sie sind ihr sehr sympathisch; es wird Ihnen dort gefallen.«

Das möchte ich schwer bezweifeln – dachte Tony. Er zog gierig an seiner Zigarre und puffte ihr den Rauch ins Gesicht. Falls dieser spezielle Tabak von Clydell sie nicht abschrecken konnte, dann half nichts mehr. Miß Magdalipe gluckste wollüstig und streckte die Hand aus, um ihn wieder zu tätscheln. Sie verfehlte jedoch seinen Rücken und streifte ihn statt dessen am Gesicht. Tony hörte in seinem Kopf Glocken schlagen.

V

In der Nacht vom 31. Januar wurden in verschiedenen Teilen Kaliforniens dreiundzwanzig riesige Glaskästen an dreiundzwanzig Frachtflugzeugen angekettet, hochgezogen und über die Mohave-Wüste zum glänzenden Metallpilz geflogen, der aus dem bleichen Sand ragte. Am 1. Februar fanden die Besucher der Ausstellung zur Dreihundertjahrfeier im Konklave des Universums dreiundzwanzig Glascontainer vor, die im Kreis aufgestellt waren und die Schönheiten des Universums zur Schau stellten.

Am 1. Februar wurden mehr als eineinhalb Millionen Eintrittskarten zur Ausstellung gelöst.

Der Beginn des Wettbewerbs war auf sechzehn Uhr festgesetzt.

Jeder Juror mußte die Teilnehmerinnen einzeln inspizieren, sämtliche Maße nachmessen, Farben analysieren, Viskosität, Elastizität, Dichte, Fläche, Temperatur, Reibung und Widerstand bestimmen; daraufhin mußte er seine Ergebnisse mit den bereits feststehenden Idealen der Rasse vergleichen.

Eine mühsame Arbeit. Aber es eilte nicht. Täglich drängte mindestens eine Million Besucher durch die Drehschranken. Am 14. Februar waren alle Kosten hereingeholt, die der Schönheitswettbewerb verursacht hatte; von nun an bis zum 28. Februar war alles Reingewinn.

Das Publikum zögerte mit seinem Urteil nicht so lange. Die Mehrheit kürte Sancha Garay zur Siegerin, gefolgt von Lorraine Jorgensen vom Mars, Miß Zzpii Koyae von Alschain, Miß Ftadesut Consici von Veidranu und Miß Arednillia von Beta Trianguli, der Typ-A-Hunanoiden mit roten

Haaren und hellen Spitzen und schwarzem Fell an den Beinen.

Ein größeres Boulevardblatt ergriff die Gelegenheit, das Ganze umzukehren und einen Häßlichkeitswettbewerb aufzuziehen, dessen Resultate am 15. Februar veröffentlicht wurden.

Wir haben diesen Häßlichkeitswettbewerb genauso fair durchgeführt wie die fünfköpfige Jury ihren Schönheitswettbewerb.

Unser Kriterium war unsere physische Reaktion. Wir haben uns gefragt, welche dieser dreiundzwanzig Schönheiten bei uns am meisten Ekel erregt.

Auf dieser Grundlage blieben Miß Erde, Miß Mars, Miß Veidranu, Miß Beta Trianguli und Miß Alschain ohne Wertung. Vor ihnen ekelte uns nicht. Ansonsten war's ein knappes Rennen.

Wir kamen zu folgendem Urteil:

Das gräßlichste Gesicht: Nr. 17, Nr. 8.

Widerwärtigste Farbe: Nr. 17, Nr. 5.

Unangenehmster Geruch: Nr. 17.

Unglaublichstes Erscheinungsbild: Nr. 21, Nr. 23, Nr. 5.

Unerwünschteste Gegnerin in einem Catch: Nr. 17.

Am plumpesten: Nr. 17.

Die meistgenannte und damit Siegerin: Nr. 17, Miß Magdalipe von Mel.

Diese Entscheidung fiel auf allgemeine Zustimmung. Zum gleichen Schluß waren schon an die zwanzig Millionen Besucher gelangt.

Es kam somit völlig überraschend, als am 28. Februar die Jury einstimmig die Teilnehmerin mit der Nummer 17, Miß Magdalipe von Mel, zur Siegerin des Wettbewerbs wählte und zur Miß Universum und interstellaren Schönheitskönigin krönte.

Die Jury gab eine gemeinsame Erklärung ab, die anschließend in der Presse veröffentlicht wurde, worin sie ihren Entschluß noch einmal begründete:

Der Fall liegt klar. Die Entscheidung der Jury beruht auf exakten Messungen. Das Ergebnis ist nicht anfechtbar. Nach den Wettbewerbsregeln wird Miß Magdalipe von Mel, die den Schön-

heitsidealen ihrer Welt am meisten entspricht, von der Jury einstimmig zur Miß Universum und Interstellaren Schönheitskönigin erklärt.

Morgen, 1. März, 16 Uhr, wird Miß Universum ihren Herzenswunsch bekanntgeben. Sofern es in der Macht der Ausstellungsgesellschaft liegt, wird ihr dieser Wunsch erfüllt werden.

VI

Tony LeGrand stattete Miß Sancha Garay einen Besuch ab. »Schau, Kleines«, erklärte er, »du ahnst nicht, wie ich mich für dich eingesetzt habe. Ich habe dir alle Chancen gegeben ...«

Mit dem wippenden Gang eines Fohlens schwebte sie auf ihn zu. »Du Dreckskerl, du mieser Hund!« zischelte sie. »Verschwinde und laß dich nie wieder blicken, oder ich spucke dir in deine Fratze!«

Miß Zzpii Koyae von Alschain war nicht so rabiat. »In meinem Land gibt's keinen Kampf, keine Feinde. Alle sind freundlich ... Denn wenn wir Feinde haben, machen wir *das!*« Und sie schlug ihm mit einem Band über die Backe. Es waren vibrierende schwarze Pünktchen daran, die Tony ins Gesicht sprangen und ihm unter die Kleider rutschten. Dort fingen sie zu beißen an.

Ein Doktor konnte die quirligen Dinger zum Großteil aus seiner Haut entfernen und verschrieb eine lindernde Salbe. Tony nahm davon Abstand, Miß Veidranu und Miß Beta Trianguli zu besuchen; diese Rassen praktizierten bei Gelegenheit Menschenopferungen.

Die große Siegesfeier mit der Bekanntgabe des Herzenswunsches stand bevor. Tony kehrte zum Ausstellungsgelände zurück und fuhr mit dem Aufzug zu den Verwaltungsbüros hinauf.

Clydell begrüßte ihn herzlich. »Nun, Tony, hat ja alles prima geklappt. Gute Arbeit ... Sie sollten daran denken, die Vivarien heute noch vom Gelände schaffen zu lassen.

Alle bis auf Miß Universum natürlich ... Miß Universum.« Clydell runzelte seine rosige Stirn. »Ein Irrtum ist wohl nicht möglich?«

»Ausgeschlossen. Sie hat den Angaben haargenau entsprochen.«

»Ich muß schon sagen, die Männer auf ihrem Planeten haben keinen Geschmack ... Nun, es ist Viertel vor vier. Gehen wir runter und hören wir uns an, was ihr Herzenswunsch ist. Wir erfüllen ihn und schicken sie heim.«

Im Konklave des Universums stiegen sie auf das Podest, das zur Preisverleihung vor dem Glaskasten Nr. 17 errichtet worden war.

Das Podest war mit Blumen, Metallbändern und dem Festemblem geschmückt. Für die fünf Juroren, von denen noch keiner anwesend war, standen Stühle bereit.

Miß Universum war von Reportern und Kameraleute umringt, die untereinander lachten und scherzten; besonders amüsierte sie das krasse Mißverhältnis zwischen Miß Magdalipe und ihrem flötenden Dolmetscher.

»Sagen Sie, Miß Universum, wie fühlt man sich als schönste Frau des Universums?«

»Wie immer«, bellte sie. »Nicht anders.«

»Haben Sie viele Verehrer auf Mel? Viele Freunde?«

»O ja, sehr viele.«

»Die Männer müssen recht robust gebaut sein, was?«

»Nein. Lauter Schwächlinge, Waschlappen. Sie tun die Arbeit.«

»Hat Sie Ihr Sieg überrascht?«

»Kein bißchen.«

»Sie haben mit dem Sieg gerechnet?«

»Natürlich. Was anderes wäre gar nicht möglich gewesen?«

»Wie kommt's?« wollte man wissen.

Miß Universum und der Dolmetscher schienen über diese Frage erstaunt zu sein; sie redeten hin und her – Kontrabaß und Pikkolo. Schließlich gab Miß Universum eine Erklärung ab, die der piepsende Dolmetscher übersetzte.

»Von der Erde kommt ein Brief, der um die Maße der schönsten Frau bittet. Ich lasse mich messen. Ich dulde nichts anderes. Ich bin die schönste Frau. Ich bin sogar die einzige Frau. Ich lege Eier für den ganzen Planeten.«

Das sorgte für allerhand Aufregung und Belustigung. Die Reporter entdeckten Clydell und Tony und verlangten eine Erklärung. »Hat Miß Mel den Wettbewerb fair gewonnen? Kommt eine Disqualifikation in Betrachtung?«

Hardeman Clydell schoß die Zornesröte ins Gesicht. Er funkelte Tony an. »Raus mit der Wahrheit, Tony!«

»Miß Mel hat nach meinem besten Wissen und Gewissen sämtliche Bedingungen zur Miß Universum erfüllt«, versicherte Tony. »Daß sie die einzige Frau ihres Planeten ist, das ist bloße Formsache.«

Clydell gewann seine Fassung wieder. »Ich bin derselben Ansicht. Wenn sie nun so freundlich wären, Gentlemen ... Wir wollen anfangen mit der Preisverleihung und der Dame ihren Herzenswunsch erfüllen.«

Die Reporter machten Platz. Clydell und Tony traten vor das Vivarium.

Clydell tippte an den Hut. Miß Universum lag mit ihrem riesigen Thorax an der anderen Seite der Glaswand auf dem Boden.

Clydell sah sich zum Podest um. »Wo sind die anderen Juroren?«

Eine Hosteß in Blau näherte sich und flüsterte Clydell etwas zu. Clydell räusperte sich und wandte sich dann an die Reporter und Fernsehkameras. »Die anderen Juroren haben dem Wettbewerb ihre ganze verfügbare Zeit geopfert; ich darf ihnen an dieser Stelle im Namen der Ausstellungsgesellschaft meinen Dank aussprechen. Es obliegt mir nun, Miß Universum nach ihrem Herzenswunsch zu fragen; falls es in unsrer Macht liegt, soll er in Erfüllung gehen.«

Er drehte sich dem Vivarium zu. »Miß Universum, es ist mir eine Ehre, Ihnen Ihren Herzenswunsch zu gewähren.«

Der Dolmetscher übersetzte mit quiekender Stimme. Miß

Universum antwortete mit kehligem Gebrumm. Der Dolmetscher wandte sich an Clydell. Die Reporter hielten ihre Mikros hin; die Fernsehkameras ließen hundert Millionen daran teilnehmen.

»Sie sagt, sie will nur eins. Ihn.« Der Dolmetscher deutete auf Tony.

Tony bekam weiche Knie. »Mich will sie?«

»Sie sagt, Sie müssen mitkommen und bei ihr in ihrem Palast auf Mel wohnen. Sie sagt, Sie sind ihr sehr sympathisch.«

Tony lachte nervös. »Ich kann nicht weg von hier ... Unmöglich!« Tony sah sich im Kreis der Umstehenden um. Clydell machte ein ernstes Gesicht; die Reporter schüttelten den Kopf. Die Fernsehkameras mit ihren unpersönlichen Glasaugen bannten sein Gesicht auf die Bildschirme.

Warum konnten sie kein Auge zudrücken?

Der Dolmetscher fuhr fort: »Sie sagt, Sie müssen wenigstens einen Monat bei ihr bleiben.«

Clydell sagte: »Ich meine, das ist angemessen, Tony. Ein Monat vergeht schnell.«

Die Reporter pflichteten dem bei: »Durchaus angemessen.«

Der Dolmetscher erklärte: »Ein Jahr auf Mel dauert vierzehn Erdenjahre.«

Tony rief: »Dann dauert ein Monat länger als ein Erdenjahr!«

»Ein Jahr«, fuhr der Dolmetscher fort, »besteht aus vier Monaten.«

»Herrje!« kreischte Tony. »Das macht zweieinhalb Jahre!«

Ein Reporter wollte wissen: »Wie kam's zu dieser rührigen Freundschaft? Gemeinsame Interessen. Geistige Harmonie? Platonische Liebe?«

»Schluß mit dem Blödsinn!« fauchte Tony.

Der Dolmetscher erläuterte: »Miß Magdalipe mag seinen Geruch. Er riecht so köstlich. Sie möchte ihn gern knutschen.«

»Moment mal«, meinte Tony, »ich muß was klären. Ich

will allein mit ihr reden.« Schon drängte er sich vor, wobei er Clydell anrempelte, sich aber ebenso rasch entschuldigte. »Pardon, Chef, das war ungeschickt von mir.«

Tony betrat mit dem Dolmetscher das Vivarium; Miß Universum versetzte ihm einen herzlichen Knuff.

»Sie mögen also meinen Geruch?« fragte Tony.

Miß Universum bejahte quakend.

Tony trat näher. »Riechen Sie mich jetzt. Bemerken Sie eine Veränderung?«

Miß Universum wich erschrocken zurück; ihr aufgeblähter Thorax bebte erregt.

»Sehen Sie«, sagte Tony, »sehen Sie diesen Mann mit dem rosigen Gesicht und dem hellbraunen Anzug? Er riecht noch so, wie ich gerochen habe. Bei mir ist's nur vorübergehend. Er aber riecht immer so.«

Clydell klopfte lachend ans Glas. »Was geht da drinnen vor?«

Tony und der Dolmetscher kamen heraus. Miß Universum schleppte sich zur Tür des Vivariums.

Der Dolmetscher winkte Clydell zu sich. »Miß Universum will Sie riechen!«

»Gern«, meinte Clydell belustigt. »Zuerst mache ich von meinem bewährten Luftverbesserer Gebrauch – damit ich Miß Mel nicht rieche.« Er zog kräftig an seiner Zigarre und ging, den schweren Rauch aus der Nase pufend, vor Miß Universum.

Sie begann zu grölen und klopfte Clydell auf den Rücken.

Der Dolmetscher übersetzte: »Miß Universum ist ein Irrtum unterlaufen. Sie will nicht Tony, sondern *Sie.*«

Tony nickte nachdenklich. »Dacht' ich mir doch, daß das eine Verwechslung war.«

»Ich verstehe das alles nicht«, entrüstete sich Clydell.

»Sieht so aus, als stünde Ihnen eine Reise nach Mel bevor«, meinte einer der Reporter.

»Es dauert ja nur einen Monat, Chef«, hielt Tony dagegen.

»Sie und Ihre verrückten Ideen!« schoß Clydell zurück.

»Ich kümmere mich um den Betrieb hier, Chef.«

Miß Universum schlang Clydell ihren Riesenarm um die Hüfte. Der Dolmetscher bemerkte: »Sie ist zum Aufbruch bereit.«

»Aber ich bin nicht bereit«, kreischte Clydell. »Ich habe noch nicht einmal gepackt. Ich brauche was zum Anziehen, mein Rasierzeug!«

»Es ist nicht kalt auf Mel. Besonders im Stock. Sie benötigen keine Kleidung.«

»Meine Geschäfte!«

»Sie sagt, sie will sofort aufbrechen. Jetzt, auf der Stelle.«

Tony lächelte, als ihm wieder einfiel, wie gern er sich vorhin die Zigarre, die er sich zuvor von Clydell geborgt hatte, angezündet hätte. Wenn er Clydell nicht angerempelt und bei dieser Gelegenheit das stinkende Kraut in die Tasche des unverbesserlichen Rauchers zurückgeschoben hätte, was wäre dann aus ihm geworden? In Clydells Haut würde er jetzt stecken!

Tonys Lächeln wurde breiter. Er war ein schlauer Kopf und ungemein gerissen! Sogar an Clydells merkwürdige Rauchgewohnheiten hatte er gedacht! Clydell trug nämlich stets vier bis fünf Zigarren bei sich, die er in seiner Westentasche aufbewahrte. Allerdings hatte er die Eigenart, die Zigarre vor dem Anzünden griffbereit in die große bequem erreichbare Seitentasche seines Jacketts zu schieben, um sie sich dann blitzschnell zwischen die Zähne stecken zu können.

Auf ihrem Heimatplaneten ergötzte sich Miß Universum höchstwahrscheinlich am reichen Bukett zerfallener Pflanzenteile anstelle von Champagner. Sicherlich könnten nur zerfallene Pflanzen auf einer fremden Welt annähernd so stinken wie Clydells Zigarren. Vermutlich hatte Miß Universum sogar noch dekadentere Gelüste – von einem irdischen Standpunkt aus betrachtet – und weidete sich an ...

Tony schauderte. Nun, warum nicht zu Ende denken? Proteintrümmer – organische Stickstoffverbindungen, Aminosäuren – im Zustand fortgeschrittener Verwesung. *Trokkener Tod.*

Tony trat dicht an den Glaskasten. Er lächelte wieder.

»Auf Wiedersehen, Chef!« rief er. »Und eine gute Reise!«

Originaltitel: »Meet Miss Universe«

(aus »Fantastic Universe«, März 1955)
Aus dem Amerikanischen übersetzt von Reinhard Heinz

Wer siegt, verliert

Der erste Offizier Avery kam, an einem Kaffeebeutel saugend, durch den Tunnel zur Brücke herauf. Der zweite Offizier Dart erhob sich steif von dem Platz, auf dem er die Wache verbracht hatte. »Sie gehört ganz Ihnen.«

Avery war schmächtig, mit Hakennase. Sein Gesicht hatte eine bläßliche Lederfarbe, sein Haar war glatt und schütter. Er hatte schwarze Augen und langgezogene Lider, die schräg über den Wangen saßen, so daß sein Gesicht aussah wie eine melancholische Clown-Maske. Dart war untersetzt, hatte rötliches Haar; er war ein zackiger Bursche mit sicherem Auftreten. Nachdem er seine kurzen Arme gestreckt hatte, ging er zu Avery in die vordere Kuppel.

Avery beugte sich vor, blickte hinauf, hinunter, links, rechts. Er folgte den rötlichen und stahlblauen Adern, die sich im schwarzen makroiden All abzeichneten. Er sagte über die Schulter: »Zu dunkel. Drehn Sie auf. So seh' ich keine fünf Meter.«

Blinzelnd stellte der schlaftrunkene Dart einen Rheostat ein und verstärkte den Strom polarisierten Lichts aus den Bugprojektoren. Die verschwommenen Energiestreifen draußen im makroiden Raum wurden heller und kontrastreich.

Avery brummte: »Viel besser so. Und da kriegen wir einen Brennpunkt, wo die beiden gekrümmten Streifen zusammenlaufen.«

Dart kam näher und sah sich die Linien an, die sich zittrig wölbten und einander annäherten. Nun erschienen Farbschichten an der Stelle: grau, gelb, rosa, grün. Plötzlich flammte ein rotglühender Funke auf.

»Da haben wir den Brennpunkt«, bemerkte Avery ärgerlich. »'nen Meter vor Ihrer Nase, das Zentrum einer Sonne.«

Dart rieb sich verlegen das Kinn. Er war froh, nicht von Kapitän Badt, sondern von Avery beim Dösen ertappt worden zu sein.

»Sieht ganz so aus.«

»Klein bis mittelgroß, der Krümmung an der inneren blauen Linie nach zu urteilen«, schätzte Avery. »Nun, mal sehen, ob sich dort Planeten finden lassen; deshalb sind wir schließlich hier.«

Zentimeter für Zentimeter suchten sie die Kuppel ab – hinauf, hinunter, links, rechts. Dart sagte: »Mann, da ist er. Wie aus dem Bilderbuch. Vielleicht können wir beide uns den Bonus ergattern.«

Der glühende Punkt verblaßte zu Gelb; die bunten, ädrigen Schlingen, die auf einen Planeten deuteten, begannen zu verlaufen. Avery sprang nach hinten, griff nach dem Feststeller und fixierte die Linien.

Eine Weile studierte er das Bild in der hemisphärischen Kuppel. »Die Sonne steht ungefähr hier.« Er zeigte auf einen Punkt zwischen sich und Dart. »Der Planet liegt am Rand der Kuppel.«

»Wir sind fein raus.«

Avery verzog das Gesicht zu einer finsteren Grimasse. »Entweder fein raus oder mächtig auf dem Holzweg.«

»Bei den vielen Genies, die rumlaufen«, meinte Dart, »wundert's einen, daß noch keiner draufgekommen ist.«

Avery hatte die Kuppel nach weiteren Schleifen abgesucht. »Auf was?«

»Was passiert, wenn wir in den makroiden Raum gehen.«

»Sie sind ein Träumer«, entgegnete Avery. »Das Universum schrumpft, oder wir und das Schiff werden riesengroß. Die Hauptsache ist, wir kommen hin. Reden Sie mit Bascomb, er gibt Ihnen zehn Antworten, lauter verschiedene. So was nennen Sie Genie.« Bascomb war der Biologe an Bord und hatte sich den Ruf eines unermüdlichen Polemikers und Theoretikers erworben.

Avery richtete sein Augenmerk wieder auf die Schlinge. »Rufen Sie den Kapitän, läuten Sie die Mannschaftsquartiere an! Wir gehen in den normalen Raum.«

Das Unigen war ein intelligenter Organismus, der allerdings weder Form noch Struktur aufzuweisen hatte. Es bestand aus beweglichen Knoten einer Leuchtsubstanz, die keine Materie und noch keine Energie war. Es setzte sich aus Millionen solcher Knoten zusammen, die alle über feine Kanäle ähnlich den Kraftlinien im makroiden Raum miteinander in Verbindung standen.

Das Unigen ließe sich mit einem großen Gehirn vergleichen; die Knoten entsprächen den grauen Zellen, die Kanäle den Nervenbahnen. Es konnte als strahlende Sphäre in Erscheinung treten oder seine Knoten mit Lichtgeschwindigkeit in alle Winkel des Universums aussenden.

Wie alle anderen Bestandteile der Realität war es der Entropie unterworfen; um zu leben, mußte es verfügbare Energie verarbeiten, die es aus der Energie radioaktiver Stoffe gewann. Das Leben des Unigens war eine einzige Suche nach Energiequellen.

Es gab Zeiten des Überflusses, wo das Unigen mit Energie vollgepackt war und seine Knoten durch parthenogenetische Teilung stark vermehren konnte. In schlechteren Zeiten schrumpften die Knoten und leuchteten nur noch wenig; dann machte sich das Unigen auf die Suche nach Energie wie ein hungriger Wolf nach Nahrung und tastete Planeten, Satelliten, Meteore und dunkle Sterne nach Krümeln mit sogar minderwertigem Energiegehalt ab. Während einer mageren Zeit bemerkte ein Knoten, der sich dem Planeten einer kleinen Sonne näherte, eine Masse, die auf Radioaktivität schließen ließ: einen farbigen Streifen, der sich von einem marmorierten Hintergrund absetzte.

Hoffnung, eine Mischung aus Wunsch und Phantasie, war dem Unigen nicht fremd. Es trieb den Knoten vorwärts: harte Strahlung wurde fühlbar. Der Knoten schoß durch eine dichte Wolkendecke. Ein farbiger Lichtschimmer dehnte sich, streckte sich in die Länge; nahe seinem Zentrum glitzerte ein heller Punkt wie ein Diamant auf einem Silberarmband; dort trat offenbar das radioaktive Material an die Oberfläche, und dorthin lenkte das Unigen seinen Knoten.

Bei seinem Sturzflug hielt das Unigen nach Gefahren Ausschau: nach den Spuren von Energiefressern, nach Quellen von statischer Elektrizität – wie Wolken, die das dichte Gewebe eines Knotens durch Funkenschlag stören könnten.

Die Luft war rein, und der Planet schien keine gefährlichen Lebensformen zu beheimaten. Der Knoten fiel wie eine glitzernde Schneeflocke auf das Zentrum der Radioaktivität.

Das Schiff kreiste zur Erkundung um den Planeten. Kapitän Badt, ein wortkarger, zuchtmeisterlicher Vorgesetzter, stand auf der Brücke vor dem Bildschirm und nahm die Meldungen der Techniker entgegen und behielt seine Meinung für sich.

Dart raunte Avery ärgerlich zu: »Nicht gerade ein Ort für Touristen.«

»Wirkt stellenweise recht unwirtlich, sieht aber doch nach 'ner Prämie aus.«

Dart seufzte und schüttelte den runden Kopf. »Es gab noch keine Welt, die so unfreundlich gewesen wäre, daß Kolonisten sie nicht bevölkert hätten. Wenn es nicht gerade so kalt ist, daß die Luft gefriert, nicht so heiß, daß Wasser kocht, und wenn man atmen kann, ohne daß einem die Augen platzen, dann ist es brauchbares Land, auf das alle scharf sind.«

»Ich bin auf einem Planeten geboren, der viel, viel schlimmer war als der da«, meinte Avery forsch.

Dart schwieg eine Weile; wie jemand, der sich nicht einschüchtern läßt, sagte er dann: »Nun, man kann drauf leben. Atembare Atmosphäre. Temperatur und Schwerkraft innerhalb der kritischen Werte und – bis jetzt – keine Spuren von Leben.« Er ging zur Kuppel, die nun die Welt unter ihnen zeigte. »Daheim sind die Meere blau. Auf Alexander sind sie gelb, rot auf Coralasan. Hier ist das Meer grün. Herrje – grasgrün!«

»Das hat verschiedene Ursachen«, erklärte Avery. »Das

Rot und Gelb stammen von Plankton. Das Grün kommt von Algen, von Moos oder Seetang. Keine Ahnung, wie dick es ist. Vielleicht könnte man darauf gehen und seine Kühe darauf weiden.«

»Gäb' eine Menge Futter«, räumte Dart ein. »An die zehn Millionen Quadratkilometer können wir von hier aus überblicken. Ist vermutlich die Sauerstoffquelle des Planeten. Bascomb zufolge gibt es an der Oberfläche keine Vegetation. Höchstens ein paar Flechten und Stauden und dergleichen ... In diesem Meer muß es einen Haufen Humusschlamm geben.«

Der Lautsprecher vom Labor klickte. Auf dem anderen Flügel der Brücke rief Kapitän Badt: »Meldung!«

Der Sonardecoder stellte die Verbindung her; die Stimme von Jason, dem Geologen, wurde hörbar. »Hier die Analyse der Atmosphäre. Einunddreißig Prozent Sauerstoff, elf Prozent Helium, vierzig Prozent Stickstoff, zehn Prozent Argon, vier Prozent CO_2, die restlichen vier Prozent Edelgase. Alles in allem eine typische Erdatmosphäre.«

»Danke«, sagte der Kapitän in Geschäftston. »Alles.«

Er ging auf der Brücke hin und her, die Stirn gerunzelt, die Hände am Rücken verschränkt.

»Dem Boß pressiert's«, meinte Avery leise zu Dart. »Ich kann seine Gedanken lesen. Dieser Erkundungsauftrag gefällt ihm nicht. Er glaubt, wenn er einen guten Klasse-A-Planeten findet, hat er einen Vorwand, schleunigst zur Erde zurückzukehren.«

Kapitän Badt schritt steif auf und ab, blieb stehen, ging ans Sprechgerät. »Jason.«

»Ja, Sir?«

»Was haben wir bisher zur Geologie?«

»Ich kann aus dieser Höhe noch nicht viel sagen, aber das Relief scheint im großen und ganzen nicht erosionsbedingt, sondern vulkanischen Ursprungs zu sein. Das ist natürlich eine reine Vermutung.«

»Deutet auf reiche Bodenschätze hin?«

»Schätzungsweise ja. Es gibt viele Falten und Einbrüche,

wenig Sediment. Wo die Berge den Küstenstreifen durchbrechen, rechne ich mit Glimmer, Gneis und Schichtgestein mit Quarz- und Calciteinschlüssen.«

»Danke.« Kapitän Badt ging zum Großbildschirm und betrachtete die Landschaft, die unten vorbeizog. Dann wandte er sich an Avery. »Ich meine, wir können auf weitere Untersuchungen verzichten und gleich landen.«

Der Lautsprecher klickte. »Meldung!« sagte Kapitän Badt.

Es war wieder Jason. »Ich habe eine ausgedehnte radioaktive Erzader entdeckt, vermutlich Pechblende oder Karnotit. Leuchtet wie ein Scheinwerfer, wenn ich zur Röntgenanalyse X-Strahlen darauf richte. Die Ader liegt an der Küste südlich der schmalen Bucht.«

»Danke.« Zu Avery. »Dort landen wir.«

Die Erkundungsmannschaft, bestehend aus Avery und Jason, marschierte über den schwarzen Strandkies. Links erstreckte sich bis zum Horizont das Meer, das mit seiner samtigen grünen Oberfläche an einen überdimensionalen Billardtisch erinnerte. Zur Rechten schnitten sich schattige Schluchten in die kantigen kahlen Steinriesen des Küstengebirges. Die Sonne war gelber als Sol; ihr Licht fahl, wie wenn die Sonne der Erde durch Rauchschwaden scheint. Obwohl die Luft für atembar befunden worden war, trugen die Männer Helme, um sich gegen mögliche schädliche Bakterien oder Sporen zu schützen.

Über eine Kamera, die auf Averys Helm montiert war, verfolgte Kapitän Badt den Landgang vom Schiff aus mit. »Irgendein tierisches Leben?« fragte er.

»Haben noch nichts bemerkt ... Das gepolsterte Meer wäre eine ideale Brutstätte für Insekten. Jason hat einen Stein hineingeworfen, der ist nicht mal untergegangen. Ich glaube, mit Schneeschuhen könnte man darauf gehen.«

»Was ist das für ein Gewächs rechts von Ihnen?«

Avery inspizierte die Staude. »Ziemlich das gleiche wie die beim Schiff. Eine Art Bürstenpflanze, nur ein bißchen größer. Der Boden ist trotz des Meers recht trocken. Ein guter Boden braucht Regen, nicht wahr, Jason?«

»Ganz genau.«

Kapitän Badt sagte: »Später nehmen wir das Meer unter die Lupe. Vorerst aber interessiert mich das Uranriff. Sie müßten bald dort sein.«

»Sind noch etwa hundert Meter. Eine schwarze Felsenbank. He, Jasons Detektor spielt schon verrückt ... Jason sagt, es ist Pechblende – Uranoxid.« Plötzlich blieb er wie angewurzelt stehen.

»Was ist los?«

»Da sind Lichtpunkte drüber, die schwirren hin und her wie Moskitos.«

Kapitän Badt stellte das Bild scharf. »Ja, ich sehe sie.«

»Sind wohl so was wie Glühwürmchen«, vermutete Jason.

Avery näherte sich vorsichtig ein paar Schritte, hielt inne. Einer der Leuchtpunkte flog auf, schoß heran, kreiste zuerst um seinen Kopf und dann um Jason und kehrte auf die Felsbank zurück.

Avery meinte: »Schätze, sie sind harmlos. Offenbar irgendein Insekt.«

Kapitän Badt erwiderte: »Komisch, wie die Felsbank sie anzieht. Als ob sie sich vom Uran ernähren oder die Strahlung mögen.«

»Sonst ist hier nichts. Keinerlei Vegetation. Es muß also das Uran sein.«

»Ich schicke Bascomb raus«, sagte der Kapitän. »Er kann das genauer untersuchen.«

Der Knoten, der den Planeten zuerst entdeckt hatte, ließ sich auf das Uranoxidlager nieder. Bald kamen andere Knoten hinzu, die aus weniger ergiebigen Gegenden herbeiströmten. Die Energieaufnahme begann; indem er auf das massive schwarzblaue Gestein Druck ausübte, erzeugte er genügend Hitze, um einen Erzklumpen zu verdampfen. Das Gas umhüllend, setzte der Knoten komplizierte alchimistische Reaktionen in Gang, um die latente Energie freizusetzen. Diese Energie nahm der Knoten auf; er verdichtete seine Struktur und verknäulte seine Kraftkinken. Gleichzeitig übertrug er einen Teil der Energie über die Kanäle zum übrigen Unigen, so daß überall im Universum die Knoten in neuem goldgrünen Glanz erstrahlten.

Wenn Überraschung bedeutet, daß man etwas erlebt, das man vorher als unwahrscheinlich abgetan hat, so empfand das Unigen nun Überraschung, als es bemerkte, wie zwei Gestalten auf dem Strand näher kamen.

Das Unigen war Lebenwesen schon auf anderen Welten begegnet. Einige davon – wie die Spiegelmetall-Energiefresser in der dichten Atmosphäre eines anderen uranreichen Planeten – waren gefährlich gewesen, andere hingegen als Nahrungskonkurrenten unbedeutend. Die trägen, plumpen Lebewesen, die es nun vor sich hatte, machten einen harmlosen Eindruck.

Um sich aus nächster Nähe zu vergewissern, sandte das Unigen einen Knoten aus, der infrarote Strahlung und fluktuierende elektromagnetische Felder feststellte.

»Harmlose Ureinwohner«, lautete das Urteil des Unigens. »Lebewesen mit einem chemischen Stoffwechsel auf einer niedrigen Energiestufe wie der Erdwurm von Planet 11432. Als Energiequelle unbrauchbar, nicht imstande, den harten Energiekomplex eines Knotens zu beschädigen.«

Ohne weitere Gedanken auf die beiden Lebewesen zu verschwenden, widmete sich das Unigen wieder dem Uranlager ... Seltsam. Die Oberfläche der Erzader war übersät von pflanzenähnlichen Gebilden, kleinen Stacheln, die aus flachen Wülsten ragten und bislang nicht vorhanden gewesen waren.

Und es kam nun noch ein weiteres dieser trägen Lebewesen hinzu. Es wies wie die anderen Infrarotstrahlung und weitere schwache Wellen auf.

Das Lebewesen blieb stehen und näherte sich langsam der Felsbank.

Das Unigen verfolgte den Vorgang mit einer gewissen

Neugier. Da es zu einer exakten visuellen Wahrnehmung nicht imstande war, erfaßte es die Bewegungen des Erdwurms als verschwommene Verschiebungen der Strahlungsquelle.

Anscheinend hantierte er an einem Metallgegenstand, der in der Sonne glitzerte – vermutlich einem Stück Pechblende, das ihn neugierig gemacht hatte.

Der Erdwurm kam näher, machte verschwommene Bewegungen, schien plötzlich ein Körperglied ausgestreckt zu haben. Nach einer weiteren Bewegung fiel ein kohlenstoffhaltiges Gespinst um einen der Knoten.

Interessant, dachte das Unigen. Sein flackerndes Leuchten zog den Erdwurm offenbar an. Das Unigen wurde neugierig; war das Lebewesen vielleicht höher entwickelt, als seine Struktur vermuten ließ? Oder ernährte es sich vielleicht von kleinen leuchtenden Tieren wie phosphoreszierenden Meeresquallen, denen es nachstellte?

Der Erdwurm zog das Netz zu. Um sich Gewißheit zu verschaffen, ließ das Unigen widerstandslos zu, daß sein Knoten fortgetragen wurde.

Eine spröde Schale aus einer anderen Kohlenstoffverbindung wurde über den Knoten gestülpt und mit einem Dekkel verschlossen.

War das vielleicht das Verdauungsorgan des Erdwurms? Allerdings fehlten jegliche Verdauungssäfte, setzte keinerlei Mahl- und Zerkleinerungsvorgang ein.

Zwei Metallnadeln drangen in das spröde Gefäß ein. Plötzlich ungehalten, versuchte das Unigen, den Knoten herauszuziehen.

Avery und Jason gingen die Felsbank hinunter. Bald fiel sie steil ab, und der schwarzgraue Strandkies, der vom grünen samtigen Ozean bis zum Fuß des Küstengebirges reichte, schloß sich an.

»Hier ist nichts mehr, Kapitän«, gab Avery durch. »Nur Strand und Berge zwanzig bis dreißig Meilen weit.«

»Schön, Sie können umkehren.« Er fügte mit brummender Stimme hinzu: »Bascomb ist unterwegs, um diese schwirrenden Lichter zu untersuchen. Er meint, es handelt sich um eine Leuchterscheinung, eine Art Irrlicht.«

Avery zwinkerte Jason zu und bemerkte, nachdem er die Funkverbindung zum Schiff unterbrochen hatte: »Bascomb wird nicht eher zufrieden sein, bis er eins von den Dingern wie einen Schmetterling auf einem Brett präpariert hat.«

Jason hob die Hand und bedeutete Avery mitzuhören. Avery schaltete den Funk wieder an und hörte Bascombs klare Stimme.

»... aus einer Entfernung von zehn Metern zeigt das Spektroskop ein einheitliches Band, das mit anscheinend gleicher Intensität auf allen Frequenzen strahlt. Das ist merkwürdig. Normale Phosphore emittieren in verschiedenen Bändern. Vielleicht handelt es sich um einen Elmsfeuer-Effekt, obwohl ich offengestanden nicht ganz verstehe ...«

Kapitän Badt wurde ungeduldig. »Sind es Lebewesen oder nicht?«

Bascomb erwiderte gereizt: »Keine Ahnung, wirklich nicht. Immerhin befinden wir uns hier auf einem fremden Planeten. Das Wort ›Leben‹ hat tausend Auslegungen. Übrigens bemerke ich eine sehr seltsame Vegetation, die direkt auf der Pechblende wächst.«

»Avery hat nichts von einer Vegetation erwähnt«, wandte Kapitän Badt ein. »Ich habe ihn eigens danach gefragt.«

Bascomb zog die Nase hoch. »Nicht zu übersehen. Triebe, an die fünfzehn Zentimeter hoch, fest und hart, erinnern an Dornen. Sie ragen aus Saugnäpfen, die an der Oberfläche haften. Habe so was ähnliches schon mal auf Martius Juvenal gesehen, wo eine Pechblendeader an die Oberfläche stößt ... Sehr eigenartig. Die Wurzeln haben sich anscheinend ins harte Gestein gebohrt.«

»Sie sind der Biologe«, warf Kapitän Badt ein. »Sie müssen's wissen.«

Bascomb versetzte zuversichtlich: »Nun, wir werden sehen. Ich habe gelesen, daß in der Nähe von Pechblendevorkommen solche Leuchterscheinungen auftreten können, habe das aber noch nie selbst beobachtet. Vielleicht wirkt die Radioaktivität auf winzige kondensierte Wasserdampftröpfchen ...«

Kapitän Badt räusperte sich. »Nun gut, tun Sie, was Sie für richtig halten. Seien Sie vorsichtig, und reizen Sie die Dinger nicht; sie könnten gefährlich sein.«

Bascomb sagte: »Ich habe ein Netz und einen Behälter dabei. Ich will eins der Stäubchen einfangen und unter dem Mikroskop untersuchen.«

»Sie werden schon wissen, was Sie tun«, meinte Kapitän Badt müde.

»Ich befasse mich ein Leben lang mit dem außerirdischen Leben«, erklärte Bascomb mit Nachdruck. »Ich glaube eher, diese Stäubchen sind so was wie die Leuchtzecken auf Prokyon B ... Nun, das Netz noch. So! Ich hab eins. In den Behälter damit. Du meine Güte, wie es leuchtet! Können Sie's sehen, Kapitän?«

»Ja, ich seh's. Was zeigt das Mikroskop?«

»Hm ...« Bascomb stellte das Vergrößerungsgerät ein. »Ich kriege keine Auflösung. Ich sehe einen leuchtenden Punkt; das ist sicherlich das Insekt. Ich versuche, es mit einem Stromstoß zu töten und bei stärkerer Vergrößerung zu untersuchen.«

»Reizen Sie die Dinger nicht ...«, begann Kapitän Badt. Der Bildschirm blitzte weiß auf und wurde dunkel. »Bascomb! Bascomb!«

Kapitän Badt bekam keine Antwort.

Die Zerstörung eines Knotens schickte einen Schauder durch das Unigen. Die Knoten des Unigens bildeten als geschlossenes System sein Gehirn; jeder Knoten war für eine bestimmte Gedankengattung eingerichtet. Mit der Zerstörung des Knotens war das Denken in dieser Gattung behindert, bis ein anderer Knoten gebildet und mit den gleichen Kanälen ausgestattet war.

Ähnliche frühere Erfahrungen gaben Anlaß zu weiterer

Sorge. Die metallenen Energiefresser eines anderen Planeten verwendeten die gleiche Technik – einen Elektronenstrom, der durch den Kern des Knotens fuhr und ihn aus dem Gleichgewicht riß. Der aus den freigesetzten Kräften entstehende Energieblitz hatte den eiförmigen Metallkörpern nichts anhaben können. Den Erdwurm jedoch, der das Potential des Knotens vermutlich unterschätzte, hatte die unverhoffte Explosion zerstört.

Es wäre klug, überlegte das Unigen, die Erdwürmer zu töten, sobald sie in seine Nähe kämen, um weiteren Zwischenfällen vorzubeugen.

Noch etwas störte das Unigen: die Dornengewächse, die mit ihren Wülsten die Felsbank bedeckten und ihre Wurzeln tief in das Gestein gruben. Anscheinend reicherten sie das Material im Trieb an. Als das Unigen einen Knoten ausschickte, um aus dem Boden Uran zu absorbieren, stieß es auf eine harte, zähe Kruste, die der Hitze des Knotens standhielt.

Im ganzen Universum zuckten und flackerten die Knoten, als das Unigen seine Denkprozesse in Gang setzte. Drastische Schritte wären zu unternehmen.

Weit unten am Strand sahen Avery und Jason den grellen Blitz der Explosion, der die schwarzen Schluchten in gespenstisches Weiß tauchte. Es folgten ein dumpfes Dröhnen und eine Reihe von Erschütterungen.

Avery betätigte erschrocken den Funk. »Kapitän Badt. Hier Avery. Was ist passiert?«

Kapitän Badt erklärte barsch: »Dieser idiotische Bascomb hat sich in die Luft gesprengt.«

»Wir sind am Strand, etwa eineinhalb Kilometer von der Stelle, woher die Explosion gekommen ist«, sagte Avery hastig. »Sollen wir ...«

Kapitän Badt fiel ihm ins Wort. »Unternehmen Sie nichts. Fassen Sie nichts an. Ein seltsamer Planet, nicht ungefährlich. Das hat Bascomb gerade bewiesen.«

»Was hat er getan?«

»Offenbar einen dieser Lichtpunkte unter Strom gesetzt und ihn damit in die Luft gejagt.«

Avery blieb stehen und blickte über den Strand. »Wir sind ziemlich dicht an diesen Dingern vorbeigegangen. Haben uns nichts getan. Es muß der Strom sein.«

»Seien Sie vorsichtig auf dem Rückweg! Ich kann es mir nicht leisten, noch mehr Männer zu verlieren. Gehen Sie den Lichtern aus dem Weg.«

»Ja, Sir«, sagte Avery. Er gab Jason ein Zeichen. »Gehen wir. Und bleiben wir besser so dicht wie möglich am Wasser.«

Sie wateten unmittelbar am Wasser über den glitschigen Strand der Bucht und gelangten schließlich an die Explosionsstelle.

»Ist nicht mehr viel übrig von Bascomb«, flüsterte Jason.

»Nicht mal ein Explosionskrater«, meinte Avery. »Komische Sache.«

»Sehen Sie, jetzt sind die Leuchtkäfer schon zu Tausenden da. Wie Bienen am Stock. Und was wächst denn dort auf den Felsen? War vorhin noch nicht da! Schießt wie Pilze aus dem Boden.«

Avery betrachtete die Felsbank mit dem Fernglas. »Hat wohl was mit den Leuchtpünktchen zu tun. Die Pünktchen sind vielleicht Sporen oder so was.«

»Möglich ist alles«, stellte Jason fest. »Ich habe einmal Lianen gesehen, fünfundvierzig Kilometer lang und dick wie ein Haus. Wenn man mit 'nem Stock draufklopft, zukken sie in der ganzen Länge. Gibt's auf Antaeus. Die Leute der Erdkolonie verwenden sie für Morsezeichen. Das gefällt den Lianen nicht, aber sie können nichts dagegen tun.«

Avery hatte die tänzelnden Lichter über die Schulter beobachtet. »Wie Augen, die einen ansehen ... Bevor hier eine Kolonie gegründet wird, müssen diese verflixten Dinger ausgerottet sein. Sind gefährlich, wenn sie frei herumfliegen und in die Nähe von Elektrizität kommen.«

Jason rief: »Verduften wir! Da kommen ein paar hinter uns her.«

Avery erwiderte nervös: »Ruhe bewahren. Sie treiben nur im Wind.«

»Mit einem Mordstempo!« rief Jason und rannte in Richtung Schiff davon.

Das Unigen beobachtete, wie die Erdwürmer am Strand umkehrten; vermutlich suchten sie im Meer nach Nahrung. Damit nicht noch mehr Knoten zerstört würden, wäre es besser, die Lebewesen zu vernichten, sobald sie in die Nähe kämen, und diesen Sektor des Planeten von ihnen freizuhalten.

Es schickte zwei Knoten zu den Erdwürmern. Da sie wohl Gefahr witterten, rannten sie schwerfällig davon. Das Unigen beschleunigte die Knoten; mit halber Lichtgeschwindigkeit schossen sie vorwärts und durchbohrten die Erdwürmer, kehrten um, flitzten ein dutzendmal hin und her und brannten dabei dampfende Löcher in die Körper. Die Erdwürmer brachen leblos auf dem schwarzen Strand zusammen.

Das Unigen lenkte die Knoten zum Uranlager zurück. Nun zu einer ernsteren Sache: der Vegetation, die mit ihren Wülsten und Wurzeln das Uran überkrustete.

Das Unigen konzentrierte die Hitze von zwanzig Knoten auf einen der Triebe. Es sengte ein Loch hinein. Die Pflanze wurde welk und fiel in sich zusammen.

Freude war eine Empfindung, zu der Unigen nicht imstande war; ihre Entsprechung war ein Gefühl von spannungsloser Ruhe und überlegener Motorik. In diesem Zustand begann das Unigen seinen systematischen Angriff gegen die Vegetation.

Ein zweiter Trieb knickte um, wurde dürr und braun. Und ein dritter ...

Am Himmel erschien ein Flugobjekt, das an einen Erdwurm erinnerte, allerdings eine stärkere Infrarotstrahlung aufwies.

Waren diese Kreaturen überall?

Als der Zweite Offizier Dart behutsam seinen Vorschlag machte, rechnete er damit, daß Kapitän Badt ihn mit bleiernem Blick niederstarren würde. Aber Kapitän Badt blieb regungslos wie eine Statue und stierte auf den leeren Großbildschirm, der noch auf Averys Frequenzbereich eingestellt war.

Dart wiederholte etwas couragierter: »Bisher können wir noch keine schlüssige Beurteilung abgeben. Ist der Planet bewohnbar oder nicht? Wenn wir jetzt verschwinden, haben wir nichts bewiesen.«

Kapitän Badt antwortete mit tonloser Stimme: »Ich kann nicht riskieren, noch mehr Männer zu verlieren.«

Dart fuhr sich durch den roten Haarschopf. Ihm fiel auf, daß Kapitän Badt alt wurde.

»Diese Lichter sind gefährlich«, betonte Dart mit Nachdruck. »Das steht fest. Sie haben drei Männer getötet. Aber wir werden mit ihnen fertig. Elektrischer Strom sprengt sie in die Luft. Zum zweiten schwärmen sie wie Bienen um den Stock; sie greifen nur an, wenn sie gereizt werden. Bascomb, Avery, Jason mußten dran glauben, weil sie sich zu dicht der Pechblende näherten. Hier ist meine Idee, und ich nehme das ganze Risiko auf mich. Wir bauen einen leichten Rahmen und bespannen ihn mit Drähten, die wir abwechselnd positiv und negativ laden. Ich fliege mit dem Wartungsantrieb raus und schleppe das Ding über die Felsbank. Der Schwarm ist jetzt so dicht, daß wir dabei jedesmal zwei-, dreihundert Stück erwischen.«

Kapitän Badt ballte die Hände zur Faust. »Meinetwegen. Fangen Sie an!« Er drehte sich um und starrte auf den leeren Großbildschirm. Das wäre seine letzte Reise.

Mit der Hilfe von Henry, dem Bordelektriker, konstruierte Dart den Rahmen, bespannte ihn mit Drähten und rüstete ihn mit einer starken Batterie aus. Nachdem er sich den Antrieb umgegurtet hatte, flog er steil hinauf und schleppte ein leichtes, fünfzehnhundert Meter langes Seil hoch. Bald war er nur mehr ein Punkt am graublauen Himmel.

»Das reicht«, sagte Henry ins Funkmikro. »Ich mache jetzt

die Fliegenfalle fest – da kommt mir noch 'ne Idee. Damit das Ding flach über den Boden gleitet, hänge ich eine stabilisierende Schleppleine dran.«

Er besorgte die Leine und schaltete die Batterie ein. »Es kann losgehen.«

In fünfzehnhundert Meter Höhe flog Dart auf die Felsbank mit der Pechblende zu.

Kapitän Badt klammerte sich krampfhaft an den Handlauf auf der Brücke, während er Dart im Großbildschirm beobachtete.

»Höher, Dart«, sagte er. »Etwa 'nen Meter ... Genau ... Sachte ... So ist's recht. Nur langsam ...«

Der Wahrnehmungsbereich des Unigens reichte von den niedrigsten Radiowellen bis zu den heißesten ultrakosmischen Strahlen – ein Spektrum aus Millionen Farben. Räumliches Sehen kam dadurch zustande, daß jeder Knoten als Sehorgan diente. Die Auflösung der Bilder vollzog sich, indem nur Strahlung, an die die Knotenoberfläche gewöhnt war, aufgenommen wurde. Auf diese Weise gewann jeder Knoten grobe plastische Eindrücke, obschon so feine Details wie der drahtbespannte Rahmen nahezu unsichtbar blieben.

Die erste Warnung für das Unigen war der Druck der näher kommenden elektrostatischen Felder; aber schon glitt der Rahmen über die Felsbank, mitten durch den dichten Knotenschwarm.

Die Explosion versengte das Gestein und schmolz es zu einem flammenden Kessel von dreißig Meter Durchmesser. Die Knoten, die dem Gitter entwischten, wurden durch den Explosionsdruck ins Meer hinausgeschleudert.

Unmittelbar unter dem Explosionsherd verglühten die Dornenpflanzen; anderswo blieben sie weitgehend unversehrt.

Zu Zorn war das Unigen ebensowenig imstande wie zu Freude; sein Lebenswille war jedoch stark. Oben flog der Erdwurm. Einer davon hatte durch Elektrizität einen Knoten zerstört; vielleicht steckte derjenige in der Luft irgendwie hinter der letzten katastrophalen Explosion. Vier Knoten jagten mit Lichtgeschwindigkeit hinauf und durchlöcherten den Erdwurm wie eine Nähmaschinennadel. Die Kreatur plumpste zu Boden.

Das Unigen sammelte seine Knoten dreißig Meter über dem Uranlager. Sechsundneunzig Knoten waren zerstört.

Das Unigen wog die Situation ab. Der Planet wies reiche Uranvorkommen auf, beheimatete aber auch gefährliche Erdwürmer.

Das Unigen fällte eine Entscheidung. Uran gab es auch anderswo im Universum, auf Tausenden von Welten, die still, dunkel und frei von allem Leben waren. Das Unigen zog eine Lehre daraus: Meide Welten, auf denen Leben existiert, und sei es auch noch so primitiv.

Die Knoten flogen zum Himmel hinauf und schwärmten ins All.

Kapitän Badt lockerte den Griff um den Handlauf. »Jetzt reicht's«, sagte er kleinlaut. »Eine Welt, auf der wir in vier Stunden vier gute Männer verlieren, eine Welt voller verrückter Atombienen – eine solche Welt ist nichts für Menschen. Vier gute Männer ...«

Er stand eine Weile stumm auf der Brücke, müde und mutlos.

Der Kadett, der auf die Brücke kam, machte große Augen. Lebenslange Gewohnheiten setzten sich durch. Kapitän Badt nahm Haltung an, richtete sich steif auf. Die Uniform spannte sich um die geschwellte Brust, die Augen funkelten wieder herrisch.

»Leutnant, Sie sind bis auf weiteres Erster Offizier. Wir verlassen den Planeten und kehren zur Erde zurück. Luken dicht.«

»Jawohl, Sir«, antwortete der neue Erste Offizier.

Der Planet war still. Das grüne Meer strahlte. Die Berge mit ihren Gipfeln, Schluchten und Plateaus standen in der wüstenähnlichen Landschaft: schwarzes Gestein, graues Gestein, Rinnen voller Treibasche.

Auf der Pechblende schossen die Pflanzen in die Höhe: eineinhalb, drei, sechs Meter hohe, graue Stiele, weiß, elfenbeinfarben und silbern gesprenkelt. In jedem bildete sich ein hohler Gang aus; der Halm wurde zu einem Rohr, gerade und fest wie ein Geschützlauf.

Am Boden des Rohrs begann sich die Frucht zu entwikkeln. Es entstand eine Sporenkapsel, umschlossen von einer Hülle, in der sich Wasser sammelte. Unter der Sporenkapsel bildete sich eine weitere kugelförmige Tasche aus, von der vier auswärts gebogene Kanäle zum Fuß des Halms führten.

Uran 235 reicherte sich in dieser Kammer an; zuerst ein Knötchen, dann eine, zwei, drei Unzen; immer mehr diffundierte, von einem eigenartigen Stoffwechsel gesteuert, durch die Membranen der Pflanze.

Die Frucht reifte. Der Druck in der Wasserhülle stieg bis zur Zerreißgrenze an. Die Hülle zerplatzte; Wasser drang in die Kammer unter der Sporenkapsel, umspülte den Urankern.

Explosion. Dampf schoß durch die nach unten gerichteten Kanäle in die Röhre zurück. Schub, Schub nach oben. Mit einem peitschenden Knall flogen die Kapseln aus dem Rohr. Mit unheimlicher Beschleunigung ging's hinauf, hinauf, hinauf – hinaus ins All ...

Das Wasser verflüchtigte sich, ein letzter Dampfstoß fuhr aus den Rohren. Die Stoßkraft trieb die Sporenkapseln voran. Die Schwerkraft des Planeten ließ nach, schwand vollends. Die Sporenkapseln trieben weiter. Bald kühlten sie ab, platzten auf.

Aus jeder Kapsel wurden tausend Sporen geschleudert; durch die Streuwirkung der berstenden Hülse erhielt jede Spore eine etwas andere Richtung, die ausreichte, um sie zu verschiedenen Sternen zu tragen.

Leben durchdringt das All.

Landung auf dem Planeten, Ausstreuung der Sporen, Suche nach dem heißen Element, Wachstum, Reifung, Explosion, Schub.

Dann Weltraum, jahrelanges Treiben. Weiter und immer weiter …

Aus dem Amerikanischen übersetzt von Reinhard Heinz

Sabotage auf dem Schwefelplaneten

I

Noland Bannister, Inspektor der Zweigstelle 12 der Weltraumflugsicherung ›Star Control‹, war im Weltraumhafen und auf der Folger Avenue als unangenehmer Zeitgenosse bekannt. Er war ein lauter, dominanter Typ, der kein Hehl aus seiner Abneigung gegen verwaltungstechnische Details machte und Schreibereien knurrend in Angriff nahm. Nachlässigkeiten seines Personals ahndete er streng. Grobe Fehler bewirkten heftige Zornesausbrüche.

Es war das Pech von Robert Smith, den größten Schnitzer in Bannisters langer, abwechslungsreicher Laufbahn zu bauen.

Wie üblich saß Bannister am Freitag um sechzehn Uhr in seinem Büro und hielt Rückblick auf die geleistete Arbeit der Woche: Passiererlaubnis für Schiffe erteilt, Schiffe inspiziert und Löschung der Ladung genehmigt, Schmuggelware beschlagnahmt, Besatzungsmitglieder überprüft, um Entführungen und Straftaten vorzubeugen. Zuletzt sichtete er die zusammengefaßten Logbücher der gelandeten Schiffe, wobei er nach Informationen von möglichem wirtschaftlichem oder wissenschaftlichem Wert Ausschau hielt.

> *Bez. SpS* Messeraria. *Superkargo sehr betrunken bei Logbuchübergabe. Lallte auf dem Weg ins Büro von einem Planeten mit intelligentem Leben (offensichtlich erlogen). Warf ihn in hohem Bogen aus dem Büro. Smith.*

Bannister blinzelte verdutzt und richtete sich in seinem Bürosessel auf. Er ließ den Film zum Logbuch der *Messeraria* zurücklaufen und prüfte die Angaben. Es war nichts Ungewöhnliches daran, obwohl der Ruf von Kapitän Plum keine Gewähr gegen Fälschungen bot. Er verglich die Dienstliste des Schiffs mit dem Hauptverzeichnis.

Jack Fetch, Linienoffizier. Ehemaliges Mitglied des Violetten Bundes. Nicht vorbestraft.

Abe McPhee, Proviantmeister. Abweichende Moral. Verweigerte Behandlung.

Owen Phelps, Quartiermeister. Guter Spieler und Falschspieler.

Don Lowell, Superkargo. Unterschlagungen; Bruder verzichtete auf Anzeige.

»Mh«, sagte Bannister zu sich. »Nette Bande.« Er las weiter. Erster und zweiter Maschinist, Maat, Schiffsjunge – alle mit einer mehr oder weniger zwielichtigen Vergangenheit.

Bannister überflog noch einmal den hochtrabenden Vermerk von Smith. Die Galle stieg ihm hoch wie der Nachgeschmack eines billigen Whiskeys. Angenommen, das Gefasel des besoffenen Superkargos Don Lowell wäre nicht erlogen? Er drückte einen Knopf auf seinem Schreibtisch.

»Ja, Mr. Bannister?«

»Wer zum Teufel ist dieser Smith? Ich habe hier 'ne Meldung, nur ein paar kurze Zeilen, gezeichnet mit ›Smith‹. Wer zum Teufel ist das?«

»Das wird Robert Smith sein. Ein erstklassiger Mann, den wir letzte Woche eingestellt haben.«

Bannister erwiderte mit metallischer Stimme: »Soll zu mir kommen.«

Es vergingen fünf Minuten; Bannister trommelte mit den Fingern auf den Tisch. Dann öffnete sich die Tür – nur einen Spalt breit. Eine Hand lag auf der Klinke; der Besitzer schäkerte noch mit Bannisters Sekretärin.

»Kommen Sie rein, kommen Sie rein!« rief Bannister erbost. Er funkelte den jungen Mann an, der grinsend endlich die Tür öffnete.

»Smith?« erkundigte sich Bannister übertrieben freundlich.

»Ja, Sir.«

»Können Sie sich denken, warum ich Sie kommen lasse?«

Smith runzelte die Stirn. »Nein, es sei denn, es geht um den Vorschlag, den ich kürzlich dem Geschäftsführer unterbreitet habe.«

»Vorschlag? Soso«, erwiderte Bannister schmeichelnd wie eine Katze. »Wie lange sind Sie denn jetzt schon bei uns?«

»Eine gute Woche. Ich will mich nicht beschweren – verstehen Sie mich nicht falsch. Ich glaube nur, daß eine Maschine die Arbeit, die ich mache, viel besser bewerkstelligen könnte.«

»Was sind Ihre Aufgaben, Smith?«

»Nun, ich vergleiche die Meldungen mit unseren Unterlagen und den Informationen in der Zentralen Datenbank und führe erforderliche Korrekturen durch. Wenn wir ein Lesegerät hätten, das die Berichte vergleicht und nachbessert, könnte ich mich wichtigeren Dingen widmen.«

Bannister musterte Smith aus zusammengekniffenen Augen. »Interessant. Was meinen Sie, kostet so 'ne Maschine, die Ihnen vorschwebt, Smith?«

Smith zog die Augenbrauen hoch. »Das weiß ich nicht genau. Ich bin nicht vom Fach. Zwanzig- oder dreißigtausend, schätze ich.«

»Und wer soll das Gerät warten und das Material kodieren?«

Smith lächelte über diese Frage. »Ein Kybernetiker natürlich.«

Bannister drehte die Augen zur Decke. »Und was verlangt so ein Experte wohl für ein Gehalt?«

Auch Smith blickte zur Decke, während er nachrechnete. »Vielleicht fünf- bis sechshundert. Siebenhundert, wenn's ein guter Mann ist. Und Sie wollen natürlich nur erstklassige Leute.«

»Und wieviel zahlen wir Ihnen für haargenau dieselbe Arbeit?«

»Nun – dreihundert.«

»Was folgern Sie daraus?«

Robert Smith antwortete freimütig: »Ich muß Ihnen siebenhundert Dollar im Monat wert sein.«

Bannister räusperte sich, zwang sich aber weiterhin zur Ruhe und fuhr ebenso freundlich fort: »Darf ich Sie jetzt bitten, dem Vorgang auf dem Bildschirm Ihre Aufmerksamkeit zu schenken?«

»Klar doch.« Smith kehrte sich dem säuberlichen dreizeiligen Schreibmaschinentext zu. Er nickte. »Ich erinnere mich sehr gut an den Mann. In schlimmer Verfassung, sternhagelvoll. Böses Zeug, der Alkohol.« Und er gestand: »Ich selber trinke nie; verödet den Verstand.«

Bannister trank gern Bier und Whiskey. Er räusperte sich noch einmal. »Was genau hat Ihnen dieser Mann gesagt?«

Smith ließ sich auf Bannisters bequemstem Sessel nieder und streckte die Beine aus. »Er leidet zweifelsohne unter Wahnvorstellungen, insbesondere ausgeprägtem Verfolgungswahn. Behauptet, der Kapitän seines Schiffes und der Linienoffizier wollen ihn kaltmachen.«

»Hat er sich auch geäußert, warum er sich bedroht fühlt?«

Smith lachte unbekümmert. »Typische Paranoia. Der Mann ist fertig. Behauptet, die *Messeraria* ist auf einem unbekannten Planeten gelandet und hat eine intelligente Rasse entdeckt. Er hat – so versichert er – in seinem Tagebuch ausführlich davon berichtet, aber der Käpt'n hat es zerrissen und Eintragungen im Logbuch gelöscht.«

Bannister nickte verständig. »Und wieso das Ganze?«

»Er redete von ...« Smith runzelte die Stirn »... ich glaube, es waren Juwelen. Ganz schön einfallslos.« Er kicherte. »Hätte er sich wenigstens was Ungewöhnliches ausgedacht – Energie aus der Luft, ein Paradies wunderschöner Frauen, hellseherische Drachen. Aber nein, schlicht und einfach Edelsteine.«

Bannister nickte. »Besoffen, was?«

»Stockbesoffen.«

»Und total meschugge?«

»Sie haben ja gehört, was er sagt. Bilden Sie sich selbst ein Urteil.«

Obwohl Bannister innerlich vor Wut kochte, riß er sich zusammen, um nicht ausfallend zu werden. »Smith, Sie sind ein bemerkenswerter Mann«, zischelte er.

Smith sah überrascht auf. »Mh, danke, Sir.«

»Ein Museumsstück. Ein Mann mit einem Kopf voller – Stroh.«

Smith machte ein verdutztes Gesicht.

»Seit hundertfünfzig Jahren erkunden wir das Weltall«, begann Bannister auszuführen. »Wir haben heiße Welten und kalte Welten gefunden, große und kleine. Wir haben tote Planeten gefunden und Planeten, auf denen es von Leben wimmelt. Da gibt's Insekten und Fische, Echsen und Saurier und 'ne Menge mehr, das wir kaum aus der Nähe sehen wollten. Aber noch nie – nicht ein Mal, Smith – wurde uns eine intelligente Rasse, ein zivilisiertes Volk gemeldet.«

Smith nickte. »Deshalb habe ich mir den Mann so gründlich unter die Lupe genommen.«

»Sie unaussprechlicher Idiot!« brüllte Bannister. »Sie schmeißen einen Mann raus, der das anscheinend mit eigenen Augen gesehen hat, und besitzen die Frechheit, mit grinsender Unschuldsmiene vor mir zu sitzen! Haben Sie keinen Funken Gewissen? Es gibt Ihnen keinen Stich da drin, wenn Sie Ihr Gehalt einstreichen?«

»Nun«, entgegnete Smith, »ich glaube nach wie vor, daß Sie sich da an einen Strohhalm klammern. Ich habe mir den Mann vorgenommen, als ich das Logbuch sicherstellte. Ich habe eine gute Menschenkenntnis, Mr. Bannister. Ich kann für gewöhnlich mit ziemlicher Sicherheit voraussagen, was jemand tut.«

»Aha«, meinte Bannister, »dann ahnen Sie wahrscheinlich längst, was mein nächster Satz sein wird?«

Smith antwortete besorgt: »Sie sind entlassen. Hab' ich recht?«

»Ganz genau. Sie sind entlassen.«

Smith merkte kleinlaut an: »Ich sagte doch, ich versteh' mich darauf.«

Es ist noch nicht alles verloren, überlegte Smith, als er durch die Folger Avenue zum Weltraumhafen schlenderte. Wenn er es fertigbrächte, Bannister den Superkargo gegenüberzustellen, könnte Bannister sich persönlich davon überzeugen, daß der Mann völlig gestört war. Sicherlich würde die Kündigung zurückgenommen, eine förmliche Entschuldigung ausgesprochen und eine Beförderung mit Gehaltserhöhung veranlaßt werden ...

Smith kehrte in die Wirklichkeit zurück. Die Folger Avenue wurde geprägt von einer geschlossenen Front alter fünfstöckiger Holzhäuser in graubraunen Tönen. Im Erdgeschoß waren Spelunken und Speiselokale untergebracht, die sich fast lückenlos aneinanderreihten. Dazwischen gab's hie und da Läden, in denen billige Kleidung, Trödel, Waffen, Weltraumsouvenire, Arzneien und Heilmittel gegen außerirdische Leiden feilgeboten wurden. In den oberen Stockwerken befanden sich billige Hotels, Kaufhäuser und gelegentlich ein Bordell der 12B-Klasse.

Trotz der schäbigen Aufmachung war die Folger Avenue gewissermaßen ein Renommee-Pflaster mit gewissem Flair – und gleichermaßen reich an Düften: aus den muffigen Kaufhäusern, vom abgestandenen Alkohol aus den Kneipen, vom Abfall im Rinnstein, von aufdringlichen Parfümimitaten.

Schließlich hörten die Holzbauten auf; hier mündete Folger Avenue in den Weltraumflughafen, ein großes versengtes Oval am Ufer des Evan. Drei Raumschiffe standen am hinteren Ende des Ovals; das nächstgelegene trug in silbernen Lettern die Aufschrift *Messeraria*.

Smith spazierte über das Flugfeld, wobei er immer wieder bizarren Linsen aus marmoriertem grünen Glas ausweichen mußte, die startende Schiffe in den Boden geschmolzen hatten, und bestieg schließlich die Leiter zur *Messeraria*.

Ein Quartermeister saß auf dem Gangway und las Zeitung: ein blasser kleiner Mann, höchstens eins fünfzig groß, knochendürr. Er legte die Zeitung weg. »Ja, Sir, was gibt's? Wenn Sie Geld kassieren wollen, müssen Sie zum Käpt'n oder zum Superkargo, und die sind beide nicht an Bord.«

Smith nickte unbeeindruckt. »Wo kann ich den Superkargo finden?«

»Er kann überall sein. Probieren Sie's im Bobolink in der Rafferty Alley, Seitenstraße zur Folger Avenue.«

»Das tu ich«, meinte Smith. »Ah – waren Sie beim letzten Flug an Bord?«

Der Quartermeister kniff die Augen zusammen. »Und wenn schon?«

»Rein interessehalber«, erklärte Smith schnell. »Hab' gehört, war 'ne gute Fuhre für euch.«

»Geht. Kost war beschissen.«

»Darf ich fragen, welche Planeten angesteuert wurden?«

»Wozu?«

»Rein interessehalber.«

»Verschwinden Sie!«

Smith stieg über die Leiter aufs Flugfeld hinunter. Als er schon davongehen wollte, wurde er aufgehalten. Der Quartermeister schaute aus der Luke herunter. »Dieses Interesse, das Sie entwickelt haben – lassen Sie es Käpt'n Plum nicht merken. Er ist ein brutaler Kerl. Könnte böse für Sie ausgehen. Das ist nur ein gut gemeinter Rat.«

II

Smith kehrte zur Folger Avenue zurück, um nach der Rafferty Alley zu suchen. Alle zwanzig Schritt entdeckte er eine neue Seitenstraße. Nachdem er hundert Meter abgegangen war, blieb er stehen und sah sich hilflos um.

Ein beleibter Mann in ungewöhnlicher, grün-weiß-gestreifter Kleidung lehnte an einer Hauswand und musterte ihn neugierig. Smith trat zu ihm und erkundigte sich höflich nach dem Weg.

»Rafferty Alley?« wiederholte der dicke Mann. »Direkt hinter Ihnen, junger Mann.«

Smith drehte sich um, entdeckte das Straßenschild und bemerkte etwa dreißig Meter in der Seitenstraße eine grüne Neonreklame, die einen Vogel darstellte. »Das muß das Bobolink sein.«

Der dicke Mann beäugte ihn mit besonderer Neugier, wie Smith das Gefühl hatte.

»Neu hier, junger Mann?«

Smith räusperte sich. »Nun, ja und nein.«

»Müssen in diesem Viertel aufpassen. Hier treiben sich zwielichtige Gestalten rum, die nach Opfern suchen.« Er legte Smith die Hand auf den Arm. »Kommen Sie, ich nehm' Sie mit ins Bobolink. Trinken wir was zusammen. Vielleicht kann ich Ihnen behilflich sein.«

Smith überlegte, daß der dicke Mann ihm als Tarnung dienen könnte: in Begleitung eines Mannes, der in diesem Viertel bekannt wäre, würde er weniger Mißtrauen erregen. Er nickte also. »Einverstanden. Aber ich muß Sie warnen – ich trinke nicht.«

»Soso«, meinte der dicke Mann. »Komisch. Aber sagen Sie«, – er stupste ihn mit dem Ellbogen –, »hätten Sie nicht Lust auf 'ne kleine Reise? Sie sehen aus, als könnten Sie mit Zahlen umgehen. Ich wüßte zufällig 'ne freie Stelle, die ohne viel Aufhebens zu besetzen wäre.«

Smith überlegte kurz. Die Sache enthielt viele Aspekte. Das Leben im All war keineswegs ein Zuckerlecken, und den Superkargo der *Messeraria* könnte er dann abschreiben. Er dachte an die fremden Welten, die vielen seltsamen Dinge, die zu sehen wären, die nackte Schönheit der Sterne in ihrem Element. »Ich müßte schon Näheres wissen«, entgegnete er behutsam. »Hab' mir dazu noch keine ernsthaften Gedanken gemacht.«

Der dicke Mann nickte und stieß die Tür ins Bobolink auf. Als Smith stehenblieb, weil seine Augen sich erst an das dämmrige Licht gewöhnen mußten, zog ihn der dicke Mann am Ellbogen weiter und führte ihn an einen Tisch, an dem drei Männer saßen.

Der dicke Mann wandte sich an den mittleren davon, einen Schrank von Kerl mit flacher Stirn, struppiger Mähne und klobiger Nase, aus der schwarze Haarbüschel schauten. Diese hatte der Mann gewachst und zu kleinen exotischen Bärten gezwirbelt. Er verströmte auch einen eigenartig ranzigen Geruch, der Smith an das Bärenhaus im Haight Memorial Zoo erinnerte.

»Käpt'n«, sagte der dicke Mann mit einer hündischen Verbeugung, »hier hab' ich 'nen jungen Burschen, der sagt, gut rechnen zu können und in die Fremde will.«

Der Riese musterte aus seinen kleinen Augen den steifen Anzug von Smith. »Soso, ein feiner Pinkel. Schon mal im All gewesen?«

»Nein, aber ...«

»Spielt keine Rolle. Ich brauch' jemand, der rechnen kann, der gehorchen kann und der die Klappe halten kann. Dieser Idiot versteht nichts davon.«

Smith folgte seinem Blick zum Mann links vom Kapitän. Er saß mürrisch auf seinem Stuhl, den Rücken halb von Smith abgekehrt: der Superkargo, der betrunken hinter ihm ins Büro von Star Control getorkelt war.

Smith wandte sich wieder an den Kapitän. »Sie müssen Käpt'n Plum sein.«

»Das bin ich. Und das ist Bones, mein Steward«, – er deutete auf den dicken Mann –, »Jack Fetch, der Linienoffizier«, – er zeigte mit dem Daumen auf den Superkargo –, »und das ist Bilge.«

Der Superkargo setzte sich auf. »Mein Name ist Lowell.«

»Quatsch!« brüllte Plum. »Wenn ich sage, Sie heißen Bilge, dann heißen Sie so.«

Smith konnte sich ausmalen, daß ein Jahr mit Käptn' Plum in der geschweißten Stahlröhre eines Raumschiffes eine Tortur war. Er diagnostizierte bei Plum einen Größenwahn, bei Jack Fetch, der ein ausgesprochen scharfgeschnittenes Gesicht hatte, sadomasochistische Neigungen und bei Bones, dem Steward, eine Persönlichkeitsspaltung – eine selbst für die exotische Atmosphäre der Rafferty Alley ganz schön bizarre Mischung. Käpt'n Plum und sein Nasenschnurrbart. Bones und sein grün-weiß-gestreifter Anzug. Bilge-Lowell und seine Phantastereien von einer intelligenten Rasse an einem fernen Ort. Erkannte er Smith als einen Angestellten von Star Control wieder? Smith entging nicht der abwägende Blick aus den fiebrigen dunklen Augen, sah Lowells blasse Stirn sich in Falten legen.

Smith wandte sich nervös an Plum: »Was haben sie für'n Schiff?«

»Die *Messeraria.* Mein Eigentum.« Käpt'n Plum sah ihn unfreundlich an. »Kennen Sie sie?«

»Noch nie davon gehört.«

»Ein gutes Schiff«, schwärmte Plum. »Gute Quartiere, gute Kost.« Er zwinkerte mit einem Auge; dabei berührte die dichte Braue fast die Wange. »Springt vielleicht 'ne kleine Prämie am Ende der Fahrt raus, wenn alles klappt.«

»Klingt vielversprechend«, erwiderte Smith. »Werd's mir überlegen.« Er blickte zu Lowell. »Ah – Ihr jetziger Mann ... geht?«

»Ja«, antwortete Plum, »der geht.«

Lowell entgegnete mit heiserer, knarzender Stimme, als hätte er Holz in der Kehle: »Ich habe gerade nachgedacht und mich auf meine Philosophie besonnen. Nichts geht über einen guten Drink, das ist meine Einstellung. Was meinen Sie, Käpt'n?«

»Ich meine, Sie befolgen Ihre Philosophie zu gründlich. Wenn Sie so weitermachen, werden Sie nicht alt.«

»Ach was, nichts geht über einen guten Drink – ausgenommen so'n hübscher Stein, wie Sie einen in Ihrer großen Tasche stecken haben.«

Der Kapitän schwang seine Pranke, es folgte ein klatschender, dumpfer Laut. Blut rann dem Superkargo übers Kinn. Er grinste mit zahnlosem Mund. »Keinen einzigen Zahn mehr, Käpt'n. Sie sind ein roher Mann.«

Smith fragte naiv: »Was sind das denn für Steine, Käptn? Kosmische Mineralien sind mein Hobby.«

Plum funkelte ihn an. »Das erste, was Sie an meinem Schiff lernen müssen, Bürschchen: keine Fragen stellen. Tun Sie, was befohlen wird, und Sie sind fein raus.«

»Apropos fein«, warf Lowell ein, »ich werd' uns jetzt einen feinen Drink mixen, wie ihn die Welt noch nicht gesehen hat. Genau wie unsere letzte Fahrt, was, Käpt'n?« Er hatte sich geduckt, ehe Plum zuschlagen konnte. »Aber,

aber, verprügeln Sie keinen kranken Mann! He, Bosco!« Er rief dem Barmixer. »Komm mal rüber!«

»Hast selber Beine.«

Lowell ging an die Bar und kam mit einem Tablett voller Flaschen und Meßbecher zurück.

»Aufgepaßt«, begann Lowell. Er schaute Smith tief in die Augen. »Aufgepaßt. Das ist wichtig.«

Smith rutschte unruhig hin und her und warf dabei einen flüchtigen Blick auf Käpt'n Plum, der Lowells Bewegungen verfolgte wie eine Katze, die gebannt auf ein Stück raschelndes Papier starrt.

Lowell ergriff eine Flasche und schüttelte sie. »Hier haben wir Arrak, guten weißen Arrak. Eigentlich sollte es roter Arrak sein. Nun ja, tun wir so, als hätten wir roten. Im Rezept steht: roter Arrak, 26 ccm. Prima. Ich stell' ihn beiseite. Dann der Dubonnet. Ich gieß' ihn in den Krug. Jetzt nehm' ich 14 ccm weg – weg, wohlgemerkt. Sie wundern sich?« Er sah Smith forschend an. »Nein? Gut.«

Käpt'n Plum fing zu kichern an. »Bilge braut uns einen Jungbrunnen zusammen.«

»Ein Schluck davon, und man kann das Alter vergessen«, erklärte Jack Fetch.

Lowell ignorierte sie. »So, das hier ist ein Fleur-de-lis-Likör. Aber nennen wir ihn einfach Lis; Französisch war noch nie meine Stärke.« Plötzlich riß er in einem Ruck das Etikett so ab, daß nur noch das ›Lis‹ übrigblieb.

Lowell plapperte wirres Zeug, überlegte Smith; Ein Zwinkern von Käpt'n Plum bestätigte seine Diagnose. Wenn nur Bannister hier wäre!

Heiser fuhr Lowell fort: »Das ist wichtig. Ich bin krank und habe nicht mehr lange ... Um so besser, daß ich's nicht mit ins Grab nehm'. Also: Lis, 94 ccm.« Er blähte die Brust und seufzte tief. »So, das wäre die Mischung. Nun die Garnierung.« Er legte eine Orange, eine Zitrone, drei schwarze Oliven und eine grüne zurecht.

Bones, der Steward, beugte sich plötzlich vor und flüsterte Käpt'n Plum etwas ins große Ohr. Plum zog die

Brauen hoch, holte aus und stieß das Tablett samt Flaschen und Gläsern zu Boden. Das Klappern und Klirren ließ alle Gäste im Bobolink verstummen.

Lowell lehnte sich zurück und lächelte Käpt'n Plum müde an. »Wer spinnt hier?« Er hustete. Plum schoß nach vorn, erhob den Arm; Smith, plötzlich von Mitleid ergriffen, streckte die Hand aus und stieß Plum auf seinen Stuhl zurück. »Um Himmels willen, Käpt'n, reißen Sie sich zusammen! Der Mann ist krank!«

Bosco, der Barmixer, hatte die Scherben aufgefegt. »Wer bezahlt die Getränke und Gläser? Drei Flaschen, Arrak, Wein, Likör – das macht zwanzig Dollar – und fünf für die Gläser.«

»Hol's dir von Lowell«, antwortete Plum mit zusammengekniffenen Augen. »Er hat's bestellt.«

Smith ergriff ungehalten das Wort: »Der Arrak und Likör sind nicht zerbrochen; Sie haben die Flaschen aufgehoben und weggebracht. Und die Gläser sind nichts wert. Hier – zweieinhalb Dollar für die Flasche Wein, einen für die Gläser.« Er schob dem Barmixer Scheine zu. »Das ist alles, was Sie kriegen. Wenn Sie mehr wollen ...« Er brach ab, als er den finsteren Blick von Käpt'n Plum auf sich spürte.

Bosco erwiderte schnippisch: »Blitzgescheit, das Bürschchen, was?«

Plum meinte: »Ganz schön frech für so 'ne halbe Portion. Vorhin haben Sie mich gestoßen; muß sagen, das gefällt mir nicht.« Wie von einer Feder angetrieben, stand er plötzlich auf den Füßen. Eine Faust flog vor, traf mit grausiger Wucht.

Smith prallte zurück, fing sich mit den Ellbogen am Tresen ab. Vor seinen Augen wurde es dunkel, irgend etwas krampfte sich um sein Gehirn. Undeutlich hörte er Jack Fetch aufgeregt verkünden: »Der Knabe will Sie rausfordern, Käpt'n, der Knabe ...«

Smith wirbelte durch einen Alptraum, spürte heftige trommelnde Schläge, die offenbar immer schwächer wurden, hörte ferne Laute. Am deutlichsten registrierte er jedoch das große aufgedunsene Gesicht von Käpt'n Plum mit dem wahnwitzigen Nasen-Bart, den starren, aufgerissenen Augen, dem geifernden Mund, der sich in einem fort wie beim Kauen öffnete und schloß.

Die eigenen Arme und Beine kamen in Bewegung; er spürte, wie sich seine Muskeln spannten; er spürte den stoßenden Atem in der Kehle. Die Faust schlug zu; er sah Käpt'n Plum schwerfällig zurücktaumeln, über den Stuhl fallen, der Länge nach zu Boden plumpsen. Aus seiner Tasche kullerte ein grüner Stein.

Smith starrte benommen auf Plum hinunter, der sich aufgesetzt hatte und aus zusammengekniffenen Augen zurückstarrte.

Der grüne Stein glitzerte. Kurzentschlossen schnappte Smith ihn sich, wirbelte herum, rannte aus dem Bobolink und stürmte die Rafferty Alley hinunter. Als er in die Folger Avenue lief, hörte er hinter sich polternde Schritte.

Zuerst kam Jack Fetch, der flitzte wie ein Wiesel. Dahinter folgte mit heiserem Geschrei Käpt'n Plum.

Smith lief um die Straßenecke und blieb stehen.

Jack Fetch kam schnell heran. Smith versetzte ihm mit ganzer Kraft einen Schlag ins finstere, fahle Gesicht; Jack Fetch torkelte blind über den Rinnstein. Smith drehte sich um und rannte die Folger Avenue hinauf.

Vor ihm ragte ein Taxistand auf; ein Wagen hing am Davit. Smith sprang in den Lift, der sich in Bewegung setzte und ihn zur Plattform hinauftrug. Von der Plattform aus bemerkte er Käpt'n Plum, der wie ein tobender Koloß durch die Folger Avenue stapfte.

Smith sprang in den Wagen. »Star Control«, gab er als Fahrtziel an.

Bannister drehte den Edelstein zwischen den Fingern und staunte; feine schneeflockenartige Pailletten leuchteten auf, strahlten, blitzten, schillerten und erloschen nacheinander wieder. »So was hab' ich noch nicht gesehen. Ich lass' das vom Mineralogen untersuchen. Oder«, – er zögerte, musterte den Stein genauer –, »ist's ein Fall für die Biologische Abteilung?«

Smith beugte sich auf dem Stuhl nach vorn. »Also, was jetzt? Sollen wir Käpt'n Plum von der Patrouille suchen lassen?«

Bannister sah Smith unbeeindruckt an. »Vermutlich ist er gerade bei der Patrouille und zeigt Sie wegen Edelsteindiebstahl an. Ich muß sagen, Sie haben die Sache nicht gerade korrekt abgewickelt.« Er wandte sich wieder dem Edelstein zu. »Ich hatte bereits zwei Männer angewiesen, Plum im Auge zu behalten; jetzt tappen wir völlig im dunkeln, was er unternehmen wird.«

Das Bildschirmtelefon summte; Bannister beugte sich vor, betätigte eine Taste. »Ja?«

»Sergeant Burt hier, Sir. Wir haben Lowell, den Superkargo, am Chenolm Way bei der Folger Avenue gefunden. Aratinvergiftung. Gelbes Gesicht, geweitete Pupillen, Zunge hängt schlaff raus. Haben ihn ins Krankenhaus gebracht. Leider kann man nichts mehr für ihn tun.«

Bannister fluchte leise. »Mieses Pack! Was ist mit Plum?«

»Haben seine Spur verloren.«

Bannister nickte verbittert. »Sucht weiter.« Er stellte das Bildtelefon ab. Nachdem er eine Weile regungslos dagesessen hatte, seufzte er tief. »So, das wär's also. Lowell ist geliefert. Er wird nicht mehr reden können. So gut wie tot.«

»Im Bobolink war er noch recht lebendig«, wunderte sich Smith.

»Das war vor 'ner Stunde. Inzwischen hat er 'ne Dosis Aratin abbekommen. Gehirnerweichung.« Bannister lehnte sich zurück und musterte Smith nachdenklich.

Smith rutschte unruhig auf seinem Stuhl hin und her.

Bannister sagte: »Ich hätte einen Job für Sie. Wenn Sie sich bewähren, bekommen Sie 'ne Beförderung.«

Smith runzelte die Stirn. »Ich bin mir nicht sicher, ob ich ...«

»Sind Sie ein guter Star-Control-Mann?«

»Ich war's bis zu meiner Entlassung heut' morgen.«

Bannister gestikulierte ungeduldig. »Es wird nichts so heiß gegessen wie gekocht; Sie sind wieder eingestellt. Sie wissen wohl, daß dies der erste Fall eines Kontakts mit einer intelligenten Rasse wäre? Wie wichtig es ist, daß wir der Sache nachgehen?«

Smith nickte. »Natürlich sehr wichtig.«

»Ein Star-Control-Mann ist erfinderisch und hat keine Angst – richtig?«

»Richtig.«

Bannister klopfte auf den Tisch. »Wir können nicht zulassen, daß Plum diese Rasse, falls sie existiert, vergrault oder durch eingeschleppte Krankheitserreger von der Erde gefährdet. Falls sie existiert, müssen wir sie finden. Und Sie sind dazu der geeignete Mann, Smith!«

Smith blinzelte.

»Ich sehe die Sache folgendermaßen«, legte Bannister dar. »Wenn sich durch eine Plünderung dieses Planeten Geld verdienen läßt, wird Plum aufbrechen, sobald er den Flug organisiert hat. Wenn er erst einmal im All draußen ist und auf Raumgeschwindigkeit beschleunigt hat, dann ist er weg. Wir können ihn nicht mehr orten. Es sei denn, wir haben einen Mann von uns an Bord. Und hier setzt Ihre Aufgabe ein. Er hat Sie ja praktisch schon angeheuert. Sie geben ihm den Stein zurück, entschuldigen sich, damit durchgebrannt zu sein, und sagen, Sie möchten selbst gern ein paar davon verdienen können.«

Smith saß zusammengesunken auf seinem Stuhl. »Glauben Sie nicht, daß er 'ne Mordswut auf mich hat?«

»Sie haben ihm den Stein zurückgebracht; warum also?«

»Er wird nicht ...« Smith hielt inne und versuchte, Plums Temperament einzuschätzen.

»Was wird er nicht?«

»Nun, meinen Sie nicht auch, daß er, wenn er mich draußen im All an Bord seines Schiffes hat, seinen Vorteil dazu ausnützen wird, um mich – nun, zu vermöbeln?«

»Aber warum sollte er?« konterte Bannister.

»Immerhin habe ich ihn im Bobolink niedergeschlagen.«

»Damit haben Sie sich seinen Respekt verdient.«

»Meinen Sie nicht, daß er mich mit diesem Aratin vollstopfen wird?«

»Was nützt ihm ein Mann, der unter Aratin steht? Er braucht Sie als Besatzungsmitglied.«

Smith biß sich auf die Lippen.

»Ich gebe Ihnen ein Päckchen Hyolon mit«, verkündete Bannister optimistisch. »Wenn Sie draußen im All auf Raumgeschwindigkeit übergehen, schütten Sie das Zeug ins Triebwerk. Dann zieht das Schiff eine feine Leuchtspur hinter sich her, so daß wir in sicherem Abstand folgen können.«

Smith war offenbar noch unschlüssig. Bannister musterte ihn mit zusammengekniffenen Augen. Plötzlich kehrte er sich dem Bildtelefon zu. »Codge, bereiten Sie die Papiere für Sergeant Robert Smith vor ...« Er blickte kurz zu Smith und rechnete angestrengt. Es gab nichts zu verlieren. »Machen Sie Lieutenant Robert Smith vom Sonderkommando draus.«

Smith lehnte sich in seinem Stuhl zurück. Lieutenant Smith vom Sonderkommando! Er ließ die Silben auf der Zunge zergehen. Bannister musterte ihn insgeheim, stand dann auf und winkte ihm.

»Kommen Sie mit, Lieutenant. Ich bring' Sie zum Flugfeld.«

Sie flogen über den Lake Maud, umkreisten den Mount Davidson, gingen über dem Graymont-Distrikt hinunter und folgten der Taxispur, keine hundert Meter über den grauen Häusern der Folger Avenue.

Unter ihnen lag der Flughafen. Schwarzglänzende Rümpfe säumten das Feld wie tote Rieseninsekten.

Smith deutete. »Da ist die *Messeraria.* Das heißt ...« Er zögerte, runzelte die Stirn, suchte das Flugfeld ab. »Dort war sie, da bei der frischen Glasblase.«

»Der frischen Glasblase, soso«, stieß Bannister verbissen aus. »Nun, Lieutenant Smith« –, er legte großen Nachdruck auf den Dienstgrad –, »es scheint, der Vogel ist ausgeflogen.«

Smith atmete auf. »Um so besser vielleicht. Hab' mich bei dem Plan nie ganz wohlgefühlt. Es werden sich sicher andere Aufgaben finden.«

III

Auf dem Rückweg ins Büro deutete Smith auf eine Landeplattform an einer Terrasse über dem St. Andrew's Place. »Da ist der Odd Angle Club – grüne Balken auf blauem Grund. Ich bin Mitglied. Darf ich Sie zur Feier zum Lunch einladen?«

Bannister sah ihn verdutzt an. »Zur Feier von was?«

»Meiner Beförderung.«

»Ach so!« Bannister lächelte bitter. »Ihre Beförderung, ja, richtig.«

Hel landete den Gleiter, und schon eilte Desdumes, der Oberkellner, herbei und führte sie an einen Platz.

Smith winkte dem Barmixer. »Wie wär's mit einem Drink vor dem Essen?«

Bannister legte knirschend seinen Hochmut ab. »Eine gute Idee.«

»Ich selbst trinke nicht«, sagte Smith. »Alkohol zerfrißt den Verstand. Trotzdem dürfen Sie sich meinetwegen natürlich ruhig einen genehmigen.«

»Sehr anständig von Ihnen«, erwiderte Bannister trocken. Er musterte Smith mit mäßigem Interesse vom Scheitel bis zur Sohle.

»Was ist denn?« fragte Smith nervös.

»Nichts, gar nichts. Ich kenne eine Frau, die kann keine Federn sehen.«

Smith konnte dieser Logik nicht folgen. Als er Bannister einen flüchtigen Seitenblick zuwarf, fiel ihm seine Kälte und Verschlossenheit auf. Ob seine zur Schau gestellte Kameradschaft nur geheuchelt war? Eine solche Einstellung würde sich für sein Vorankommen als hinderlich erweisen, mochte er auch noch so gute Arbeit leisten.

Smith schlug freundlich vor: »Darf ich Ihnen etwas Besonderes bestellen – einen Drink, den Sie wohl noch nicht getrunken haben?«

Bannister verzog das Gesicht. »Kamelmilch oder so was? Nein, danke, ich bleibe bei Whiskey.«

»Wie Sie wollen«, meinte Smith. »Der Superkargo der *Messeraria* hat von diesem Cocktail dermaßen geschwärmt, daß ich mir sogar das Rezept notiert habe. Arrak, roter Arrak, Dubonnet, Likör ...«

»Wie bitte?« wollte Bannister wissen. »Lowell hat Ihnen ein Cocktailrezept genannt?«

Smith kramte in seiner Tasche nach dem Fetzen Papier. »Roter Arrak, 26½ ccm. Dubonnet – eine halbe Flasche abzüglich 10 ccm. Fleur-de-lis-Likör, 94 ccm. Eine Orange, eine Zitrone, vier Oliven.«

Bannister, der steif am Tisch saß, fragte: »Warum haben Sie mir das nicht eher gesagt?«

Smith winkte ab. »Ich hab's nicht mit diesem Alkoholzeugs.«

Bannister fragte mit tönender Stimme: »Wäre es möglich, daß sich dahinter eine verschlüsselte Mitteilung verbirgt?«

Smith überlegte. »Zugegeben«, räumte er ein, »Käpt'n Plum ist unmittelbar danach sehr gewalttätig geworden.«

»Was genau hat sich abgespielt? Versuchen Sie, sich an jede Einzelheit zu erinnern.«

Smith erzählte alles, was ihm einfiel.

Bannister überflog stirnrunzelnd die Formel. »Ich wette, er hat Sie erkannt und wollte Ihnen etwas über diesen geheimen Planeten mitteilen. Die Orange und die Zitrone weisen wohl auf einen Doppelstern hin. Die drei schwarzen Oliven und die eine grüne bedeuten, daß der fragliche Planet der vierte von der Sonne ist.«

»Und die Zahlen müssen die Positionskoordinaten für den Doppelstern sein.«

Bannister nickte eifrig. »Diesen Eindruck habe ich auch.«

»Beziehen wir die erste Zahl auf die X-Achse«, meinte Smith aufgeregt. »Sechsundzwanzigeinhalb Lichtjahre in Richtung Polaris. Die zweite Ziffer – aha, sie ist negativ. Minus zehn Lichtjahre auf der Äquinoktialachse oder zirka zehn Lichtjahre in Richtung Denebola. Die dritte Ziffer auf der Solstitalachse – vierundneunzig Lichtjahre in Richtung Beteigeuze. Kombiniert man die drei ...« Er kritzelte auf einem Stück Papier. »Quadratwurzel der Quadrate von sechsundzwanzigeinhalb, zehn und vierundneunzig. Ergibt etwa hundert. Die Richtung wäre also ungefähr ...« Er hielt inne, kaute auf seinem Stift herum. »... ungefähr Prokyon. Das wäre nicht einmal weit. Hundert Lichtjahre in Richtung Prokyon.«

Bannister winkte ungeduldig ab. »Bitte lassen Sie mich nachdenken.«

Smith lehnte sich gekränkt zurück. Der Lunch wurde aufgetragen; sie aßen fast schweigend.

Beim Kaffee lehnte sich Bannister mit einem Seufzer zurück. »Nun, vielleicht ist unsere Mühe vergeblich. Aber ich versuch's und fordere ein Schiff an.«

»Dann sollte ich mich wohl schnell reisebereit machen«, meinte Smith zaghaft.

»Nicht nötig«, entgegnete Bannister. »Ihre Reise geht höchstens bis ins Kellermagazin.«

»Mr. Bannister, das kann doch nicht Ihr Ernst sein.«

»Und ob«, brummte Bannister. »Ich kann nicht riskieren, daß Sie wieder einmal Mist bauen.« Er stand auf. »Und jetzt muß ich wieder an die Arbeit. Danke fürs Essen.«

Smith sah zu, wie der breite Rücken verschwand, und bestellte noch einmal Kaffee.

Nachdem er eine Weile überlegt hatte, erhob er sich, ging zum Bildtelefon und rief Harry Codge von Star Control an.

»Harry«, sagte er zu dem rosigen Gesicht, »haben Sie meine Papiere fertig?«

Codge nickte mürrisch. »Sie sind wohl mit Bannister verwandt?«

Smith ging nicht auf die Anspielung ein. »Stecken Sie sie

ins Rohr, seien Sie so nett. Ich bin im Odd Angle Club am St. Andrew's Place.«

Er begab sich ins Club-Büro; bald schoß ein kleiner Zylinder ins Rohr.

Smith befestigte das Dienstabzeichen an der Innenseite seines Mantels, steckte die Plastikkarte in seine Brieftasche, bestellte ein Taxi und flog in die Registratur in unmittelbarer Nachbarschaft des Flughafens.

Er zeigte der Dame am vordersten Schreibtisch seinen neuen Ausweis. »Bringen Sie mir die Karte der SpS *Messeraria.*«

Die Dame ging zur Kartei. Nachdem sie sie zweimal durchgesehen hatte, kam sie zurück. »Komisch.«

»Was ist denn?«

»Ich finde die Karte nicht. Vielleicht ...« Sie durchquerte den Raum und blätterte durch einen kleinen Stapel roter und blauer Karten. »Hier steckt sie. Ein Halterwechsel.«

»Zeigen Sie mir die Karte!« bat Smith aufgeregt.

Er überflog die Angaben darauf. »Gebaut vor zwanzig Jahren. Erster Besitzer: Vacuum Transport. Verkauft an R. Plum und Chatnos Widna. Neuer Besitzer: Hermetic Line. Soso.«

»Stimmt was nicht, Lieutenant? Die Hermetic Line ist sehr seriös ...«

»Nein«, erwiderte Smith rasch, »alles in Ordnung.«

Gedankenversunken wandte er sich ab. Es wäre ein schöner Erfolg für ihn gewesen, könnte er den brutalen, aber feigen Burschen Bannister zum Verhör präsentieren. Allem Anschein nach war Plum nicht mit der *Messeraria* getürmt.

Smith überquerte das Flugfeld und bestieg den Aufgang zur Folger Avenue.

Bald stand er an der Rafferty Alley mit dem Bobolink. Höchstwahrscheinlich, überlegte Smith, mied Plum nach den Ereignissen des Morgens diese Gegend, aber immerhin stellte das Bobolink eine gute Ausgangsbasis für seine Ermittlungen dar.

Er tastete nach seinem Dienstabzeichen, ging die Rafferty Alley hinauf, betrat das Bobolink.

Es kam zu einem Tumult, über dessen Verlauf Smith auch später nie Klarheit erlangte; er hatte das Gefühl, als würde alles zur gleichen Zeit passieren.

Er erinnerte sich an das Klappern von Stühlen, Stimmengewirr, ein dumpfes Brüllen; er sah das breite zornige Gesicht von Plum, der seine gelben Pferdezähne bleckte; er spürte einen Griff nach seinen Knien, einen Schlag an die Schläfe, der ihm die Tränen in die Augen trieb, einen Boxhieb in die Magengrube.

Die Wirklichkeit lief nach oben davon wie der Nachspann auf dem Bildschirm, so daß nur noch Schwärze blieb. Die Farben, Bewegungen, Laute schwanden aus seinem Bewußtsein; er nahm nichts mehr wahr.

Das Gesicht von Käpt'n Plum, groß wie ein Haus, schien den Himmel zu füllen. Eine schwarze Baskenmütze saß dreist über einem Ohr. Der Nasenbart war gewichst und zur Fliege gezwirbelt. Er war so nahe, daß Smith die kleinen Unreinheiten seiner Haut, die Narben und sehnigen Muskeln seiner Wangen und die Stoppeln auf dem dicken eckigen Kinn sehen konnte.

Die kleinen Augen starrten ihm verschmitzt ins Gesicht. »Lebst du noch, Freundchen? Ja? Glück gehabt. So, was hast du denn mit meinem Klunker gemacht?« Er kniff Smith mit Daumen und Zeigefinger ins Kinn. »He, du! Wo ist mein Steinchen?«

Smith bemerkte eine eigenartige Leichtigkeit in seinen Gliedmaßen. Er richtete den Blick auf den Hintergrund. Metall. Erschrocken versuchte er, auf die Beine zu springen. Ein Gurt um den Leib hielt ihn fest.

Käpt'n Plum setzte die schweren Füße an die Wand, stemmte den wuchtigen Körper waagrecht ab und blieb, allen Naturgesetzen zum Spott, in dieser Haltung stehen.

»Wir sind im All!« schrie Smith. »Sie haben mich gekidnapt!«

Plum setzte ein enormes Grinsen auf. »Schanghait, wie man das früher genannt hat. Junger Freund, du weißt gar nicht, was für ein Glück du hast. Ich hätte dich zertreten können wie einen Wurm, hab's mir aber anders überlegt. Du gehörst zwar zu diesem Star-Control-Gesindel, trotzdem brauch' ich jemand für den Schreibkram. Du kommst mir also wie gerufen. Wie gerufen. Damit schlag' ich zwei Fliegen mit einer Klappe. Vielleicht sogar drei.« Plum zählte die Punkte an den Fingern ab. »Ich krieg' einen ordentlichen Arbeiter. Daß er ordentlich arbeitet, rate ich ihm sehr. Ich schaff' mir 'nen Schnüffler von Star Control vom Hals. Und ich bekomm' die Möglichkeit für ein bißchen Gymnastik, indem ich dich hin und wieder versohlen kann. Tja, du kommst mir gerade recht.«

»Aber«, rief Smith, »Sie haben gar kein Schiff mehr! Sie haben verkauft ...«

»Das hier ist nicht die gute alte *Messeraria,* junger Freund.« Plum sperrte vor Grinsen den Mund so auf, daß Smith bis zur Kehle sehen konnte. »Das ist der *Hund,* ein kleines Schiff, das für unsere Zwecke besser geeignet ist. Und jetzt hast du lange genug auf deinen fünf Buchstaben ausgeruht. Jetzt heißt's arbeiten. Mußt dir die Fahrt verdienen.«

»Ich habe nicht darum gebeten, mitgenommen zu werden«, schoß Smith zurück.

Plum kniff die Lippen zusammen; er ohrfeigte Smith mit der flachen Hand. Smith spürte, wie seine Zähne knirschten; das Bild des zahnlosen Lowell tauchte vor ihm auf. Ohne etwas zu sagen, sah er Plum an.

Plum kicherte. »Klar, ich weiß, was du denkst. Du wartest die Gelegenheit ab und fällst über mich her, wenn ich am wenigsten damit rechne. Nun, ich sage dir, probier's, probier's ruhig. Das haben schon Bessere als du versucht. Es hält mich in Schwung. Und jetzt, junger Freund, auf die Füße. Und schreib dir hinter die Ohren, daß ich Leistungen sehen will. Die Bücher müssen auf den Heller genau stimmen; mit weniger geb' ich mich nicht zufrieden.«

Smith löste wortlos den Gurt um den Bauch. Der Kreuzer, den Bannister angefordert hat, wird das Schiff von Plum bestimmt einholen, überlegte er. Kommt es allerdings zu einem Gefecht, kann er leicht mit draufgehen. Doch mittlerweile ... Eine drohende Geste von Plum riß ihn aus seinen Gedanken. »Träumst du?« knurrte der Riese.

Smith versuchte aufzustehen; dabei taumelte er unbeholfen durch die Luft.

Plums schallendes Gelächter wurde ihm unerträglich. Er biß die Zähne zusammen, hielt sich an einem Pfosten fest und drehte sich zu Plum. »Was soll ich tun?«

»Rauf, mein Junge, rauf in den Kartenraum! Da ist dein Platz. Zuerst ordnest du meine alten Karten, gibst sie in den Projektor. Wenn ich einen Sektor einstelle, will ich diesen Sektor und nicht irgendein Gebiet fünfzig Parsek daneben. Das ist sehr wichtig, nur zu deiner Warnung. Und jetzt rauf!«

Smith, dem jeder Knochen weh tat, hantelte sich vorwärts. Der *Hund* war, wie er nun feststellte, ein kleines Schnellboot, eine Art Aufklärungsjäger, ein wendiger Schiffstyp mit günstigem Landeverhalten und billigen Unterhaltungskosten, der sich unter den weitreichenden Raumschiffen großer Beliebtheit erfreute. Doch wie schnell, geschickt und verwegen Plum seinen *Hund* auch fliegen mochte, er könnte nicht mehr entkommen, sobald der Kreuzer seine Magnetspur aufgenommen hätte. Smith warf einen Blick durch das vordere Beobachtungsfenster und hielt Ausschau nach Prokyon, an dem ihr Kurs sie vorbeiführen müßte.

Doch ein solcher Stern war nicht zu entdecken. Der Himmel erinnerte eher an ein Gebiet nördlich von Scorpius – die Konstellation Ophiuchus in direkt entgegengesetzter Richtung zu Prokyon. Smith machte große Augen. Hier war ein tragischer Irrtum im Spiel. »Wohin fliegen wir?«

»Das geht dich einen Furz an«, brummte Plum gehässig. »Rauf mit dir in den Kartenraum – und sei froh, daß ich so ein gnädiger Mensch bin.«

Smith zog sich in den Kartenraum und machte sich benommen daran, die Sternkarten zu sortieren. Das war sein Tod, dachte er, die Hölle. Vor seinen Augen lag ein grauschwarzes Armaturenbrett mit verschiedenen Skalen, einem Netzgitter und einer Reihe von Schaltern. Smith schaute genauer hin. Ein Funkgerät! Ein Sender mit großer Reichweite, der seine mit Information bepackten Wellen gebündelt abstrahlte und entschlüsselbar durchs All trug.

Wie weit waren sie gekommen? Höchstens ein, zwei Lichtwochen. Das Surren der Motoren verriet, daß die Höchstbeschleunigung noch nicht erreicht war.

Er blickte hinter sich zur Brücke; Käpt'n Plum stand an der Tür und brüllte in den Maschinenraum.

Mit zitternder Hand drehte Smith an den Abstimmknöpfen, richtete die Antenne nach hinten, ging auf Sendung. Mit fiebernder Ungeduld wartete er ab, bis die Schaltkreise sich zur Höchstleistung aufgeheizt hatten, während er Käpt'n Plums gepfefferten Flüchen lauschte, die in den Maschinenraum drangen.

Noch einmal überprüfte er die Senderichtung: achteraus, mitten auf die Erde. Er stellte die Frequenz auf den Standardbereich ein. Hundert Monitore waren auf diese Frequenz abgestimmt.

Jetzt.

Er sprach in das Netzgitter. »SOS. Star Control, Achtung. SOS. Hier spricht Lieutenant Robert Smith an Bord von Plums Schiff *Hund.* SOS. Achtung, Bannister, Star Control, Zweigstelle 12. Hier spricht Lieutenant Smith. Ich bin gekidnappt worden.« Smith registrierte am Rande, daß Plum verstummt war; er hörte polternde Schritte von der Brücke. Verzweifelt beugte er sich über das Netzgitter; vielleicht war das seine letzte Chance. Saft an, Richtung eingestellt, Frequenz abgestimmt. »SOS. Hier spricht Lieutenant Smith, Robert Smith, Star Control, von Plum auf sein Schiff gekidnappt, Kurs Richtung Rho Ophiuchus.« Er bemerkte einen breiten Schatten in der Tür. »Von Plum gekidnappt, Kurs Richtung Rho Ophiuchus. Hier Robert Smith ...« Er konnte es nicht mehr ertragen und blickte auf. Plum stand in der Tür und beobachtete ihn.

»Sabotierst mich, was?«

Smith entgegnete herausfordernd: »Ich hab' die Meldung durchgekriegt. Sie sind geliefert, Plum. Wenn Sie einen Funken Verstand haben, dann kehren Sie um.«

»Ach, ach, ach«, spottete Plum affektiert. »Ach herrjemine. Los, ruf noch mal durch, wenn du willst.«

Plum im Auge behaltend, beugte sich Smith aufgeregt über das Netzgitter. »Hier Lieutenant Robert Smith an Bord von Käpt'n Plums Schiff *Hund* mit Kurs auf Rho Ophiuchus ...«

Plum trat ungehalten hinzu. Er versetzte Smith eine Ohrfeige, daß es nur so klatschte; es hörte sich an, wie wenn ein Schlachter eine Rindsleber auf den Hackblock plumpsen läßt.

Smith kauerte in einer Ecke und sah zu Plum auf, der seine Lieblingshaltung eingenommen hatte: die Beine gespreizt, die Hände in die Seiten gestemmt.

»Verdammter, hirnloser Schnüffler«, fauchte Plum.

Smith erwiderte kleinlaut: »Ich werd's Ihnen heimzahlen, wenn Sie geschnappt sind.«

»Wer soll mich schnappen? Und wie, bitte schön? Hm? Antworte!« Er trat Smith mit dem Fuß.

Smith zog sich langsam auf die Beine. Er sagte müde: »Ich habe dreimal gesendet. Mein Funkspruch muß durchgekommen sein.«

Plum nickte. »Du hast nach achtern gefunkt. Klar werden die Monitore das aufschnappen. Bei der Geschwindigkeit, mit der wir uns von der Erde entfernen, wird die Frequenz so verzerrt, daß sie die Perioden nicht auf den Fingern abzählen können. Den Funk kannste bei diesem Tempo vergessen.«

Smith überlegte entsetzt. Die Geschwindigkeit des Raumschiffs machte seinen Funkspruch völlig unkenntlich.

»So«, sagte Plum forsch, »und jetzt wieder an die Arbeit.

Wenn du dich noch einmal erwischen läßt, wie du am Gerät rumspielst, dann setzt es was!«

IV

Das Schiff schien stillzustehen, das Zentrum von allem zu sein, während die Galaxis wie klarer dunkler Honig vorüberzog, durchwirkt von Sternen, phosphoreszierenden Stäubchen – einsamen, verlorenen Funken.

Zwei Punkte waren stabil: ein fahler Stern hinten und ein orangegelbes Licht vorn, das sich allmählich in einen Doppelstern auflöste. So verstrichen die Tage. Smith schlich so unverdächtig wie möglich durchs Schiff und fürchtete die Tracht Prügel, die Käpt'n Plum unter dem Vorwand der körperlichen Ertüchtigung täglich verabreichte.

Beim Kampf trugen die beiden Gegner magnetische Überschuhe und Boxhandschuhe. Die Übung dauerte, bis Käpt'n Plum erschöpft oder Smith so angeschlagen war, daß er als Gegner nicht mehr herhalten konnte.

Allmählich wurde Smith vertraut mit dem Kampfstil von Käpt'n Plum, der versuchte, sich mit dem ganzen Körper gegen ihn zu werfen, während er mit den Fäusten drauflosschlug. Notgedrungen lernte Smith die Grundregeln der Verteidigung, womit er sich gewissermaßen aber ins eigene Fleisch schnitt. Denn je geschickter er die Schläge abwehrte, je flinker er den Fäusten auswich, desto brutaler wurde Plum. Smith konnte sich ausmalen, wohin das führen würde: Entweder könnte er sich eine undurchbrechbare Verteidigung aneignen, oder Käpt'n Plum würde ihn schließlich mit einem einzigen wuchtigen Hieb umbringen.

Um dem vorzubeugen, ging Smith versuchsweise zum Angriff über und hämmerte mit kurzen Geraden auf Plum ein, nachdem dieser ihn niedergeschlagen hatte. Diese List war insofern erfolgreich, als Plum, der feststellte, daß er keine Treffer mehr landen konnte und von Smith immer wieder empfindlich auf Nase und Augen getroffen wurde, immer seltener solche Kämpfe anberaumte. Gleichzeitig erreichte der Haß gegen Smith seinen Höhepunkt.

Die wenigen letzten Runden waren ein grausiges Spektakel; Käpt'n Plum rannte brüllend wie ein Stier gegen ihn an und schlug wild um sich. Jeder Hieb hätte Smith die Knochen brechen können. Halbe Sachen waren schlimmer als gar keine, erkannte Smith; entweder müßte er sich untätig vermöbeln lassen oder Plum so zusetzen, daß er die Lust verlöre – wiederum ein gefährliches Unterfangen.

Die letzte Runde dauerte eine halbe Stunde. Die beiden Gegner waren blut- und schweißüberströmt. Plums Nüstern bebten wie bei einem Keiler, das breite Kinn hing schlapp herunter. Smith nutzte eine Gelegenheit und versetzte Plum mit aller Kraft eine gestochene Gerade aufs schlaffe Kinn. Es knackste dumpf; Käpt'n Plum taumelte zurück, riß die Hände ans Gesicht. Smith stand keuchend da und befürchtete, Plum würde zu seiner Knarre greifen.

Plum stürmte aus dem Laderaum, während Smith sich mit einer bösen Vorahnung in das Kabuff zurückzog, das ihm als Quartier zugeteilt worden war.

Käpt'n Plum erschien in der Messe mit verbundenem Kinn und geschwollenen violetten Lippen. Er warf Smith einen finsteren Blick zu und nickte drohend.

Als Smith später im Kartenraum den Treibstoffverbrauch für die zurückgelegte Strecke berechnete, kam Plum herein. Smith drehte den Kopf und sah ihm mitten ins bärtige Gesicht.

»Du bist ein ganz schön gemeiner Kerl, was?« sagte Plum.

Smith bemerkte, daß Plum mit einem langen Messer herumspielte. Smith entgegnete leise: »Jeder wird gemein, wenn er dazu getrieben wird.«

»Soll das eine Anspielung auf mich sein, junger Freund?«

»Verstehen Sie's, wie Sie wollen.«

»Du lebst gefährlich.«

Smith zuckte mit der Achsel. »Ich glaube nicht, daß es mir

was bringt, höflich zu sein. Ich setze keine Erwartungen in diese Reise.«

Seine Worte schienen Plum zu besänftigen; er hob langsam das Messer. »Selber schuld. Was mußt du dich mit Star Control, diesem Idiotenverein, einlassen?«

»Ich seh' das anders. Jemand muß die Zügel in der Hand halten. In diesem Fall ist's Star Control. Ich kann Ihnen nur raten, brechen Sie ab und erstatten Sie ordnungsgemäß Meldung von diesem Planeten – oder was auch immer.«

»Damit mir das ganze Geld flöten geht? Star Control kann mir gestohlen bleiben. Was haben die schon für mich getan?«

Smith lehnte sich gegen den Arbeitstisch; er hatte das seltsame Gefühl, in einer unverständlichen Sprache zu reden. »Sind Ihnen Ihre Mitmenschen egal?«

Plum brach in heiseres Gelächter aus. »Meine Mitmenschen haben sich meinetwegen noch kein Bein ausgerissen. Aber abgesehen davon – was spielt es schon für eine Rolle, was hier draußen in diesem gottverlassenen Winkel passiert? Sind nur ein paar Wuschel.«

»Soll ich Ihnen sagen, was für eine Rolle es spielt?«

»Schieß los.«

Smith sammelte seine Gedanken. »Nun, zum ersten ist das menschliche Wissen nur ein Bruchteil dessen, was über das Universum in Erfahrung zu bringen ist. Wir haben uns auf das konzentriert, was unserem Intellekt liegt. Wenn wir auf eine andere zivilisierte Rasse stoßen, machen wir mit völlig neuen Wissenschaftsgebieten Bekanntschaft.«

Plum erwiderte forsch: »Wir wissen schon zuviel; noch ein bißchen mehr, und uns platzt endgültig der Kopf. Außerdem gibt's hier auf Rho nichts, was wir nicht schon wüßten.«

»Vielleicht. Aber wenn da eine zivilisierte Rasse lebt, so sollten entsprechend ausgebildete Leute die ersten Kontakte knüpfen.«

»Soll ich zusehen, wie andere absahnen? Ich habe viel auf mich genommen, um dahin zu kommen, wo ich bin. Ich habe gerackert und geschuftet, um einmal so eine Chance zu bekommen. Die Steine sind was Neues und auf der Erde 'ne Menge wert. Ich fahr' raus zu Rho, schneid' die Wuschel von den Steinen, flieg' zur Erde zurück – und mach' mein Glück. Wenn die Wissenschaftler Rho entdeckt hätten, hätten sie mir kein Sterbenswörtchen verraten. Wieso sollte ich Ihnen alles ausplaudern? Du hast ganz schön verdrehte Ansichten, Freundchen.«

»Wenn diese Lebewesen Intelligenz besitzen, dann sind sie jetzt vielleicht auf der Hut. Es kann gefährlich werden, noch mehr Steine zu holen.«

Käpt'n Plum warf den Kopf zurück, woraufhin er das Gesicht verzog, weil durch die jähe Bewegung der Unterkiefer schmerzte. »Ausgeschlossen. Auf Rho sind wir sicher wie im eigenen Bett. Warum? Ganz einfach. Die Wuschelköpfe sind blind, taub und dumm. Sie spazieren mit den Steinen durch die Gegend, als wollten sie sie uns auf dem Silbertablett servieren. Ein kleiner Schnitt, der Wuschel klappt zusammen, der Stein rollt dir in den Schoß. So läuft das.«

Plum amüsierte sich über die besorgte Miene von Smith. Er schlug mit der flachen Klinge seines Messers auf den Kartentisch und ging davon.

Der *Hund* näherte sich der großen orangegelben Sonne, hinter der eine zweite stand, von der jedoch nur ein Horn sichtbar war. In der Nähe befanden sich die Planeten, bloße Stäubchen – eins, zwei, drei, vier.

Smith betrachtete durchs Fenster den vierten Planeten, der kleiner als die Erde war und eine gelbe ölige Atmosphäre und eine dürre Oberfläche aufwies.

Von der Brücke kamen die Stimmen von Plum und Jack Fetch, die sich über den geeigneten Landeplatz unterhielten. Fetch war eher vorsichtig. »Versetzen Sie sich in ihre Lage. Stellen Sie sich vor, das wär' die Erde.«

»Mann, das ist nicht die Erde, das ist Rho Ophiuchus.«

»Klar, aber überlegen Sie: Vor ein paar Monaten tauchen räuberische Fremde auf; wenn sie einen Funken Verstand haben, dann sind sie jetzt auf der Hut. Angenommen, wir setzen bei einer der Burgen auf. Angenommen, sie kommen daher, entdecken das Schiff. Dann ist der Ofen aus.«

Plum spuckte verächtlich auf den Boden. »Ach was, diese Wuschelköpfe leben in einer Traumwelt. Sie kommen daher, bemerken das Schiff und halten es für einen Felsen. Sie wissen nicht einmal, daß sie eine Sonne haben, daß es andere Sterne gibt. Wie unser superkluger Superkargo schon gesagt hat, sehen sie alles anders als wir.«

»Richtig. Aber vielleicht haben sie andere Sinne, die ihnen verraten, daß wir zurück sind. Dann gnade uns Gott. Wieso also ein Risiko eingehen? Landen wir doch in der kleinen Wüste draußen und stoßen im Gleiter zu den Burgen vor.«

»Umständlich«, brummte Plum. »Die Männer könnten sich verirren, der Gleiter könnte ausfallen.«

Ein Kompromiß wurde geschlossen: Das Schiff sollte in einer verlassenen Gegend in der Nähe der Burgen landen und als Ausgangsbasis für die Einsätze dienen.

Die ölige gelbe Atmosphäre nahm das Schiff auf. Jack Fetch bediente die Instrumente, während Käpt'n Plum breitbeinig am Teleskop stand. »Wir sind fast unten. Mehr nördlich. Ich sehe einen Haufen Burgen. Jetzt gerade runter. Wir landen in diesem Wüstenstreifen.«

Smith, der beim Kartenraum stand, entdeckte eine Reihe von stattlichen würfelförmigen Bauten. Da ihre Oberfläche wie eine Flüssigkeit glänzte, vermutete er, daß es sich um Tanks handelte.

Ein Hügelkamm verwehrte die Sicht. Das Schiff setzte auf. Unmittelbar darauf hörte er, daß die Ausstiegsluke geöffnet wurde. Käpt'n Plum stakte im schweren Raumanzug durch den Vordergrund und verschwand aus dem Blickfeld.

Smith, dem wegen der ungewohnten Schwerkraft die Knie zitterten, trat zu Fetch auf die Brücke. Fetch warf ihm einen flüchtigen Seitenblick zu und wandte sich ab.

Smith fragte: »Was tut Plum draußen?«

»Nachsehen, wie die Gegend ist. Wenn's hier nicht sicher ist, starten wir wieder.«

Smith schaute zum gelben trüben Himmel. »Wie ist die Atmosphäre?«

»Schwefelwasserstoff, Schwefeldioxyd. SO_3, Sauerstoff, Halogensäuren, verschiedene Edelgase.«

»Du meine Güte«, flüsterte Smith. »Das möcht' ich nicht einatmen.«

Jack Fetch nickte. »Beim letzten Aufenthalt hat die Atmosphäre Löcher in unsere Raumanzüge gefressen; darum sind wir nur so kurz geblieben. Diesmal haben wir Spezialanzüge.«

»Was sind diese viereckigen Tanks?«

»Die Behausung der Wuschelköpfe.«

Die schwankende Gestalt von Plum tauchte auf dem Hügelkamm auf.

»Sieh nur!« rief Jack Fetch. »Da ist so ein Wuschel. Plum hat ihn noch nicht bemerkt.«

Smith folgte dem deutenden Finger von Jack Fetch und entdeckte ein senffarbenes Lebewesen auf dem Hügel. Es war ungefähr einen Meter zwanzig groß und einen halben Meter breit und erinnerte an einen Kugelkaktus oder Seeigel. Bewegliche Fühler standen von allen Seiten ab und tasteten unaufhörlich in der Luft. Oben auf dem Körper glänzte etwas Grünes.

»Blind, taub, dumm.« Jack Fetch grinste füchsisch an. »Da kommt Plum ja. Will wohl gleich an die Arbeit gehen. Ist ganz schön scharf auf die Beute.«

Plum hatte innegehalten; jetzt drehte er sich um und schlich sich vorsichtig an das gelbbraune Lebewesen heran.

Smith streckte gespannt den Hals. »Blind, taub, dumm«, hörte er Fetch wiederholen. Plum machte einen Satz nach vorn; das Messer blitzte in der trüben Luft auf. »Kinderleicht.« Plum hielt triumphierend etwas Grünes hoch. Der geköpfte Wuschel wurde steif.

»Brutaler Mörder!« flüsterte Smith. Als er den argwöhnischen Blick von Fetch bemerkte, hielt er sich zurück.

Plum hatte die Schleuse betreten. Smith hörte das Rauschen der Spülanlage. Zuerst eine Natriumcarbonat-Dusche, dann Wasser. Die innere Tür öffnete sich; Plum stapfte auf die Brücke.

»Läuft wie geschmiert«, verkündete er in Siegerpose. »Sechs große Burgen auf der anderen Bergseite. Wir räumen schnell ab und verschwinden.«

Smith flüsterte etwas; Plum drehte sich um, sah ihn an. Fetch erklärte gehässig: »Smith hat Bedenken, ob unser Handeln recht ist.«

»So?« Plum starrte Smith an. »Hast du schon wieder Flausen im Kopf?«

»Mord ist Mord«, erwiderte Smith.

Plum durchbohrte ihn mit Blicken. »Und der nächste wird gleich geschehen.«

Smith schrie: »Sie bringen uns alle um.«

Plum zuckte zusammen, trat einen Schritt nach vorn. »Du mieser Kerl ...«

»Einen Augenblick, Käpt'n!« warf Jack Fetch ein. »Er soll sagen, was er meint.«

»Versetzen Sie sich in die Lage dieser Lebewesen«, antwortete Smith schnell. »Sie können weder sehen noch hören; sie haben keine Ahnung, was sie umbringt. Stellen Sie sich eine ähnliche Situation auf der Erde vor. Etwas Unsichtbares tötet die Menschen.« Er hielt inne und fragte dann nachdrücklich: »Würden wir die Hände in den Schoß legen und untätig zusehen? Würden wir nicht alles versuchen, um den Mördern Einhalt zu gebieten?«

Plum zwirbelte mit versteinerter Miene an seinem Nasenbart.

»Sie wissen nicht, wozu diese Lebewesen in der Lage sind«, fuhr Smith fort. »Vielleicht sind ihre geistigen Fähigkeiten nicht gering. Daß Sie sie so ohne weiteres umbringen können, bedeutet gar nichts. Würde auf der Erde ein unsichtbares Monster auftauchen, dann wären wir so hilflos, wie's diese Lebewesen anscheinend sind. Aber nicht lange. Wir würden uns daran machen, Fallen zu stellen. Recht bald hätten wir den einen oder anderen davon gefangen und würden recht grob mit ihm verfahren.«

Plum lachte derb. »Bürschchen, was du sagst, gefällt mir. Du bist engagiert. In den Anzug mit dir.«

Smith erstarrte. »Wozu?«

»Das kann dir egal sein.« Plum riß seine Waffe aus dem Gürtel. »In den Anzug mit dir, oder dein letztes Stündchen hat geschlagen!«

Smith ging langsam zur Schleuse.

Plum sagte: »Vielleicht hast du recht. Wenn nicht, lassen wir uns was anderes für dich einfallen. Wenn ja, dann bist du uns, verdammt noch mal«, – er stimmte ein kehliges Gelächter an –, »endlich zu was nützlich.«

»Ich soll also den Lockvogel spielen?«

»Wir nehmen dich als Köder mit. Du gehst schön vor uns her.«

Smith ging in den Umkleideraum und zwängte sich in einen Raumanzug. Unwillkürlich tastete er dabei nach dem Gürtel, an dem ein Pistolenhalfter hing. Es war leer.

Fetch schlüpfte gewandt wie ein Aal in den eigenen Anzug. Auch Bones, der Steward, und die Männer vom Maschinenraum zogen sich um. Der Quartermeister bezog Stellung auf dem Gangway.

Plum gestikulierte. »Raus!«

Smith betrat mit Fetch die Doppelkammer. Im nächsten Augenblick setzten sie den Fuß auf den Planeten Rho. Der gelbbraune Boden war hart und verkrustet und hie und da mit schwarzem Kies oder gelben Krümeln übersät, die an geriebenen Käse erinnerten. Dunst trieb in Schwaden heran.

Für Smith war es der erste Kontakt mit fremdem Boden. Zunächst blieb er stehen und blickte zum Horizont; die wunderliche Welt war schwer zu fassen. Gelb, nichts als Gelb, Gelb in allen Schattierungen. Links, rechts, vorn und hinten – nichts als Gelb, von den vielfarbigen Raumanzügen abgesehen.

Plums Stimme krächzte in den Kopfhörern. »Den Berg rauf – verteilen. Jeden Wuschel, den ihr seht, schneidet ihr auf, damit nichts zu den anderen durchsickert.«

Wie sollten sich die Lebewesen, überlegte Smith, mit ihren Artgenossen verständigen, waren sie doch blind und taub? Eine Zivilisation – und sei sie noch so primitiv – ohne Kommunikation, das schien ihm unvorstellbar. Er drehte am Abstimmknopf seines Funkgeräts. Stille. Er drehte höher, immer höher, fast bis zur Grenze des Empfangsbereichs. Ein Knacken, ein abgehacktes, von Pausen durchsetztes Schnarren ...

Nachdem er kurz gelauscht hatte, drehte er den Knopf weiter. Das Schnarren wurde schwächer und verschwand dann plötzlich. Smith stellte das Gerät gerade noch rechtzeitig wieder auf Plum ein.

»... als nächster Bones. Wo ist denn der Superkargo? Smith, du gehst außen rechts; wenn du den Anschluß verlierst und dich verläufst, dann bist du selber schuld.«

Was machte das schon für einen Unterschied, dachte Smith mutlos; am Ende würde ihn ja doch die unausweichliche Dosis Aratin oder eine Kugel erwarten.

Die Männer arbeiteten sich in einer Reihe den Hang hinauf. Smith blickte flüchtig zum Schiff zurück. Würde es leerstehen, könnte er hineingelangen und die Luke dichtmachen, dann wäre Plum ihm ausgeliefert. Aber der Einstieg war verriegelt, und hinter dem Bullauge sah er das blasse Gesicht des Quartermeisters.

Mit einem Seufzer stapfte Smith den Berg hinauf. Er hörte Plum freudig ausstoßen: »Zwei auf einen Streich, prima! Haltet die Augen offen, Männer. Je eher wir eine Ladung zusammenhaben und abhauen können, desto besser.«

Smith stellte den Funk auf den von ihm entdeckten Bereich ein. Das Knarzen war so laut und deutlich, daß er verblüfft innehielt.

Er stand in felsigem Gelände, etwa dreißig Meter von Plum entfernt. Da er der letzte war, rechnete er nicht damit, beobachtet zu werden. Er sah sich um. Es war nichts zu sehen. Er kletterte den Hügel hinauf; das Geräusch wurde lauter. Er drehte sich nach links zu Bones. Das Geräusch wurde schwächer. Er wandte sich nach rechts.

Hinter einer scharfkantigen dunkelgelben Felssäule entdeckte er den Wuschelkopf, der ziellos über den Hang tappte. Am Scheitel des Körpers funkelte und blinkte der grüne Edelstein wie ein elektronisches Auge.

Smith beugte sich gespannt vor. Immer wenn der Stein aufleuchtete, ertönte das knarzende Funkgeräusch, fiel ihm auf. Das Funkeln veränderte sich regelmäßig. Würde man, so folgerte, Smith, das Wellenmuster auf einem Oszilloskop darstellen, würde sich eine Übereinstimmung mit dem Lichtschema zeigen.

Der Wuschelkopf wirkte durchaus harmlos. Smith entschloß sich zu einem Experiment. Er schnalzte mehrmals mit der Zunge ins Mikro des Senders, der auf die Frequenz des Wuschels abgestimmt war.

Der Wuschelkopf vollführte ein paar seitwärts gerichtete Zuckungen und hielt dann scheinbar verdutzt inne. Die Fühler fuchtelten wie wild durch die Luft. Smith sagte: »Ganz ruhig, Freund.« Der Wuschel neigte sich gefährlich weit zur Seite; ein unregelmäßiges Wogen ging durch die Fühler. Aus dem Lautsprecher kam zorniges Knarren. Der Wuschel erstarrte. Smith machte große Augen.

Er sagte noch einmal: »Ganz ruhig, Freund!«

Der Wuschel reagierte auf die gleiche Weise und beugte sich unbeholfen zur Seite. Smith sah genau hin. Auch die Fühler zuckten wie vorhin.

Ein drittes Mal sagte er mit gleichem Tonfall: »Ganz ruhig, Freund.«

Wiederum löste dies beim Wuschel das gleiche Verhalten aus.

Smith zählte: »Eins, zwei, drei, vier, fünf.«

Der Wuschel drehte sich nach links, schüttelte bestimmte Fühler.

Smith zählte noch einmal. »Eins, zwei, drei, vier, fünf.«

Wieder streckte sich der Wuschel nach links und schüttelte die gleichen Fühler.

»Seltsam«, wunderte sich Smith. »Das Ding reagiert offenbar auf Funksignale ...«

Er starrte auf den Boden, auf den ein breiter dunkler Schatten fiel, der sich nicht bewegte.

Smith wirbelte herum. Die Gestalt von Käpt'n Plum zeichnete sich vom gelben Horizont ab.

Plum war vor Zorn kreidebleich. Er redete. Smith drehte hastig auf die Bordfrequenz zurück.

»... Glück, daß ich mal nachsehe. Du hast mit dem Ding gesprochen, du hintergehst uns. Aber das war das letzte Mal.« Er warf die Hand ans Halfter, zog die Waffe.

Smith duckte sich blitzschnell hinter den dunkelgelben Säulenfels. Das Geschoß ließ eine rauchende Funkenspur in der Atmosphäre zurück.

Es hatte keinen Zweck, Versteck zu spielen, überlegte Smith verzweifelt. Er war sowieso ein Mann des Todes. Hastig kletterte er den Felsen hinauf, erklomm einen Sattel; unter sich sah er den Rücken von Käpt'n Plum, der um den Felsen herumging.

Die Stimme Bones dröhnte ihm in den Ohren. »Achtung, Käpt'n, er ist über Ihnen.«

Plum blickte hinauf. Smith sprang ihm ins Gesicht.

Plum taumelte, stürzte. Smith landete auf dem Boden, richtete sich auf. Auch Plum rappelte sich hoch. Smith setzte den Fuß auf sein Handgelenk. Die Finger öffneten sich, ließen die Knarre los. Smith schnappte sie sich. Aus dem Kopfhörer kamen Stimmen, aufgeregte Fragen. »Käpt'n, alles in Ordnung?«

Smith richtete die Waffe auf Plum. Plum duckte sich, fiel hin. Smith sah aus den Augenwinkeln eine Bewegung – Jack Fetch. Schnell flüchtete er hinter die Felsen. Käpt'n Plum blieb liegen. Jack Fetch näherte sich vorsichtig. Smith hob den Arm. Fetch bemerkte die Bewegung, warf sich zu Boden, als Smith abdrückte. Der Pistolenlauf verformte sich, schmolz zu einem Klumpen zusammen. Beim Sturz von Plum war der Kristall gebrochen.

Fetch schlich sich gebückt heran. Smith suchte im felsigen Gelände Deckung.

Plum brüllte: »Nicht schießen, laufenlassen. Wär' ein zu gnädiger Tod für dieses Schwein. Da's ihm hier so gut gefällt, soll er sich hier häuslich niederlassen – wenigstens für'n paar Stunden.« Er fragte mit unsinniger Lautstärke: »Smith, hörst du mich?«

»Ich höre.«

»Wenn du dich blicken läßt, schießen wir dir ein Loch in den Kopf. Wir halten die Augen offen. Bist jetzt allein, Schnüffler. Ganz auf dich gestellt.«

V

Aus einem Spalt im dunklen Schwefelgestein beobachtete Smith, wie die Männer den Hang bestiegen. Er blickte auf die Sauerstoffanzeige. Sechs Stunden.

Vorsichtig stand er auf, schaute zum Raumschiff zurück. Die Einstiegsluke war nach wie vor geschlossen, uneinnehmbar.

Er beobachtete, wie die Mannschaft die Bergkuppe erreichte. Er hatte noch eine Chance: einem der Männer aufzulauern, die Waffe zu entreißen und die anderen niederzuschießen. Eine Chance – dieses gefährliche, verzweifelte, blutige Unterfangen.

Er kletterte rasch den Hang hinauf und spähte über die Kuppe. Von den Männern war nichts zu sehen. Was er sah, waren die Burgen – sechs große Blöcke, zwanzig Meter hoch, aus tuffartigem Material.

Smith hielt sich rechts und umrundete die Kuppe. Er stieg über einen Haufen, der wie zitronengelber Zucker aussah, und rutschte auf der anderen Seite hinunter.

In etwa vierhundert Meter Entfernung bemerkte er Bones. Schade – Bones stapfte durch offenes Gelände und trug sowieso keine Waffe bei sich. Es mußte schon Plum, Jack Fetch oder einer der Maschinisten sein.

Er stellte sein Funkgerät auf die andere Frequenz. Ein lautes Knarren verriet ihm, daß ein Wuschelkopf in der Nähe war. Da war er schon – an die dreißig Meter von ihm weg. Smith beobachtete ihn gespannt. Sollte er aus der Tatsache, daß er auf seine willkürlichen Laute reagierte, schließen, daß er kein eigenständiges Vernunftwesen war? Wenn ja, wer oder was steuerte ihn dann? Und zu welchem Zweck?

Smith näherte sich dem Lebewesen behutsam. Es bewegte sich vorwärts. Ein Rohr, das von seiner Unterseite herabbaumelte, glitt dabei, wie Smith nun feststellte, über den Boden. Wenn es auf die gelben Flocken stieß, die hie und da herumlagen, zuckte es, woraufhin die Flocke verschwunden war.

Smith bückte sich nach einer solchen Flocke. Sie ließ sich mit geringem Widerstand vom Boden lösen. Smith bemerkte, daß feine Fasern an der Flocke hingen – eine kleine Schwefelpflanze. Die Wuschel grasten die Oberfläche von Rho Ophiuchus nach diesen Gewächsen ab. Ernährten sie sich davon?

Smith ließ den Blick übers Tal streifen. Von dort aus, wo er stand, ging es leicht abschüssig hinunter zu einem Sattel, an dem die nächstgelegene Burg stand, etwa zweihundert Meter entfernt; eine Art Rampe führte zur Oberkante hinauf. Smith stieg langsam zum Bergsattel ab. Jetzt kam die Besatzung des *Hunds* in Sicht.

Die Männer gingen im Tal auf einem ausgetretenen Weg. Und sie hatten alle Hände voll zu tun. Immer wieder sah Smith ein Messer aufblitzen, etwas Grünes funkeln und plötzlich erstarrte Körper umkippen.

Smith lief über die Rampe zum Rand der Burg hinauf, während er die Männer über die Schulter im Auge behielt. Seine Hand tastete nach dem Abstimmknopf. Ob er sich bei Käpt'n Plum entschuldigen und um sein Leben bitten sollte? Etwas so Wertvolles wäre eine derartige Erniedrigung sicherlich wert. Er stellte sich die hämische, zornige Visage von Plum vor, sein mieses Grinsen. Von Plum war keine Gnade zu erwarten. Besser ein gewagter Hinterhalt oder vielleicht glasige braune Schwefelbrocken den Hang hinunterrollen lassen.

Die Burg, auf der er stand, war mit einer dampfenden, brodelnden braunen Brühe gefüllt. Wasser? Säure? Also doch eine Art Tank.

Drunten hasteten Plum, Bones, Jack Fetch und die beiden Maschinisten auf der ausgetretenen Straße den Wuschelköpfen hinterher, die im Dreißig-Meter-Abstand auf der Straße vorwärtskrochen, und schlachteten sie ab.

Etwas streifte Smith am Bein; er fuhr hoch, drehte sich um. Ein Wuschel bewegte sich an ihm vorbei und hielt an der Flüssigkeit inne. An der Oberfläche sprudelte es; ein großer Arm tauchte auf, legte sich um den Wuschel, hob ihn hoch und zog ihn in die Brühe. Smith stand wie versteinert da; schließlich wich er zurück auf die Rampe.

Auf einer anderen Rampe an der gegenüberliegenden Seite erschienen plötzlich schwarze Gestalten: Jack Fetch, Bones, die beiden Maschinisten. Wo war Käpt'n Plum?

Smith entdeckte ihn am Fuß der Burg; er schaute herauf. Nachdem Smith den Funk umgestellt hatte, hörte er Fetch sagen: »Hier oben ist nichts, Käpt'n – nur dreckiges Wasser. Sieht aus wie 'ne Zisterne.«

Plum rief zurück: »Seht ihr keine Wuschel? Sie müssen da drinnen leben. Sollte hier nur so von ihnen wimmeln. Brechen wir so'ne Burg auf; mal sehen, was drinsteckt ...«

Eine gewaltige blasse Gestalt stieg im Becken auf, vier Arme legten sich um die vier Männer. Entgeistert setzten sie sich zur Wehr. Schon wurden sie geschüttelt, baumelten in der Luft. Dann wurden sie von den Armen in die Tiefe gezogen. Einen Augenblick lang dröhnte noch ihr Geschrei durch den Funk.

Dann kam Plums Gebrüll. »Was ist denn los, was ...« Er verstummte jäh; tiefe Stille folgte.

Smith rannte entsetzt die Rampe hinunter, weg von der Burg, diesem schrecklichen Ungetüm in dieser schrecklichen Welt. Er hielt inne, spähte um den bröckligen Tuff. Die schweflige Atmosphäre ließ alles verschwommen erscheinen; er kam sich vor wie in einem Traum. Dann sah er Plum, der regungslos dastand, als würde er überlegen.

Smith blickte auf seine Sauerstoffanzeige. Bei normaler Atmung hätte er noch vier Stunden. Er drosselte das Ventil und nahm sich vor, sparsam zu atmen und keine Luft durch unnötige Bewegungen zu vertun.

Plötzlich wußte er, wie er mit Käpt'n Plum fertig werden könnte.

Plum schaute sich in der Gegend um. Smith sah, daß er nur ein Messer hatte.

Smith ging langsam den Hang hinunter und versuchte erst gar nicht, sich verborgen zu halten. Plum warf den Kopf herum und packte sein Messer. Smith sagte gelassen: »Glaubst du, das Messer nützt dir was, Plum?« Er hob einen schweren handlichen Pyritbrocken auf und ging langsam weiter. Es fiel ihm auf, daß er heftig atmete; er sah, daß Plum keuchte. Er zwang sich zu einem ruhigen Atemrhythmus und versuchte, keine überflüssigen Bewegungen zu machen.

Plum antwortete mit kehliger Stimme: »Bleib mir vom Leib, wenn dir dein Leben lieb ist.«

»Plum«, entgegnete Smith, »du bist geliefert, ob du's glaubst oder nicht.«

»Behauptest du.«

Smith redete leise und hatte die Lautstärke voll aufgedreht. Lieber Energie verbrauchen und Sauerstoff sparen. Plum am Reden halten, je länger, desto besser. »Ich bin noch grün hinter den Ohren gewesen, als du mich auf dein Schiff verschleppt hast. Jetzt hab' ich viel dazugelernt.«

Plum fluchte lauthals. Prima, sagte sich Smith; Wut beschleunigte das Atemtempo. »Ich habe schon viele so fette Gorillas wie dich gesehen«, meinte Smith, »aber noch keinen so häßlichen.«

Plum bekam ein zornrotes Gesicht. Er ging einen Schritt auf Smith zu. Smith schleuderte den Pyritbrocken; er traf

Plum am Helm, daß es nur so krachte. »Ich schlitz' dir den Bauch auf, Smith.«

»Du plumpes Trampeltier«, erwiderte Smith. »Du mußt mich erst erwischen.«

Plum stürzte vorwärts, und Smith lief den Berg hinauf. Plum brachte zweihundertsechzig Pfund auf die Waage, Smith hundertdreißig. Plum trug weitere zwanzig Pfund auf dem Buckel: Rucksack und Edelsteine.

Smith, der Plum einige Schritte vorauseilte und seinen plötzlichen Angriffen gewandt auswich, führte ihn immer weiter vom *Hund* weg.

Plum blieb stehen. »Glaubst wohl, du kriegst mich auf die Burg rauf«, keuchte er. »Überleg mal, Smith. Ich weiß zwar nicht, was da droben passiert ist, aber ich lass' mich nicht davon aufhalten.«

»Ich hab' gesehen, was passiert ist. Hab' alles gesehen. Es ist so gekommen, wie ich gesagt habe.«

»Glaub nicht, daß ich auf dich reinfalle, Smith.«

»Du bist längst reingefallen! Nicht auf mich, sondern auf das, was in den Burgen lebt.«

Plum lachte, klopfte auf seinen Rucksack. »Da stecken an die dreißig Edelsteine drin. Und das nennst du einen Reinfall?«

»Das sind keine Edelsteine. Sind hübsche kleine Empfänger – bessere, als wir sie auf der Erde kennen. Das meinte ich, als ich sagte, wir können hier etwas lernen.«

Plum kniff die Augen zusammen. »Wie bist du darauf gekommen?«

»Wenn ich mich nicht täusche«, erklärte Smith, »sind die Wuschel, auf die ihr Jagd gemacht habt, nicht unbedingt Lebewesen.« Plum rückte geschickt näher, das Messer hinter dem Rücken verborgen. Soll er nur kommen. Soll er nur angreifen. »Sie verhalten sich eher wie Maschinen – halb lebendige Roboter, wenn man so sagen will, die für die Tankbauer Nahrung sammeln.«

Plum blinzelte verdutzt. »Unsinn! So sehen keine Maschinen aus. Die Dinger leben!«

Smith lachte. »Plum, du bist nicht nur ein unangenehmer Zeitgenosse, du bist auch strohdumm.«

»So?« erwiderte Plum leise und schlich einen Schritt näher.

»Dein ganzes Wissen beschränkt sich auf das, was du von der Erde kennst – Metall, Glas und Draht. Hier gibt's kein Metall, nur Schwefel. Die machen hier mit Schwefel Sachen, die wir nie geahnt haben – wiederum etwas, das unsere Wissenschaftler interessieren wird. Schwefel, Sauerstoff, Wasserstoff, Spuren von diesem und jenem. Sie bauen ihre Maschinen anders als wir, erzeugen sie vielleicht sogar aus dem eigenen Körper. Vielleicht freut es dich zu hören, daß du gar kein Mörder bist. Du bist ein Saboteur. Du hast Maschinen kaputtgemacht und die Zündkerzen geklaut. Du bist verdammt lästig, also hat man dir eine Falle gestellt. Vier von fünf erwischt. Stolze Bilanz. Ich würde ...« Plum machte einen Satz nach vorn. Anstatt auszuweichen, griff Smith frontal an und warf sich gebückt gegen Plum.

Plum, der ins Taumeln kam, packte ihn; zusammen fielen sie zu Boden. Plum setzte sein Messer an und versuchte, das zähe Gewebe des Raumanzugs zu durchstoßen. Smith kümmerte sich nicht darum, sondern griff nach Plums Sauerstoffschlauch. Er erwischte ihn, riß ihn heraus.

Mit großem Druck sprühte Sauerstoff heraus, so daß der Schlauch heftig herumflatterte. Plum schrie entsetzt auf, ließ das Messer fallen, packte den Schlauch, bog ihn zurück, steckte ihn auf den Nippel. Smith hob das Messer auf und schleuderte es weit in die Felsen hinaus.

Plum hustete; Atmosphäre von außen war in seinen Helm gedrungen.

Smith stand grinsend da. »Plum, du bist so gut wie tot. Ich hab' dich, wo ich dich haben wollte.«

Plum sah mit wäßrigen Augen zu ihm auf. »Du hast mich, glaubst du? Ich brauch' nur zum Schiff zurückgehen, starten und dich hierlassen. Ich wink' dir zum Abschied mit dem Taschentuch.«

»Wieviel Sauerstoff hast du noch?«

»Genug. Für zwei Stunden.«

»Ich hab' für vier.« Smith ließ die Bemerkung wirken; nach einer Pause fuhr er leise fort: »Ich lass' dich nicht zum Schiff zurück. In drei Stunden geh' ich zurück – allein.«

Plum sah ihn verwundert an und schnaubte dann verächtlich. »Wie willst du mich daran hindern?«

»Wir könnten ein kleines Kämpfchen veranstalten. Wohlgemerkt hab' ich auf dieser Reise 'ne Menge von dir gelernt.«

»Glaubst du wirklich, daß du mich zwei Stunden aufhalten kannst?«

»Das kann ich bestimmt.«

»Also gut, versuch's.« Plum ging müde den Berg hinunter. Smith rannte ihm nach und stellte sich ihm in den Weg. Plum ließ die Faust auf seinen Helm niederprasseln und zog dann das Knie hoch, womit Smith gerechnet hatte. Smith packte ihn am Knie, zog. Plum verlor das Gleichgewicht und fiel plump auf den Bauch. Smith riß den Sauerstoffschlauch heraus. Sauerstoff sprudelte heraus, schüttelte den Schlauch hin und her. Fieberhaft steckte Plum ihn zurück, setzte sich auf, sah Smith mit blassem Gesicht und seltsamer Miene an.

Vorsichtig stand er auf. »Bleib mir vom Leib, Freundchen. Das nächste Mal brech' ich dir den Hals.«

Smith lachte. »Wieviel Sauerstoff hast du denn noch, Plum?«

Plum sah nach, gab keine Antwort.

»Mit ein bißchen Glück noch für 'ne Stunde. Zum Schiff dauert's eine halbe. Glaubst du immer noch, daß du's schaffst? Ich brauch' den Schlauch nur noch ein Mal rauszureißen.«

Plum erwiderte heiser: »Okay, Smith, du gewinnst. Du hast mich geschlagen. Ich bin Manns genug, das zuzugeben. Vergessen wir den Streit. Gehen wir zurück. Keine Rede mehr davon, daß jemand hiergelassen wird.«

Smith schüttelte den Kopf. »Ich traue dir nicht über den Weg, wärst du auch Moses auf dem Floß. Wieder etwas, das ich von dir gelernt habe, Plum. Einerseits tut's mir leid. Ich will nicht schuld sein an jemandes Tod, nicht einmal an deinem. Aber mit dir und Owen auf dem Schiff würd's schlecht für mich aussehen. Zwei gegen einen – wie lange würde ich standhalten können? Nicht sehr lange.«

Plum blieb mit blutunterlaufenen Augen stehen, drehte sich dann um und rannte in Richtung Schiff davon.

Smith holte ihn ein, brachte ihn zu Fall. Seine Hand suchte den Sauerstoffschlauch. Er zögerte. Er konnte ihn nicht rausziehen. Es war zu kaltblütig, zu berechnend, einem Menschen langsam den Atem zu rauben.

Nur ganz kurz. Ob gern oder nicht, es ging um die Frage: Plum oder er. Er zerrte daran. Plum sprang wie von einer Tarantel gestochen auf die Beine, schob den Schlauch wieder auf. Seine Finger zitterten. Der Schlauch hatte nicht so fest geflattert.

Bewegung kam in sein Blickfeld – etwas Großes, Schwarzes. Ungläubig sah Smith hin. Plum machte große Augen. Zusammen verfolgten sie, wie hinter dem Hügel neben dem *Hund* ein Kreuzer von Star Control aufsetzte.

»So, Plum«, sagte Smith schließlich. »Sieht so aus, als müßtest du doch nicht krepiern. Mußt natürlich für 'ne ganze Weile in Therapie. Wieviel Sauerstoff hast du noch?«

»Halbe Stunde«, antwortete Plum mutlos.

Also los, Abmarsch ... Ich will dich nicht tragen müssen ...«

Noland Bannister nickte Smith zu, als wäre er nie fort gewesen. Im Büro von Star Control war es kühl und düster; allerdings wirkte es etwas kleiner, als Smith es in Erinnerung hatte.

»So, Smith, wir haben Sie also lebend zurückgebracht.« Bannister lehnte sich in seinen Stuhl zurück und streckte sich wohlig.

Smith erwiderte kühl: »Ich hätt's auch allein geschafft.«

Bannister zog die Augenbrauen hoch. »Ganz sicher?«

Smith musterte Bannister. Er sah in ihm einen tatkräftigen, arbeitsamen Mann, dem der Innendienst verhaßt war, der seinen Groll darüber unbewußt an seinen Untergebenen ausließ. Daß er größer, gescheiter und einfallsreicher als er selbst wäre, das sah er nicht.

»Was nicht heißen soll, daß ich nicht froh war, den Kreuzer zu sehen«, meinte Smith. »Das ersparte mir die ausgesprochen unangenehme Aufgabe, Plum umzubringen.«

Bannister zog die Brauen noch höher.

»Was mich interessiert«, sagte Smith, »wie hat der Kreuzer uns aufgespürt? Die Koordinaten von Lowell waren ja falsch.«

Bannister schüttelte den Kopf. »Die Koordinaten haben gestimmt. Sie haben sie lediglich auf das falsche System bezogen. Sie haben gesagt: ›Lowell nennt uns Zahlen; das müssen navigatorische Angaben sein: auf der x-, y- und z-Achse.‹ Wenn Sie genauer nachgedacht hätten, hätten Sie gesehen, daß die Zahlen nicht auf die rechtwinkligen, sondern die astronomischen oder polaren Koordinaten zutrafen.« Er blies genüßlich den Zigarettenrauch in die Luft. »Roter Arrak, das bedeutete offenbar: rechte Aszendenz. Dubonnet – Deklination. Lis – Lichtjahre. Die Zahlen trafen auf Rho Ophiuchus – einen hübschen Doppelstern. Wir haben nicht viel Zeit verschwendet.« Er lehnte sich zurück.

Smith errötete. »Habe einen Fehler gemacht. Na schön. Wird nicht wieder vorkommen.«

»Das hör' ich gern«, lobte Bannister.

»Was ist mit der Beförderung. Gilt sie noch?«

Bannister überlegte. »Glauben Sie, daß Sie auf dieser letzten Reise etwas über die Arbeit von Star Control gelernt haben?«

»Ich habe alles gelernt, was es von Käpt'n Plum zu lernen gab.«

Bannister nickte. »Prima, Lieutenant. Nehmen Sie 'ne Woche frei, erholen Sie sich. Dann wartet der nächste Einsatz auf Sie.«

Smith nickte. »Danke.« Er griff in die Tasche und legte

eine glitzernde Kugel vor Bannister auf den Tisch. »Hier, ein Souvenir für Sie.«

»Aha«, sagte Bannister, »noch so'n Edelstein.«

»Nein«, erwiderte Smith, »nur ein guter Empfänger.«

Originaltitel: »Sabotage on Sulphur Planet«

(aus »Startling Stories«, Juni 1952)
Aus dem Amerikanischen übersetzt von Reinhard Heinz

Vierhundert Amseln

Beim Anblick der grün-schwarzen Uniform wurde der Posten starr und trat, die Hand an der Waffe, einen Schritt vor.

Direktor Edvard Schmidt, der Leiter des Instituts, sagte: »Schon in Ordnung, Leon. Öffnen Sie!«

Der Posten zögerte, musterte trotzig den untersetzten Mann in der fremden Uniform.

»Öffnen Sie!« wiederholte der Direktor geduldig, als hätte er die gleichen Gefühle selbst schon durchgemacht.

Der Posten gehorchte achselzuckend und wich den scharfen Blicken des Uniformträgers, der daraufhin eintrat, nicht aus.

Hinter der Mauer bot sich dem Direktor und seinem Besucher eine Reihe von weißen Gebäuden dar, die verschachtelt auf einer umfriedeten Wiese standen. Direktor Schmidt deutete mit seiner dünnen alten Hand. »Sicherlich das kleinste, bescheidenste Nationale Forschungszentrum der ganzen Welt.«

Der Mann in Uniform warf ihm einen eher mitleidigen Blick zu. »Und vermutlich das fortgeschrittenste.«

Als Direktor Schmidt bescheiden abwehrte, sagte der Besucher mit einem bedeutungsvollen Lächeln: »Ihr Suarer steht seit vielen Jahren im Genuß der Neutralität; ihr habt euren Verstand nicht in den Dienst militärisch-taktischer Fragen gestellt.«

Das blasse, runzlige Gesicht von Doktor Schmidt legte sich in tiefe Furchen. »Stimmt schon«, antwortete er unfreundlich. »Wir begnügen uns mit unseren Grenzen; wir wollen nicht die Welt beherrschen. Wir leben anders und sind glücklich dabei. Wir wollen keinem Menschen unser Joch aufzwingen.«

Der Mann in Uniform lächelte flüchtig. »Das haben Sie schön gesagt. Freilich halte ich nichts davon; Ihre Einstellung ist altmodisch. Die Welt hat sich verändert. Für die Zukunft rate ich Ihnen, Ihrem Gemüt ebenso straffe Zügel wie Ihrem Intellekt anzulegen.«

Direktor Schmidt sagte darauf nichts. Er blickte über die Mauern des Instituts zum Berg Hellenbraun mit seinen stattlichen Tannen und dem stillen Schnee, der golden in der Nachmittagssonne glänzte. Das war der Geist von Suare, für den der General und Konsorten wenig Verständnis aufbrachten.

Der General fuhr fort: »Sicherlich haben Sie im Lauf Ihrer wissenschaftlichen Betätigung gelernt, daß alles Wissen einem Prozeß der Entwicklung unterworfen ist. In Moltroy lenken wir unser Volk, unsere Zukunft und schließlich die Zukunft der ganzen Welt nach neuen Erkenntnissen. Mit den Fanatikern, Extremisten, Individualisten«, merkte er mit rollender Stimme an, »verhält es sich wie mit den Dinosauriern in der Steinzeit – es hat sie in ungünstige Zeiten verschlagen.«

Der Direktor kehrte sich langsam dem Soldaten Zoltan Vec zu und sah ihn beunruhigt an. Zoltan Vec erwiderte den Blick einigermaßen belustigt. Er deutete mit dem Kopf. »Kommen Sie, zeigen Sie mir Ihren berühmten Wissenstempel!«

Direktor Schmidt seufzte. Widerstand war zwecklos; er hatte seine Befehle.

»Was wollen Sie zuerst sehen?«

Zoltan Vec warf einen Blick in sein Notizbuch. »Die Physikabteilung.«

Direktor Schmidt schüttelte den Kopf. »So was haben wir nicht.«

»Was?« wunderte sich der General. Dann abweisend: »Unmöglich.«

»Wir zerhacken die Wissenschaft nicht in Einzelteile wie eine Wurstkette«, erklärte ihm der Direktor. »Wir haben unter unseren Leuten nur wenige Spezialisten.«

Zoltan Vec rieb sich das dicke Kinn. »Ihre Methoden sind mir schleierhaft. Würden Sie mit einer besseren Organisation nicht bessere Ergebnisse erzielen? Hier – ein Problem:

Es wird einem Gebiet zugeordnet und dem fähigsten Mann des Fachs anvertraut. Ich würde nie einen Raketenspezialisten auf Panzer ansetzen. Was bringt es, einen Chemiker in der Physik oder Biologie herumpfuschen zu lassen?«

Direktor Schmidt hatte seine Gelassenheit wiedererlangt. »Die Gebiete sind eng miteinander verwandt; so etwas wie einen reinen Chemiker gibt's nicht mehr.«

Zoltan Vec schüttelte den Kopf. »In Moltroy haben wir sehr wohl Chemiker. Erst gestern habe ich mit einem gesprochen; er arbeitet an einem Stoff, der Lehm verfestigt. Er hat sich selber als Chemiker bezeichnet.«

Der Direktor lächelte kühl. »Dann haben Sie sicherlich Chemiker in Moltroy. Aber wir haben keine.«

Zoltan Vec beäugte den Greis plötzlich argwöhnisch. »Sie haben ausdrücklichen Befehl, mich durch die Labore zu führen und mir uneingeschränkt und vorbehaltlos behilflich zu sein.«

Direktor Schmidt überlegte, daß ein unverbindliches Auftreten klüger gewesen sei, denn die eine oder andere Demütigung wäre naturgemäß unvermeidbar ... Vielleicht könnte er zumindest teilweise sein Gesicht wahren.

»Ich habe keine Vorbehalte. Ich spreche ganz offen. Falls Sie sich eingeschränkt fühlen, so rührt das von Ihrem Verständnis unserer Methoden her und ist, wenn ich das anmerken darf, auf Ihre erworbenen Anschauungen zurückzuführen.«

»Genug!« fuhr Zoltan Vec ihn an. »Ich verlange, daß Sie mich in ihre Physikabteilung bringen. Zuerst möchte ich Ihre neueste Nukleartechnologie sehen.«

»Hier entlang«, sagte Direktor Schmidt. Zoltan Vec folgte ihm mit dem Gefühl, den Widerstand gebrochen zu haben.

Schmidt klopfte an eine Tür und öffnete. »Guten Tag, Louis.« Er zeigte auf den Soldaten. »Das ist General Zoltan Vec, Moltroy«, stellte er trocken vor. »General Vec, Louis Maisan.«

Vec nickte und blickte sich um. »Und wo ist das technische Gerät?«

»Gerät?« Louis Maisan schüttelte den Glatzkopf. »Wir haben recht wenig. Es ist ja bekannt, daß wir hauptsächlich theoretische Arbeit leisten.«

Zoltan Vec deutete auf einen Zettelhaufen. »Was tun Sie da?«

Maisan schaute ihn mit hochgezogenen Augenbrauen an. »Darf ich fragen, wozu Sie das wissen wollen?«

Direktor Schmidt hob beschwichtigend die Hand. »Befehle, Louis.«

»Befehle, Befehle«, brummte Maisan. »Das bloße Wort ist eine Schande ...« Er deutete auf die Zettel. »Die Unterlagen sind Eigentum des Instituts und Befehlen unterworfen. *Ich* aber nicht. Bedienen Sie sich, lesen Sie sich ein, aber belästigen Sie mich nicht mit Fragen.«

Zoltan Vec trat wortlos vor, nahm ein paar zusammengeheftete Zettel, hielt sie in Armeslänge von sich. Nach einer Weile wandte er sich stirnrunzelnd an den Direktor. »Was ist das für ein Zeug?«

»Louis Maisan berechnet die Winkelgeschwindigkeiten von Mesonen in nichtphysikalischen Dimensionen ... Man könnte sagen, er bestimmt, wie schnell Mesonen sich von innen nach außen kehren.«

Zoltan Vec legte die Unterlagen langsam auf den Tisch zurück und machte einen Vermerk in sein Notizbuch. Während er das Notizbuch in die Tasche steckte, ließ er seinen Blick neugierig durch den Raum wandern: Wandtafeln, Schreibtische, das gleichgültige Profil von Louis Maisan, der zurückhaltende Direktor Schmidt mit den wachsamen Augen.

»Führen Sie mich, wie Sie meinen. Ich will mit jedem Ihrer Angestellten sprechen; ich werd's anhand der Liste überprüfen, die ich bei mir habe.«

Sie betraten einen langen kühlen Raum, der nach Formaldehyd roch. Auf einer niedrigen Bank entlang der Wand unter einer Reihe von grünen Fenstern standen Abertausende von Flaschen, die mit Leinen verschlossen waren. Drei Männer saßen an ihren Mikroskopen – verzückt wie Ameisen an einem Honigtropfen. Nur selten bewegte sich einer oder flüsterte mit einem Kollegen. Sie schenkten General Vec und dem Direktor wenig Beachtung.

Die Stimme von Zoltan Vec klang unnötig forsch. »Und hier?«

»Wir untersuchen die Photosynthese – unter Verwendung von Isotopenindikatoren, Atomsubstitution und anderen Verfahren. Die Flaschen enthalten Lösungen, mit denen wir eine künstliche Photosynthese anstreben.«

»Das heißt, Sie wollen aus Luft und Wasser Nahrung herstellen?«

»Oh, im Endeffekt vielleicht schon ... Vorerst aber wären wir mit einer Spur von Kohlenwasserstoff zufrieden.«

Zoltan Vec wandte sich ab. »In unserer Anlage im Morispill-Gebirge erzeugen wir täglich zweitausend Tonnen proteinreicher Hefe. Stellen Sie sich vor! Rationen für die ganze Armee. Werden Sie je an einen solchen Ertrag herankommen?«

»Nie«, verneinte der Direktor.

»Dann würde ich an Ihrer Stelle das Projekt abbrechen«, riet Zoltan Vec. »Es ist eindeutig nicht so praktisch wie der Hefeprozeß.«

Der Direktor blieb an einer Tür stehen, auf die mit blauer Kreide eine verspielte Karikatur gezeichnet war; die Augen waren jeweils mit der Quadratwurzel von minus eins dargestellt. »Hier arbeitet eine Gruppe von Mathematikern.« Er legte die Hand auf die Klinke und sah den General verschmitzt an. »Wären Sie an ihren Studien interessiert?«

Von drinnen ertönte plötzlich aufgeregtes Stimmengewirr. Direktor Schmidt runzelte die Stirn. Zoltan Vec sah ihn gespannt an. »Was jubeln die so?«

Direktor Schmidt öffnete achselzuckend die Tür. Ein großer junger Mann mit rosigem Gesicht und schwarzer Mähne stolzierte mit einem Glas Wein in der Hand hin und her und winkte begeistert. »So toll, so simpel, genau wie Fermat es beschrieben hat ... Edvard! Edvard!« rief er dem Direktor zu. »Mit dem heutigen Tag gehen wir in die Geschichte ein! Die Entdeckung des Jahrhunderts!«

Zoltan Vec war dem Direktor vorausgeeilt. »Was denn? Was denn?«

»Die verlorene Lösung von Fermat! ›Ein Würfel läßt sich nicht in zwei Würfel teilen‹, hat Fermat gesagt. ›Ich habe einen herrlichen Beweis dafür gefunden‹, hat Fermat gesagt, ›aber auf dem Rand war zu wenig Platz.‹ Ich hab's im Nu hingekritzelt. So«, – und der junge Mann trank seinen Wein –, »wenn man Fermat, Euler, Gauss, Riemann sagt, wird man im gleichen Atemzug auch«, – und er klopfte sich auf die Brust –, »Jevinsky nennen.«

Der Direktor rieb sich das Kinn. »Sie haben Werte von *n* über 14000 bestimmt?«

Jevinsky schwenkte triumphierend sein Glas. »Nicht nötig! Es ist eine allgemeine Lösung!«

»Gratuliere!« kam es zynisch von General Zoltan Vec. Er wandte sich an den Direktor. »Gehen wir weiter!«

Direktor Schmidt zögerte. »Wir sehen das heute abend gemeinsam noch mal durch«, sagte er zu Jevinsky. »Informieren Sie vorerst die Presse nicht. Informieren Sie niemanden. Das Institut kann sich keinen Flop leisten.«

Jevinsky nickte, ließ sich schlaksig wie ein Storch auf einer Bank nieder und schob sich eine Scheibe Käse in den Mund.

Schmidt eilte Zoltan Vec nach, der vor der Tür wartete. »Ein Genie, der Jevinsky. Zwar noch jung, ungeschliffen, aber einer unserer besten Männer.«

Der Offizier sagte darauf nichts, sondern ging stumm neben Schmidt durch den Flur und hing seinen Gedanken nach. Sie überquerten einen Hof und betraten ein langes niedriges U-förmiges Gebäude.

»Unsere neueste Errungenschaft«, erläuterte Schmidt. »Wir haben noch ein paar Lücken zu füllen ... Archäologie. Da haben wir einen Mann ganz nach Ihrem Herzen – einen Spezialisten. Sein Projekt wird ihn für den Rest seines Lebens beschäftigen.«

Zoltan Vec spähte durch die halboffene Tür auf einen schmächtigen grauhaarigen Mann, der weit zurückgelehnt in seinem Bürosessel saß und Pfeife rauchte.

»Er läßt's sich anscheinend gutgehen«, bemerkte der General abschätzig. »Eigentlich scheint mir, alle im Institut nehmen's recht leicht. In Moltroy muß man sein Brot verdienen.« Er deutete kopfnickend hinein. »Woran arbeitet er?«

Schmidt antwortete kühl: »Er rekonstruiert die Sprache des jungsteinzeitlichen Europa.«

»Ein nichtsnutziger Träumer – auf Staatskosten«, schnaubte Zoltan Vec. »In Moltroy würde man so einen ins Schuh-Kombinat stecken.«

Direktor Schmidt blickte hinaus auf die blau-weiß-grüne Flagge, die im Westwind flatterte. »Hier in Suare, wo's keine Streitkräfte gibt, wären Sie vermutlich ebenfalls gezwungen, sich mit einem Job zu begnügen, der Ihren Fähigkeiten nicht entspräche – Rausschmeißer in einer billigen Bar, Pferdetrainer ...«

General Zoltan Vec blieb plötzlich stehen und musterte das hagere Greisengesicht des Direktors aus zusammengekniffenen Augen.

»Was ist denn?« erkundigte sich Schmidt.

Zoltan Vec erwiderte: »Gehen wir weiter!«

Sie spazierten um eine Ecke und hielten auf ein großes weißes Gebäude zu.

»Hier sind die Wissenschaften untergebracht, die sich mit dem Leben beschäftigen – Biologie, Psychologie und so weiter.«

Sie betraten einen großen leeren Saal. »Hier«, erklärte Schmidt, »testen Professor Luka und sein Sohn, Dr. John Luka, das Bewußtsein von Einzellern. Die Amöben können, wie sie festgestellt haben, verschiedene Farben sehen, hören, riechen, Wärme und Kälte fühlen. Sie gehen der Frage nach, wie die Amöben die Welt wahrnehmen.«

Zoltan Vec blickte über den Rand seines Notizbuches. »Was erhoffen sie sich denn von dieser Studie? Tausend andere Fragen sind dringlicher ... als so was ...«

»Albernes?« ergänzte Schmidt. »Ist das das Wort, das Sie suchen? Angenommen, man fände heraus, daß Bakterien in der Lage sind auszuwählen, welche Menschen sie befallen? Angenommen, Bakterien würden sich von einem Soldaten von Moltroy abwenden und statt dessen Föderalisten infizieren?«

Zoltan Vec runzelte die Stirn und verzog den strengen dunklen Mund. »Ist so was denkbar? Befaßt sich Ihr Labor tatsächlich mit so was – biologischer Kriegsführung?«

»Keineswegs«, antwortete Schmidt. »Sie haben den Wert der Arbeit der Lukas in Frage gestellt. Ich wollte lediglich darauf hinweisen, wohin solche Studien durchaus führen könnten.«

Der General kehrte sich bedächtig ab und machte eine Weile Notizen in sein Büchlein. Dann: »Führen Sie weitere ähnliche Forschungsprojekte durch?«

»Auf biologische Kriegsführung ausgerichtet? Nein«, entgegnete Schmidt. »Wir machen zur Zeit recht vielversprechende pysychosomatische Experimente, die zum Teil in Ergänzung zur Arbeit der Lukas zu sehen sind.«

General Zoltan Vec versuchte, den Zusammenhang zu verstehen. »Wie das?«

»Kommen Sie mit!« Schmidt öffnete eine Flügeltür aus rostfreiem Stahl. Zoltan Vec, der ihm dichtauf folgte, sah einen Raum mit grauen Metallwänden, der mit Bänken und chirurgischem Gerät umstellt war. In der Raummitte standen zwei weiße Liegen, auf die zwei regungslose junge Männer gebettet waren.

Abel Ruan, ein schmächtiger Mann irgendwo zwischen Jugend und mittlerem Alter, stand zwischen den beiden Liegen. Er war hellhäutig; sein Kopf war oval und kahl; auf der langen schmalen Nase saß eine randlose Brille. Nach einem flüchtigen Blick auf die Besucher wandte er sich wieder den schlafenden Probanden zu.

Schmidt und der General sahen eine Weile zu. Der General, der nichts von besonderem Interesse entdeckte, zeigte Zeichen von Langeweile. Schmidt nahm das nicht zur Kenntnis, sondern bemerkte hinter vorgehaltener Hand: »Abel Ruan ist ein exzellenter Wissenschaftler, genial, einfallsreich. Er ist gerade dabei, das Gehirn zweier Menschen über die Wirbelsäule zu koppeln.«

»Zu welchem Zweck?« wollte Zoltan Vec wissen. »Ist das wieder so'ne selbstgefällige Glanzleistung, oder steckt Sinn hinter der Sache?«

Abel Ruan hatte ein gutes Gehör. »General«, schaltete er sich ein, ohne den Kopf abzukehren, »ich habe ungeheures Glück.«

Nachdem Zoltan Vec ihn kurz gemustert hatte, erwiderte er: »Wie das?«

»Ich bin unheimlich neugierig. Mein Leben wäre unerträglich, würde der Staat mich nicht dafür bezahlen, meine Neugier zu stillen.«

»Was für Erkenntnisse«, entgegnete Zoltan Vec mit einer abschätzigen Geste, »erhoffen Sie sich aus so etwas?«

»Ich habe mich oft gefragt, ob ein Mensch die Welt in den gleichen Formen und Farben sieht wie ein anderer. Würde die Farbe, die Franz als rot bezeichnet, bei Jean eine ganz andere Empfindung auslösen, wenn Jean die Eindrücke von Franz wahrnehmen könnte? Falls ja, dann würde Franz, habe ich seine Augen an das Gehirn von Jean gekoppelt, die tollsten Erfahrungen machen, denn er sähe bislang unvorstellbare Farben und ungeahnte Formen. Er würde in einer völlig neuen, fremden Welt leben.«

»Soso«, kam es von Zoltan Vec. »Interessant. Und wie«, – er grinste plump –, »wird Suare von Jeans Verwunderung profitieren?«

Abel Ruan streckte die dünnen sommersprossigen Arme und schob die Brille über die Nase nach oben. »Das werden wir nie erfahren, weil der Kontakt leider nicht aufrechterhalten werden kann.«

»Nichts, Abel?« fragte Schmidt besorgt.

Abel zuckte die Achsel. »Ein, zwei Mikrovolt. Nicht der Rede wert. Reicht nicht aus, um Eindrücke zu vermitteln. Außerdem wird – in aller Wahrscheinlichkeit, wie wir vermutet haben – das Gehirn automatisch kompensieren.«

Schmidt schüttelte den Kopf. »Schade.«

»Allerdings«, bemerkte Ruan, »haben wir andere höchst interessante Ergebnisse erzielt.«

Schmidt warf einen besorgten Blick auf Zoltan Vec, der sich gespannt vorgebeugt hatte. »Tatsächlich?«

»Die Schwierigkeit ergab sich beim Koppeln«, erläuterte Ruan mit einem Lächeln, daß seine schmalen weißen Zähne nur so blitzten. »Jedes Gehirn wollte die Kontrolle übernehmen; es fehlte jegliche Konsonanz. Um dieses Problem zu umgehen, schloß ich ans Gehirn von Jean das Gehirn eines Kanarienvogels an.«

»Und ...«

Abel Ruan zuckte die schmächtigen Achseln. »Es tat sich nichts, bis – und jetzt aufgepaßt, meine Herren – einer der anderen Vögel unruhig wurde, woraufhin Jean Zeichen von Nervosität zeigte.«

Das müde alte Gesicht des Direktors wirkte plötzlich gespannt und hellwach. »Telepathie?«

Abel Ruan nickte. »Sie sagen es.«

Zoltan Vec rieb sich das Kinn. Als Schmidt dies bemerkte, verbarg er sein Interesse und machte wieder sein altes graues Greisengesicht.

Vec fragte spöttisch: »Bezahlt Sie der Staat auch für solche spiritistischen Spielereien?«

Schmidt zog den Kopf ein; Abel Ruan winkte energisch ab, drehte sich weg.

Schmidt erklärte: »Das sagen Sie aus Unkenntnis, General. Wir vom Institut sind der Meinung, daß alles, was eine Verständigung zwischen den beiden Lagern der Welt fördert, aufgegriffen werden sollte und den Einsatz lohnt. Verstünden die Menschen einander, gäbe es keine Reibungen, keine Feindseligkeiten, keine Kriege ... Die Telepathie wäre das ideale Mittel für diesen Zweck.«

Abel Ruans Brillengläser blitzten, als er den Kopf zurückwarf. Er begegnete Zoltan Vecs unfreundlichem Blick. »Doktor Schmidt ist, wie Sie sehen, ein Idealist. Er glaubt daran, daß der Mensch grundsätzlich anständig ist.«

Zoltan Vec nickte flüchtig. Er entdeckte einen Stuhl,

rückte ihn zu sich, setzte sich und schlug ein Bein übers andere. »Wie weit sind diese telepathischen Experimente gediehen?«

Abel Ruan lehnte sich an die Wand und klopfte sich mit dem Bleistift auf die Zähne. »Wir haben eine Reihe von empirischen Erkenntnissen erzielt und ein paar theoretische Ansätze gewonnen.«

»Wie zum Beispiel?«

»Es zeigt sich, daß Vögel im großen und ganzen empfindsamer als Menschen sind. Vielleicht haben Sie schon mal einen Schwarm fliegender Amseln beobachtet, der plötzlich die Richtung ändert – wie von einem Gedanken geleitet.«

Zoltan Vec nickte. »Ich bin auf einer Farm im Kerkhaz-Tal aufgewachsen.«

»Wir erklären uns das als Frequenzphänomen, was natürlich eine Mußmaßung ist, da die eigentliche Natur der Telepathie nicht bekannt ist. Betrachten Sie's einfach so: Die Telepathie ist eine hochfrequente Strahlung; das menschliche Gehirn sendet und empfängt nur bestimmte niedrige Frequenzen; das Vogelgehirn aber sendet und empfängt im richtigen Wellenbereich. Wenn wir nun das Vogelgehirn an ein Menschengehirn anschließen, fungiert das Vogelgehirn als Verstärker.«

Direktor Schmidt hustete. »Es wird spät, General. Vielleicht hätten Sie noch Lust, unser Observatorium zu besichtigen?«

Zoltan Vec gestikulierte abwehrend. »Angenommen, man würde zwei Menschen jeweils an ein Vogelgehirn anschließen?«

Abel Ruan lächelte flüchtig. »Wir haben dieses Experiment gemacht. Die Wirkung ist auf das Empfindungsspektrum der Vögel beschränkt. Hunger, Angst, Neugier, Farben, Zahlen bis fünf. Das alles läßt sich in das Vogelhirn einspeisen, wo es empfangen und in ein anderes menschliches Gehirn übermittelt werden kann. Gedanken, die diesen Rahmen sprengen, lassen sich telepathisch nicht übertragen.«

»Kann so ein Vogelgehirn in einem tragbaren Behälter untergebracht werden?« erkundigte sich Zoltan Vec. »Ist es erforderlich, daß bei den beteiligten Menschen das Bewußtsein ausgeschaltet wird?«

Abel Ruan antwortete gelangweilt: »Erforderlich ist nur eine winzige Nervensonde, die vom entsprechenden Nervenstrang zu einem – sagen wir – Stecker am Nacken führt. So läßt sich der tragbare Behälter mit dem Vogelgehirn beliebig an- und abkoppeln ... Allerdings«, fügte er hinzu, wobei die Brillengläser wieder schelmisch blitzten, »wird für militärische Kommunikation der Funk bessere Dienste leisten, General.«

Zoltan Vec stand auf. »Die Kriegsführung«, bemerkte er trocken, »ändert sich genauso wie die Fronten der Wissenschaft. In Zukunft wird jeder Krieg in der ersten Stunde entschieden; es gewinnt, wer genügend Offensivtruppen über dem Feindgebiet konzentrieren kann. Wer den Gegner beliebig vernichten und gleichzeitig die eigenen Grenzen abschirmen kann, zwingt ihn zur Kapitulation.«

»Geld oder Leben«, kommentierte Abel Ruan.

Zoltan Vec schritt unruhig auf und ab. »Alle unsere Pläne zielen auf den Sieg dieses Blitzkrieges ab. Dann werden wir die Welt nach dem Vorbild von Moltroy umbilden, Ordnung schaffen, Disziplin durchsetzen. Ziele einführen und alles Planlose«, – die schwungvolle Geste galt dem Institutsgelände –, »Dilletantische, Unverantwortliche abstellen.«

Direktor Schmidt war merklich geschrumpft. Sein Mund bebte. »Aber Krieg? Warum Krieg? Auf der Konferenz von Granada haben sich Moltroy und die Weltföderation darauf geeinigt ...« Seine Stimme versiegte.

Zoltan Vec sah ihn flüchtig an und blickte dann starr vor sich hin. Abel Ruan lächelte zähneblitzend; freilich war sein Lächeln wohl eher eine Verlegenheitsgeste als ein Ausdruck innerer Freude, was ihn wie einen Zahnarzt oder Buchhalter, der sich einschmeicheln will, wirken ließ.

Direktor Schmidt starrte Löcher in die Luft. »Und wenn schon«, murmelte er. »Suare wird natürlich seine traditionelle Neutralität bewahren.« Er schien aus diesem Gedanken Trost zu schöpfen; seine Stimme wurde kräftiger. »Wie immer das Ergebnis auch ausfallen mag, Suare wird davon unberührt bleiben.«

Zoltan Vec machte letzte Notizen in sein Büchlein. »Nur weiter so mit Ihrer Arbeit«, lobte er Abel Ruan. »Sie werden reich belohnt werden.« Er wandte sich an Direktor Schmidt. »Kommen Sie, gehen wir weiter.«

Mit gesenktem Haupt trat Edvard Schmidt aus seinem Häuschen am Fuß des Mt. Hellenbraun und ging über den Kiesweg zum Tor.

Der Posten salutierte.

»Guten Morgen«, erwiderte Schmidt tonlos und automatisch.

»Guten Morgen, Direktor.« Leon hielt eine Zeitung hoch. »Schon gehört? Lesmond und Couch sind nach Varley geflohen. Die Volksarmee ist an der Regierung. Sie haben Renner verhaftet.«

Schmidt nickte ärgerlich. »Hab' gerade das Radio abgestellt ... Schreckliche Sache, Leon. Weiß nicht, hoffe, es bleibt für uns ohne Folgen.«

Leon deutete hinauf zu einer Staffel aus drei Fliegern. »Sehen Sie, sie verschwenden keine Zeit, diese unverschämten Halunken! Das sind Blatchats – Kampfflugzeuge von Moltroy.«

Schmidt wandte sich ab. »Werden wohl noch 'ne Menge davon zu sehen kriegen. Eine neue Art von Invasion, Leon. Keine Armeen stürmen mehr die Grenzen, sondern listige Köpfe zersetzen wie Tumore den Regierungskörper.«

Das Telefon in der Wachkabine läutete. »Hallo«, sagte Leon. Dann: »Für Sie, Direktor.«

»Hallo. Ja ... Wie bitte? Sofort in Kraft, sagen Sie? Aha.«

Er ging wieder hinaus. »Befehl vom neuen Innenminister. Niemand darf unter irgendwelchen Umständen das Institut verlassen, bis der neue Direktor eingetroffen ist.«

»Neuer Direktor? wunderte sich Leon. »Aber ...?«

Schmidt machte eine schwungvolle Geste mit seinem langen Arm. »So ist's nun mal. Also sorgen Sie dafür, daß niemand das Gelände verläßt.«

Baze Roseau, der neue Direktor, war ein untersetzter korpulenter Mann mit einer piepsigen Stimme und kleinen, scheinbar schielenden Augen. Sofort nach seiner Ankunft versammelte er das ganze Institutspersonal zu einer Besprechung, wo er ohne jedes Pathos eine Rede hielt. Er erwies sich als gewandter, eindringlicher Redner.

»Freunde, wie ihr alle wißt, hat die Fortschrittspartei die Macht in Suare übernommen. Unser Land erlebt einen dynamischen Aufschwung. Unterstützen wir die Wende in die Zukunft, kehren wir uns dem Licht zu, marschieren wir gegen die reaktionären, unterdrückerischen Kräfte. Zu diesem Zweck hat das Zentralkomitee der Volkspartei für das Institut ein neues Programm festgelegt, das diesen Zielen dienen wird. Ich bin sicher, ihr alle wart unzufrieden mit dem bisherigen planlosen, unverantwortlichen Vorgehen; das wird sich ändern. Vereint und vom gemeinsamen Streben nach dem neuen Leben beflügelt, werden wir auf die neugesteckten Ziele hinarbeiten. Ich habe hier eine Reihe von Änderungen, die sofort wirksam werden; ich gebe sie euch offen bekannt. Das ist die neue Politik des Instituts; mit den Intrigen und Verleumdungen zwischen den einzelnen Abteilungen wird endlich Schluß sein. Wir arbeiten alle für das gemeinsame Ziel; für Drückeberger oder Nörgler habe ich besonderes Interesse ... Hier also unser neues Programm.«

Er entfaltete ein knisterndes Blatt Papier. »Erstens, Edvard Schmidt wird Verwaltungsdirektor unter meiner Leitung. Abul Ruan wird Wissenschaftlicher Direktor. Alles wissenschaftliche Personal ist ihm unterstellt; das gilt auch für die Gruppe von Austauschstudenten, die heute aus Moltroy eintreffen. Das wäre einstweilen alles. Ich darf noch anmerken, daß für gute Leistung und Zusammenarbeit großzügige Prämien gezahlt werden, für Faulpelze und Reaktionäre jedoch in unserem neuen Leben kein Platz ist.

Werfen wir uns mit Herz und Seele in den Kampf um den unabwendbaren Sieg über unsere Feinde. Das ist alles, danke.«

Als das Personal in bedrückter Stimmung aus dem Raum strömte, gab Baze Roseau Abel Ruan ein Zeichen. Als sie allein waren, bedeutete der neue Direktor ihm, Platz zu nehmen, während er selbst auf und ab ging und sich munter die Hände rieb.

»So, Ruan – es wäre nicht ganz fair, Ihnen zu verschweigen, daß Sie mit Ihrer Arbeit einen tiefen Eindruck an hoher Stelle hinterlassen haben. Sie sind auf dem besten Weg zu Ruhm und Wohlstand.«

»Wirklich?« Abel Ruan kratzte sich am spärlich behaarten Hinterkopf.

Baze Roseau nickte. »Es wurde beschlossen, daß Ihre Arbeit über die Telepathie hier am Institut mit erheblich gesteigertem Aufwand fortgeführt werden soll. Alles andere wird vorerst ausgesetzt.«

»Hm.« Abel Ruan nahm die Brille ab und polierte nachdenklich die Gläser. »Verstehe ... Man ist also der Ansicht, daß sich meine Arbeit militärisch verwerten läßt?«

Roseau lächelte verschmitzt. »Im Vertrauen – gewissermaßen ja. Ich habe mir sagen lassen, General Vec haben die in Aussicht stehenden Möglichkeiten mächtig imponiert. Und in einer so militanten Zeit wie der unseren muß alles, was zum Sieg über die Imperialisten beiträgt, genutzt werden.«

»Aha!« Abel Ruan nickte gelehrig. »Und was genau wird gewünscht?«

»Sehen Sie's folgendermaßen«, erläuterte Baze Roseau. »Wenn es zum Krieg kommt, ist die erste Stunde entscheidend. Unsere Bomber, Raketen und Kampfflieger starten. Sie greifen an verschiedenen Stellen an und prallen auf die Verteidigung des Feindes, der gleichermaßen zum Angriff ausholt. Es kommt zu einer gewaltigen Luftschlacht über dem Ozean, und derjenige, der die feindlichen Linien durchbrechen kann, gewinnt den Krieg. Der Schwachpunkt in unserem Angriff, in jedem Angriff, ist die Koordinierung – da beide Seiten zwangsläufig die gegnerische Funkverbindung blockieren. Wenn wir die absolute Kontrolle über sämtliche Elemente der Angriffstruppen beibehalten könnten, würde uns das einen entscheidenden Vorteil einräumen; und wir hätten den Krieg gewonnen. Verläßlich funktionierende Telepathie würde dieses Problem vollkommen lösen.«

»Ganz recht, ganz recht«, erwiderte Ruan. »Aber wie ich General Vec schon sagte – das Medium, das wir einschalten müssen, das Vogelgehirn, läßt eine Präzisierung der übermittelten Nachricht nicht zu.«

»Dieser Einwand ist an höherer Stelle bekannt. Es wurde der Vorschlag unterbreitet, durch selektive Züchtung die Leistung der betreffenden Gehirne zu erhöhen.«

Abel Ruan verzog den Mund zu einem breiten Lächeln. »So was habe ich mir auch schon überlegt; es wäre jedoch eine langwierige Sache.«

»Wie lang?« erkundigte sich Baze Roseau mit stechenden Blicken.

»Das kann man nicht sagen. Mindestens ein paar Jahre.«

Baze Roseau nickte und fing wieder an, auf und ab zu gehen. »Daran läßt sich natürlich nichts ändern. Aber packen wir's an und versuchen, es so schnell wie möglich voranzutreiben. Sie haben die Leitung über das gesamte Projekt. Scheuen Sie weder Mühen noch Kosten. Selbstverständlich bekommen Sie eine merkliche Gehaltsaufbesserung. Wenn es Ihnen gelingt, ein einsatzreifes System zu entwickeln, erhalten Sie eine jährliche Pension von zehntausend Mark, Elitestatus und den Butin-Orden.«

»Angenommen«, wandte Ruan ein, »das Vorhaben ist nicht durchführbar und scheitert ...«

Baze Roseau schwellte die füllige Brust. »Die Bewegung erkennt solche Sprüche nicht an ... Reden wir nicht von so unangenehmen Dingen ...«

»Überzeugende Argumente«, meinte Abel Ruan, »auf beiden Seiten. Nun, wir werden sehen, wir werden sehen.«

Als Edvard Schmidt am selben Nachmittag anklopfte und eintrat, fand er Abel Ruan an seinem Schreibtisch; er hatte die Füße auf den Tisch gelegt, den Stuhl nach hinten auf zwei Beine gekippt und die Arme hinter dem Nacken verschränkt.

Schmidt nahm wortlos Platz und beugte sich verdutzt vor, als Ruan mit einer Geste um Ruhe bat, seinen tragbaren Plattenspieler zur Wand trug und recht laut stellte.

Mit seinem zähneblitzenden Lächeln kehrte er an seinen Platz zurück. »Dort hat Roseau seine Wanze installiert. Falls er uns belauscht, bekommt er die Nationalhymne von Moltroy zu hören – *con brio* und mit Zugaben, bis Sie gegangen sind.«

Schmidt schüttelte ungläubig den Kopf. »Ich hatte keine Ahnung ...«

»Es lohnt sich, mißtrauisch zu sein«, erklärte Ruan, »selbst wenn man eifrig für sie arbeitet.«

Schmidt beugte sich vor. »Darüber wollte ich mit Ihnen reden. Abel, das Projekt gedeiht«, sagte er mit einem vorwurfsvollen Blick.

»Natürlich. Dafür bin ich da. Sie bezahlen mich gut, sie bieten mir Ruhm ...«

»Um Himmels willen!« Schmidts müde Augen funkelten. »Wollen Sie diese Bande wirklich unterstützen? Sind Sie sich klar, was Sie tun?«

Abel Ruan zuckte mit der Achsel. »Je eher der Krieg kommt, desto eher ist er vorüber.«

»Aber wenn Ihre Arbeit gelingt, dann wird der Sklavenstaat das Modell für die Welt.«

Abel Ruan steckte sich eine Zigarette an. »Wer weiß. Vielleicht gewinnt Moltroy den Krieg gar nicht. Schließlich hat die Weltföderation ebenfalls Wissenschaftler zur Verfügung.«

»Wovon aber keiner ein so entscheidendes Instrument wie das Ihre bastelt ... Ich frage Sie noch mal, ob Sie die Absicht haben, dieses Projekt zu vollenden.«

Abel Ruan sah den Greis gelassen an. »Das ist mein Job.«

Schmidt zog eine Pistole hervor, zielte, drückte ab. Ruan duckte sich, purzelte vom Stuhl, griff unter dem Tisch hindurch und zog an Schmidts Beinen. Der alte Mann stürzte, und die Pistole fiel außerhalb seiner Reichweite auf den Boden. Ruan schnappte sie sich und nahm wieder Platz.

Schmidt stand mühsam auf. »Nun, warum rufen Sie nicht den Posten?«

Ruan schüttelte den Kopf. »Edvard, Sie verkennen mich. Wohlgemerkt, mein Grundsatz heißt: Trau keinem! Außer Ihnen vielleicht, denn Sie haben Ihre Gefühle energisch dargelegt. Darf ich Sie darauf hinweisen, daß kein Mensch unabkömmlich ist? Wenn Sie mich erschießen, gäbe es tausend andere, die meinen Platz füllen könnten. Das ist ein Grund, warum ich diese Experimente durchführe. So habe ich alle Fäden in der Hand. Ich stehe darüber, ich lenke das Ganze. Würde ich die Zusammenarbeit ablehnen, dann käme einer von den tausend anderen zum Zuge – und es wäre überhaupt nichts gewonnen.«

Schmidt hatte aufmerksam zugehört und versucht, den Worten eine eindeutige Aussage zu entnehmen. »Sie vermeiden es geschickt, sich festzulegen. Gehe ich recht in der Annahme, daß Sie irgendeinen Plan haben?«

»Einem besonnenen Menschen bieten sich von allein Gelegenheiten«, meinte Ruan. »Aber nicht«, – er hielt die Pistole hoch –, »von dieser Art.«

Schmidt erstarrte. »Ich habe nur mein Gewissen befolgt. Ich weiß nicht, ob ich froh sein soll über mein Scheitern, da Sie nichts Bestimmtes in Aussicht stellen ...«

»Das Universum ist bis zum geringfügigigsten Elektron eine unbestimmte Sache, mein lieber Direktor«, konterte Ruan lässig. »Letztlich liegen Entscheidungen nicht in meiner Hand. Und vergessen Sie nicht, mein Grundsatz heißt – trau keinem!«

»Einstweilen aber«, entgegnete Schmidt verbittert, »vollenden Sie die Waffe, mit der Moltroy die Welt erobern wird.«

General Zoltan Vec löste den Clip vom Nacken und setzte den bauchigen Helm ab.

»Und?« wollte Marschall Koltig, Generalstabschef der Truppen von Moltroy, wissen.

»Perfekt«, antwortete Zoltan Vec. »Wenn ich die Augen schließe, sehe ich das gleiche, das der Pilot sieht. Mit offenen Augen kann ich Befehle übermitteln, die nicht bestätigt zu werden brauchen, weil ich spüre, wie sie beim Piloten ankommen.«

»Ausgezeichnet.« Marschall Koltig wandte sich an Abel Ruan, der sich still im Hintergrund gehalten hatte. »Wie viele davon sind verfügbar?«

»An die vierhundertfünfzig, Sir«, erwiderte Abel Ruan nach kurzem Überlegen. Er wirkte ziemlich mager, müde, blaß.

Marschall Koltig rechnete vor: »Vierhundertfünfzig ... hm. Wir setzen zweihundert Flugformationen ein. Das heißt vierhundert Helme – jeweils einer für den Flugkapitän und für das Medium hier im Hauptquartier. Damit verbleiben uns fünfzig ... Wäre es nicht möglich, weitere fünfzig zu beschaffen?«

Abel Ruan schüttelte den Kopf. »Nicht vor ein paar Monaten, Sir. Diese Gehirne sind äußerst heikle Gebilde, und auf ein entsprechend großes und ausgereiftes kommt ein Ausschuß von zehntausend mangelhaften.«

Der Marschall überlegte. »Nun, dann muß es einstweilen eben so gehen. Notfalls müssen wir an unproblematischen Stellen auf zwei Teams aufteilen oder auf Funk zurückgreifen.« Er wandte sich an Zoltan Vec. »General, Sie werden umfangreiche Tests veranlassen und mir Meldung erstatten.« Zoltan Vec verneigte sich.

Abel Ruan räusperte sich. »Mir schwebt da noch ein verbessertes Modell vor. Wenn ich mich dahinterklemme, kann ich vielleicht ein paar davon fertigkriegen – rechtzeitig für den Ernstfall. Vielleicht sogar genug für die höchsten Offiziere oder wenigstens für Sie und General Vec.«

Der Marschall erwiderte mit einer herzlichen Geste: »Um

Himmels willen, scheuen Sie keine Kosten! Ich bin soweit sehr zufrieden mit Ihnen. Sie werden reich belohnt werden.«

Der Wissenschaftler verneigte sich und ging.

Am Morgen von Tag X. Auf hundert Pisten saßen die Bomber wie riesige Bienen, vollgestopft nicht mit Pollen, sondern Atomsprengkörpern, Giftschaum und Giftgas, aggressiven Bakterienkulturen, Progagandazetteln aus der Feder übergelaufener Föderalisten. Düsenjäger und Raketen waren in langen glänzenden Reihen aufgestellt – betankt, gefährlich, willig.

In den Baracken hockten die Piloten, rauchten und redeten oder schwiegen je nach Stimmung, während in den Befehlszentralen die Flugkapitäne ihren neuen bauchigen Helme aufsetzten. In den Hauptquartieren tiefer im Land setzten zweihundert Medien ihren Helm auf, der jeweils ein Vogelhirn enthielt, das an das Gehirn im entsprechenden Helm eines Flugkapitäns gewöhnt war.

Die Medien nahmen ihre numerierten Plätze ein, die um ein Podest mit einem großen Bildschirm angeordnet waren. Dort würde die Schlacht schematisch dargestellt werden; Angriffe und Rückzüge wären durch verschiedene Farben und kritische Punkte durch Lichtsignale gekennzeichnet. Die Karte würde durch Auswertung der ständigen Berichte auf dem laufenden gehalten, die den Medien von den zweihundert Flugkapitänen übermittelt würden, so daß der Stab mit General Vec und Marschall Koltig die Kampfstrategie festlegen könnte.

Marschall Koltig saß im Kasino und trank Kaffee, während er die Erkenntnisse des Geheimdienstes überdachte – ein großer, dunkler, schnurrbärtiger Mann voller Energie. »Sie wissen, daß wir mobilisiert haben«, meinte er zu General Vec. »Wir haben es länger geheimhalten können, als ich zu hoffen gewagt hatte ... Sie ziehen die Reserven zusammen.«

Vec goß sich Kaffee ein. »Ich bin gespannt, wie sich der

Blatchat IV gegen ihren neuen Gladius Ram schlägt. Ich glaube, wir haben die besseren Geschütze.«

Koltig sah auf. »Das stimmt. Der Blatchat ist ein besonderer Schwarm von Ihnen.

... machen Sie den Medien noch einmal klar, daß wir es mit einer gewaltigen Maschinerie zu tun haben; das ist wichtig. Trichtern Sie ihnen ein, daß wir nur durch unsere überlegene Koordination gewinnen. Dieser Vorteil darf nicht durch individuelles Heldentum verspielt werden.«

Vec erhob sich. »Ich sorge dafür, daß das verstanden wird.« Er machte eine Pause. »Übrigens – Abel Ruan sollte doch Spezialhelme für uns liefern. Ist er schon da?«

»Ich glaube, er ist in der Suite C. Lassen Sie's feststellen. Die Zeit wird knapp. Noch zweiundzwanzig Minuten.«

Zoltan Vec hielt seine Warnrede. Die Ordonnanz, die er zu Abel Ruan geschickt hatte, salutierte.

»Abel Ruan bittet Sie wegen der Helme zu sich in die Suite C, Sir.«

»In Ordnung«, antwortete Vec. »Die Techniker sollen noch mal die Bildschirmanlage inspizieren.«

»Jawohl, Sir.«

Vec fand Marschall Koltig in der Suite C, wo er einen bauchigen Helm auf seinem Kopf zurechtrückte, während Abel Ruan einen Clip mit der Nervensonde an seinem Nacken verband.

»Es wäre besser, den Helm erst zu verwenden, wenn die Schlacht in Gang ist«, sagte Ruan im Tonfall eines Arztes, der den Gebrauch einer Heilsalbe erklärt. »Das Gehirn ist besonders robust, muß aber mehr als die anderen leisten, so daß ich empfehle, es nur bei Bedarf einzusetzen.«

»Verstehe«, sagte Marschall Koltig. »Nur den Schalter umlegen, richtig?«

»Richtig. Der Schalter stimuliert das Gehirn, weckt es sozusagen aus seinem Schlaf. Wenn Sie mit jemand Bestimmtem in Verbindung treten wollen, denken Sie nur an die Farbe, mit der sein Name markiert ist.« Er zog ein

Druckstück hervor. »Das ist die Liste. General Vec ist, wie Sie sehen, hellblau. Sie, Marschall, sind kastanienbraun. Um mit General Vec in Kontakt zu treten, brauchen Sie sich nur die Farbe vorzustellen. Alles andere macht das Gehirn von selbst.«

»Großartig, großartig!« rief Marschall Koltig aus. »Im Namen unseres Führers, des großen Butin, sollen Sie reich belohnt werden.«

Abel Ruan schüttelte den ovalen Kopf, und die Brille auf seiner Nase blitzte. »Zu einem historischen Ereignis beizutragen, das ist Lohn genug für mich.«

»Ach, diese Wissenschaftler!« scherzte der Marschall. »Diese Visionäre ohne Sinn fürs Praktische!«

Abel Ruan lächelte mit strahlenden Zähnen und wandte sich an General Vec. »Hier ist Ihr Helm. Sie haben gehört, was ich dem Marschall gesagt habe? Den Helm nicht unnötig verwenden!«

General Vec nickte und stülpte sich den Helm vorsichtig über den Kopf. Er hatte sich noch nicht mit dem Gedanken angefreundet, sich eines Zweitgehirns zu bedienen. Verbissen klammerte er den Clip an die Nervensonde am Nacken.

»So«, stellte Abel Ruan fest, »jetzt ist alles in Ordnung.«

Marschall Koltig warf einen Blick auf die Armbanduhr. »Wir müssen uns beeilen. Die Bomber sind vor neun Minuten gestartet; in einer halben Stunde sind wir über Feindgebiet.«

Ein Ordonnanzoffizier trat ein. »Feindberührung, Sir. Über Blorland, 819. Staffel.«

»Resultat?« fuhr Marschall Koltig ihn an.

»Noch keine Meldung, Sir.«

»819«, brummte Koltig. »Das wird der 14. Schwarm sein.« Er wählte die 14 auf dem Sprechgerät und war mit dem Medium verbunden, das den fraglichen Schwarm betreute.

»Vierzehn.«

»Was ist los?«

»Staffel 819 ist in 90000 Fuß auf zwölf Gladius Rams gestoßen, Sir. Sie wollen unsere Formation zersprengen, aber es gelingt nicht. Wir haben drei – jetzt vier – abgeschossen. Keine Verluste.«

»Gut«, lobte Koltig. »So weitermachen.«

Weitere Feindbegegnungen wurden gemeldet – Scharmützel, Zusammenstöße mit Aufklärern.

»Sieht so aus, als würden sie uns irgendwo über Ladomir erwarten«, meinte Koltig und stand auf. »Nun, Vec, an die Plätze!«

Sie durchquerten den Saal zu ihren Plätzen auf dem Podest. Der Bildschirm über ihnen flimmerte jetzt und zeigte die Grenze von Blorland und Ladomir mit einem Streifen des Nordmeers am Rand. Ein stumpfes schwarzes Dreieck, das sich langsam vorwärtsbewegte, stellte die Bomber von Moltroy dar, denen große strategische Bedeutung zukam. Sobald eine beliebige Anzahl dieser gewaltigen Donnervögel die gegnerische Verteidigung durchbrochen hätte, wäre der Feind zur Kapitulation gezwungen, wollte er sein ganzes Land nicht in Rauch aufgehen sehen. Ein schwächerer grauer Schatten markierte die Hilfsverbände. Farbige Punkte verwiesen bereits auf Kontakte mit der Abwehr der Weltföderation.

Weit unten über der Glimmet-Küste näherte sich ein blauer Schatten – die Offensive der Weltföderation, über deren Zusammensetzung noch Unklarheit herrschte. Unterhalb des Bildschirms verzeichnete ein Zählwerk die Verluste, die sich bislang auf neun Blatchats von Moltroy und fünfzehn Gladius Rams der Föderation beliefen.

Koltig betrachtete die zweihundert Medien, die blaß, konzentriert, mit halb geschlossenen Augen auf ihren Plätzen saßen. Die Gedanken der Flugkapitäne über dem fernen Ladomir strömten herbei und erreichten über das Gehirn im Helm das menschliche Gehirn.

Vec sagte: »Da kommt er, da kommt er, der Hauptangriff.« Eine rote Linie blitzte über den Bildschirm – die Front.

Koltig sprang an sein Pult, gab dem Bildtechniker aufgeregte Zeichen. Plötzlich vergrößerte sich der Ausschnitt, bis das eigentliche Kampfgebiet den ganzen Bildschirm ausfüllte und das schwarze Bomber-Dreieck sich in die einzelnen Flugkörper auflöste.

Vec rief: »Sie brechen bei 98 durch, Sir!«

Koltig brüllte: »Raketenstaffeln 12, 13, 14 zu 98!« Seine Stimme dröhnte durch den Saal, die Medien, die die entsprechenden Flugkapitäne betreuten, traten in Aktion, übermittelten den Befehl; die Flugkapitäne schwenkten ihre Staffel um, und bald war die Lücke wieder geschlossen. Die Verlustanzeige unter dem Bildschirm fing zu laufen an, allerdings schneller, viel schneller auf der Seite der Föderalisten.

»Die Blatchats manövrieren sie aus!« rief Vec, als das Bomber-Dreieck vorerst langsamer wurde und sich neu formierte. Mit einemmal leuchtete vor ihren Augen die Spitze rot auf, verschwand.

»Bei unserm großen Butin!« schrie Koltig. »Was ist passiert?«

Vec herrschte die Medien an: »Zwei – wiederholen.«

»Ein neuer Raketentyp, Sir, anscheinend Sturzbomber. Geschätzte Geschwindigkeit: siebentausend km/h.«

»Die schweren Zielgeber über die Flotte! Anfliegende Objekte ausmachen!«

Der Befehl schwirrte durch den Äther, ein Verband löste sich vor der Nachhut, schirmte die Bomber von oben mit exaktem Abwehrfeuer ab.

»Zweiter Raketenangriff zurückgeworfen, Sir.«

»Prima, prima!« Koltig klatschte in die Hände. »Vec, soweit so gut. Wir gewinnen!« Plötzlich spürte er das Gewicht auf seinem Kopf, den Helm, den er im Eifer des Gefechts vergessen hatte. »He, Vec – wir haben den Helm. Wir können das alles selber sehen.«

»Ja, natürlich«, sagte Vec ...

Im Saal brach Panik aus. Die Medien sprangen auf, rannten kreischend im Kreis, duckten sich in Winkel, stürmten aus dem Saal.

Koltig und Vec sahen mit traumhafter Verzückung zu; sie waren nicht einmal entsetzt.

Und an der Front fingen die Flugkapitäne zu schreien an, warfen die Arme hoch und flohen gleichfalls in die hintersten Winkel, die sie erreichen konnten.

Und im Bruchteil einer Sekunde wurde aus der Armada von Moltroy ein chaotischer Haufen teurer Maschinerie.

Edvard Schmidt hielt seinen Wagen an, starrte ungläubig auf den Mann im Weinberg – einen schmächtigen Mann in blauer Arbeitskleidung mit einem schmalen kahlen Kopf und dünnen Lippen, hinter denen lange Zähne blitzten.

Schmidt sprang aus dem Wagen. »Abel! Na so was – Sie hier?«

Ruan blickte ohne Überraschung auf; bis auf ein leichtes Stirnrunzeln blieb seine Miene ohne jede Regung. »Wie geht's, Edvard?«

»Gut natürlich. Aber Sie ...« Schmidt deutete auf den Weinberg.

»Mein Besitz«, antwortete Abel knapp. »Ich lebe jetzt hier – auf der anderen Seite des Berges.«

»Im Ruhestand – als junger Mann?«

Mit einem Seufzer steckte Ruan die Baumschere in die Tasche. »Offenbar lesen Sie keine Zeitung, mein lieber Edvard.«

»Wie bitte?« wollte Schmidt wissen. »Was steht denn in der Zeitung über Sie?«

Ruan spitzte den Mund und prustete verächtlich. »Heute, mein Freund, werden der große Führer Butin ebenso wie Marschall Koltig und Ihr alter Bekannter, General Vec, gehängt ... Und hätte ich nicht sozusagen meine Anonymität gewahrt, würde neben ihnen Abel Ruan hängen. Der verrückte Wissenschaftler! Der Erzfeind der Elektronik! Knüpft ihn auf!«

Schmidt kam zu Sinnen. Vor lauter Überraschung hatte er vergessen, daß Ruan mit den Despoten von Moltroy gemeinsame Sache gemacht hatte.

»Nun, wahrscheinlich. Bei Butin und den übrigen ist's klar – schließlich haben sie das Ganze angezettelt …«

Ruan warf dem alten Schmidt einen verbitterten Seitenblick zu. »Also sollen sie hängen? Wenn einfache Therapie völlig andere Menschen aus ihnen machen könnte? Aber nein, die menschliche Blutgier dürstet nach Rache. Rache am armen Abel Ruan ebenso wie an Butin, dem Führer … Rache ist Stolz. Wie wenn man sagt, wer sich das traut, der soll dafür büßen!«

»Nun, wie steht's mit Ihnen?« erkundigte sich Schmidt behutsam. »Betrachten Sie Therapie als hinlängliches Mittel, Ihren Anteil an den Verbrechen von Moltroy zu sühnen?«

Abel Ruan brach in lautes, heiseres Gelächter aus, das wirklich belustigt klang.

»Edvard, ich muß Ihre Illusionen zerstören. Sie haben noch nicht gespannt, daß ohne *meine* Arbeit, ohne *meine* Pläne, ohne *meinen* riskanten Einsatz heute nicht Butin, sondern die Mitglieder des Weltrats aufgeknüpft würden!«

»Mir scheint«, erwiderte Schmidt kühl, »daß Sie die Sache von Moltroy nach besten Kräften unterstützt haben.«

»Wie erklären Sie sich den erstaunlichen Sieg der Föderalisten, obwohl Moltroy auf allen Fronten auf dem Vormarsch war?«

»Ganz einfach – Ihr telepathisches System ist zusammengebrochen.«

»Bah!« Ruan bleckte plötzlich die Zähne, und die Brille auf seiner Nase blitzte im Sonnenschein. »Das telepathische System hat perfekt funktioniert – vom Anfang bis zum Ende, genau wie geplant.«

»Das müssen Sie mir näher erklären.«

Ruan lächelte. »Aber gern … Als der General von Moltroy das Institut betrat, war von vornherein klar, daß die Telepathie militärisch genutzt werden sollte. Erforderlich war nur ein Ansatz – und die nötigen Gelder zur Entwicklung. Jeder x-beliebige Wissenschaftler von Moltroy hätte das ebensogut wie ich über die Bühne bringen können. Aber ich habe Ihnen schon einmal gesagt, wie wichtig es ist, daß ich bei diesem Projekt bleibe, daß ich alle Fäden in der Hand habe und das Ganze lenke … Also habe ich für das Militär von Moltroy gearbeitet – genau wie Sie.«

Schmidt blinzelte. »Ich – ich habe ihre Aufrüstung in keiner Weise unterstützt.«

»Und dabei auch sehr wenig verhindert. Nun, zurück zum Thema. Wir haben von Anfang an, wie Sie wissen, Amselgehirne verwendet, weil sie einen besonders ausgeprägten telepathischen Rapport aufweisen. Während die Gehirne weitergezüchtet und verfeinert wurden, bis sie fast menschliche Kapazitäten erreichten, wobei die Instinkte der Amsel natürlich erhalten blieben, entwickelte ich geheime Spezialhelme; dabei richtete ich es so ein, daß sie erst im kritischen Moment eingesetzt würden. Diese Helme auf dem Kopf von Marschall Koltig und General Vec haben für die Weltföderation den Krieg gewonnen.«

»Was war denn an diesen Helmen so Besonderes?«

Abel Ruan lächelte, so daß seine großen Zähne strahlten. »Sie enthielten ein Sperbergehirn.«

Schmidt machte große Augen.

»Sobald die Amselgehirne das Raubvogelgehirn spürten, reagierten sie genauso, wie eine Schar von vierhundert Amseln in freier Flur auf einen Raubvogel am Himmel reagieren würde. Panik.«

Schmidt sagte nach einer Weile: »Kaum zu glauben.«

Ruan zuckte mit der Achsel.

»Aber ich glaube Ihnen trotzdem! Verzeihen Sie mir. Sie müssen mich unbedingt nach Varly begleiten, damit Sie die Anerkennung erhalten, die Sie verdienen.«

Ruan schüttelte den Kopf. »Die Boulevardpresse würde mich als ›Amselhelden‹ feiern. Und ich muß mich um meinen Weinberg kümmern.«

Schmidt erwiderte: »Sie haben einmal zu Zoltan Vec gesagt, daß Sie unheimlich neugierig sind. Sind Sie das noch immer?«

»Selbstverständlich. Insbesondere in bezug auf eine Spezies, die Meisterwerke der Musik hervorbringt, die Atomkraft beherrscht, die Welt vereint und trotzdem ihre Feinde hängt.«

»Diese Neugier ließe sich vielleicht im neuen Nationalinstitut von Suare stillen; ein Platz, ein Gehalt und genügend Zeit für Ihren Weinberg obendrein.«

Abel Ruan warf die langen dünnen Arme hoch. »Sie haben recht. Ich bin dabei.«

Sie stiegen zusammen in den Wagen von Schmidt und fuhren nach Varly.

Sieben Ausgänge von Bocz

Zu der verhüllten Gestalt im Fond des Wagens sagte Nicholas Trasek: »Also verstanden? Dreimal Summen heißt, du kommst rein.«

Die Gestalt bewegte sich.

Trasek drehte sich nach vorn, zögerte, blickte noch einmal zurück. »Bist du sicher, daß du's schaffst? Sind etwa zwanzig Meter Kiesweg.«

Ein surrender Laut kam von der verhüllten Gestalt.

»Also gut«, sagte Trasek. »Ich geh' jetzt rein.«

Aber er wartete noch einen Moment und lauschte.

Alles war totenstill. Das Haus stand gespenstisch weiß zwischen stattlichen Bäumen im Mondschein – ein dreistökkiger altertümlicher Prunkbau. Gedämpftes gelbes Licht fiel aus den Zimmern im Erdgeschoß.

Trasek machte sich auf den Weg. Der Kies knirschte unter seinen Sohlen. Er blieb an der Marmorbrüstung stehen. Die Lampe am Hauseingang schien auf sein Gesicht – ein schroffes, verkniffenes Gesicht mit dumpfen Augen und einem bleiernen Kinn. Vorsichtig wie eine Katze auf einem fremden Dach trat er über die Stufen hinauf und drückte auf den Klingelknopf.

Bald ging die Tür auf, und eine dicke Frau mittleren Alters in rosarotem Hauskleid erschien.

»Ich will zu Dr. Horzabky«, sagte Trasek.

Die Frau musterte skeptisch das fahle Gesicht. »Können Sie nicht ein andermal kommen? Ich glaube nicht, daß er so spät am Abend gestört werden will.«

»Er wird mich empfangen«, beharrte Trasek.

»Ein alter Freund?« fragte die Frau neugierig.

»Nein«, erwiderte Trasek. »Wir haben – einen gemeinsamen Bekannten.«

»Nun, ich frage mal. Warten Sie einen Moment.« Sie schloß die Tür, und Trasek stand allein auf der mondbeschienen Marmortreppe.

Wenig später ging die Tür auf; die Frau winkte ihn herein. »Hier entlang, bitte.«

Trasek folgte ihr durch die Halle. Die Sandalen der Frau schlurften über den roten Teppich. Nachdem sie die Tür geöffnet hatte, betrat Trasek ein längliches Zimmer, das ein großer Kristallüster mit goldenem Licht erfüllte.

Ein orientalischer Teppich in satten Rot-, Braun- und Blautönen bedeckte den Fußboden. Die antiken Möbel waren aus massivem Hartholz. Die Bücher in den alten Walnußregalen beanspruchten eine ganze Wand – dicke Wälzer in allen Formationen, Formen und Farben. An der Stirnwand hing eine Reihe von großen Gemälden, und ein Spiegel an der gegenüberliegenden Wand reflektierte die Tür, durch die Trasek eingetreten war.

Dr. Horzabky stand mit einem Buch in der Hand mitten im Zimmer. Er trug ein rotes Samtjackett mit schwarzer Hose. Er war groß, hatte schmale Schultern, einen dünnen Hals und einen breiten Kopf mit fliehender Stirn. Hinter der dicken Brille wirkten seine blauen Augen besonders groß.

Trasek schloß die Tür hinter sich und kam wie ein grimmiger Wolf näher.

»Ja?« erkundigte sich Dr. Horzabky. »Was kann ich für Sie tun?«

Trasek lächelte. »Ich wette, daß Sie's nicht täten.«

Horzabky zog die Augenbrauen hoch. »Wenn das so ist, hätten Sie gar nicht zu kommen brauchen.«

»Sagen wir, ich interessiere mich für Malerei«, entgegnete Trasek mit einer Kopfbewegung zu den Gemälden an der Wand. »Sind zwar nicht gerade mein Geschmack; aber darf ich sie mir trotzdem ansehen?«

»Gern.« Horzabky legte das Buch aus der Hand. »Die Bilder sind allerdings unverkäuflich.«

Trasek stellte sich vor das erste – freilich zu dicht, wie ein Kunstkenner kritisiert hätte. Das Bild wirkte auf den ersten Blick wie ein reines Farbenspiel aus verschiedenen Schwarz-, Braun- und Purpurtönen. »Ziemlich düster«, stellte er fest.

»Für Ihren Geschmack«, erwiderte Horzabky, der verdutzt zwischen dem Bild und Trasek hin und her blickte.

»Wer hat's gemalt?«

»Ein unbekannter Künstler.«

»Ah«, staunte Trasek, der zum nächsten, einem abstrakten Gemälde, weitergegangen war. »Ein Alptraum«, kommentierte er. Und die Formen wirkten tatsächlich unwirklich; wenn man sie zu erfassen versuchte, entzogen sie sich förmlich der Wahrnehmung. Auch die Farben waren recht eigenartig: undefinierbare Zwischentöne, helle Flecken, die das Auge sah, der Verstand aber nicht benennen konnte. Trasek schüttelte ablehnend den Kopf, was Horzabky offenbar belustigte, und trat vor das dritte. Dabei handelte es sich wiederum um eine abstrakte Komposition, die allerdings mehr Ruhe ausstrahlte: horizontale Linien und Streifen in Gold, Silber, Kupfer und anderen Metallfarben.

Trasek betrachtete es eingehend. »Geschickt gemacht. Erweckt die Illusion von Raum und Entfernung«, äußerte er, wobei er Horzabky aus den Augenwinkeln beobachtete. »Man meint fast, man könnte hineingreifen und das Gold aufsammeln.«

»Das glauben viele«, bestätigte Horzabky, der durch die dicken Brillengläser Augen wie eine Eule hatte.

Trasek studierte das vierte Gemälde noch aufmerksamer. »Auch dieses Bild verstehe ich nicht«, räumte er schließlich ein. »Sollen das Bäume sein?«

Horzabky nickte. »Der Künstler hat alles so gemalt, wie es aussehen würde, wenn es von innen nach außen gekehrt wäre.«

»Aha ...« Trasek nickte verständig und widmete sich dem fünften Gemälde. Es bestand aus einem feinen Gitter mit leuchtenden gelbweißen Stäben auf schwarzem Hintergrund, das Würfel darstellte, deren parallele Linien alle einem gemeinsamen Fluchtpunkt zustrebten. Wortlos widmete sich Trasek dem letzten Gemälde, einer Kleckserei in Grau und Pink. Trasek schüttelte noch einmal kommentarlos den Kopf und wandte sich ab.

»Vielleicht verraten Sie mir jetzt, weshalb Sie hier sind«, bat Horzabky geduldig.

Trasek wandte sich von den Bildern ab. Blinzelnd begegnete Horzabky seinem Blick.

»Ein Freund hat mich gebeten, Sie zu finden«, erklärte Trasek.

Horzabky schüttelte den gedrungenen Kopf. »Ich habe immer noch nicht die Ehre, Sie zu kennen. Wer ist Ihr Freund?«

»Ich wette, Sie würden sich nicht an den Namen erinnern. Er kennt Sie aus dem Todeslager von Bocz in Kunvasy.«

»Mh«, flüsterte Horzabky. »Ich verstehe.«

Traseks Augen funkelten wie Augen nachts an einem Lagerfeuer. »Achtundsechzigtausend – geschundene Sklaven. Ausgehungert, wund geschlagen, frostbeulig; Kreaturen, von denen sich sogar die Hyänen abgekehrt hätten.«

»Ich bitte Sie«, wandte Horzabky zaghaft ein, während er sich, die dünnen Hände auf die Armlehnen gestützt, niedersetzte. »Sicherlich ...«

»Ein Wissenschaftler von Kunvasy bat um sie, bekam zur Antwort, er könne mit ihnen machen, was er wolle, sie seien ohnehin zu schwach und krank, um für Arbeiten eingesetzt zu werden, und nach Bocz gekommen, um dort beseitigt zu werden.« Trasek beugte sich vor. »Interessant?«

»Ich höre«, erwiderte Horzabky gefühllos.

»Der Wissenschaftler hatte zweifellos große Visionen. Er wollte in andere Dimensionen und Universen vorstoßen, aber es waren keine gangbaren Wege und Mittel bekannt. Eine irdische Kraft griffe nur bei irdischen Dimensionen, er aber brauchte eine Kraft, die diese Grenze überwinden könnte. Er kam auf die Geisteskräfte, die Telepathie. Allem Anschein nach erreichte die Telepathie außerirdische Dimensionen. Angenommen also, man würde diese Kraft gewaltig verstärken? Könnte sie dann nicht einen Weg ins Unbekannte bahnen? Vielleicht wäre die gemeinsame Anstrengung vieler Menschen wirksam? Also beschaffte er sich die achtundsechzigtausend Sklaven. Er verabreichte ihnen Drogen, die ihre Konzentration erhöhten, aber ihren Willen lähmten, sie fügsam machten. Er pferchte sie zusammen, Schulter an Schulter, einem Ziel zugewandt, das auf ein Sperrholzbrett gepinselt war. Er forderte sie auf, sich hineinzudenken, aber nicht darüber – in drei Richtungen und schließlich in eine vierte – vorzudringen, sich das Unvorstellbare vorzustellen! ›Wollt es! Wollt es! Wollt es!‹ feuerte er sie an.

Die Sklaven standen keuchend, schwitzend, mit aufgerissenen Augen da. Nebel hüllte das Ziel ein. ›Rein! Rein!‹ brüllte der Wissenschaftler. ›Rein, aber nicht raus!‹ Und das Ziel tat sich auf – ein ein Meter großes Loch ins Nichts.

Er ließ sie einen Tag ausruhen und holte sie dann zurück, um sie in einen anderen Raum zu jagen. Siebenmal tat er das – dann kam ihm die Katastrophe dazwischen. Der Generalstab von Kunvasy hielt die Zeit für reif. Am Tag X setzten sie ihre Truppen in Bewegung, aber die Vereinigten zerschlugen die Armada über dem Baltischen Meer; der Krieg wurde noch am selben Tag verloren.

Der Wissenschaftler in Bocz saß in der Klemme. Achtundsechzigtausend Sklaven und ein paar Wachleute wußten um seine sieben Löcher. Er mußte für Schweigen sorgen; diese Sorge würde ihm der Tod abnehmen. Er hatte eine Idee. Warum nicht einfach diese sterbenden achtundsechzigtausend einem sinnvollem Zweck zuführen – um wenigstens eine schrullige Neugier zu befriedigen? Somit teilte er die achtundsechzigtausend in sieben Gruppen auf, die er in den folgenden Nächten jeweils durch ein Loch trieb.

Inzwischen rückten die Vereinigten Besatzungstruppen an. Als Bocz jedoch befreit wurde, war der Wissenschaftler mit seinen sieben Löchern schon über alle Berge. Seltsamerweise waren alle Wachleute, die dem Wissenschaftler bei seinem Experiment geholfen hatten, in derselben Baracke untergebracht, die eines Nachts mit Nocumen begast worden war. Damit sollte der Fall wohl erledigt sein, nicht wahr?«

»Das würde ich meinen«, antwortete Horzabky, der beiläufig eine kleine Automatik hervorzog. »Aber es ist Ihre Geschichte. Erzählen Sie weiter.«

»Ich bin soweit fertig«, erwiderte Trasek mit einem verborgenen Lächeln, das der Pistole galt.

»Vielleicht haben sie recht.« Horzabky stand auf. »Offengestanden bin ich erstaunt, wie genau Sie Bescheid wissen. Vielleicht verraten Sie mir Ihre Quelle.«

»Diese Information ist zu wertvoll«, entgegnete Trasek. »Wie wär's, wenn Sie jetzt ein bißchen erzählen würden?«

»Hm ...« Horzabky zögerte. »Warum eigentlich nicht?« Er zog sein Jackett enger um die schmalen Schultern, als wäre ihm kalt. »Wie Sie schon sagten, es war eine große Idee, eine Pionierleistung ... Kein Mensch kann sich meine Freude vorstellen, als sich am ersten Testabend Erfolg eingestellt hat ... Nachdem die Gefangenen in ihre Baracken zurückgekehrt waren, stand ich noch lange auf der Plattform und schaute in neue Universen. Was nun, fragte ich mich. Wenn das Loch, so war meine Überlegung, räumlich fixiert wäre, hätte es die sich drehende Erde längst mit sich fortgetragen; offenbar war es also nur bezüglich des Sperrholzbrettes fixiert. Und richtig, als ich das Brett vorsichtig anhob, Millimeter für Millimeter, bewegte sich das Loch mit. Ich trug's in meine Unterkunft und hatte bald sechs weitere – also sieben wunderbare neue Universen, die ich praktisch in der Aktentasche herumtragen konnte.« Horzabky blickte auf seine Bilder an der Wand. Mit einem flinken Satz hätte ihm Trasek in diesem Moment die Pistole entreißen können aber er unternahm nichts. »Die Gefangenen gehörten einfach zum Experiment; sie waren zum Tod verurteilt. War's nicht optimal, sie einem sinnvollen Zweck zuzuführen?«

»Die Gefangenen wurden nicht gefragt«, bemerkte Trasek. »Ich kann mir vorstellen, sie wären lieber am Leben geblieben.«

»I wo!« Horzabky spitzte den Mund und warf die Arme hoch. »Solch armselige Kreaturen wie die ...«

Trasek setzte sich. »Erzählen Sie mir von Ihren Universen.«

»Tja. Eine kuriose Sammlung; jedes einzelne ist anders, obwohl zwei anscheinend den gleichen Naturgesetzen wie unsere Welt gehorchen. Das hier«, – er deutete auf das vierte Bild, – »ist mit der unsrigen identisch, außer daß der Blickwinkel entgegengesetzt ist. Alles scheint von innen nach außen gekehrt. Das fünfte Universum«, – er deutete auf das strahlende Gitter, das sich in zahllose Würfel zergliederte –, »besteht aus den gleichen Bausteinen wie bei uns, ist aber anders konstruiert. Die Stäbe sind eigentlich Ionenzeilen; das ganze Universum ist ein riesiger Dynamo.« Er trat zurück, die Hände in die großen Taschen seines Jacketts gesteckt. »Das sind die beiden einzigen, die wir mit unserem Begriffsvermögen erfassen können. Betrachten Sie das erste. Es wirkt wie eine gesprenkelte Kruste in Schwarz und Rostrot. Die Farben sind eine Illusion; es gibt kein Licht in diesem Universum, und die Farben sind bloß eine Reflexion von Licht aus unserer Welt. Was hinter der verschwommenen Fläche steckt, das weiß ich nicht. Unsere Sprache reicht nicht aus. Kein Wort, kein Gedanke unserer Welt hilft uns weiter. Nicht einmal Begriffe wie Raum, Zeit, Entfernung, hart, weich, hier, dort ... Eine neue Sprache, neue Abstrakta sind erforderlich, um diese Welt zu erfassen, und ich vermute, daß unser Verstand quasi per Definition dazu gar nicht imstande ist.«

Trasek nickte beeindruckt. »Schön gesagt, Doktor. Höchst interessant.«

Horzabky lächelte flüchtig. »Das gleiche Problem haben wir mit dem zweiten, das an ein konfuses modernes Gemälde erinnert, sowie mit dem dritten und sechsten.«

»Das sind sechs«, bemerkte Trasek. »Wo ist das siebte?«

Horzabky lächelte wieder sein flüchtiges, pauspäckiges Lächeln, rieb sich das spitze Kinn und deutete mit einer Kopfbewegung auf den Spiegel. »Dort.«

»Natürlich«, murmelte Trasek.

»Das siebte«, – Horzabky schüttelte den gedrungenen

kahlen Kopf, – »ist unserer Welt so fremd, daß nicht einmal das Licht eindringt.«

»Ist es nicht grotesk«, wandte Trasek ein, »daß den Gefangenen von Bocz diese Möglichkeit verwehrt wurde?«

»Nur auf den ersten Blick«, begegnete der Hausherr. »Nach kurzem Überlegen löst sich der Widerspruch auf. Immerhin«, merkte er bekümmert an, »verhindert die Widerspenstigkeit des Lichts die Beobachtung der Erfahrungen der entsprechend gewillten Gefangenen.«

»Was passiert, wenn man einen Stock reinhält?«

»Er löst sich auf, zerschmilzt zu nichts – wie Seidenpapier im Ofen. Die Erhaltung von Energie existiert nicht in den anderen Universen, wo Materie und Energie gleichermaßen hinfällig, wo unsere Naturgesetze nichtig sind.«

»Und bei den anderen?«

»Im ersten zerbröckelt ein Holzstock oder Eisenstab zu Staub. Im zweiten kann man ihn nicht halten; er wird einem aus der Hand gerissen. Ich habe keine Ahnung, von wem oder von was. Im dritten läßt sich der Stock unverändert wieder herausziehen; ebenso im vierten. Im fünften wird der Stock elektrisch geladen und fliegt, läßt man ihn los, mit ungeheurer Geschwindigkeit davon. Im sechsten – das ist das verschwommene, rosa-graue Loch – verwandelt sich der Stock in ein neues Material, obwohl die Struktur die gleiche bleibt. Es verändern sich die Elektronen und Protonen, so daß der Stock hart wie Stahl wird, wobei es sich chemisch nach wie vor um Holz handelt. Und im siebten schmilzt der Stock nur, wie bereits gesagt.«

Trasek stand auf. Horzabkys Hand schnellte wie eine Schlange aus der Tasche – und mit ihr die Pistole.

»Schade«, seufzte Horzabky, »daß ich in unserem Gespräch einen so krassen Bezug zur rauhen Wirklichkeit herstellen muß. Aber Sie scheinen mir ein sehr leidenschaftlicher, sehr verbitterter Mann zu sein, mein lieber Herr Dingsda, und meine kleine Waffe, so grob und plump sie auch wirken mag, ist mir ein hilfreicher Verbündeter. Ich muß vorsichtig sein. Es werden gerade die sogenannten

Kriegsverbrecher dingfest gemacht. Man würde meine unschuldigen Experimente in Bocz falsch auslegen und mir eine Menge Unannehmlichkeiten bereiten. Vielleicht sagen Sie mir jetzt endlich, was Sie hier suchen.«

Trasek führte die Hand an seine Tasche. »Keine Dummheiten!« zischelte Horzabky.

Trasek lächelte sein bitteres Lächeln. »Ich habe keine Waffe. Ich brauche keine. Ich will nur einen kleinen Gegenstand herausholen ... Das hier.« Er zeigte die kleine runde Dose mit einem Knopf auf dem Deckel. »Ich drücke dreimal auf diesen kleinen Knopf, so, und schon erscheint der Grund für meinen Besuch.«

Eine ganze Weile sahen sich die beiden regungslos an – der eine argwöhnisch, der andere spöttisch.

»Betrachten wir das vierte Universum«, sagte Trasek, »wohin Sie kürzlich zehntausend Gäste gebeten haben. Sehen Sie sich die Szenerie an. Was sagt sie Ihnen?«

Horzabky, der die Antwort ahnte, funkelte Trasek finster an.

»Es handelt sich dabei ganz offensichtlich um Bäume, obschon man den Eindruck hat, das Laub würde nach innen in den Stamm wachsen. Wir sehen, daß der Boden trocken ist. Mehr läßt sich bei diesem Licht allerdings nicht erkennen ... Möchten Sie wissen, wo diese Landschaft liegt? Ich verrate es Ihnen. Es ist Arnhem, das entlegenste Gebiet von Australien, hier auf der Erde.«

Jemand läutete an der Tür.

»Sie sollten selbst nachsehen«, sagte Trasek. »Damit ersparen Sie Ihrer Haushälterin den schlimmsten Anblick ihres Lebens.«

Horzabky gestikulierte mit der Pistole. »Gehen Sie mir voraus, öffnen Sie die Tür.«

In der Halle begegneten sie der fetten Frau im rosaroten Hauskleid. »Gehen Sie schlafen, Martha«, forderte Horzabky sie auf. »Ich sehe selber nach.« Die Frau drehte sich um und verschwand.

Wieder läutete es. Trasek legte die Hand auf die Klinke.

»Noch eine Warnung, Doktor. Seien Sie vorsichtig mit Ihrer Knarre. Ich selbst hab' nichts gegen ein, zwei Kugeln, aber wenn Sie meinen Bruder verletzen, werde ich den relativ leichten Tod, den ich für Sie plane, ziemlich hinauszögern.«

»Öffnen Sie!« krächzte Horzabky.

Trasek stieß die Tür auf.

Die Gestalt in der Dunkelheit torkelte in die Halle herein. Horzabky holte Luft wie nach einem Schlag in den Bauch.

»Das ist ein Mensch«, erklärte Trasek. »Ein von innen nach außen gekehrter Mann.«

Horzabky setzte sich die Brille auf der Nase zurecht. »Ist das ... ist das ...«

Trasek hatte Horzabkys Pistole nicht aus den Augen gelassen. »Eins Ihrer Opfer, Doktor. Sie haben ihn durchs vierte Loch geschickt.«

»Er trägt eine Plastikhülle«, erläuterte Trasek weiter. »Um die Fliegen von ihm, besser gesagt von seinem Innern, fernzuhalten. Denn er ist eigentlich ein ganz normaler Mensch, der in einem verkehrten Universum lebt.«

»Gibt's noch mehr davon?« erkundigte sich Horzabky beiläufig.

»Nein. Manche sind den Fliegen zum Opfer gefallen, die meisten dem Sonnenbrand, und den Rest haben die Eingeborenen mit Schilfpfeilen gespickt. Ein staatlicher Viehzuchtinspektor kam in die Gegend und wollte wissen, was da los sei. Wie er ihn«, – Trasek nickte zu seinem Bruder hinüber –, »als Mensch erkannt hat, das ist mir schleierhaft. Jedenfalls kümmerte er sich um ihn, so gut er konnte. Und schießlich bekam ich einen Brief ...«

Horzabky spitzte seinen schmalen rosigen Mund. »Und was gedenken Sie mit ihm zu tun?«

»Wir, Sie und ich, helfen ihm durchs vierte Loch. Das sollte die in Hinblick auf diese Welt richtige Seite wieder nach außen kehren.«

Horzabky lächelte flüchtig. »Sie sind ein erstaunlicher Bursche. Sie müßten doch wissen, daß Sie und Ihr Bruder eine Bedrohung für das stille Leben sind, das ich hier führen will, und daß ich unmöglich zulassen kann, daß Sie mein Haus lebend verlassen.«

Schneller, als das Auge folgen konnte, sprang Trasek mit einem Satz nach vorn, packte Horzabky am Handgelenk und entwand ihm die Pistole.

»Hier entlang, Emmer«, sagte er zu seinem Bruder. Und zu Horzabky: »Zurück mit Ihnen, zurück in Ihre Bildergalerie.«

Sie blieben vor dem vierten Loch stehen. »Nehmen Sie das Glas ab, bitte.« Horzabky kam der Aufforderung mit finsterer Miene nach. Trasek beugte sich in die Öffnung, betrachtete die Landschaft und richtete sich wieder auf. »Wenn du alles so siehst, Emmer, dann verstehe ich nicht, daß du noch bei Verstand bist ... Nun, da ist das Loch. Es geht ungefähr zwei Meter runter. Aber du wirst wieder richtig gekehrt sein zur Welt. Nimm vorher lieber dein Plastikgewand ab, sonst zieht's dir das Zeug in deine Innereien.«

Trasek öffnete den Reißverschluß der Hülle, streifte sie ab und warf sie durchs Loch. Nachdem er einen Stuhl unter das Loch gerückt hatte, kletterte Emmer unbeholfen hinauf, schob sich durch die Öffnung und fiel durch.

Trasek und Horzabky sahen ihm eine Weile zu – nach wie vor von innen nach außen gekehrt, aber nun eins mit seiner Umwelt.

»Keine schönen Tage«, bemerkte Trasek. Sein Mund zuckte. »Hätte beinahe vergessen, wie viele Jahre er als Sklave in Kunvasy verlebt hat ...« Eine Hand fuhr an seine Tasche; Horzabky schnappte sich die Pistole, wich mit erhobener Waffe zurück.

»Diesmal kriegen Sie sie nicht mehr, Freundchen.«

Trasek lächelte verbittert. »Schon recht. Sie können die Pistole behalten.«

Horzabky starrte – halb auf Trasek, halb an ihm vorbei. »Sie haben mir einen ganz schönen Schrecken eingejagt. Ich war überzeugt, daß der ganze Fall erledigt sei.« Er blickte auf die Bilder an der Wand.

»Und jetzt sind Sie sich gar nicht mehr so sicher, was,

Doktor?« verkündete Trasek freudig. »Vielleicht sind gar nicht alle gestorben, die Sie durchgeschickt haben ... Vielleicht warten sie versteckt wie Ratten im Loch ...«

»Ausgeschlossen.«

»... vielleicht haben Sie sie ständig mit sich herumgetragen, vielleicht schleichen sie sich in der Nacht heraus, um zu essen, und verstecken sich wieder.«

»Unsinn!« stieß Horzabky aus. »Ich hab' sie sterben sehen. Im ersten Loch wurden sie starr und zerbröselten. Im zweiten schlugen sie um sich, zerfielen in Teile, die in alle Richtungen davonflogen. Im dritten schwollen sie an, explodierten. In Nummer vier – nun, Sie wissen ja. In Nummer fünf wurden sie aufgeladen und wie Watte weggepustet. Im sechsten – man kann nichts sehen, aber wenn man einen Gegenstand reinhält und wieder rauszieht, so ist er verändert, verhärtet, so ist jedes Atom dem neuen Universum einverleibt. Im siebten schmilzt alles einfach.«

Trasek überlegte. »Nummer zwei kommt nicht in Frage ... Nummer vier – nein, Horzabky, nicht einmal für Sie. Ich halte nichts von Folter, wofür Sie Ihren Sternen danken können ... Sollen wir also Nummer zwei sagen? Wollen Sie allein reinsteigen, oder soll ich Ihnen helfen?«

Horzabky spitzte den Mund, so daß er aussah wie eine gesprenkelte Rosenknospe; seine Augen funkelten. »Elender ... unverschämter ...« Er spie die Worte hervor, und sie schnellten wie Schlangen durch die Luft. Er hob seinen Arm; die Pistole knallte – einmal, zweimal.

Trasek ging grinsend zur Wand, nahm das zweite Bild ab und lehnte es gegen den massiven Tisch. Die wilden Formen der Welt darin bogen und wanden sich, von Gedanken aufgewühlt.

Horzabky kreischte schrill. Er lief ein paar Schritte auf Trasek zu, hielt ihm die Pistole fast unter die Nase und feuerte noch einmal – noch einmal – noch einmal.

Weiße Male erschienen auf Traseks Stirn und Wangen. Horzabky taumelte zurück.

»Sie können mich nicht töten«, sagte Trasek. »Nicht mit

Materie von dieser Welt. Auch ich bin einer Ihrer Ehemaligen. Sie haben mich durchs sechste Loch geschickt. Ich bin wie der Holzstock – eisern!«

Horzabky lehnte sich an den Tisch und ließ die Pistole hängen. »Aber ... aber.«

»Die übrigen sind tot, Doktor. Man kommt nie auf; man fällt ewig weiter – es sei denn, man kriegt den Rand des Lochs zu fassen. Ich bin schließlich wieder rausgeklettert, während Sie die Wachleute vergast haben. So, Doktor.« Er trat bedächtig einen Schritt auf den erstarrten Horzabky zu. »Nummer zwei wartet auf Sie.«

Originaltitel: »Seven Exits from Bocz«

(aus »Rhodomagnetic Digest«, Band IV, Nr. 2, 1952)
Aus dem Amerikanischen übersetzt von Reinhard Heinz

Sturm auf die Stadt

I

Ein gewisser Angus Barr, Offiziersteward an Bord des Raumschiffs *Danaan Warrior,* hatte seinen Sold ausbezahlt bekommen und war in das Viertel Jillyville der Stadt Hant aufgebrochen, um sich zu amüsieren. Dort geriet er – den polizeilichen Ermittlungen zufolge – in die Gesellschaft eines gewissen Bodred Histledine, eines berüchtigten Banditen im North River District. Die beiden hatten sich kurz im Epidrom vergnügt, wo Angus Barr an einem Spielautomaten zweihundert Dollar gewann. Dann zogen sie über die Parade ins Schwarze Opalcafé, wo sie ein Bier tranken und vergeblich versuchten, zwei Touristinnen aufzureißen. Schließlich schlenderten sie nördlich über die Parade, überquerten an der Boncastle-Brücke den River Louthe und fuhren mit dem alten klapprigen Aufzug auf den Semaphore-Berg in Hongos Blaue Laterne, woraufhin Angus Barr nicht mehr gesehen wurde.

Das Verschwinden von Angus Barr wurde der Polizei vom Chefsteward des *Danaan Warrior* angezeigt. Durch einen Hinweis gelang es Detective Clachey und Detective Delmar, Bo Histledine, der für sie kein unbeschriebenes Blatt war, aufzuspüren; sie nahmen ihn zum Verhör in die Zentralbehörde mit.

Die Gedankenüberprüfung förderte keine eindeutigen Beweise zutage. Seiner Erinnerung nach hatte sich Bo einen lustigen Abend vor seinem Term* gemacht. Zu seinem Pech enthielt sein Gedächtnis auch bruchstückhafte Erinnerungen an das Epidrom, die Parade und das Schwarze Opalcafé. Die Touristinnen konnten nicht nur den vermißten Angus

* Kurzwort aus *Total Experience Reproduction Mechanism;* Reproduktionsmechanismus der Gesamterfahrung

Barr beschreiben, sondern Bo sogar einwandfrei identifizieren.

Delmar nickte voller Genugtuung und sah Bo finster an. »Was sagen Sie dazu?«

Bo duckte sich trotzig in seinen Stuhl. »Ich hab's schon gesagt. Ich weiß nichts. Diese Weiber verwechseln mich. Glauben Sie, ich würd' mich mit so was einlassen? Sehen Sie sie sich doch an!«

Bo deutete mit einem Knopfnicken auf die nächste der wütenden Damen.

»Gesicht wie 'ne Schweinshaxe. Sie hat keinen Pulli an; das sind Haare an ihren Armen. Und ihre schielende Mutter ...«

»Ich bin nicht ihre Mutter! Wir sind überhaupt nicht verwandt!«

»... ist nicht besser; hat einen Gang, als schliche sie sich an jemand an!«

Delmar sagte: »Das ist alles, meine Damen. Danke für Ihre Hilfe.«

»Gern geschehen. Ich hoffe, er kommt nach Windy River.« Sie meinte die Strafkolonie auf dem fernen Planeten Resozialis.

»Würde nicht schaden«, bemerkte Delmar.

Die Touristinnen gingen. Clachey sagte zu Bo: »Also, was jetzt? Was haben Sie mit Barr angestellt?«

»Noch nie von ihm gehört.«

»Sie haben Ihr Gedächtnis löschen lassen«, stellte Delmar fest. »Es hilft nichts. Machen Sie sich auf Windy River gefaßt.«

»Sie haben überhaupt nichts gegen mich in der Hand«, entgegnete Bo. »Vielleicht war ich betrunken und kann mich nicht mehr richtig erinnern, aber das heißt nicht, daß ich Barr abgemurkst habe.«

Clachey und Delmar, die sich ebenfalls über die Unzulänglichkeit der Anklage bewußt waren, suchten vergeblich weitere Beweise. Schließlich wurde Bo wegen unerlaubter Gedächtnislöschung verurteilt, wofür im Fall einer bekannten kriminellen Vergangenheit empfindliche Strafen ausgesetzt waren. Das Gericht brummte ihm tausend Dollar und eine längere Bewährungsfrist auf. Bo verabscheute die beiden Maßnahmen aus dem tiefsten Grunde seiner leidenschaftlichen Seele und haßte den Bewährungshelfer, Inspector Guy Dalby, auf den ersten Blick.

Inspector Dalby, ein Ex-Raumfahrer, fand seinerseits nichts Sympathisches an Bo: weder seinen krausen Blondschopf, seine traurig-schönen Gesichtszüge – an denen höchstens störte, daß das Kinn ein bißchen zu markant und die Lippen ein bißchen zu voll waren –, die tolle moderne Kleidung, noch seinen lockeren Lebensstil. Dalby hegte den Verdacht, daß auf jedes Verbrechen in Bos Vorstrafenliste mindestens ein Dutzend weiterer kämen, die nie aktenkundig geworden waren. Er nahm es mit den Bestimmungen sehr genau und unterzog das wöchentliche Budget von Bo der exaktesten Prüfung.

»Was ist das für eine Zahl: hundert Dollar – Rückzahlung einer alten Schuld?«

»Genau das«, antwortete Bo, der steif auf der Stuhlkante saß.

»Von wem haben Sie das Geld?«

»Henry Smith heißt der Typ: eine Spielschuld.«

»Bringen Sie ihn rein. Ich will das nachprüfen.«

Bo fuhr sich durch den blonden Haarschopf. »Weiß nicht, wo ich ihn finde. Hab' ihn zufällig auf der Straße getroffen. Hat mir mein Geld gegeben und ist weitergegangen.«

»Das ist das ganze Einkommen in dieser Woche?«

»Genau.«

Guy Dalby klopfte lächelnd mit den Fingerkuppen auf ein Stück Papier. »Ich habe hier die Aussage einer gewissen Polinasia Glianthe, von Beruf Prostituierte. ›Letzte Woche zahlte ich hundertsiebzig Dollar an Big Bo Histledine, weil er mir drohte, mir sonst die Ohren abzuschneiden.‹«

Bo knurrte verächtlich. »Wem wollen Sie glauben? Mir oder einer alten launischen Nutte, die in der besten Woche ihres Lebens keine hundertsiebzig machte?«

Dalby enthielt sich der Antwort. »Suchen Sie sich einen

Job. Es wird verlangt, daß Sie sich Ihren Lebensunterhalt anständig verdienen. Wenn Sie keine Arbeit finden, dann finde ich Ihnen eine. Draußen in Jugurtha gibt's genug.« Er meinte damit jene Welt, die bei Sozialverbrechern wegen ihrer Rehabilitationsfarmen verhaßt war.

Bo war beeindruckt von Dalbys forscher Art. Sein letzter Bewährungshelfer, ein Urbanit, hatte auf sein Einfühlungsvermögen gesetzt. Bo war es leichtgefallen, seine Verfehlungen zu rechtfertigen. Der Bewährungshelfer wiederum hatte sich gefreut, daß Bo – zumindest verbal – zwischen Gut und Böse unterscheiden konnte. Inspector Dalby hingegen gab keinen Pfifferling auf die Qualen und Nöte von Bos Psyche. Fluchend und kochend vor Wut suchte Bo also das Arbeitsamt auf, wo er als anzulernender Metallarbeiter an die Raumfahrtwerft Orion vermittelt wurde – bei einem Lohn, den er als schlechten Scherz betrachtete. Aber irgendwie würde er Dalby schon überlisten! Einstweilen unterstellte er sich einem Vorarbeiter, der ihm ebenso unsympathisch war: Edmund Sarkane, wiederum ein Ex-Raumfahrer. Sarkane legte Bo dar, daß er für sein Geld arbeiten müsse, was für Bo neu war. Das konnte doch nicht sein Ernst sein! Er versuchte einiges, um den wachsamen Auge von Sarkane zu entkommen, aber Sarkane war schon mit tausend Arbeitern fertiggeworden, während Bo nur einen einzigen Sarkane kannte. Immer wenn Bo sich im Schatten ausruhen oder ein mühsames Detail auslassen wollte, dröhnte ihm Sarkanes scharfe Stimme in den Ohren, so daß Bo sich allmählich fragte, ob er das Unannehmbare schließlich doch akzeptieren müßte. Immerhin war die Arbeit an sich gar nicht schlecht. Außerdem war der verächtliche Sarkane geradezu eine Herausforderung für Bo, sich in jeder Hinsicht als überlegen zu erweisen. So kam es, daß er zuweilen mit Eifer an die Arbeit ging, was ihn selbst wunderte und einigermaßen ärgerte.

Die Raumfahrtwerft selbst war interessant. Seine Augen waren wie bei den meisten Urbaniten wach für alle Eindrükke; er gewahrte die düstere Farbenpalette: schwarze Gerüste, braune Erde, grauer Beton, das unterschiedliche Rot, Blau und Olivgrün der Zeichen und Schilder, denen Funken, Flammen und Dämpfe, das ständige Hin und Her der starrmienigen Arbeiter Leben verliehen. Die Rümpfe ragten in den Himmel auf; ihnen stand Bo mit gemischten Gefühlen gegenüber: halb bewundernd, halb ablehnend; schließlich waren sie ein Symbol für fremde Welten, die Bo als Urbanit nicht einmal als Tourist zu besuchen gedachte. Warum auch in die Ferne schweifen? Längst war er durch sein Term mit diesen Welten vertraut; er hatte nichts kennengelernt, was hier in Hant nicht besser wäre.

Geld bräuchte man! Geld! Das Wort steckte voller Zauber. Von seinem Arbeitsplatz aus, wo er mit seinem Rüttler schuftete, konnte er südlich nach Cludhaven sehen, das erhaben im goldenen Schein der Nachmittagssonne thronte. Da würde er eines Tages leben, nahm er sich vor und fluchte leise, während er sehnsuchtsvoll hinüberblickte. Geld, Geld brauchte man.

Die scharfe Stimme von Sarkane riß ihn aus seinem Tagtraum. »Mach einen Fünfer an die Maschine und komm rüber zu den Horsten. Dalli, dalli! Müssen das heute noch fertigkriegen.« Er machte dazu eine unnötig forsche Geste, wie Bo fand.

Bo schwang sich die Maschine auf die Schulter und folgte Sarkane notgedrungen in der geduckten, breitbeinigen Haltung eines Lastenträgers. Bo war sich über seine Haltung bewußt; Introvertiertheit und ständige Selbstbewertung waren typische Wesenszüge eines Urbaniten. Es war zum Kotzen: Er, Bo Histledine, mußte sich abschleppen wie ein gewöhnlicher Arbeiter! Am liebsten hätte er Sarkane zugerufen: »He! Langsam, du Leuteschinder. Glaubst du, ich bin ein Packesel? Hier, trag deine verdammte Maschine selber, oder steck sie dir in den Arsch!« Bo begnügte sich damit, diese Bemerkungen zu flüstern, und hetzte sich ab, um Sarkane einzuholen: durch die lärmende Kaltschmiede, durch das Montagelager mit seinen aufgetürmten Massivrümpfen, über das Gerüst zu drei Hebebühnen am Südende der

Werft. Auf einer der Plattformen ruhte eine Konstruktion mit gläserner Kuppel, die Bo als Horst erkannte: die Residenz für einen Commander im Orden des Terrestrischen Imperiums, ausschließlich solchen Leuten vorbehalten.

Sarkane winkte Bo und deutete auf die Unterseite des äußeren Flansches. »Das Metall polieren, die Kruste und Oxidierung sauber abschleifen, damit der Kristalliseur neu beschichten kann. Sie kommen jeden Moment an, soll schnellstmöglich fertig sein.«

»Wer ist *sie?*«

»Leute von Rampold. Ein O.T.I. mit Familie. Und jetzt ran an den Speck, wir haben nicht viel Zeit.«

Sarkane entfernte sich. Bo inspizierte den Horst. Rampold? Bo glaubte, den Namen schon einmal gehört zu haben: eine ferne, halbzivilisierte Welt, wo man gegen die Unbilden der Elemente und feindseligen Eingeborenen ankämpfte, um neue Siedlungsgebiete zu erschließen. Warum blieben sie nicht dort, wenn's ihnen so gut gefiel? Aber sie kamen immer wieder zur Erde zurück, wo sie mit ihren Titeln und Privilegien protzten, und er, Bo Histledine, mußte für sie die Dreckarbeit machen.

Bo sprang auf das Deck und spähte ins Innere. Er sah ein hübsches, aber kaum verschwenderisch schickes Wohnzimmer mit weißen Wänden, rotblauem Teppich und offenem Kamin. In der Mitte des Raumes waren verschiedene Kisten aufgestapelt. Bo las den Namen, der auf die Seiten geprägt war: Commander Mr. R. Tynnott, R.E.D. Das R.E.D. stand für Raumerkundungsdienst.

Sarkanes Stimme fuhr ihm in den Rücken. »He! Histledine! Runter da! Was fällt Ihnen ein!«

»Hab' nur geguckt«, sagte Bo. »Immer mit der Ruhe.« Er sprang hinunter. »Seh' sowieso nicht viel. Haben nicht mal einen Fernseher, geschweige denn einen Term. Aber geschenkt, geschenkt würd' ich so was schon nehmen.«

»Dem steht nichts im Wege«, entgegnete Sarkane mit beißendem Spott. »Gehen Sie raus und arbeiten Sie dort zwanzig oder dreißig Jahre, dann kriegen Sie einen Horst.«

»Da draußen zu schuften, das ist nichts für Bo Histledine.«

»Vermutlich. Und jetzt polieren Sie den Flansch. Machen Sie's ordentlich.«

Während Bo seinen Rüttler ansetzte, spazierte Sarkane hin und her, inspizierte die Reparaturen, die an der Unterkonstruktion des Horstes durchgeführt worden waren, wartete auf die Kristalliseure und behielt Bo im Auge.

Die Arbeit war schwer; Bo mußte in gebückter Haltung stehen und den Rüttler über den Kopf halten. Sein Eifer, der nie besonders groß war, ließ bald nach. Immer wenn Sarkane außer Sicht war, richtete Bo sich auf und machte Pause. Commander Tynnott und seine Familie könnten ruhig ein, zwei Stunden oder seinetwegen auch zwei, drei Tage warten. Sternfahrer waren für Bos Geschmack viel zu überheblich und selbstzufrieden. Sie führten sich auf, als würde sie die stupide Raumfahrt überlegen gegenüber Leuten machen, die lieber daheim in den Städten blieben.

Als Bo sich wieder einmal ausruhte, sah er ein Taxi herangleiten und halten. Eine junge Dame stieg aus und ging zum Horst. Bo machte große Augen. So 'ne tolle Frau hatte er noch nicht gesehen. Sie war beträchtlich jünger als er selbst, hatte eine vollendete Figur und einen geschmeidigen, flotten Gang, als hätte sie schon viele Berge und Täler, Wälder und Gipfel erwandert. Ihr glänzendes kupferfarbenes Haar hing lose bis zum Nacken; entweder kannte sie die aufwendigen Frisuren nicht, die gegenwärtig in Hant in Mode waren, oder kümmerte sich nicht darum. Ihre Kleidung war ebenso schlicht; ein blaugraues Kleid, weiße Sandaletten, keinerlei Schmuck. Sie blieb neben dem Horst stehen, so daß Bo ihr Gesicht genau betrachten konnte. Ihre Augen waren dunkelblau und tief wie das Meer; ihre Wangen waren flach. Sie hatte einen breiten zauberhaften Schmollmund. Ihre helle Haut war leicht gebräunt; ihre Züge waren einzigartig schön. Sie sprach Bo an, ohne ihn wirklich anzusehen. »Wie kommt man denn an Bord?«

Galant trat Bo zu ihr. »Hier. Ich halte Ihnen das Bein.« Sie zu berühren, das geschmeidige junge Bein zu kosen (wenn auch nur für einen Augenblick), das wäre ihm eine Wonne gewesen. Die Dame schien ihn nicht zu hören; mühelos sprang sie auf die Reling und schwang sich hinüber.

Sarkane kam hinzu. Mit einer forschen Geste zu Bo wandte er sich der Dame zu. »Sie gehören wohl zum Besitzer? Tynnott ist, glaube ich, der Name?«

»Mein Vater ist Commander Tynnott. Ich dachte, er wäre mit meiner Mutter längst hier. Sie werden wohl gleich kommen.« Ihre Stimme war so gelöst und unbekümmert wie ihr Aussehen, und sie redete mit dem grauen alten Ed Sarkane, als wären sie seit Jahren Freunde. »Sie sind kein Urbanit; wo haben Sie Ihre Form bekommen?« Sie meinte damit jene undefinierbare Prägung, anhand derer Weltraumfahrer und Sternsucher ihresgleichen erkennen konnten. ten.

»Hier und dort und überall«, antwortete Sarkane. »Die meiste Zeit arbeitete ich für Slade draußen in den Zumberwalts.«

Die Dame sah ihn voller Bewunderung an. »Dann werden Sie Vode Skerry und Ribolt Troil und die anderen alle kennen.«

»Ja, Miß, gut sogar.«

»Und jetzt leben Sie in Hant«, wunderte sich die Dame. Bo verzog den Mund. Was, so fragte er sich, war daran so merkwürdig?

»Nicht lange«, erwiderte Sarkane. »Nächstes Jahr gehe ich raus nach Tinctala. Mein Sohn baut dort eine Station auf.«

Die Dame nickte verständig. Dann kehrte sie sich dem Horst zu. »Wie aufregend. Ich habe noch nie in solchem Luxus gelebt.«

Sarkane lächelte nachsichtig. »So luxuriös ist's auch wieder nicht, Miß, wenigstens nicht im Vergleich zu den Reichen da droben ...« Er deutete auf Cloudhaven. »Trotzdem würden sie jederzeit mit einem Horst tauschen, habe ich mir sagen lassen.«

»Dann gibt's also gar nicht so viele Horste?«

»Zweitausend, nicht mehr; das ist die gesetzliche Bestimmung. Sonst würde der ganze Himmel damit vollgepflastert sein. Jeder billige Jakob, Politiker und Kapitalist auf der Welt würde sich einen Horst zulegen. Nein, Miß, sie sind dem O.T.I. vorbehalten, und das ist gut so. Bleiben Sie länger hier?«

»Eigentlich nicht. Mein Vater hat bei der Behörde zu tun. Ich nutze den Aufenthalt für ein paar Studien.«

»Aha, Sie studieren an der Akademie? Eine bedeutende Einrichtung, maßgebend auf allen Gebieten, wie man zu hören bekommt.«

»Da haben Sie recht. Übrigens will ich morgen die Historische Sammlung besuchen.« Sie zeigte auf ein landendes Taxi. »Da kommen sie ja endlich.«

Bo, der in Hörweite arbeitete, stemmte sich gegen seine Maschine, bis Sarkane davonging, um sich mit den Tynnotts zu unterhalten. Er arbeitete sich am Flansch entlang bis dorthin, wo die junge Dame an der Reling stand. Als er die Augen hob, sah er die schlanken braunen Beine und erspähte ein Stück Oberschenkel. Sie beachtete ihn nur am Rande. Bo richtete sich auf und setzte jenen männlich-charmanten Ausdruck auf, der ihn bislang nie im Stich gelassen hatte. Aber anstatt auf ihn aufmerksam zu werden, schlenderte die Dame ein paar Schritte übers Deck davon. »Ich bin schon da«, rief sie, »aber ich weiß nicht, wie man reinkommt!«

Bo bebte vor Zorn. Die Puppe wollte ihn also nicht einmal ansehen! Sie hielt ihn wohl für einen dummen Arbeiter! Sah sie nicht, daß er Bo Histledine war, der berüchtigte Big Bo, bekannt auf dem ganzen Nordufer von Dipshaw Heigths bis zum Swarling Park?

Er ging an der Reling entlang. Bei der Dame angekommen, ließ er seinen schweren Schraubenschlüssel auf ihren Fuß fallen. Sie schrie vor Schmerz und Schreck. »Tut mir leid«, sagte Bo. Er konnte nicht umhin zu lächeln. »Hat's weh getan?«

»Nicht besonders.« Sie blickte auf die schwarze Schmiere

auf ihrer weißen Sandalette, wandte sich dann um und eilte zu ihren Eltern, die den Horst betraten. »Ich glaube, der Arbeiter hat mir das Werkzeug absichtlich auf den Fuß fallen lassen.«

Tynnott erwiderte darauf: »Er wollte wohl auf sich aufmerksam machen.«

»Das hätte er doch auch anders probieren können … Es tut noch weh.«

Zwei Stunden später, als die Sonne schon tief im Westen stand, startete Tynnott den Horst. Die Raumfahrtwerft wurde immer kleiner; die schwarzen Hallen, die Rumpfskelette, die Rampen, Docks und Gerüste wurden winzige Gebilde. Der Louthe schlängelte sich in silberbraunen Windungen dahin, von aberhundert Brücken überspannt. Dipshaw Heigths mit seinen weißen Häusern, die den Hang bedeckten, erhob sich im Westen. Dahinter erstreckten sich nördlich die Vororte, durchsetzt von Grünflächen und Parkanlagen. Im Osten ragten die Türme der Altstadt auf; im Süden schwebte auf einer Wolkenbank das goldene Cloudhaven wie ein Märchenschloß.

Der Horst flog im Schein der untergehenden Sonne. Die Tynnotts – Merwyn, Jade und Alice – lehnten an der Reling und schauten auf die Stadt hinunter.

»Jetzt hast du Hant gesehen«, sagte Merwyn Tynnott, »zumindest einen ersten Eindruck bekommen. Was sagst du nun dazu?«

»Ein wildes Durcheinander«, meinte Alice. »So kommt's mir wenigstens vor. So viele unvereinbare Elemente: Cloudhaven, die Altstadt, die Arbeiterslums …«

»Ganz zu schweigen von Jillyville, das gerade unter uns liegt«, sagte Jade, »oder von College Station oder vom Fremdenviertel.«

»Und Dipshaw Heights, Goshen, River Meadow, Elmhurst und Juba Valley.«

»Genau«, meinte Alice. »Ich würde nicht so verallgemeinern.«

»Kluges Kind!« bemerkte Merwyn Tynnott. »Verallgemeinerung ist immer eine Sache des Unterbewußtseins, das über eine beachtliche Kombinationsgabe verfügt.«

Alice fand diese Bemerkung interessant. »Wie unterscheidet man zwischen Verallgemeinerung und Gefühl?«

»Diese Mühe mache ich mir erst gar nicht.«

Alice lachte über diese wunderliche Antwort ihres Vaters. »Ich mache von meinem Unterbewußtsein Gebrauch, wann immer ich kann, traue ihm aber nicht ganz. Zum Beispiel sagt mir mein Unterbewußtsein, daß der Arbeiter den Schraubenschlüssel mit Absicht auf meinen Fuß geworfen hat. Mein gesunder Menschenverstand sagt mir, das ist Unsinn.«

»Dein gesunder Menschenverstand übersieht das Menschliche«, erwiderte Merwyn Tynnott. »Ganz einfach. Er hat sich in dich verliebt und dir das zeigen wollen.«

Alice schüttelte halb belustigt, halb verlegen den Kopf. »Lächerlich! Ich war eben erst auf das Schiff gesprungen!«

»Manchmal geht das sehr schnell. Übrigens warst du gestern abend ungewöhnlich lieb zu Waldo Walberg.«

»Ach was«, erwiderte Alice unbekümmert. »Waldo ist natürlich ein netter Mensch, aber keiner von uns hegt irgendwelche Gefühle in dieser Richtung. Zum einen hätte ich gar keine Zeit für so was, und zum andern bezweifle ich, daß wir irgend etwas gemeinsam haben.«

»Du hast natürlich recht«, meinte Jade. »Wir necken dich nur, weil du so hübsch bist und viele Blicke auf dich ziehst und dann so tust, als würdest du's nicht merken.«

»Ich könnte mich ja ein bißchen verunstalten«, schlug Alice vor. »Mir bleibt immer noch der Trick, den mir Shikabay beigebracht hat.«

»Was für ein Trick? Er hat dir so viele beigebracht.«

»Sein neuer Trick ist recht widerlich, aber funktioniert immer, wie er behauptet.«

»Woher er das wohl weiß«, bemerkte Jade mit einem Nasenrümpfen, »der alte Scharlatan? Durch und durch verschlagen.«

»In diesem Zusammenhang«, sagte Merwyn Tynnott, »möchte ich dich gleich warnen: Sei vorsichtig in dieser alten Stadt. Die Leute hier sind Urbaniten und zum Teil sehr eigenartig.«

»Ich passe schon auf, obwohl ich sicher bin, daß ich zurechtkomme. Andernfalls müßte sich Shikabay für mich schämen ... Ich geh' schon.« Sie nahm das Telefonat entgegen. Das Gesicht von Waldo schaute aus dem Bildschirm: ein hübsches Gesicht mit strengen Augen, gerader Nase, geschwungenen Lippen, die auf Empfindsamkeit oder Charme oder Zügellosigkeit oder Ungeduld oder alles oder nichts davon hindeuteten, je nachdem, wer unter welchen Umständen zu urteilen hatte. Entsprechend der gegenwärtigen Mode war sein Haar kurzgeschoren, glänzendschwarz gefärbt und zu exakten schnittigen Kreisen, Ecken und Dreiecken modelliert. Die Zähne waren schwarz beschichtet und die Ohren zu flachen Läppchen kupiert; am rechten baumelte ein verspielter goldener Anhänger. Wer sich mit den Feinheiten des urbanen Lebens auskannte, der bemerkte, daß Waldos Kleidung gehoben und sein Gehabe typisch Cloudhaven waren. »Hallo, Waldo«, sagte Alice. »Ich hole meinen Vater.«

»Nein, nein, warte! Dich will ich sprechen.«

»So? Weshalb?«

Waldo leckte sich die Lippen und spähte in den Bildschirm. »Ich hatte recht.«

»Inwiefern?«

»Du bist das aufregendste, bezauberndste, faszinierendste Wesen in, über und unter der ganzen Stadt Hant.«

»Sei nicht albern«, erwiderte Alice. »Ich bin nur ich.«

»Du bist frisch wie eine Blume, ein Sonnenröschen, das sich im Wind wiegt.«

»Bitte, hör auf mit dem Unsinn, Waldo! Ich vermute, du rufst an wegen dem Buch *Städte der Vergangenheit.*«

»Nein. Mein Anliegen sind Städte der Gegenwart, namentlich Hant. Wollen wir uns nicht, da du nur so kurze Zeit hier bist, das alte Gemäuer mal ansehen?«

»Das tun wir längst«, meinte Alice. »Wir sehen bis Elmhurst im Süden, Birdville im Norden, die Altstadt im Osten und den Sonnenuntergang im Westen.«

Waldo spähte in den Bildschirm. Albernes Gerede? Plumper Humor? Bloße Dummheit? Totale Naivität? Waldo war sich nicht schlüssig. Er sagte höflich: »Ich meinte, wir sollten uns was ansehen, das es draußen auf Rampold vielleicht nicht gibt. Zum Beispiel ein Konzert? Eine Ausstellung? Eine Show? Was tust du denn da?«

»Ich notiere mir etwas, bevor ich's vergesse.«

Waldo zog seine üppigen Brauen nach oben. »Danach könnten wir irgendwo was essen und uns kennenlernen. Ich weiß ein besonders stimmungsvolles Restaurant, das Old Lair, wo's dir bestimmt gefallen wird.«

»Waldo, ich möchte eigentlich im Horst bleiben; es ist so friedlich hier oben, und wir führen ein so interessantes Gespräch.«

»Du und deine Eltern?« Waldo war erstaunt.

»Sonst ist niemand da.«

»Aber du bist nur so kurz in Hant!«

»Ich weiß ... Nun, vielleicht sollte ich das wirklich ausnützen. Amüsieren kann ich mich später.«

Waldo erwiderte mit belegter Stimme: »Heut' abend sollst du dich amüsieren!«

»Also gut. Aber es soll nicht spät werden. Ich besuche morgen früh die Akademie.«

»Mal sehen, wie es sich ergibt. Ich komme in etwa einer Stunde. Reicht dir das zum Herrichten?«

»Komm früher, wenn du willst. Ich bin in zehn Minuten fertig.«

II

Als Waldo eine halbe Stunde später ankam, wartete Alice schon auf ihn. Sie trug ein einfaches dunkelgrünes Kleid. Ihr Haar war mit einem Band aus flachen Jadeperlen und

Golddraht hochgebunden. Sie betrachtete Waldo neugierig, denn Waldos Kleidung war in der Tat besonders elegant und aufwendig. Seine Hose aus einem leichten, schwarzbraun-rot-gemusterten Stoff war oben bauschig weit, saß an den Waden hauteng und fiel locker über die Slipper aus schwarz-rot-emailliertem Metall. Darüber trug er ein an den Hüften enggeschnittenes schwarzes Jackett mit schmalen Ellbogen und weiten Ärmeln und eine auffällige Seidenkrawatte, die bunt wie ein Ölfilm auf Wasser schimmerte. »Was für ein bezauberndes Kostüm!« rief Alice aus. »Jedes Detail hat wohl einen eigenen symbolischen Wert.«

»Nicht daß ich wüßte«, erwiderte Waldo. »Guten Abend, Commander.«

»Guten Abend, Waldo. Wohin soll's denn heute abend gehen?«

»Das hängt von Alice ab. Im Kontemporama ist ein Konzert: Musik von Vaakstras, höchst interessant.«

»Vaakstras?« widerholte Alice. »Noch nie gehört. Aber das heißt natürlich nichts.«

Waldo lachte verständnisvoll. »Das ist eine Gruppe von eigenwilligen Musikern, die an die Küste von Grönland ausgewandert sind. Sie haben ihre Kinder ohne jede Musik aufgezogen; nicht einmal das Wort ›Musik‹ war ihnen bekannt. Dann gaben sie den Halbwüchsigen schließlich verschiedene Instrumente, auf denen sie sich ausdrücken sollten, um damit einen Musikstil zu schaffen, der auf ihre ureigensten Emotionsmuster aufbaute. Die daraus entstehenden Klangschöpfungen sind eine echte Herausforderung. Hört!« Er zog ein kleines, schwarzes Gehäuse aus der Tasche. Eine Leuchtanzeige gab den Index an. Waldo stellte das Gerät ein. »Hier ein Beispiel von Vaakstras; keine übliche Musik.«

Alice lauschte den Tönen des Abspielgeräts. »Klingt wie Katzengejaule.«

Waldo lachte. »Die Musik ist sehr anspruchsvoll und verlangt vom Hörer natürlich Einfühlungsvermögen. Er muß sein eigenes emotionales Verhalten durchforsten und das

Grundmuster aufspüren, das mit den wilden Gefühlen der Vaakstras-Kinder harmonieren sollte.«

»Verschon mich damit!« bat Alice. »Ich wäre mir nicht sicher, ob ich das richtige Muster gefunden hätte, und würde vielleicht völlig falsche Emotionen empfinden und bin außerdem gar nicht darauf aus, die Emotionen von anderen nachzuvollziehen, da ich genügend eigene habe.«

»Wir finden schon etwas, das dir gefällt, keine Sorge.« Waldo verneigte sich höflich vor Merwyn und Jade und führte Alice zum Taxi. Sie flogen in die Stadt hinunter.

Waldo erklärte mit einem Seitenblick auf Alice: »Heute siehst du aus wie eine Fee aus einem Märchen. Wie erreichst du das?«

»Weiß nicht«, erwiderte Alice. »Ich habe nichts Besonderes gemacht. Wohin gehen wir?«

»Nun, es gibt eine Ausstellung von Latushenkos Geisterkristallen, die er in neuen Gräbern heranzieht; wir könnten auch in Arnauds Anatomie gehen, wo sehr intelligente Stücke gegeben werden. Ich war schon dreimal dort; würde dir bestimmt gefallen. Die Darsteller sind über Prothesen mit Puppen gekoppelt und treiben die wildesten Sachen. Heute spielen sie *Salammbo* und die etwas anzügliche *Geheime Puderquaste,* wenn du so was magst.«

Alice schüttelte lächelnd den Kopf. »Ich habe in den Didion-Sümpfen die Reste eines brunftigen Mammutpaars gesehen und seitdem jegliches Interesse an Voyeurismus verloren.«

Waldo blinzelte verdutzt und zog seine Krawatte zurecht. »Nun, dann gibt's immer noch das Perzeptorium, aber du bist nicht verdrahtet und hättest nicht besonders viel davon. Wir haben eine Ausstellung im Hypersinn: John Shibes Plakatkunst. Oder wir bekommen mit ein bißchen Glück noch zwei Karten fürs Konservatorium; dort wird heute Oxtots *Generation des fundamentalen Schmerzes* mit fünf Musikmaschinen aufgeführt.«

»Ich bin gar kein so großer Musikfan«, wandte Alice ein. »Ich will nicht so lange stillsitzen und nachzuvollziehen versuchen, warum jemand diese oder jene Tonfolge zusammenstellt.«

»Na so was!« staunte Waldo. »Gibt's denn auf Rampold keine Musik?«

»Musik genug, möchte ich meinen. Man singt oder pfeift, wenn einem danach ist. Draußen in den Stationen hat immer einer ein Banjo dabei.«

»Das meine ich eigentlich nicht«, sagte Waldo. »Musik – und insofern auch die Kunst im allgemeinen – ist die bewußte Mitteilung von Empfindungen mittels abstrakter Symbole. Ich glaube nicht, daß ein gepfiffener Schlager unter diese Definition fällt.«

»Da hast du sicher recht«, meinte Alice. »Ich weiß, ich habe mir das nie überlegt, wenn ich pfeife. Als Kind hatte ich eine Lehrerin von der Erde, eine ältere Dame, die fürchterlich schreckhaft war. Sie wollte uns Subjektivität beibringen; sie spielte uns eine fade Musik nach der anderen vor – vergeblich. Wir hatten alle mehr Spaß an den eigenen Emotionen als an denen von jemand anders.«

»Ich muß schon sagen, das ist ja richtiggehend barbarisch.«

Alice lachte nur. »Arme alte Miß Burch! Sie hat sich so über uns geärgert. Der einzige, der mir noch einfällt, ist Bargel oder Bangel oder so ähnlich; seine Stücke hörten immer mit Paukenschlägen und Fanfaren auf.«

»Bargel? Bangel? Könnte es Baraungelo gewesen sein?«

»Ja klar, so hieß er, glaube ich. Wie gescheit du bist!«

Waldo lächelte wehmütig. »Einer der größten Komponisten des letzten Jahrhunderts! Nun, du willst weder ins Konzert noch in die Ausstellung noch ins Perzeptorium«, faßte Waldo mit wehleidiger Stimme zusammen.

»Ich habe ein schlechtes Gedächtnis«, bemerkte Alice. »Wenn ich eine Idee habe, muß ich sie festhalten.«

»Mh«, meinte Waldo kleinlaut. »Also – was schlägst du vor?«

Alice versuchte, Waldo zu beschwichtigen. »Ich bin sehr ungeduldig. Und ich gebe nichts darauf, subjektive Eindrücke nachzuvollziehen oder Erfahrungen aus zweiter Hand zu sammeln ... Du meine Güte, es ist mir schon wieder passiert, und noch schlimmer. Tut mir leid.«

Waldo konnte ihr nicht folgen. »Was tut dir leid?«

»Schon gut, du hat's wahrscheinlich gar nicht gemerkt.«

»Komm schon, so schlimm kann's gar nicht gewesen sein. Sag's mir!«

»Ist nicht so wichtig«, erklärte Alice. »Wohin gehen Raumfahrer, wenn sie sich amüsieren wollen?«

Waldo erwiderte zurückhaltend: »Sie trinken in Kneipen oder führen feine Damen ins High Style Restaurant oder schlendern durch Jillyville oder spielen im Epidrom.«

»Was ist Jillyville?«

»Die Gegend um den alten Marktplatz. Manchmal ganz lustig dort. Das Fremdenviertel beginnt direkt an der Lightyear Road; die Jeeks und Wampuns und Tinkos haben an der Parade ihre Läden. Kleine Bistros, besoffene Raumfahrer, Mystiker, Scharlatane und Homos, Gunker und Gunk-Händler und alle möglichen zwielichtigen, kaputten Gestalten. Ziemlich ordinär.«

»Jillyville würde mich interessieren«, sagte Alice. »Es ist wenigstens lebendig. Gehen wir dahin!«

Was für ein seltsames Mädchen, dachte Waldo. So schön, daß sie einen verrückt machte, Tochter von Commander Merwyn Tynnott, O.T.I, Mitglied des galaktischen Adels mit einem viel höheren Status als er selbst; dennoch unerhört provinziell, ungeheuer selbstsicher für ihre höchstens siebzehn oder achtzehn Jahre! Sie gebärdete sich zum Teil richtig gönnerhaft, als wäre er der kulturell verkümmerte Sternfahrer und sie die gebildete, weltkluge Person! Also gut, dachte Waldo, gehen wir zum unterhaltsamen Teil über. Er ergriff die Initiative, indem er sich zu ihr beugte, ihre Wange berührte und sie zu küssen versuchte. Alice wich zurück und vereitelte sein Vorhaben. »Warum hast du das getan?« fragte sie erstaunt.

»Das ist nicht schwer zu erraten«, antwortete Waldo leise. »Bist du noch nie geküßt worden?«

»Tut mir leid, wenn ich deine Gefühle verletze, Waldo. Aber wir wollen nur Kameraden sein.«

Waldo konterte: »Warum sich beschränken? Es ist jede Beziehung drin, die wir wollen! Beginnen wir von vorn. Tun wir so, als hätten wir uns gerade erst kennengelernt, aber schon aneinander Interesse gefunden.«

»Der letzte Mensch, den ich hinters Licht führen wollte, bin ich selbst«, erwiderte Alice. Sie zögerte. »Ich weiß kaum, was ich dir raten soll.«

Waldo sah Alice mit aufgesperrtem Mund an. »In bezug auf was?«

»Subjektivität.«

»Ich fürchte, ich verstehe nicht ganz.«

Alice nickte. »Es ist, wie wenn man einem Fisch erklärt, was ›naß‹ bedeutet ... Reden wir von was anderem. Die Lichter der Stadt sind wirklich herrlich. Ganz schön malerisch, die gute alte Erde! Ist das da unten das Epidrom?«

Mit einem scheelen Blick auf das reizende Gesicht verkündete Waldo mit volltönender Stimme: »Das ist der Meridian Circle am Ende der Parade, Treffpunkt der Kulte und Debattierklubs. Siehst du den weißen Lichtstreifen? Das ist die Parade. Der leuchtende grüne Kreis ist das Epidrom. Siehst du die bunten Lichter jenseits der Parade? Das ist das Fremdenviertel. Die Jeeks mögen blaues Licht, die Tinkos wollen nur gelbes und die Wampuns überhaupt keins. So kommt dieser merkwürdige Effekt zusammen.«

Das Fahrzeug landete. Waldo half Alice galant beim Aussteigen. »Wir sind am Anfang der Parade; das ist alles Jillyville vor uns ... Was schleppst du da mit?«

»Meine Kamera. Ich will ein paar von diesen hübschen Kostümen aufnehmen – auch deins.«

»Kostüm?« Waldo blickte auf sein Gewand hinunter. »Barbaren tragen Kostüme. Das ist normale Kleidung.«

»Aber jedenfalls sehr interessant ... Die vielen verschiedenen Leute!«

»Ja«, meinte Waldo verdrießlich, »hier auf der Parade sieht man jeden und alles. Geh nicht zu dicht hinter den

Jeeks! Ihr Schwanzhorn ist mit einem recht ungesunden Verteidigungsmechanismus ausgestattet. Wenn du einen Mann mit rotem Hut siehst, so ist das ein Bonze vom Äußeren Magma. Schau ihn nicht an, denn sonst verlangt er eine ›Erleuchtungsgebühr‹ für die Mitteilung seiner Gedanken. Die drei Männer da drüben sind Raumfahrer – natürlich betrunken. Unten am Ende der Parade ist das Raumfahrernest, ein Kittchen für zu ungebärdige Raumfahrer. Da drüben liegt Baund, das bizarrste Eck von Jillyville: Kneipen, Bordelle, Salons, Studios, kuriose Shops, Gedankenleser, Evangelisten und Propheten, Gunk-Händler – das alles gibt's in Baund.«

»Was für ein malerisches Plätzchen!«

»Ja, wirklich. Hier ist das Schwarze Opalcafé, und hier ist ein Tisch frei; setzen wir uns und schauen wir ein bißchen zu.«

Sie saßen eine Weile im Straßencafé und nippten an ihren Gläsern; Waldo trank ein Hyperion-Elixier, Alice den beliebten Punsch mit Schuß. Sie beobachteten die Passanten: Touristen aus dem Hinterland, Raumfahrer, die Jugend von Hant. Leichte Mädchen schlenderten vorbei und machten den Raumfahrern schöne Augen; an ihrem Handgelenk baumelten an einem Kettchen Universalstecker. Sie waren supermodern angezogen; das Haar war hoch aufgetürmt und mit funkelnden Lichtern durchsetzt. Einige hatten ihre Haut einfärben lassen, andere trugen an den Wangen Plättchen mit flottem Federschmuck. Die Ohren waren einheitlich kupiert, die Schultern mit einem grotesken Stachel bekrönt. Waldo schlug vor, daß Alice ihre Fotos mache, was sie dann auch tat. »Eigentlich bin ich mehr an repräsentativen Bildern interessiert – von repräsentativen Leuten wie dir oder dem hübschen Paar da drüben ... Ist es nicht süß? Du meine Güte, was sind das denn?«

»Das sind Jeeks«, erklärte Waldo. »Von Caph Drei. Gibt 'ne ziemlich große Kolonie hier. Siehst du das Organ über dem Schwanzhorn? Es stößt Körperteer aus, der stinkt wie nichts sonst auf der Erde ... Sieh da rüber, die großen, hellen Gestalten. Das sind Wampuns von Argo Navis. Etwa fünfhundert davon bewohnen ein altes Lagerhaus aus Ziegel. Sie kommen nicht oft raus. Tinkos sehe ich keine, und die Spangs erscheinen erst kurz vor Morgengrauen.«

Ein großer Mann stieß gegen das Geländer und streckte sein haariges Gesicht über den Tisch. »Haben Sie nicht ein paar Dollar übrig, meine Herrschaften? Wir sind arme Landmenschen, suchen Arbeit, können vor Hunger fast nicht mehr gehen.«

»Warum versuchst du's nicht mit Gunk«, erwiderte Waldo. »Sich ein bißchen von Problemen ablenken lassen.«

»Gunk ist auch nicht gratis, aber wenn Sie ein paar Münzen beisteuern, mach' ich mich froh und lustig.«

»Versuch's in dem weißen Bau über der Straße. Da kümmert man sich um dich.«

Der Gunker fluchte ordinär. Dann wandte er sich an Alice. »Irgendwo sind wir uns schon begegnet, schöne Frau. Irgendwo da draußen in einem glorreichen Land der Freude; ich werde Ihr Gesicht nie vergessen. Einen Dollar oder zwei – um der alten Zeit willen!«

Alice fand eine Fünf-Dollar-Note. Der Gunker kicherte idiotisch, nahm sie und watschelte davon.

»Rausgeworfenes Geld«, kommentierte Waldo. »Kauft sich Gunk, eine neue billige Episode.«

»Hast wohl recht ... Warum ist das Verdrahten nicht illegal?«

Waldo schüttelte den Kopf. »Dann würde jedes Perzeptorium Pleite machen. Und man darf die Macht der Liebe nicht unterschätzen.«

»Der Liebe?«

»Ein Liebespaar verdrahtet sich mit besonderen Kontakten, so daß sie bei einander einstecken können. Macht man das auf Rampold nicht?«

»Aber wirklich nicht.«

»Aha. Jetzt bist du schockiert.«

»Kaum. Es wundert mich nicht. Überleg mal, man könnte auch übers Telefon und übers Fernsehen und sogar über

Kassette Liebe machen; man braucht eben nur den richtigen Draht.«

»Das wird längst getan. Die Gunk-Produzenten sind sogar noch weiter gegangen: Es wird das Gehirn angezapft und mit Wahrnehmung gespeist.«

»Mh, das ist also Gunk. Ich dachte, es wäre eine halluzinatorische Droge.«

»Es ist gesteuerte Halluzination. Je höher man den Saft dreht, desto lebhafter wird's. Für den Gunker ist das Leben grau; es wird wieder bunt, wenn er den Gunk anschmeißt. Das wirkliche Leben ist ein öder Lückenfüller zwischen den tollen Gunk-Erlebnissen. Ganz schön verführerisch!«

»Hast du's schon einmal probiert?«

Waldo zuckte die Achsel. »Ist illegal – aber die meisten probieren es. Hättest du auch Lust?«

Alice schüttelte den Kopf. »Erstens bin ich nicht verdrahtet. Zweitens – ist ja egal.« Sie konzentrierte sich auf ihre Notizen.

Waldo fragte: »Was schreibst du da? Über Gunk?«

»Nur ein paar Ideen.«

»Wie zum Beispiel?«

»Es wird dich nicht interessieren.«

»Und ob! Deine Notizen interessieren mich sehr.«

»Abwarten.«

Achselzuckend las Alice vor: »Urbaniten als Erforscher des inneren Raums: Das heißt Subjektivität. Die Kapitäne: Psychologen. Die Pioniere: Begriffsmenschen. Das Credo: Wahrnehmungsvermögen, Kontrolle der Gedanken. Die Wortführer: Kritiker. Die Vorbilder: der belesene Mensch, der gebildete Zuhörer, der aufmerksame Zuschauer.

Vorstufen zu Gunk: Theater, Ausstellung, Musik, Bücher – lauter Kultgegenstände der Urbaniten.

Abstraktion: das Werk der Urbanität. Erleben aus zweiter Hand: der Gang des urbanen Lebens. Subjektivität: der urbane Gedankengang.«

Sie blickte Waldo an. »Nur ein paar grobe Notizen. Willst du noch mehr hören?«

Waldo machte ein finsteres Gesicht. »Glaubst du wirklich an all das?«

»Glauben ist nicht das richtige Wort.« Alice überlegte kurz. »Ich habe einfach ein paar Fakten schematisiert. Für einen Urbaniten enthält das weitreichende – sehr, sehr weitreichende Bedeutungen. Aber reden wir von was anderem. Warst du schon einmal in Nicobar?«

»Nein«, antwortete Waldo, der seinen Blick abgekehrt hatte und in Richtung Baund schaute.

»Ich habe gehört, der versunkene Tempel sei sehr interessant. Ich würde gern versuchen, die Glyphen zu entschlüsseln.«

»Tatsächlich?« Waldo zog die Brauen nach oben. »Beherrschst du die alte Sprache von Gondwana?«

»Natürlich nicht! Aber Glyphen haben normalerweise symbolische Bedeutungen. Starr nicht so auf diese Lichter, Waldo, sonst schläfern sie dich ein.«

»Was?« Waldo richtete sich auf. »Ganz und gar nicht. Es sind nur die Lichter eines Karussells.«

»Ich weiß, aber durch die davorstehenden Säulen blinken sie – zehn Mal pro Sekunde, würde ich schätzen.«

»Na und?«

»Die Lichter überströmen dein Gehirn mit Impulsen, die elektrische Wellen auslösen. Bei dieser speziellen Frequenz wirst du schläfrig, falls die Wellen genügend stark und genügend lange einwirken. Das ist bei den meisten Menschen so.«

Waldo gab einen skeptischen Brummton von sich. »Woher weißt du das?«

»Das ist allgemein bekannt – zumindest unter Neurologen.«

»Ich bin kein Neurologe? Du?«

»Nein. Aber wir haben auf Rampold einen Mann, der gelegentlich für uns arbeitet. Er ist angeblich einer. Außerdem ist er noch Zauberer, Bärenbändiger, Kryptograph, Bootsbauer, Kräuterkenner und hat ein halbes Dutzend anderer wunderbarer Berufe mehr. Meine Mutter hält ihn für einen komischen Kauz, aber ich bewundere ihn sehr, weil er was versteht. Er hat mir viele nützliche Sachen beigebracht.« Alice pflückte eine rosarote Blüte von der Topfpflanze neben ihrem Platz. Nachdem sie die Blume auf den Tisch gelegt hatte, bedeckte sie sie mit den ausgebreiteten Händen. »Unter welcher Hand ist sie?«

Waldo deutete geruhsam auf ihre linke Hand. Alice hob die rechte, und die rote Blüte kam zum Vorschein.

»Aha«, meinte Waldo. »Du hast zwei gepflückt! Heb die linke.«

Alice hob die linke Hand. Auf dem Tisch lag funkelnd der goldene Schmuck, den Waldo am Ohr getragen hatte. Waldo blinzelte, griff sich ans Ohr und machte große Augen. »Wie hast du das hingekriegt?«

»Ich hab's dir abgenommen, als du auf die Lichter gestarrt hast. Aber wo ist die rote Blüte?« Sie blickte mit einem verschmitzten Lächeln auf. »Siehst du sie? Faß dir an die Nase!«

Waldo blinzelte noch einmal und faßte sich an die Nase. »Da ist keine Blume dran.«

Alice lachte herzlich. »Natürlich nicht. Was hast du erwartet?« Sie nippte an ihrem Punschglas, während Waldo sich leicht gereizt mit dem eigenen Glas in der Hand zurücklehnte, worin er dann die rote Blüte entdeckte. »Sehr gewitzt.« Er erhob sich steif. »Gehen wir weiter?«

»Sobald ich das romantische Paar an dem Tisch da drüben fotografiert habe. Offenbar kennen sie dich. Zumindest haben sie dauernd herübergeschaut.«

»Hab' sie noch nie gesehen«, erklärte Waldo. »Bist du fertig? Gehen wir!«

Sie spazierten auf der Parade weiter.

»Da ist ein richtig großer Jeek«, bemerkte Alice. »Was schleppt er mit sich?«

»Wahrscheinlich Müll für seine Suppe. Geh nicht zu dicht ran ... Wir sind hinter ihm. Nicht anrempeln ...«

Ein Arm griff von der Seite dazwischen und versetzte dem Schwanzhorn einen mächtigen Schlag. Alice wich zur

Seite; der herausschießende Körperteer verfehlte sie, traf aber Waldo an Hals und Brust.

III

Nach der Arbeit fuhr Bo Histledine mit der Gleitbahn zur Transitbahn, die ihn geschwind ins nordwestliche Fulchock brachte, wo er ein kleines Apartment in einer alten Mietskaserne aus Beton bewohnte. Dort erwartete ihn Hernanda Degasto Confurias, die er erst kürzlich umworben und gewonnen hatte. Bo stand in der Tür und sah sie an. Sie war wirklich vollkommen gestylt, dachte er. Niemand war so wach für die neuesten Modefeinheiten; niemand verstand es besser, sie auf die eigene Person zuzuschneiden, so daß sie und die Mode zu einem untrennbaren Ganzen wurden; mit jedem Kleiderwechsel nahm sie ein entsprechendes Temperament an.

Ein Zylinder aus transparenter Folie saß auf ihrem Kopf und barg ihre schwarze Lockenpracht, die kunstvoll mit hellgrünen Glaskugeln garniert war. Ihre Ohren waren konkave Muscheln mit Emailstöpseln, neun Zentimeter hoch, oben abgerundet. Ihre Haut war marmoriert; ihre Lippen waren schwarz beschichtet; ihre schwarzen Augen und schwarzen Brauen, die keiner Korrektur bedurften, waren naturbelassen. Hernanda war groß. Ihre Brüste waren zu flachen, runden Hügelchen verkleinert worden; ihr etwas dünner Torso steckte in einer Hülle aus grobem weißen Stoff, der ihre Hüften zusammenschnürte. Auf ihren Schultern ragten Schmuckgebilde aus Bronze auf, die an Urnen erinnerten und in die sie jeweils ein Quentchen ihres persönlichen Duftes geträufelt hatte. Auf dem Handrücken trug sie Schienen aus schwarzem Metall mit grünem Edelsteinbesatz. In der rechten Achselhöhle verbarg sich ein Stecker, dessen unterer Kontakt mit einem rosaroten Herzen und den Anfangsbuchstaben *B.H.* verziert war. Hernanda stellte sich stolz und wortlos Bos prüfendem Blick, wußte sie doch, daß sie ohne Fehl war. Bo begrüßte sie nicht; auch sie sagte nichts zu ihm. Er ging in die Wohnung, nahm ein Bad, zog ein Hemd mit schwarz-weißem Diapermuster, eine weite gelbgrüne Hose, deren Beine über den Boden schleiften, und Sandalen an, die vorn offen waren, so daß die langen weißen Zehen herausschauten, und klipste sich eine schwarze Perlenschnur ans rechte Ohr. Als er ins Wohnzimmer zurückkehrte, hatte sich Hernanda offenbar nicht von der Stelle gerührt. Wie versteinert wartete sie an der gegenüberliegenden Wand. Bo überlegte. Hernanda war in jeder Hinsicht optimal. Er konnte sich glücklich schätzen, den privaten Stecker zu ihrer Dose zu besitzen. Aber dennoch ... Was denn? Bo schob den Gedanken ärgerlich zur Seite.

»Ich will ins Old Lair gehen«, sagte Hernanda.

»Hast du Geld?«

»Nicht genug.«

»Ich bin auch knapp bei Kasse. Dann gehen wir eben ins Fotzy.«

Sie verließen die Wohnung und stellten sorgfältig die Alarmanlage ein; erst letzte Woche waren Gunker eingebrochen und hatten Bos teuren Term geklaut.

Im Fotzy bestellten sie per Knopfdruck das Gericht ihrer Wahl: heißen Brei mit Kräutersoße, geröstete Kartoffelschnitzel auf natürlichem Salat aus den Hydrokulturanlagen der Altstadt. Nach einer Weile sagte Bo: »Die Werft taugt nichts. Ich werd' gehen.«

»So? Warum denn?«

»Dauernd werd' ich beobachtet. Wenn ich nicht schufte wie ein Ackergaul, werd' ich angeschnauzt. Es ist einfach zu stressig.«

»Armer alter Bo!«

»Wenn ich nicht die verdammte Bewährung hätte, würd' ich ihn kurz und klein schlagen. Ich bin für die Schönheit, nicht für die Arbeit geschaffen.«

»Kennst du Suanna? Ihr Bruder ist in den Weltraum gegangen.«

»Ein Sprung ins Nichts.«

»Wenn ich Geld habe, möchte ich mal rausfahren. Gib mir tausend Dollar, Bo.«

»Gib du mir tausend Dollar. Dann fahr ich raus.«

»Aber du hast gesagt, du willst nicht raus.«

»Ich weiß nicht, was ich will.«

Hernanda verzichtete auf das letzte Wort. Sie verließen das Restaurant und schlenderten durch den Shermond Boulevard. Südlich hinter der Altstadt thronte Cloudhaven in den Wolken des Abendrots; in diesem halkyonischen Licht sah es aus, als sei es der glorreiche Höhepunkt allen menschlichen Strebens; aber jeder wußte das besser.

»Ich möchte lieber 'nen Horst«, sagte Bo.

Einer von Hernandas wenigen Fehlern war ihre Neigung, das Offensichtliche in einem Tonfall zu äußern, als würde sie eine verblüffende neue Wahrheit verkünden. »Du bist gar nicht berechtigt für einen Horst. Nur das O.T.I bekommt welche.«

»So ein Quatsch. Einen Horst soll der bekommen, der ihn bezahlen kann.«

»Dann würdest du trotzdem keinen kriegen.«

»Ich würde das Geld schon auftreiben, keine Sorge.«

»Vergiß die Bewährung nicht.«

»Ich laß mich nicht wieder erwischen.«

Hernanda hatte eigene Vorstellungen. Sie wünschte sich, daß Bo ein Häuschen in Galberg nehmen und in der Fabrik für künstliche Aromastoffe arbeiten würde. Heute abend machte sie sich wenig Hoffnung darauf. »Wohin gehen wir?«

»Ich dachte, wir sehen mal in der Blauen Laterne nach, was es Neues gibt.«

»So nett find' ich's in der Laterne auch wieder nicht.«

Bo gab keine Antwort. Wenn Hernanda die Laterne nicht mochte, mußte sie eben woandershin gehen. Und noch gestern hatte er sie für einen Schatz gehalten!

Sie fuhren mit der Gleitbahn zum Semaphore-Berg und mit dem Aufzug hinauf in Hongos Blaue Laterne, von wo aus man einen herrlichen Ausblick über den River Louthe, die Werft und große Teile der westlichen Stadt hatte. Das Gasthaus selbst war uralt; das Holz war geschwärzt, der Steinboden von schlurfenden Schritten ausgetreten, die Decke verrußt. Hohe Fenster zeigten zur Stadt, und an regnerischen Tagen war die Laterne ein stiller Himmel, der einen beschaulichen Blick auf die Stadt bot.

Der Ruf der Laterne war nicht so ungetrübt; merkwürdige Vorfälle im Lokal oder kurz nach Weggang der Gäste hatten sich zugetragen. Obwohl die Laterne als Ort galt, an dem man gehörig aufpassen mußte, riß die Kundschaft nicht ab; im Gegenteil, der Reiz von Laster und Gefahr lockte Leute von ganz Hant, Touristen vom Land und Raumfahrer an.

Bo führte Hernanda an seinen Stammplatz, wo schon zwei alte Bekannte saßen: Raulf Dido und Paul Amhurst. Bo und Hernanda setzten sich ohne ein Wort der Begrüßung, wie es Sitte war.

Dann sagte Bo: »Die Arbeit auf der Werft bringt mir zwar eine Strafaussetzung, aber davon abgesehen ist sie beschissen.«

»Du verdienst dir ehrlich dein Brot«, meinte Raulf Dido.

»Haha! Bo Histledine, angelernter Arbeiter für sechzehn Dollar pro Tag? Du machst mir Spaß!«

»Red mit Paul. Er hat was laufen.«

»Ganz neuer Gunk«, erläuterte Paul Amhurst. »Wird in Aquitaine produziert. Vom Allerfeinsten.«

Er zeigte eine Reihe von Aufnahmen; die Bilder waren eindrucksvoll und provozierend. »Mann!« staunte Bo. »Tolles Zeug. Davon nehm' ich auch was.«

Hernanda rutschte nervös hin und her und schmollte; es gehörte sich nicht, daß man vor seiner Freundin über Gunk redete, da Gunk in jedem Fall erotische und hypererotische Erlebnisse miteinbezog.

»Jemand wird den Vertrieb für Hant bekommen«, sagte Paul, »und ich hoffe, daß ich der Glückliche bin. Wenn ja, brauche ich Hilfe: dich und Raulf und noch ein paar, falls wir Julio das Revier streitig machen.«

»Hm, wie steht's denn mit dem Alten?« erkundigte sich Bo.

»Ich habe vorige Woche Antrag gestellt. Hat ihn nicht zurückgehen lassen. Gestern hab' ich Jantry getroffen; der hat grünes Licht gegeben. Sieht also gut aus.«

»Genine wird mit Julio nicht fertigwerden.«

»Nein. Wir müssen es selber durchboxen. Kann ganz schön heiß werden.«

»Und naß«, meinte Paul, der sich auf die Wasserleichen bezog, die hin und wieder im Louthe trieben.

»Die verdammte Bewährung!« fluchte Bo. »Macht mir echt Sorgen. Na so was, seht mal da! Meine persönlichen Verfolger, Clachey und Delmar. Weg mit dem Gunk! Sie kommen rüber!«

Die beiden Polizisten blieben am Tisch stehen; mit blitzenden Augen musterten sie Bo, Raulf und Paul. »Eine schöne Gesellschaft«, stellte Clachey fest. »Was für eine Teufelei führt ihr schon wieder im Schilde?«

»Wir planen eine Geburtstagsparty für unsere Mütter«, antwortete Raulf. »Möchten Sie auch kommen?«

Delmar beäugte Bo forschend. »Ihre Bewährung untersagt, wenn ich mich recht besinne, schlechten Umgang. Trotzdem sitzen Sie hier bei diesen Gunk-Händlern.«

Bo warf ihm einen eisigen Blick zu. »Davon haben sie nie ein Wort erwähnt. Wir haben sogar vor, in die Polizeiakademie einzutreten.«

Clachey griff an den Platz zwischen Bo und Paul und zog die Aufnahmen hervor. »Was haben wir denn da? Ob das wohl Gunk ist?«

»Eher ein paar Fotos«, erklärte Paul. »Die lagen schon da, als wir kamen.«

»Soso«, erwiderte Clachey. »Wir wollen also Gunk aus Aquitaine importieren? Sind wir auch mit Pillen eingedeckt?«

»Selbstverständlich nicht«, widersprach Paul. »Für wen halten Sie uns? Verbrecher?«

»Die Taschen leeren!« befahl Delmar. »Wenn einer von euch Gunk hat, kriegt jemand Ärger mit seinem Bewährungshelfer.«

Paul, Raulf und Bo breiteten wortlos den Inhalt ihrer Taschen auf dem Tisch aus. Nacheinander standen sie auf, während Delmar sie gar nicht zimperlich von oben bis unten abtastete. »Oh, was ist das denn?« Aus Pauls Armband zog er eine sogenannte Wespe hervor, einen Schußapparat für Kanülen; damit konnte man jemandem quer durchs Zimmer oder über die Straße eine Giftspritze ins Genick jagen. Bo und Raulf waren sauber.

»Laß alle von dir grüßen«, empfahl Clachey Paul. »Ich glaube, für dich ist erst mal Sense, Amhurst.«

»Sowieso«, meinte Paul trübselig.

Ein Betrunkener rappelte sich von der Bar auf und torkelte auf die beiden Polizisten zu. »Kann man nicht in Ruhe einen trinken, ohne daß ihr einem eure Nase in den Kragen steckt?«

Ein Kellner zupfte ihn am Ärmel und flüsterte ihm etwas zu.

»Hinter Gunker sind sie also her!« schimpfte der Betrunkene. »Was sagt man dazu? Droben in Cloudhaven gibt's die tollsten Gunk-Paläste; warum steckt ihr da nie eure Schnüffelnasen rein? Es sind immer die armen Schweine, die's erwischt.«

Der Kellner führte ihn mühsam weg.

Bo meinte: »Im Ernst, wie kommt's, daß ihr Cloudhaven in Ruhe laßt?«

»Wir haben alle Hände voll mit den armen Schweinen zu tun, wie der Mann sagte«, gab Delmar gelangweilt zur Antwort.

Clachey ging näher darauf ein. »Sie zahlen; sie haben das Geld. Die armen Schweine haben kein Geld. Sie plündern und klauen, um das Geld zu kriegen. Sie sind das Problem, sie und die Händler.«

Delmar sagte zu Bo: »Das ist die letzte Verwarnung. Sie wird in Ihre Akte aufgenommen. Wenn Sie noch einmal in der Gesellschaft von bekannten Kriminellen angetroffen werden, dann ist Sense.«

»Ich weiß Ihre Besorgnis zu schätzen«, erwiderte Bo mit belegter Stimme. Er stand auf und winkte Hernanda. »Komm, wir gehen. Man kann nicht mal in einem anständigen Lokal was trinken, ohne belästigt zu werden.«

Delmar und Clachey führten den niedergeschlagenen Paul Amhurst ab.

»Macht auch nichts«, meinte Raulf. »Auf ihn ist sowieso kein Verlaß.«

Bo brummte: »Ich werd' wohl leise treten müssen. Bis mir was einfällt.«

Raulf bedeutete mit einer Geste, daß er verstand. Bo und Hernanda verließen die Laterne. »Wohin jetzt?« fragte Hernanda.

»Weiß nicht ... Hab' zu nichts Lust. Wohin sollen wir auch?« Beinahe unwillkürlich blickte er hinauf zu den Sternen, die durch die Lichter der nächtlichen Stadt schienen. Rampold? Wo war Rampold?

Hernanda hängte sich bei Bo ein und führte ihn zum Aufzug und schließlich zur Shermond-Station der Gleitbahn. »War schon ewig nicht mehr in Jillyville. Brauchen nur über die Brücke.«

Bo murmelte automatisch sein Einverständnis; was Besseres fiel ihm auch nicht ein.

Sie überquerten den River Louthe an der Vertes Avenue Bridge und schlenderten über den Blumenmarkt, der seit Jahrhunderten seine bunten Farbkleckse in den Schatten des Epidroms zauberte.

Hernanda wollte durchs Epidrom gehen und vielleicht ein paar Dollar in ein Glücksspiel investieren. »Solange du dein eigenes Geld hernimmst«, erwiderte Bo plump. »Ich habe nicht vor, meins zum Fenster rauszuwerfen. Nicht bei sechzehn Dollar pro Tag an diesem Schleifapparat.«

Hernanda war beleidigt und wollte nicht mehr ins Epidrom, was Bo nur recht war. Lustlos streiften die beiden durch die Parade. Als sie am Schwarzen Opalcafé vorbeikamen, bemerkte Bo das Kupferhaar von Alice. Er blieb stehen und führte Hernanda schließlich an einen Tisch. »Trinken wir was.«

»Hier? Das ist das teuerste Lokal an der ganzen Parade!«

»Geld spielt keine Rolle für Big Bo.«

Hernanda fügte sich achselzuckend.

Bo wählte einen Tisch etwa sechs Meter von Waldo und Alice entfernt. Er drückte ein paar Knöpfe und warf Münzen ein. Bald erschien die Bedienung mit ihren Gläsern: Bier für Bo, Rum für Hernanda.

Alice bemerkte sie und visierte sie mit ihrer Kamera an. Nervös stützte Bo den Kopf in die Hand. Hernanda blickte zu Alice in die Kamera. Es wimmelte von Touristen, die Fotos machten.

»Wir sollen uns geschmeichelt fühlen.« Bo musterte Waldo feindselig. »Feine Leute, gucken sich die Slums an – er zumindest. Sie ist nicht von der Erde, kommt von den Sternen.«

Hernanda studierte eingehend das Kleid, das Haar, das Gesicht und die Jadeperlen von Alice. »Sie ist fast noch ein Kind und ein bißchen billig. Sieht aus, als hätte sie in ihrem ganzen Leben noch keinen Friseur zu Gesicht bekommen.«

»Da hast du wohl recht.«

Hernanda beäugte ihn argwöhnisch aus den Augenwinkeln. »Interessiert sie dich?«

»Nicht besonders. Sieht glücklich aus. Was hat das wohl für einen Grund? Ist vermutlich zum ersten Mal in Hant; bald geht's wieder zurück ins Nirgendwo. Was hat sie vom Leben schon zu erwarten?«

»Ich wette, sie schwimmt im Geld. Ich könnte das auch haben, wenn ich bereit wäre, so einen Lebensstil auf mich zu nehmen.«

Bo kicherte. »Was du nicht sagst. Nun, sie ist ein harmloses Ding, meine ich.«

»Jedenfalls nicht gerade umwerfend. Eine strebsame, alberne Göre. Haare wie Stroh ... Bo!«

»Was denn?«

»Du hörst mir gar nicht zu.«

»Hab von den Sternen geträumt.«

Waldo und Alice erhoben sich von ihrem Tisch und verließen das Café. Bo, der seinen geilen Gedanken nachhing, holte tief Luft. »Komm schon!«

Hernanda drehte schmollend das Gesicht ab und blieb sitzen. Tief gekränkt sah sie ihm nach.

Waldo und Alice blieben stehen, um einem Jeek nicht zu nahe zu kommen. Bo griff von der Seite dazwischen und schlug dem Jeek kräftig aufs Schwanzhorn. Der Jeek spritzte auf Waldo. Alice blickte erbost zu Bo und rief Waldo zu: »Der Mann da war's.«

»Wo? Welcher Mann?« krächzte Waldo.

Bo, dem plötzlich bewußt wurde, daß er Ärger mit der Polizei riskierte, verschwand fluchtartig in der Masse. Stinkend nahm Waldo die Verfolgung auf. Bo lief über die Parade und bog in eine schmutzige Seitengasse zum Fremdenviertel. Waldo folgte ihm wutschnaubend.

Bo rannte über einen Platz, wo mindestens ein Dutzend Jeeks an einer brusthohen Bank standen und Salzschaum leckten. Waldo blieb stehen und sah sich um; Bo stürzte vor und stieß ihn in die Gruppe von Jeeks; durch den Schwung kippte die Bank um. Bo nahm die Beine in die Hand, während die Jeeks Waldo niedertrampelten und mit Teer bespritzten. Alice erschien mit zwei Polizisten, die die Jeeks mit rotem Licht anstrahlten, woraufhin sie erstarrten.

»Armer Waldo«, sagte Alice.

»Wir kümmern uns um ihn, Miß«, meinte der Corporal. »Sie brauchen uns nur ein paar Fragen zu beantworten, dann rufe ich Ihnen ein Taxi. Wie heißt der Herr.«

Alice nannte Namen und Adresse.

»Und wie ist er in dieses Schlamassel geraten?«

Alice schilderte, was sie gesehen hatte.

»Ist der Mann in der grünen Hose einem von Ihnen bekannt?«

»Ganz bestimmt nicht. Mir ist das alles total schleierhaft.«

»Danke, Miß. Kommen Sie jetzt, ich rufe Ihnen ein Taxi.«

»Was ist mit dem armen Waldo?«

»Der wird schon wieder. Wir bringen ihn zum Säubern in die Ambulanz. Morgen wird er dann wieder so gut wie neu sein.«

Alice zögerte. »Ich laß ihn nur ungern allein, aber ich muß heim. Ich habe morgen viel zu erledigen.«

IV

Bo dachte nicht mehr an Hernanda; in einer merkwürdigen Stimmung, die er selbst am wenigstens verstand, streifte er durch die Parade. Warum hatte er das getan? Nicht daß ihn Gewissensbisse plagten; im Gegenteil, er wünschte, das Mädchen hätte auch eine Ladung Teer abbekommen.

Er kehrte nach Fulchock in sein Apartment zurück, wo er zum ersten Mal wieder an Hernanda dachte. Sie war nicht da. Damit hatte er gerechnet; er wollte sie auch gar nicht sehen. Was er wollte, war unerreichbar, unbeschreibbar.

Er wollte das rothaarige Mädchen, und zum ersten Mal in seinem Leben war er nicht auf bloße Unterwerfung aus, sondern sehnte sich nach Bewunderung, Zuneigung und einem Leben, daß er sich nur vage vorstellen konnte.

Er warf sich aufs Sofa und fiel in bleiernen Schlaf.

Graublaues Licht weckte ihn. Er ächzte, drehte sich um und setzte sich auf.

Dann trat er vor den Spiegel. Das traurige, markante Gesicht unter dem blonden Lockenschopf machte ihm weder Kummer noch Freude; Bo Histledine sah lediglich Bo Histledine.

Er duschte sich, zog sich an, trank eine Tasse bitteren Tee und grübelte.

Warum nicht? sagte sich Bo. Er war so gut wie jeder andere und besser als die meisten. Wenn nicht so, dann eben anders – aber kriegen, besitzen würde er sie. Seine Sehnsüchte der letzten Nacht waren nur mehr verschwommene Schatten; Bo war ein praktischer Mensch.

Die Raumfahrtwerft? Der Schleifapparat? Entrückt wie die Stürme des letzten Sommers.

Bo kleidete sich sorgfältig an: grau-weiße Hose, weites dunkelblaues Hemd, dunkelrote Krawatte und graue Mütze, die er tief in die Stirn zog. Als er sich im Spiegel betrachtete, fand er Gefallen an seinem Äußeren. Er sah, wie er glaubte, schlanker und jugendlicher aus; vielleicht weil er so aufgeregt war.

Er zog die Krawatte ab und knöpfte den Hemdkragen auf. Das gefiel ihm; so sah er, glaubte er, lässiger aus; Kinn und Hals wirkten nicht so gedrungen. Was war mit den blonden Locken, die über die Ohren hingen und seinem Gesicht, wie er glaubte, einen melancholischen, dominanten Zug verliehen? Bo zog die Mütze tiefer in die Stirn und verließ das Apartment.

In einem nahegelegenen Friseursalon ließ er sich die wirren Locken abschneiden und das übrige Haar braun färben. Anders, dachte Bo. Besser? Schwer zu sagen. Auf alle Fälle anders.

Er fuhr mit der Transitbahn nach Elmhurst und stieg in die Gleitbahn zur Akademie um.

Seine Bewegungen waren nun zaghaft; noch nie hatte er die Akademie betreten. Er ging durchs Universitätstor und sah sich auf dem Campus um. Stattliche Ulmen träumten in der Morgensonne; dahinter ragten die verschiedenen Lehrgebäude auf. Studenten strömten an ihm vorbei; Jugendliche aus dem Hinterland und von fernen Welten, einige von Cloudhaven und den besseren Vororten, ein paar von den Arbeitervierteln im Norden.

Der Vorlesungsbetrieb ging gerade erst los. Bo zog ein paar Erkundigungen ein und wurde zum zentralen Taxilandeplatz geschickt. Dort lehnte er sich an eine Wand und machte sich auf längeres Warten gefaßt.

Eine Stunde verging. Bo blätterte stirnrunzelnd in einem

herumliegenden Studentenblatt und wunderte sich, daß so etwas überhaupt gedruckt wurde.

Ein Taxi landete; Alice stieg aus. Bo senkte die Zeitung und beobachtete sie mit Adleraugen. Sie trug eine schwarze Jacke, eine graue Bluse und schwarze Kniestrümpfe; an ihrer Hüfte hing das Klemmbrett zum Notizenmachen. Sie blieb kurz stehen und sah sich gespannt um; ein Lächeln huschte über ihre Lippen.

Bo beugte sich vor und bombardierte sie mit heißem Begehren. Er verschlang sie mit Blicken: den weichen geschmeidigen Körper; die langen schlanken Beine; das wehende glänzende Kupferhaar; das gelassene Gesicht, durchdrungen von – was denn? – Freude, Heiterkeit, Optimismus? Die ganze Luft knisterte in ihrer Anwesenheit.

Bo ärgerte sich über ihre Selbstsicherheit. Das war der springende Punkt! Sie war blasiert! Arrogant! Sie hielt sich für was Besseres, weil ihr Vater Commander im O.T.I war ... Freilich mußte sich Bo eingestehen, daß dem nicht so war. Es wäre ihm lieber gewesen, wenn's so gewesen wäre. Ihre Unabhängigkeit war nicht gespielt. Bo beneidete sie: Selbsterkenntnis dämmerte ihm. Er wollte sein wie sie: unkompliziert, gelassen, toll. Durch ihre innere Kraft hatte sie es gar nicht nötig, sich mit anderen zu messen. Richtig! Alice war weder blasiert noch arrogant; im Gegenteil, Dünkel und Stolz waren ihr fremd. Sie war sie; sie wußte, daß sie intelligent, schön und gut war; mehr brauchte sie nicht.

Bo biß sich auf die Lippen. Sie mußte ihm Ebenbürtigkeit einräumen. Sie mußte seine Stärke, seine unbändige Männlichkeit erkennen.

Diese Situation beschwor einen tragischen Ausgang herauf. Und wenn schon! Er war Bo Histledine, Big Bo, der blonde Brutalo, der tat, was er wollte, der sich rücksichtslos und draufgängerisch durchs Leben boxte und sich nicht unterkriegen ließ.

Alice ging zu den Hallen der Wissenschaft. Bo folgte ihr mit ein paar Meter Abstand und bewunderte ihren aufregenden Gang.

V

An diesem Morgen hatte Alice unmittelbar nach dem Frühstück Waldo in Cloudhaven angerufen. Der Waldo, der auf dem Bildschirm erschien, war nicht der gutaussehende, gelassene, galante Waldo, der am Abend zuvor mit dem Taxi herausgekommen war, um ihr die Stadt zu zeigen. Dieser Waldo war blaß, hager und bitter. Als sie ihn voller Mitgefühl betrachtete, wich er ihren Blicken nervös aus. »Alle Knochen sind noch ganz«, sagte er leise. »Insofern habe ich Glück gehabt. Wenn die Jeeks erst einmal auf einen Menschen losgehen, dann bringen sie ihn normalerweise um. Da sie Fremde sind, kann man sie nicht einmal bestrafen.«

»Und das Zeug, mit dem sie dich bespritzt haben – ist es giftig?«

Waldo ächzte kläglich und spähte argwöhnisch aus dem Bildschirm. »Sie haben mich geschrubbt und gebürstet und total kahlrasiert. Trotzdem riecht man's noch. Das Zeug reagiert anscheinend mit dem Hautprotein und bleibt dran, bis die Haut sich abschält.«

»Na so was«, wunderte sich Alice. »Wer das wohl getan hat? Und warum?«

»Ich weiß immerhin wer. Es war der Bursche mit der grünen Hose am Nebentisch. Ich wollte dich fragen: Hast du dieses Paar nicht fotografiert?«

»Ja, natürlich! War ein so typisches Paar! Aber ich glaube nicht, daß der Mann zu erkennen ist; er hat den Kopf abgekehrt. Die Frau ist allerdings deutlich drauf.«

Waldo streckte den Kopf vor; sein alter Schwung lebte wieder auf. »Prima! Bringst du mir das Bild vorbei? Ich zeig's der Polizei; die kriegen schon raus, wer sie ist. Der Kerl soll mir das büßen.«

»Klar, ich lasse dir das Bild bringen. Selber habe ich leider keine Zeit dazu. Ich möchte heute die Akademie besuchen.«

Waldo lehnte sich mit funkelnden Augen zurück. »Du wirst an einem Tag nicht viel lernen. Normalerweise braucht man schon eine Woche, nur um sich zu orientieren.«

»Was ich suche, das finde ich, glaube ich, in wenigen Stunden; mehr Zeit habe ich sowieso nicht.«

»Und darf man fragen, was du suchst?« fragte Waldo gespannt. »Oder ist das ein Geheimnis?«

»Natürlich nicht!« Alice lachte bei diesem Gedanken. »Mich interessiert die Didaktik der urbanen Ideologie. Akademiker sind natürlich ein zerstrittener Haufen, aber im allgemeinen überzeugte Urbaniten; das ist meines Wissens sogar die Voraussetzung für ihren Posten. Schließlich heuern die Hasen als Lehrer für ihre Jungen keine Löwen an.«

»Ich verstehe nicht«, meinte Waldo herablassend.

»Ganz einfach. Die Akademie unterweist junge Hasen im Hasentum, um bei diesem Vergleich zu bleiben, und mich würde die Methodik interessieren.«

»Du verschwendest deine Zeit«, entgegnete Waldo. »Ich studiere an der Akademie und habe von diesem Hasentum, wie du es nennst, noch nichts gemerkt.«

»Du würdest eher merken, wenn es fehlen würde«, sagte Alice. »Leb wohl, Waldo. War nett von dir, mir Jillyville zu zeigen; tut mir leid, daß der Abend ein so böses Ende genommen hat.«

Waldo blickte in das frische junge Gesicht, das so unbeschwert und heiter wirkte. »Lebwohl?«

»Ich werde dich wohl nicht mehr sehen. Wir bleiben nicht lange in Hant. Aber vielleicht kommst du eines Tages raus zu den Sternen.«

»Aber wirklich nicht«, murmelte Waldo.

Eine komische Sache, überlegte Alice, als sie im Taxi zur Akademie fuhr. Der Mann mit der grünen Hose hatte Waldo vermutlich mit jemand anders verwechselt. Oder er war ein Perversling; solche Typen gab es in der Großstadt mit ihrem angestauten Druck wohl mehr als genug.

Das Taxi brachte sie zu einer Plattform mitten auf dem Campus. Sie blieb eine Weile stehen und bewunderte den

Ausblick; die Wege, die sich durch die Anlage schlängelten; die weißen Gebäude unter den stattlichen Ulmen; den hundertvierzig Meter hohen Glockenturm zum Gedächtnis an Enoie aus einem einzigen Quarzkristall. Studenten passierten in ihren malerischen Kostümen, von denen jedes eine einsame kleine Welt verkörperte, die besonders auf die psychischen Zwänge der Umwelt empfindlich reagierte. Alice schüttelte wehmütig den Kopf und trat vor eine Informationstafel, auf der die einzelnen Abteilungen der Akademie ausgewiesen waren: Physik, Biologie, Mathematik, Geschichte, Anthropologie, Völkerkunde, Xenologie, Kosmologie, Kunstwissenschaft und ein Dutzend mehr. Sie las einen Text, der sich an neue Besucher wandte:

Jede Abteilung gliedert sich in Korridore, die thematisch angeordnet und mit bewährten Lernhilfen ausgestattet sind. Zwischenverbindungen ermöglichen entsprechend den individuellen Bedürfnissen ein flexibles Vorgehen im jeweiligen Fach. Man wählt sein Interessensgebiet und läßt sich eine Karte ausstellen, die den Weg durch die Abteilung aufzeigt. Der Fortschritt hängt vom Auffassungsvermögen ab; das Verständnis wird laufend überprüft; wenn man das Ende erreicht hat, beherrscht man sein Fach.

Alice betrat die Geschichtsabteilung und bestaunte die prunkvolle Eingangshalle, die dem Besucher einen verblüffenden Eindruck der Vielfalt menschlicher Unternehmungen vermittelte. Der zehn Zentimeter dicke Glasboden war mit einer beleuchteten Erdkarte unterlegt, die durch einen kunstvollen optischen Effekt fast keine Verzerrung aufwies. In der dunkelblauen Kuppel an der Decke schillerten die Gestirne. Die Wände waren etwa in Augenhöhe mit einem fortlaufenden Perzeptorium ausgestattet, in dem in gemächlicher Prozession Männer, Frauen und Kinder aufmarschierten: wandernde Bauern; ledergewandete Barbaren mit Federschmuck; Stammesmitglieder, die zu Trommeln und Hörnern tanzten; Helden, die einsam ihres Weges gingen;

Prälaten und Pfaffen; Hetären, Blumenjungfern und Tänzerinnen; starrmienige Leute in grauen Lumpen aus den verschiedenen Epochen; Etrusker, Kelten, Skythen, Zumbeliten, Dagoniten, Mennoniten; babylonische Priester in Opferpose, Krieger vom Kaukasus. Auf der einen Saalseite erschienen sie aus trübem Nebel; während sie voranschritten, warfen sie gelegentlich einen Blick auf die Betrachter im Saal; an der gegenüberliegenden Wand lösten sie sich wieder in Nebel auf und waren verschwunden.

Alice trat an den Informationsschalter und kaufte einen Katalog. Darin waren verschiedene Routen aufgezeigt: zunächst die grundlegenden, dann spezielle Lehrgänge mit besonderen Schwerpunkten. Alice entschloß sich für den Einführungskurs *Menschliche Geschichte vom Ursprung bis zur Gegenwart.* Sie bezahlte drei Dollar Benutzungsgebühr und erhielt eine Karte mit ihrer Route. Der junge Mann hinter ihr mit dem dunklen Hemd wählte, wie sie noch hörte, den gleichen Kurs; offenbar war dieses Fach bei den Studenten beliebt.

Ihre Route war, wie sich zeigte, ganz einfach: Sie hatte lediglich dem Gang 1 zu folgen, wobei sie je nach Interesse Abzweigungen in andere Gänge einschlagen konnte.

Der junge Mann mit dunklem Hemd ging voraus. Als sie den Gang betrat, sah sie ihn ein Schaubild der menschlichen Vorfahren studieren. Er blickte kurz auf und trat höflich zur Seite, damit sie das Diorama ebenfalls betrachten konnte. »Harte Burschen, was?« meinte er scherzhaft. »Ganz schön haarig und dreckig.«

»Tja.« Alice ging am Diorama entlang.

Der junge Mann folgte ihr. »Verzeihung, aber Sie kommen doch von den Sternen? Von Engsten oder noch eher von Rampold?«

»Sie haben recht! Ich komme von Rampold. Woher wissen Sie das?«

»Reine Vermutung. Wie gefällt Ihnen Hant?«

»Eine recht interessante Stadt.« Alice ging ziemlich steif weiter.

»Pfui, was essen die denn da!«

»Vermutlich irgendein natürliches Zeug«, erwiderte Alice.

»Klar. Damals waren sie nicht gerade wählerisch. Studieren Sie hier?«

»Nein.«

»Aha. Sie schauen sich nur ein bißchen um.«

»Nicht ganz. Mich interessiert die hiesige Version der Geschichte.«

»Ich dachte, Geschichte ist Geschichte«, gab Bo zur Antwort.

Alice sah ihn kurz von der Seite an. »Es ist nicht einfach für den Historiker, objektiv zu bleiben, insbesondere für den urbanen Historiker.«

»Ich wußte gar nicht, daß das so kompliziert ist«, meinte Bo. »Ich dachte, man kriegt einfach eine Menge Bilder und Karten zu sehen. Wird es auf Rampold anders gemacht?«

»Wir haben so etwas Aufwendiges nicht.«

»Im Prinzip ist's sowieso egal«, räumte Bo großzügig ein. »Was geschehen ist, das ist vorbei, aber hier heißt das Ganze Geschichte und wird eingehend studiert.«

Alice zuckte höflich mit der Achsel und ging weiter. Bo erkannte, daß er den falschen Ton angeschlagen hatte, und ärgerte sich darüber, daß er dumme Sprüche klopfen und beschwichtigen mußte. Er entgegnete: »Natürlich verstehe ich nicht viel davon. Schließlich bin ich ja hier, um zu lernen!«

Er hatte einen überaus affektierten Ton angeschlagen, der Alice belustigte und neugierig machte. »Schön und gut, solange man etwas Nützliches lernt. In Ihrem Fall habe ich allerdings Zweifel ...« Alice brach ab; warum den armen Kerl entmutigen? »Sie sind auch kein Student hier?« erkundigte sie sich.

»Nein, eigentlich nicht.«

»Was tun Sie?«

»Ich – nun, ich arbeite auf der Raumfahrtwerft.«

»Eine nützliche Arbeit«, lobte Alice. »Und eine Arbeit, auf

die Sie stolz sein können. Ich hoffe, Ihr Studium bringt Ihnen was.« Sie nickte ihm wohlwollend zu und ging weiter zu einem Schaukasten, in dem das tägliche Leben einer mittelsteinzeitlichen Familie dargestellt war. Bo sah ihr stirnrunzelnd nach. Er hatte sich die Begegnung anders vorgestellt; er hatte sich ausgemalt, Alice würde, von seiner magnetisierenden Persönlichkeit angezogen, aus großen Augen scheu zu ihm aufsehen. Seine einzige Sorge war gewesen, daß sie ihn von den beiden früheren Begegnungen wiedererkennen würde; aber diese Sorge war unbegründet. Offenbar hatte sie ihn nicht beachtet. Aber das würde er nachholen! Außerdem war ihr Verhalten viel zu oberflächlich; sie behandelte ihn wie einen kleinen Jungen. Auch das würde sich ändern.

Bo folgte ihr langsam durch den Gang. Er betrachtete das Schaubild und rückte einen Schritt näher. Er sagte mit dreister Stimme: »Manchmal wissen wir echt nicht, was für ein Glück wir haben.«

»Glück?« wiederholte Alice unbeeindruckt. »Wer? Die Leute von Hant? Oder die Cro-Magnon-Menschen?«

»Wir natürlich.«

»So?«

»Glauben Sie nicht auch?« suggerierte Bo.

»Ganz und gar nicht.«

»Sehen Sie sie sich doch an! Hausen in Höhlen. Tanzen ums Feuer. Essen Fleisch von toten Bären. Nicht gerade appetitlich.«

»Ja, besonders fein war ihr Leben nicht.« Alice ging mit einer etwas skeptischen Miene ziemlich schnell durch die Sammlung. Sie betrachtete flüchtig die Darstellungen primitiver Zivilisationen; sie blieb kurz vor einem Diorama stehen, das in Zeitraffertechnik die Entstehung von Hialkh vermittelte, der ältesten, archäologisch erforschten Stadt. Eine Stimme kommentierte: »Dieser Zeitpunkt im Epos der Menschheit verkörpert die Wiege der Zivilisation. Zurück liegt die lange graue Vorzeit; davor das ruhmreiche Zeitalter, das in Hant seinen krönenden Abschluß gefunden hat!

Beachten Sie auch die räuberischen Horden draußen, die immer wieder mit Schwert und Streitaxt in die Städte eingefallen sind!«

Bo meinte in vertrautem Ton: »Die einzigen, die heutzutage einfallen, sind die Touristen.«

Alice entgegnete darauf nichts und ging weiter. Sie blickte in das Gesicht von Xerxes, Subotai, Napoleon, Shgulvarsko, Jensen, El Jarm. Sie sah Schlachten, Belagerungen, Gemetzel und Aufstände. Dörfer entwickelten sich zu Städten, wurden groß, zerfielen zu Ruinen, gingen in Flammen auf. Bo legte seine Eindrücke und Ansichten dar, auf die Alice mit mechanischen Floskeln antwortete. Er war ihr einigermaßen lästig, aber sie wollte nicht so unhöflich sein und ihn kaltschnäuzig abwimmeln und damit kränken. Alles in allem war er ihr ziemlich unsympathisch; die merkwürdige Mischung aus Unschuld und Zynismus, hintergründiger Freundlichkeit und plötzlichem Schweigen stieß sie ab. Ob er nicht ein bißchen gestört sei, fragte sie sich. Merkwürdig, daß jemand wie er sich für Geschichte interessierte! Die durchaus prächtigen Dioramen und Schaukästen langweilten sie allmählich; sie wurde einfach mit zu vielen Eindrücken überflutet; darüberhinaus hatte sie längst in Erfahrung gebracht, was sie wissen wollte. »Ich werde jetzt gehen«, sagte sie zu Bo. »Ich hoffe, Ihr Studium bringt Ihnen was. Aber das tut es ganz bestimmt, wenn Sie es klug anstellen. Also auf Wiedersehen.«

»Warten Sie!« erwiderte Bo. »Mir reicht's auch für heute.« Er holte sie ein. »Was machen Sie jetzt?«

Alice sah ihn von der Seite an. »Ich gehe was essen. Habe Hunger. Warum fragen Sie?«

»Ich habe auch Hunger. Wir sind gar nicht so verschieden, Sie und ich.«

»Nur weil wir beide hungrig sind? Das ist Unsinn. Krähen, Geier, Ratten, Haie, Hunde: Alle werden sie hungrig. Trotzdem identifiziere ich mich nicht mit denen.«

Bo überlegte stirnrunzelnd, was sie mit dieser Bemerkung andeuten wollte. Sie verließen den Geschichtssaal und kamen ins Freie. Bo fragte ruppig: »Soll das heißen, daß Sie mich für einen Geier, eine Ratte oder einen Hund halten?«

»Natürlich nicht!« Alice lachte über diesen drolligen Gedanken. »Ich meine, daß wir aus verschiedenen Gesellschaften stammen. Ich bin von den Sternen; Sie sind ein Urbanit. Ihre Lebensweise ist eine sehr alte, eine etwas – nun, sagen wir passive, introvertierte.«

Bo brummte: »Wenn Sie meinen. Habe das noch nie so gesehen. Aber egal, gleich da drüben gibt's ein Synthetics. Haben Sie Lust, da zu essen? Ich lade Sie ein.«

»Nicht unbedingt«, erwiderte Alice. »Wenn ich die bunten Pasten und nahrhaften Flocken nur sehe ... Ich denke, ich esse daheim. Also noch einmal: auf Wiedersehen. Lassen Sie es sich schmecken.«

»Moment!« rief Bo. »Ich habe eine bessere Idee! Ich kenne ein anderes Lokal, ein altes Gasthaus, in das Raumfahrer und alle möglichen Leute gehen. Es ist sehr berühmt: Hongos Blaue Laterne. Es wäre schade, wenn Sie's nicht kennenlernen würden.« Er schlug einen heiseren, schmeichlerischen Ton an, der die Frauenherzen nur so dahinschmelzen ließ. »Kommen Sie, ich lade Sie zu einem guten Bissen ein. Dann können wir uns näher kennenlernen.«

Alice lächelte höflich und schüttelte den Kopf. »Ich muß gehen. Trotzdem vielen Dank.«

Bo blieb mit zusammengekniffenen Lippen stehen. Er kehrte sich enttäuscht ab und führte die Hand ans Gesicht. Alice hatte bei dieser Geste geschaltet. Ja klar, das war der Mann, der Waldo so übel mitgespielt hatte! Höchst eigenartig! Welch seltsamer Zufall, daß sie ihn in der Akademie getroffen hatte! Zufall? Wohl kaum. Sie fragte ihn: »Wie heißen Sie?«

Er antwortete brummig: »Bo, eigentlich Bodred. Bodred Histledine.«

»Bodred Histledine. Und Sie arbeiten auf der Raumfahrtwerft?«

Bo nickte. »Und wie heißen Sie?«

Alice schien ihn gar nicht zu hören. »Vielleicht esse ich doch in diesem Lokal – wenn Sie mir zeigen, wie ich hinfinde.«

»Wenn ich nicht als Führer vor Ihnen herlaufen soll wie bei einer großen Expedition«, bat sich Bo mürrisch aus. »Ich lade Sie ein.«

»Nein, das möchte ich nicht«, erwiderte Alice. »Aber gehen wir in dieses Lokal: ja. Ich möchte mit Ihnen sprechen.«

VI

Waldo schob das Foto über den Tisch zu Inspektor Vole, der es eingehend betrachtete. »Der Mann ist nicht zu identifizieren, wie Sie selber sehen können«, meinte Vole. »Die Frau – ich kenne sie nicht, aber ich geb's in die Erkennungsmaschine. Vielleicht kommt was raus.« Er ging aus dem Zimmer. Waldo trommelte mit den Fingern auf den Tisch. Immer wieder stieg ihm der scheußliche Geruch von Körperteer in die Nase, so daß er zusammenzuckte und den Kopf hin und her drehte.

Inspektor Vole kam wieder mit dem Foto und einem Ausdruck, der ungefähr ein Dutzend ähnlicher Frauen enthielt. Er schob den Bogen über den Tisch. »Das hat die Maschine ausgespuckt. Kommt Ihnen eine davon bekannt vor?«

Waldo nickte. »Das ist sie.« Er berührte eins der Gesichter auf dem Bogen.

»Dachte ich mir auch«, meinte Vole. »Wollen Sie Anzeige erstatten?«

»Vielleicht. Vorerst noch nicht.«

»Sie heißt Hernanda Degasto Confurias. Ihre Adresse: 214-19-64, Bagram. Wenn Sie die Frau und Ihren Freund aufsuchen wollen, dann empfehle ich Ihnen, das in Begleitung eines Polizeibeamten zu tun.«

»Danke, ich werde Ihren Rat beherzigen«, sagte Waldo und verließ das Büro.

Vole überlegte kurz und drückte dann eine Reihe von

Knöpfen. Er beobachtete den Bildschirm und nickte zufrieden über die grüne Leuchtanzeige. Hernanda Confurias war den Behörden keine Unbekannte. Anstatt ihre Daten abzurufen, schaltete er auf dem Bildschirm seinen Kollegen, Detective Delmar, hinzu.

»Was ist mit Hernanda Confurias?« erkundigte sich Delmar.

»Nicht so wichtig«, antwortete Vole. »Gestern abend auf der Parade ...«

Vole schilderte den Vorfall. »Eine sinnlose Geschichte, so scheint's mir wenigstens auf den ersten Blick.«

»Stellen Sie das Foto durch«, bat Delmar. Vole lichtete das Foto bei seinem Kollegen ab.

»Ich möchte nicht darauf schwören«, sagte Delmar, »aber das sieht mir ganz nach Big Bo Histledine aus.«

Nachdem Waldo das Apartment mit der Nummer 214-19-64 gefunden hatte, ging er in den nahegelegenen Park und redete zwei junge Mädchen an. »Ich brauche eure Hilfe«, erklärte Waldo. »Meine Freundin ist sauer auf mich. Sie wird mich nicht reinlassen, wenn sie mein Gesicht im Türspion sieht. Wie wär's, wenn eine von euch oder beide für mich klingelt?« Waldo zog eine Fünf-Dollar-Note hervor. »Natürlich braucht ihr das nicht umsonst zu tun.«

Die Mädchen sahen sich kichernd an. »Warum nicht? Wo wohnt sie?«

»Gleich hier drüben«, sagte Waldo. »Kommt mit!« Er gab den Mädchen Anweisungen und führte sie an die Wohnungstür, wobei er außerhalb der Reichweite des Sensorauges wartete, das drinnen den Besucher auf den Bildschirm bannte.

Die Mädchen drückten die Klingel und blieben stehen, während sie von drinnen auf dem Bildschirm gemustert wurden.

»Was gibt's?«

»Hernanda Degasto Confurias? Wir sind von der Charme-Schule.«

»Charme-Schule?« Die Tür ging auf; Hernanda schaute heraus. »Was für eine Charme-Schule?«

Waldo trat vor. »Kommt ein andermal wieder, Mädchen! Hernanda, ich will mit Ihnen reden.«

Hernanda versuchte, die Tür zu schließen, aber schon hatte Waldo sich in den Türspalt gezwängt. Hernanda rannte durchs Zimmer zum Alarmknopf. »Raus hier! Oder ich rufe die Polizei!«

»Ich bin von der Polizei«, erklärte Waldo.

»Nein, das sind Sie nicht! Ich weiß, wer Sie sind.«

»Wer bin ich denn?«

»Egal. Raus hier, aber schnell.«

Waldo warf das Foto auf den Tisch. »Sehen Sie sich das an.«

Hernanda betrachtete zögernd das Bild. »Na und – was soll das?«

»Wer ist der Mann?«

»Was geht Sie das an?«

»Sie sagen, Sie wissen, wer ich bin.«

Hernanda nickte halb ängstlich, halb trotzig mit dem Kopf. »Er hätte es nicht tun sollen – aber ich sage nichts.«

»Entweder Sie sagen's mir oder der Polizei.«

»Nein! Er würde mir die Ohren abschneiden. Er würde mich an die Gunker verkaufen.«

»Dazu wird er keine Gelegenheit mehr haben. Entweder Sie sagen's mir jetzt im Vertrauen, oder die Polizei wird Sie als Komplizin verhaften.«

»Im Vertrauen?«

»Richtig. Er wird nicht erfahren, woher ich seinen Namen habe.«

»Schwören Sie das?«

»Ja.«

Hernanda kam zaghaft einen Schritt näher. Sie nahm das Foto, warf einen flüchtigen Blick darauf und warf es verächtlich auf den Tisch zurück. »Bodred Histledine. Er wohnt in Fulchock: 663-20-99. Er arbeitet auf der Raumfahrtwerft.«

»Bodred Histledine.« Waldo notierte Namen und Adresse. »Warum hat er das getan?«

Hernanda schüttelte nachdenklich den Kopf. »Er ist ein seltsamer Bursche. Manchmal ist er wie ein kleiner Junge, traurig und lieb; manchmal ist er ein Raubtier. Sind Ihnen seine Augen aufgefallen? Er hat Augen wie ein Tiger.«

»Mag schon sein. Aber warum diese Gemeinheit gegen mich?«

Hernandas Augen fingen zu funkeln an. »Wegen des Mädchens, das bei Ihnen war! Bo ist ein Spinner!«

Waldo lachte verächtlich. Er betrachtete Hernanda nachdenklich; auch sie musterte ihn ihrerseits. Ein feiner Pinkel: einer von diesen Cloudhaven-Typen.

»Er ist oft in der Blauen Laterne droben«, sagte Hernanda. »Das ist seine Stammkneipe. Er ist auf Bewährung, wissen Sie. Erst gestern wurde er von der Polizei verwarnt.« Hernanda, die ihren Schreck überwunden hatte, wurde offen und charmant; sie ging an den Tisch.

Waldo sah sie ohne Regung an. »Weshalb wurde er verwarnt?«

»Umgang mit Gunkern.«

»Verstehe. Gibt es sonst noch etwas, das Sie mir sagen wollen?«

»Nein.« Hernanda wurde fast schelmisch. Sie ging um den Tisch herum. »Und Sie sagen ihm nicht, daß Sie bei mir waren?«

»Ganz bestimmt nicht.« Wieder fuhr ihm der scheußliche Gestank in die Nase. Er rollte die Augen, drehte sich um und ging.

VII

Als Alice die Blaue Laterne betrat, blieb sie stehen und spähte in den düsteren Raum. Wohl zum ersten Mal in ihrem ungestümen jungen Leben spürte sie die lebendige Anwesenheit von Zeit. Auf diese lange schwarze Mahagonitheke hatten Menschen aus zehn Jahrhunderten ihre Ellbogen gestützt. Das alte Holz verströmte den Geruch von Bier und Schnaps, die sie getrunken hatten; ihre Geister waren beinahe greifbar, und ihre Gespräche hallten unter der geschwärzten Decke. Nachdem sich Alice kurz umgesehen hatte, ging sie an einen Tisch unter einem der hohen Fenster, die ins belebte Hant zeigten. Bo trottete recht schlaksig hinter ihr her, zupfte sie am Ärmel und wollte sie an seinen Stammtisch führen. Alice aber schenkte ihm keine Beachtung, sondern ließ sich seelenruhig am Tisch ihrer Wahl nieder. Bo setzte sich mit trotziger Miene ihr gegenüber. Lange sah er sie an. Ihre Züge waren fein und klar, aber keineswegs außergewöhnlich; wie konnte er sie nur so aufregend finden? Weil sie unerträglich selbstsicher war, sagte er sich; weil sie ihr Selbstverständnis allen, die sie bewunderten, aufzwang ... Beim Bewundern würde es allerdings nicht bleiben; sie würde ihn bis zur letzten Stunde ihres Lebens nicht mehr vergessen können. Weil er Bo Histledine war! Big Bo, der sich nur mit dem Feinsten begnügte. Also: ans Werk, ihre Aufmerksamkeit fesseln, sie mit seinem Stolz beherrschen. Er sagte: »Sie haben mir Ihren Namen nicht verraten.«

Alice kehrte sich vom Fenster ab und blickte Bo an, als hätte sie ganz vergessen, daß er bei ihr war. »Meinen Namen? Miß Tynnott. Mein Vater ist Commander Tynnott.«

»Und wie heißen Sie mit Vornamen?« erkundigte sich Bo geduldig.

Alice ging nicht darauf ein. Sie winkte dem Kellner und bestellte sich ein Sandwich und einen Cocktail. Sie beobachtete die übrigen Gäste. »Was sind das für Leute? Arbeiter wie sie?«

»Zum Teil«, antwortete Bo mit gemessener Stimme. »Die beiden da«, – er nickte mit dem Kopf –, »sind Matrosen vom Binnenhafen. Der große Schlanke ist vom Land. Aber ich bin mehr an Ihnen interessiert. Wie ist das Leben draußen auf Rampold?«

»Immer verschieden. Mein Vater ist beruflich viel unterwegs. Wir gehen raus in die Wildnis, um Kanäle und Wasserläufe zu planen; manchmal bleiben wir Wochen draußen. Ein sehr aufregendes Leben. Auf Rampold sind wir fast fertig; alles soweit erledigt; bald wird's auf einen neuen wilden Planeten gehen; deshalb sind wir nämlich hier auf der Erde.«

»Hm«, meinte Bo. »Ich habe den Eindruck, es gefällt Ihnen in Hant, und Sie würden gern 'ne Weile bleiben. Ins Perzeptorium gehen, Leute kennenlernen, neue Kleider kaufen, sich die modernsten Frisuren machen lassen und solche Sachen.«

Alice lächelte. »Ich brauche keine neuen Kleider. Ich mag mein Haar so, wie es ist. Was das Perzeptorium angeht, so habe ich weder Zeit noch Lust, ein Leben aus zweiter Hand zu führen. Den meisten Urbaniten bleibt natürlich keine andere Wahl: entweder Erfahrungen aus zweiter Hand oder gar keine.«

Bo sah sie aus großen Augen an. »Ich verstehe Sie überhaupt nicht. Wissen Sie denn, wovon Sie reden?«

»Natürlich. Passive, ängstliche, bequemlichkeitsliebende Menschen ziehen das Stadtleben vor; sie begnügen sich mit zweitklassigen Erfahrungen aus zweiter Hand. Sobald sie das erkennen, wie's die meisten bewußt oder unbewußt tun, werden sie hektisch und verkrampft.«

»Ach was«, brummte Bo. »Ich lebe in Hant; ich möchte nirgendwo anders leben. Mit Zweitklassigem gebe ich mich nicht zufrieden. Ich will das Beste; und ich krieg' immer das Beste.«

»Das beste was?«

Bo sah sie scharf an. Machte sie sich über ihn lustig? Aber nein, in den Augen über dem Sandwich entdeckte er nichts Schalkhaftes.

»Das Beste von allem, was ich will«, gab Bo zur Antwort.

»Was Sie zu wollen glauben, ist nur ein Schatten dessen, was Sie wirklich wollen. Urbaniten sind unzufriedene Menschen; sie sehnen sich nach dem verlorenen Paradies, wissen aber nicht, wo es zu finden ist. Sie suchen in allen Bereichen der Subjektivität; sie probieren Drogen, Musik, Perzeption ...«

»Und Gunk. Vergessen Sie Gunk nicht!«

»Das urbane Leben ist der Gipfel menschlicher Tragik«, stellte Alice fest. »Man entkommt ihm nicht, es sei denn durch eine Katastrophe. Durch Wohlstand läßt sich Objektivität nicht erkaufen; die Leute von Cloudhaven sind die subjektivsten von ganz Hant. Sie haben Glück, daß Sie in der Werft arbeiten, denn dadurch haben Sie Kontakt zu etwas Realem.«

Bo schüttelte verwundert den Kopf. »Wie alt sind Sie?«

»Das ist wirklich unwichtig.«

»Das haben Sie sich sicher nicht alles selber ausgedacht. Dafür sind Sie zu jung.«

»Ich habe von meinen Eltern gelernt. Freilich ist die Wahrheit offensichtlich, wenn man sich nur hinzusehen getraut.«

Ihre Äußerungen machten Bo bestützt und aggressiv. »Ich schätze, Sie selber sind gar nicht so erfahren, wie Sie tun. Haben Sie schon einen Freund gehabt?«

»Gestern abend«, sagte Alice, »hat jemand die gleiche Frage etwas sinniger gestellt. Er wollte wissen, ob ich schon einmal verliebt war. Natürlich hatte ich keine Lust, über so was zu reden.«

Bo nahm einen tiefen Schluck aus seinem Bierkrug. »Und was halten Sie von mir?«

Alice gab ein oberflächliches Urteil ab. »Ich würde sagen, Sie sind ein Mensch mit beträchtlicher Energie. Wenn Sie zielstrebig und fleißig sind, könnten Sie eines Tages ein wichtiger Mann sein: Vorarbeiter oder vielleicht sogar Meister.«

Bo wandte den Blick ab. Er griff nach dem Krug, trank und stellte ihn behutsam zurück. Dann schaute er wieder zu Alice. »Was schreiben Sie da?«

»Oh, ich notiere mir nur ein paar Gedanken, die mir einfallen.«

»Gedanken worüber?«

»Ach – die Leute der Stadt und ihre Gebräuche.«

Bo funkelte sie an. »Ich vermute, Sie haben mich den ganzen Vormittag über studiert. Bin ich auch so'n malerischer Eingeborener?«

Alice lachte. »Es wird Zeit, daß ich heimfahre.«

»Einen Moment«, sagte Bo. »Ich sehe gerade jemand, mit dem ich kurz reden will.« Er ging zu einem Tisch, von dem Raulf Dido aus still das Kommen und Gehen im Lokal verfolgte.

Bo redete mit heiserer, hastiger Stimme. »Gesehen, wer bei mir sitzt?«

Raulf nickte gelassen. »Sehr appetitlich auf ihre Weise. Wer ist sie?«

»Von einem Stern. Spuckt Töne, als würde ihr ganz Hant gehören. So was Eingebildetes ist mir noch nicht über den Weg gelaufen.«

»Sieht aus, als hätte sie sich für einen Kostümball verkleidet.«

»Das ist die Mode von draußen. Sie ist absolut unschuldig, rein wie der Morgentau. Ich stell' sie zur Verfügung. Wieviel?«

»Gar nichts. Die Sache ist heiß. Viel zu riskant und aufwendig.«

»Nicht, wenn man richtig mit ihr umgeht.«

»Ich müßte sie nach Nicobar oder Mauritian verfrachten. Wär' das Risiko gar nicht wert.«

»Komm schon. Machen wir einfach einen schnellen Schuß im Studio wie mit den Zwillingen.«

Raulf schüttelte mißtrauisch den Kopf. »Wir haben keine Requisiten; wir haben kein Script, wir haben keinen Kerl ...«

»Den Kerl mach' ich. Wir brauchen nur das Studio. Keine Story, kein Szenenbild: ganz sporadisch. Sie ist so arrogant, so hochnäsig! Wird 'ne erstklassige Geschichte! Zorn. Angst. Raserei. Action! Ich bin ganz geil darauf, ihren hübschen Körper zu begrabschen.«

»Sie zeigt dich an, wenn du sie laufen läßt.«

»Ich lass' sie laufen. Sie soll sich lange daran erinnern. Ich werd' eine Clownmaske tragen; ich kann nicht riskieren, daß Clachey oder Delmar den Gunk sehen und sagen: ›He! Das ist Bo!‹ Laß dir erzählen, wie wir's machen müssen, damit uns nichts passieren kann ...«

Raulf nickte mit dem Kopf in Richtung Alice. »Zu spät. Sie geht gerade.«

»Das verdammte Luder! Ich hab' ihr gesagt, sie soll warten!«

»Schätze, jetzt ist's ihr wieder eingefallen«, meinte Raulf lässig. »Weil sie jetzt plötzlich wartet.«

Alice hatte genug von der Blauen Laterne gesehen und mehr als genug von Hant; sie sehnte sich heim auf den Horst – hoch oben in der klaren blauen Luft. Aber ein Mann war hereingekommen und hatte sich unauffällig an einen Seitentisch gesetzt. Alice musterte ihn neugierig. Das konnte doch nicht Waldo sein? Aber er war's, obwohl er einen gelbbraunen Schlapphut, bronzefarbene Wangenplatten und einen weiten dunkelgrünen Glockenmantel trug, was ihn beinahe unkenntlich machte. Wieso war Waldo in die Blaue Laterne gekommen? Alice wäre am liebsten hinübergegangen, um ihn selber zu fragen, wollte aber nicht so boshaft sein. Bo und sein Freund steckten die Köpfe zusammen; offenbar heckten sie irgendeinen Plan aus, vielleicht um ihnen beiden eins auszuwischen. Als Alice wieder zu Waldo blickte, bemerkte sie, daß er sie mit scheuer Verwunderung beobachtete. Das belustigte sie so sehr, daß sie beschloß, noch eine Weile zu warten und zu sehen, was passieren würde.

Es setzten sich noch zwei Männer zu Waldo an den Tisch. Einer davon machte Waldo mit einem fast unmerklichen Kopfnicken auf Bo aufmerksam. Waldo blickte erstaunt hinüber und wandte sich dann wieder seinem Informanten zu. Anscheinend sagte er: »Aber er ist nicht blond! Auf dem Foto sieht man blondes Haar!« Und sein Freund entgegnete schätzungsweise: »Haarefärben kostet nicht die Welt.« Woraufhin Waldo unsicher mit dem Kopf nickte.

Alice fand das sehr erheiternd. Waldo war verblüfft, sie in der Blauen Laterne zu sehen, aber gleich würde Bo durchs Lokal stapfen – und tatsächlich, schon rappelte er sich auf die Beine! Er blieb kurz stehen und starrte in die Luft; das affektierte Grinsen in seinem Gesicht gefiel Alice nicht. Mit seinem wuchtigen Körper, dem fleischigen Kinn, den großen Augen, den bebenden Nasenflügeln erinnerte er sie an das Bild des minoischen Stiers, das sie am Vormittag gesehen hatte; die Ähnlichkeit war verblüffend.

Bo kam an den Tisch von Alice. Waldo beugte sich vor und sperrte entsetzt den Mund auf.

Bo setzte sich. Alice war sich seiner neuen Stimmung mehr denn je bewußt. Das recht kriecherische Verhalten, das er in der Akademie an den Tag gelegt hatte, war weg; nun hatte er die widerliche Ausstrahlung eines Kraftprotzes. Alice sagte: »Ich will jetzt gehen. Danke, daß Sie mir das Gasthaus gezeigt haben; es ist wirklich ein kurioses altes Gemäuer, und ich bin froh, es gesehen zu haben.«

Mit einer Vertrautheit, die Alice zu weit ging, sah Bo sie an. Er sagte mit heiserer Stimme: »Mein Freund da drüben ist ein Polizeiagent. Er will mir ein Gunk-Studio zeigen, das sie gerade ausgehoben haben; vielleicht hätten Sie Lust mitzukommen?«

»Was ist ein Gunk-Studio?«

»Dort wird Gunk gedreht. Manchmal mit erotischem, manchmal mit phantastischem Inhalt. Wer sich das reinzieht, wird die Person der Handlung. Es ist natürlich illegal; ein Gunk-Süchtiger kommt nicht mehr davon los, sobald er auf den Geschmack gekommen ist.«

Alice überlegte. »Sicher interessant, wenn einem nach so was Verdorbenem zumute ist. Aber ich habe heute, glaube ich, genug gesehen.«

»Genug von was?« fragte Bo scherzhaft. »Was richtig Verdorbenes haben Sie noch nicht gesehen.«

»Trotzdem fahre ich jetzt heim.« Alice stand auf. »Es war nett, Sie kennenzulernen, und ich hoffe, Sie bringen es in der Werft zu etwas.«

Bo folgte ihr. »Ich zeige Ihnen, wo Sie ein Taxi kriegen. Hier entlang, hinten raus. Der Stand ist gleich um die Ecke.«

Alice begleitete Bo etwas mißtrauisch durch einen düsteren Flur und über eine Betontreppe hinunter zu einer Eisentür, die sich zur Straße öffnete. Alice hielt inne und blickte Bo aus den Augenwinkeln an, der dichter bei ihr stand, als ihr lieb war. Er hob die Hand und streichelte ihr übers Haar. Alice wich mit hochgezogenen Augenbrauen zurück. »Und wo gibt's ein Taxi?«

Bo grinste. »Gleich um die Ecke.«

Während Alice auf der Straße davonging, ließ sie Bo, der ihr in ein, zwei Schritten Abstand folgte, nicht aus den Augen. Ihr fiel ein kleiner Lastwagen auf, der an der Straßenseite geparkt war. Als sie in die Höhe des Fahrzeugs kam, hörte sie hinter sich polternde Schritte. Sie wirbelte herum und sah zwei Männer Bo niederschlagen. Ein anderer Mann warf ihr eine Decke über den Kopf und band einen Strick um ihre Knie; sie wurde hochgehoben und in den Lastwagen geworfen. Die Tür schlug zu, und im nächsten Augenblick setzte sich der Lastwagen in Bewegung.

Alice rollte sich seitwärts in eine bequemere Lage. Sie bekam genügend Luft. Ihr erstes Gefühl war Zorn. Wie konnte jemand es wagen, sie so schändlich zu behandeln! Sie überlegte, was für einem Zweck ein solcher Zugriff dienen könnte, und wägte ihre Aussichten ab; das stimmte sie keineswegs froher.

Sie schlug und stieß um sich, so daß sie sich schließlich aus der Decke befreien konnte; aber das verbesserte ihre Situation kaum. Im Innern des Lastwagens war es stockdunkel, und die Türen waren verschlossen.

Der Lastwagen hielt an; die hintere Tür ging auf und offenbarte das Innere eines Betonraums. Zwei Männer sahen sie an; die Mützen, mit denen ihr Gesicht getarnt war, machten ihr etwas Hoffnung, ließ sich darauf doch schließen, daß sie wenigstens ihr Leben zu schonen gedachten.

Sie sprang aus dem Lastwagen und schaute sich um. »Was soll das alles?«

»Komm mit; hierher! Du wirst berühmt werden.«

»So? Inwiefern?«

»Du wirst der Star von einem tollen neuen Streifen sein.«

»Aha. Es geht um – wie sagt man – Gunk?«

»So sagt man. Ich sehe es mehr als Kunst.«

»Ich fürchte, ich werde als Darstellerin nicht sehr willig sein. Die Sache wird ein Flop.«

»Nichts im Leben ist eine sichere Sache. Aber es ist den Versuch wert. Komm schon!«

Alice ging, wohin sie geführt wurde; von einer Diele in einen größeren fensterlosen Raum, wo von Decke und Wänden helle Lampen strahlten. Aus vier Winkeln und von oben standen Kameras zur Aufnahme bereit. Ein Mann mit weißer Mütze, Kittel und Wangenplatten kam Alice neugierig entgegen. »Scheint dich nicht zu beeindrucken.«

»Nicht besonders.«

Raulf Dido, der Mann mit der weißen Mütze, war recht verdutzt. »Gefällt dir wohl?«

»Das ist übertrieben.«

»Bist du verdrahtet?«

Alice lächelte wie über die naive Frage eines Kindes. »Nein.«

»Dann mußt du dieses Induktionsgerät tragen. Es ist nicht so genau wie ein direkter Anschluß, aber besser als nichts.«

»Was haben Sie denn überhaupt vor?« wollte Alice wissen.

»Wir wollen einen erotischen Streifen mit viel Gefühl drehen. Wie du siehst, haben wir keine erotischen Requisiten, aber wir hoffen, daß deine besondere Persönlichkeit genügend Interesse erweckt. Bevor du hysterische Anfälle kriegst, befestigen wir das Induktionsgerät an deinem Hals.«

Alice betrachtete die Ausstattung des Raumes: ein Sofa, ein Stuhl, eine Kiste mit verschiedenen Gegenständen, bei derem Anblick Alice angewidert die Lippen zusammenpreßte. »Sie schätzen meine besondere Persönlichkeit, wie

Sie sagen, falsch ein. Die Sache wird todlangweilig. Haben Sie vielleicht eine Zeitung oder Zeitschrift, die ich lesen kann, während Sie Ihr Zeug drehen?«

»Es wird schon spannend für dich, keine Sorge.« Das bemerkte ein anderer Mann, der den Raum betreten hatte: ein großer kräftiger Mann mit breiten Schultern und einem kahlen Kopf. Eine Maske aus goldener Folie verdeckte sein Gesicht; er trug eine weite schwarze Hose und ein rot-weiß-schwarz-kariertes Hemd; ein Bulle von Mann. Alice erkannte ihn sofort als Bo und brach in Lachen aus.

»Was ist so komisch?« brummte er.

»Die ganze Sache ist lächerlich. Ich habe wirklich keine Lust, bei einer solchen Farce mitzumachen. Schließlich habe ich meinen Stolz.«

Der Mann mit der Goldmaske sah sie finster an. »Du wirst schon sehen, ob es lächerlich ist oder nicht.« Er wandte sich an den Mann mit dem Kittel. »Check meine Signale.« Er steckte einen Clip in den Kontakt unter der rechten Achselhöhle.

»Signale in Ordnung. Du bist prima in Form.«

»Mach ihr die Induktion dran; gehen wir die Sache endlich an.«

Der Mann mit dem Kittel kam näher; Alice gestikulierte, nahm die Induktionszelle, schüttelte die Hände; plötzlich war die Zelle weg. Bo und Raulf Dido starrten sie erbost an. »Was hast du damit getan?« fragte Bo in scharfem Ton.

»Sie ist weg«, erklärte Alice. »Für immer verschwunden. Oder vielleicht irgendwo da oben.« Sie sprang auf die Aufnahmeplattform und stieß alles Gerät um: Kameras und Recorder krachten auf den Boden. Raulf und Bo schrien entgeistert auf und versuchten, sie zu fangen. Plötzlich hielten sie inne, als alarmierende Geräusche ertönten: aufgebrachte, fluchende Stimmen, dumpfe Schläge. In den Raum stürzten vier Männer. Waldo blieb seitlich stehen, während seine Leute Raulf und Bo mit Gummiknüppeln angriffen. Raulf und Bo brüllten voller Zorn und versuchten, sich zu verteidigen, aber ohne Erfolg, denn von allen Seiten prasselten die Hiebe auf sie nieder.

Alice sagte: »Hallo, Waldo. Was tust du denn hier?«

»Das gleiche könnte ich dich fragen.«

»Ich wurde von Bodred in einem Lastwagen hierhergeschleppt«, erklärte Alice. »Anscheinend sollte ich bei einem Gunk mitwirken; ich wollte gerade gehen, als du hereingekommen bist.«

»Du wolltest gerade gehen?« Waldo lachte spöttisch. Er legte den Arm um ihre Hüfte und zog sie an sich.

Alice drückte ihm die Hände auf die Brust und schob ihn weg. »Bitte, Waldo, beherrsch dich! Ich brauche kein Händchenhalten.«

»Weißt du, was die mit dir vorhatten?« fragte Waldo mit belegter Stimme.

»Das interessiert mich gar nicht besonders. Bitte, Waldo, spiel nicht den Verliebten! Ich bin sicher, die Frauen deiner Rasse genügen deinen Bedürfnissen.«

Waldo stieß einen kehligen Laut aus. Er wandte sich an seine Leute: »Aufhören! Bringt sie nicht um. Holt mir den Mann her.«

Einer seiner Leute schleppte Bo herüber. Waldo hielt eine kleine Pistole in der Hand, mit der er unvorsichtig herumfuchtelte. »Wir wollten also einen kleinen Gunk produzieren, was?«

»Und wenn schon?« keuchte Bo. »Was geht dich das an? Warum seid ihr hier hereingeplatzt?«

»Denk an gestern abend. Siehst du? Und jetzt mach weiter mit dem Gunk.« Waldo nickte in Richtung Alice. »Schnapp sie dir. Nimm sie her. Ich will sie nicht mehr.«

Bo blickte unsicher zu Raulf, der noch am Boden lag. Er sah zurück zu Waldo und schielte nach der Pistole. »Und was dann?«

»Ich bin nicht fertig mit dir, wenn du das meinst. Es steht dir noch allerhand bevor. So einfach kommst du mir nicht davon.«

Alice wandte verwundert ein: »Waldo, willst du damit sagen, daß diese gemeinen Kerle mit ihrem Zeug weitermachen sollen?«

Waldo grinste. »Warum nicht? Eine kleine Demütigung wird dir nicht schaden.«

»Soso, Waldo. Nun, laß dir sagen, ich habe keine Lust, mich für so einen Schweinkram herzugeben. Du überraschst mich.«

Waldo beugte sich vor. »Ich will dir genau erklären, warum ich das tue. Du bist so eitel und arrogant, das bringt mich zur Weißglut.«

»Hört, hört!« krächzte Bo. »Da denkt einer genau wie ich.«

Alice entgegnete leise: »Ihr Knaben täuscht euch. Ich bin nicht eitel und arrogant. Ich bin bloß überlegen.« Sie konnte ihre Freude nicht verbergen, als sie den Gesichtsausdruck von Waldo und Bo sah. »Vielleicht bin ich etwas hart. Es ist wirklich nicht eure Schuld; ihr seid bedauernswerte Opfer der Stadt.«

»Opfer? Ha!« schrie Waldo. »Ich wohne in Cloudhaven!«

Und beinahe gleichzeitig: »Ich, Big Bo, ein Opfer? Mich legt keiner rein!«

»Alle beide versteht ihr das natürlich – unbewußt. Die Folge sind Schuldgefühle und Bosheit.«

Waldo lauschte mit einem zynischen Grinsen, Bo mit einer höhnischen Grimasse.

»Bist du fertig?« fragte Waldo. »Wenn ja, dann ...«

»Einen Moment noch«, erwiderte Alice. »Was ist mit den Kameras und der Induktionszelle?«

Raulf humpelte stöhnend zu einer der Kameras, die Alice nicht umgeworfen hatte. »Die geht noch. Die Zelle ist weg; schätze, wir müssen ihre Spur nachträglich einsynchronisieren.«

Bo sah sich im Raum um. »Die vielen Leute hier gefallen mir nicht. Alles raus hier. Sonst kann ich mich nicht konzentrieren.«

»Ich bleibe«, meinte Waldo. »Ihr drei wartet in der Diele. Bald gibt's für euch wieder was zu tun.«

»Daß *mich* keiner mehr schlägt«, winselte Raulf. »Ich habe nichts getan.«

»Schluß mit dem Gewimmer!« fauchte Bo. »Leg 'nen Film ein. Ich hab's mir zwar anders vorgestellt, aber wenn's nicht besonders gut wird, nehmen wir das Ganze noch mal auf.«

»Wartet!« sagte Alice. »Noch eins. Paßt auf meine Hände auf. Seht ihr?« Hochaufgerichtet vollführte sie eine Reihe von anscheinend sinnlosen Bewegungen. Sie hielt inne und zeigte Bo und Waldo ihre geöffneten Hände. In jeder lag ein winziges Instrument. Aus dem Ding in ihrer Rechten schoß ein blendender Lichtblitz, der zehnmal pro Sekunde aufleuchtete; das zweite Ding in der Linken gab einen volltönenden, markerschütternden Laut von sich: ein heulendes Kreischen in der gleichen Frequenz wie das Licht – *quiek quiek quiek!* Waldo und Bo fuhren hoch und taumelten zurück; ihre Sinne waren überlastet, der Verstand betäubt. Alice, die darauf gefaßt war, wurde weniger in Mitleidenschaft gezogen. Sie legte das Leuchtsignal auf den Tisch und schnappte sich die Pistole. Waldo, Bo und Raulf schwankten und torkelten; ihr Gehirnrhythmus war völlig durcheinandergeraten.

Alice verließ mit angespanntem Gesicht den Raum. In der Diele passierte sie die drei Männer von Waldo, die unschlüssig herumstanden, und gelangte so auf die Straße. Aus der nächsten Telefonzelle rief sie die Polizei an, die zwei Minuten später angeflogen kam. Alice schilderte den Vorfall; bald zerrten die Beamten eine Reihe von niedergeschlagenen Gefangenen aus dem Haus.

Alice sah zu, wie sie in den Wagen verladen wurden. »Auf Wiedersehen, Waldo. Auf Wiedersehen, Bo. Jetzt bist du deiner Tracht Prügel doch noch entkommen. Ich weiß nicht, was mit euch jetzt passiert, aber ich habe kein besonders großes Mitleid mit euch, weil ihr ganz schön gemein gewesen seid.«

Waldo meinte verbittert: »Machst du bei jedem Schritt und Tritt soviel Stunk?«

Alice ging nicht darauf ein, da es sich um eine rein rhetorische Frage handelte, die keiner näheren Antwort bedurfte, wie sie fand. Sie winkte nur und sah zu, wie Waldo, Bo und die drei anderen Halunken in den Wagen geworfen und weggeschafft wurden.

Alice kam am späten Nachmittag auf dem Horst an, wo sie erfuhr, daß ihr Vater seine Geschäfte erledigt hatte. »Schön, daß du schon da bist«, freute sich Merwyn Tynnott. »Wir wollen nämlich heute noch fahren. Hast du einen schönen Tag gehabt?«

»Es war interessant«, meinte Alice. »Die Lehrmethoden sind aufwendig und gut, aber ich frage mich, ob die Phantasie der Studenten nicht erlahmt, wenn alles so kategorisch präsentiert wird.«

»Schon möglich. Schwer zu sagen.«

»Sie vertreten natürlich einen urbanen Standpunkt. Freilich sprechen die Fakten für sich selbst, aber ich habe den Verdacht, daß der Geschichtsstudent durch sozialen Druck auf die urbane Doktrin zurückfällt.«

»Höchstwahrscheinlich. Der soziale Druck ist stärker als die Logik.«

»Ich habe in der Blauen Laterne gegessen, einem schaurigen alten Loch.«

»Ja, ich kenn's recht gut. Ein Überbleibsel der Vergangenheit und oft Treffpunkt der Unterwelt. Dutzende von Raumfahrern sind in der Blauen Laterne schon spurlos verschwunden.«

»Auch ich habe dort etwas Abenteuerliches erlebt; Waldo Walberg hat sich recht mies benommen; ich glaube, er ist gerade in eine Strafanstalt eingeliefert worden.«

»Bedauerlich«, meinte Merwyn Tynnott. »Cloudhaven wird ihm fehlen, besonders wenn er raus auf einen Stern verlegt wird.«

»Schade um den armen Waldo, und schade um Bodred. Bodred ist der Arbeiter von der Werft, der mir den Schraubenschlüssel auf den Fuß geworfen hat. Du hattest ganz recht in bezug auf sein Motiv. Für mich ist das ziemlich desillusionierend, obwohl ich weiß, daß ich nicht so fühlen sollte.«

Merwyn Tynnott schloß seine Tochter in die Arme und küßte sie auf den Kopf. »Zerbrich dir nicht mehr den Kopf. Wir sind nicht mehr lange in Hant, und du brauchst nie mehr hierher zurückkommen.«

»Hant ist eine seltsame, schlimme Stadt«, entgegnete Alice, »obschon es mir in Jillyville recht gut gefallen hat.«

»In Jillyville ist's immer lustig.«

Sie gingen in die Kuppel; Commander Tynott betätigte die Armaturen, und der Horst schwebte südostwärts davon.

BIBLIOTHEK DER SCIENCE FICTION LITERATUR

Die Heyne-Taschenbuchreihe BIBLIOTHEK DER SCIENCE FICTION LITERATUR umfaßt herausragende Werke dieser Literaturgattung, die als Meilensteine ihrer Geschichte gelten. Die gediegen ausgestattete Collection ist nicht nur für den Liebhaber guter SF gedacht, sie bietet durch ihre repräsentative Auswahl auch das Rüstzeug für jeden, der sich mit diesem Zweig der Literatur auseinandersetzen möchte.

Bd. 1: Kate Wilhelm, **Hier sangen früher Vögel** 06/1 – DM 6,80
Bd. 2: Joe Haldeman, **Der ewige Krieg** 06/2 – DM 6,80
Bd. 3: Hal Clement, **Schwere Welten** 06/3 – DM 12,80
Bd. 4: Frederik Pohl/C. M. Kornbluth, **Eine Handvoll Venus und ehrbare Kaufleute** 06/4 – DM 5,80
Bd. 6: John W. Campbell jr., **Der unglaubliche Planet** 06/6 – DM 9,80
Bd. 7: Isaac Asimov, **Lunatico** 06/7 – DM 7,80
Bd. 8: Larry Niven/David Gerrold, **Die fliegenden Zauberer** 06/8 – DM 7,80
Bd. 9: Thomas M. Disch, **Camp Concentration** 06/9 – DM 5,80
Bd. 10: George R. Stewart, **Leben ohne Ende** 06/10 – DM 7,80
Bd. 11: James Graham Ballard, **Karneval der Alligatoren** 06/11 – DM 5,80
Bd. 12: Richard Matheson, **Ich bin Legende** 06/12 – DM 6,80
Bd. 13: Isaac Asimov (Hrsg.), **Das Forschungsteam** 06/13 – DM 9,80
Bd. 14: Frank Herbert, **Hellstrøms Brut** 06/14 – DM 7,80
Bd. 15: David G. Compton, **Das elektrische Krokodil** 06/15 – DM 6,80
Bd. 16: Daniel F. Galouye, **Simulacron – Drei** 06/16 – DM 5,80
Bd. 17: Brian W. Aldiss, **Tod im Staub** 06/17 – DM 5,80
Bd. 18: Thomas M. Disch, **Angoulême** 06/18 – DM 7,80
Bd. 19: Iwan A. Jefremow, **Andromedanebel** 06/19 – DM 9,80
Bd. 20: Isaac Asimov, **Meine Freunde, die Roboter** 06/20 – DM 9,80
Bd. 21: Olaf Stapledon, **Die letzten und die ersten Menschen** 06/21 – DM 9,80
Bd. 22: Richard Matheson, **Die seltsame Geschichte des Mr. C** 06/22 – DM 6,80
Bd. 23: Curt Siodmak, **Das dritte Ohr** 06/23 – DM 6,80
Bd. 24: Alfred Bester, **Tiger! Tiger!** 06/24 – DM 6,80
Bd. 25: Ursula K. Le Guin, **Die zwölf Striche der Windrose** 06/25 – DM 7,80
Bd. 26: Harry Harrison, **New York 1999** 06/26 – DM 6,80
Bd. 27: John Wyndham, **Die Triffids** 06/27 – DM 6,80
Bd. 28: Karl Michael Armer/Wolfgang Jeschke, **Die Fußangeln der Zeit** (Bd. 1) 06/28 – DM 7,80